OP ELK MOMENT

EEN GAMING THE SYSTEM-ROMAN

Brenna Aubrey

Vertaling door Jacodine van de Velde

SILVER GRIFFON ASSOCIATES
ORANGE, CA, USA

Tweede editie juni 2024
ISBN 979-8-88908-035-0
Silver Griffon Associates
P.O. Box 7383
Orange, CA, USA 92863
www.BrennaAubrey.nl

DE HERKANSING

'Respawns, herkansingen en wat games ons over het leven kunnen leren' - Gepost op de blog van Girl Geek

De katers van de eerste jaarlijkse DracoCon zijn vervaagd en de slaap is uit onze ogen verdwenen. We kijken nu des te meer uit naar de volgende Dragon Epoch-uitbreiding en de immer ongrijpbare verborgen quest ligt nog steeds buiten ons bereik. Ik grijp dit moment om er eens bij stil te staan dat sommige gamewaarheden ons, gamers, de harde, koude realiteit van het leven kunnen bijbrengen.

Klinkt een beetje raar, of niet? Je denkt waarschijnlijk dat Girl Geek nu toch echt haar gezonde verstand heeft verloren. Je gamet om stoom af te blazen, online tijd met je vrienden door te brengen en plezier te maken. Levenslessen, Girl Geek? Je spoort niet!

Maar stel je eens voor dat je een moeilijke quest te wachten staat, een naar het lijkt onmogelijke tegenstander treft, die je moet verslaan of een met valstrikken bezaaide grot waar je gewoon maar niet doorheen lijkt te kunnen komen. Als je personage eenmaal het loodje legt, wat doe je dan? Respawn!

Je verschijnt als een geest terug bij je beginpunt en na een minimale wachttijd zijn alle bezittingen en de gezondheid van je personage weer hersteld. Je onthoudt wat je hebt geleerd van je vorige ontmoeting met dat monster door wiens aanval je werd overvallen, of de val waar je intrapte, waardoor je aan een speer werd geregen en aan de muur werd vastgepind. Met toegenomen kennis ga je terug naar dat strijdpunt en misschien, na een paar – of een paar honderd – keer proberen, bereik je waar je op uit was.

Zou het niet geweldig zijn als het leven ook een respawn-knop had?

Oeps, heb je per ongeluk de waarheid tegen je vriendin gezegd over hoe haar kont er in die nieuwe jeans uitziet? Of zelfs alleen maar op het gevreesde moment waarop ze je mening vroeg eens goed naar haar kont gekeken? Grote fout! Ik weet zeker dat je inmiddels de consequenties daarvan moet dragen. Maar als er een mogelijkheid was om op de respawn-knop te drukken, zou je naar die ene seconde terug kunnen gaan met de kennis dat één aarzeling, één tel om eens uitgebreid te kijken, ervoor zorgt dat je kop eraf wordt gebeten. Respawn-knop. 'Nee, schatje, je ziet er echt prachtig uit in die nieuwe spijkerbroek!' Lesje geleerd!

De mogelijkheid tot een herkansing is ook aantrekkelijk voor de serieuzere fouten in het leven. Waarom kunnen we niet respawnen nadat we het hebben verkloot, zodat we het opnieuw kunnen doen, zelfs als dat betekent dat we terugkomen als een geest in een maliënbikini?

We mogen ons gelukkig prijzen dat onze geliefde Dragon Epoch geen gebruikmaakt van de hardcoremodus, die tot de gevreesde permanente dood leidt. Permadeath zou een behoorlijk deprimerende manier zijn om je spel te moeten beëindigen. Is je barbaarse huurmoordenaar met level 50 net doodgegaan? Dan kun je in het weiland lekker als een Vuur Magiër met level 1 opnieuw beginnen en narcissen plukken voor Generaal Sylvan Wood. Maar zelfs dan, in het ergste geval, kun je met een nieuw personage een frisse start maken en al je bagage dumpen.

Zou jij ook niet willen dat je op een knop kon drukken en gedeeltes van je leven opnieuw kon doen?

Op zoveel verschillende manieren maken we er al lerende vaak een puinhoop van. En terwijl we ons zonder die geweldige respawn-*knop stuntelend een weg door het leven banen en die belangrijke levenslessen leren, maken we het bijna onmogelijk om de puinzooi die we gaandeweg creëren, op te ruimen.*

Ik zou graag een respawn-*knop willen voor het echte leven. Tijd voor een herkansing.*

HOOFDSTUK

ÉÉN

MIA

DIT WAS HET EEUWIG VOORTDURENDE VERHAAL OVER hoe ik mijn leven tot het uiterste verklootte. Waarschijnlijk deed kanker ook een duit in het zakje, maar het was duidelijk al een puinzooi voordat die medische problemen ontstonden. Ik wilde dat ik de kanker de schuld kon geven, maar het was geen kanker in mijn hersenen. Nee, blijkbaar was er in mijn bovenkamer iets anders misgegaan, voordat ik kanker kreeg.

Ik had altijd geprobeerd een optimistisch persoon te zijn. Als het leven tegenzat, gaf ik een feestje. Afwezige vader? Zieke moeder? Torenhoge studiekosten? Ik organiseerde een veiling om mijn maagdelijkheid te verpatsen, zodat ik het geld dat ik nodig had bijeen kon rapen.

In het verleden lukte het me altijd om een klotesituatie op te lossen. Maar dit … Dit … Ik was er niet op voorbereid geweest en het had me omvergeblazen. Ik kon er absoluut niet helder over nadenken. We zaten midden in een vreselijke nachtmerrie en ik had geen *respawn*-knop. Afgaand op de lege, zombieachtige blik in Adams donkere ogen wist ik dat hij er ook een wenste.

Eindelijk was het na een afgrijselijk weekend maandagochtend. We hadden allebei net ontdekt dat ik zwanger was en Adam had ook net gehoord van mijn kanker. Ik gluurde naar hem zonder mijn hoofd zijn kant op te draaien. Zijn ogen waren op de weg gericht, allebei zijn handen stevig om het witte, vinyl stuur van zijn klassieke Porsche geklemd. Hij kon niet zien dat ik hem bestudeerde, maar zijn stijve houding en de niet-aflatende focus waarmee hij normaal gesproken achter het stuur zat, vielen niet te ontkennen. Desondanks was hij duidelijk afgeleid. Zijn hersenen draaiden altijd op volle toeren, net zoals bij een van zijn computers. Ze gingen nooit uit en op dit moment stonden ze in de probleemoplossende modus.

Het punt was dat niet alle problemen opgelost konden worden, zelfs niet door een geniaal wonderkind.

'Dus, ehm, ik wil dat je in de wachtkamer wacht ...' zei ik.

Er trilde een spiertje doordat hij zijn kaken op elkaar klemde. 'Ik heb een heleboel vragen voor de dokter.'

'Maar ... hij gaat me onderzoeken en ...'

Belachelijk. Ik klonk niet goed wijs. Ik was meer dan uitgeput, maar de gedachte dat hij me zonder mijn shirt zou zien ... Nee. Gewoon nee.

Vanuit zijn ooghoek wierp hij een blik op me, waarschijnlijk om in te schatten of ik het meende of niet. Ik haalde diep adem en hoopte dat hij niet in de stemming was voor ruzie, want ik was dat in ieder geval niet.

Hij reed het parkeerterrein op en parkeerde de auto. Toen, voordat hij uitstapte, draaide hij zich naar me toe. 'Laat me er alsjeblieft bij zijn. Ik zal wachten tot je uitgekleed bent voordat ik de kamer in kom, maar … ik zou er echt graag bij zijn.'

Lange tijd keek ik uit het raam. Het was niet meer dan eerlijk. Dit had ook invloed op zijn toekomst. 'Oké, ik …'

Hij nam mijn hand in de zijne. 'Je hoeft het niet uit te leggen. Ik begrijp het. Maar dit is belangrijk. We moeten ervoor zorgen dat we alle feiten kennen, oké?'

Ik knikte. Toen sloeg ik mijn blik neer en slikte. Ik wist wat 'alle feiten kennen' betekende. Adam had een missie en dat was mij ervan overtuigen dat mijn beslissing om de zwangerschap te voldragen verkeerd was. Tuurlijk, hij had me verzekerd dat het mijn beslissing was, dat hij zou instemmen met wat ik uiteindelijk ook zou besluiten, maar ik was er nog steeds niet honderd procent zeker van dat hij zich er niet mee zou bemoeien en de hele situatie zou proberen te domineren zoals hij altijd deed. Ik ademde diep in.

Hij raakte mijn wang aan met een vederlichte streling van zijn vingers en draaide zich toen om en opende het portier. Voordat hij om de auto heen kon lopen om het mijne open te doen, zwaaide ik het portier al open en sprong de auto uit. Hij zei geen woord toen hij naar mijn kant kwam gelopen en gooide het portier achter me dicht.

'Adam …'

'Ja?'

'Dankjewel dat je er bent … Maar ik wil dat je niets doet in een poging de boel over te nemen.'

Zijn lippen vertrokken tot een dunne streep, maar hij knikte. 'Ik zal me gedragen. Beloofd.'

Ik kuste zijn wang en hij gaf me een flauw lachje. Hij pakte mijn hand beet en samen liepen we naar binnen.

Het verliep nog steeds ongemakkelijk tussen ons, maar beter dan het in maanden was geweest. We probeerden in ieder geval het hoofd koel te houden in deze ellendige wending in onze levens. De laatste paar dagen waren we steeds in elkaars gezelschap geweest en het verliep stroef, maar verder oké.

De spanning in die onderzoekskamer van de dokter was echter om te snijden.

Zodra dokter Metcalfe binnenkwam en vroeg mijn papieren gewaad te openen voor mijn onderzoek, wierp ik een onzekere blik in Adams richting. Hij boog zijn hoofd en focuste zich op zijn tablet. De dokter bekeek het litteken en de deuk waar het weefsel was verwijderd en meldde dat het 'netjes was genezen'. Toen voerde hij het gebruikelijke borstonderzoek uit.

'Last van gevoelige plekken?' vroeg hij.

Ik perste mijn lippen op elkaar en slikte de nerveuze prop in mijn keel weg. 'Ja, eerlijk gezegd wel.'

De dokter ging rechtop staan en ik herschikte het papieren geval om mezelf te bedekken. 'Welke borst?' vroeg hij.

'Allebei.'

'Op een specifieke plek?'

Ik schraapte mijn keel en vermeed Adams blik vanaf de andere kant van de kamer. 'Overal.'

De dokter keek me fronsend aan. 'Kun je ...'

'Ik ben zwanger,' flapte ik eruit voordat hij zijn zin kon afmaken.

Dokter Metcalfe zoog zijn onderlip in zijn mond en keek weer naar mijn dossier. 'Er staat hier niet ...'

'Ik heb het nog maar net ontdekt. Met een gewone zwangerschapstest.'

'En je laatste menstruatie was ...?'

Toen moest ik tot in detail vertellen dat ik al maanden niet had gemenstrueerd vanwege de hormoonbehandeling die ik had gehad. Hoe ik had gedacht dat het betekende dat ik geen risico liep om zwanger te worden.

Hij schudde zijn hoofd. 'Je kunt nog steeds ovuleren, zelfs met hormoontherapie.'

Ja, blijkbaar. Ik slikte een gefrustreerde snik weg en wreef over mijn voorhoofd.

Dokter Metcalfe leek over zijn tijdelijke verbijstering heen te zijn. 'Nou, dit betekent in ieder geval dat we niet zoals gepland met de chemotherapie kunnen starten.'

Vanuit mijn ooghoek zag ik Adam verstijven in zijn stoel. Hij schraapte zijn keel, stond op en kwam naar de onderzoekstafel. Ik trok het papieren gewaad strakker om me heen.

'Wat zijn haar opties?' vroeg Adam.

De dokter wierp een vluchtige blik op mij voordat hij antwoordde: 'Dat hangt ervan af of ze besluit de zwangerschap te beëindigen of niet.'

'Wat als ik dat niet doe?'

'Dan wachten we tot veertien weken … Hoe ver zei je dat je was?'

'Zes weken,' antwoordde Adam. Ik wierp hem een blik toe. Blijkbaar had hij dat uitgevogeld. Godzijdank, want ik had geen idee.

De wenkbrauwen van de dokter schoten omhoog. 'Dat betekent op z'n minst een vertraging van acht weken.'

'Wat zijn de risico's van wachten?' wilde Adam weten. Zijn houding was stijf en hij keek naar de dokter alsof hij bezig was met een zakelijke onderhandeling. Het was bijna alsof ik er niet eens bij was.

'Met haar type en fase borstkanker zou ze – als ze nu zou kunnen starten, zonder deze complicatie en met de volledige chemobehandeling – vijfentachtig procent kans hebben het te overleven.'

De dokter had nu Adams volledige aandacht. Hij leek helemaal op te gaan in alles wat dokter Metcalfe zei. Zijn kaak verstrakte, duidelijk niet blij met die vijfentachtig procent die mij al bekend was.

'En nu? Als ze de zwangerschap voortzet en de chemotherapie uitstelt? Hoe verandert dat haar prognose?'

De dokter keek naar mij en ademde diep in. 'Dat is moeilijk te zeggen. Wil je een precies getal? Dat kan ik je niet geven. Wil je een ruwe schatting? Ze heeft een hormoongevoelige tumor en stelt niet alleen de behandeling uit, maar stelt haar borstweefsel ook bloot aan zwangerschapshormonen. Daarnaast, als ze in het tweede trimester chemo ondergaat, is dat met een minder agressief medicijn, een dat minder succesvol is bij haar type borstkanker. Op z'n hoogst zou ik zeggen vijfenvijftig procent kans om het te overleven.'

Mijn kaak klapte naar beneden, net als mijn hart, en mijn maag ook. Alles gebeurde in slow motion. Ik bevond me in een droom, onder water. Adam vuurde zo snel als de dokter kon antwoorden vragen op hem af en ik zakte dieper in mezelf weg. Hun gesprek echode in de verte. Ik knipperde met mijn ogen, probeerde de shock te onderdrukken, de boosheid, de hulpeloosheid.

Nu is niet het beste moment mijn ingewanden eruit te kotsen.

Terwijl ze met elkaar praatten, liet ik me van de onderzoekstafel glijden en liep ik regelrecht op de wastafel af. Ik boog voorover en terwijl ik een zielige poging deed mijn witte, papieren 'jurk' bijeen te houden, draaide mijn maag zich om.

Toen ik eindelijk overeind kwam en mijn mond had gespoeld, viel ik bijna om van duizeligheid. Handen werden uitgestoken om me aan mijn schouders staande te houden. Ik leunde tegen een stevig lichaam dat me vanaf achteren ondersteunde. Zijn armen gleden om me heen en het voelde pijnlijk en lief. Ik zakte tegen hem aan, ontspande me, kalmeerde. Maar vanbinnen voelde alles gevoelig en prikkelbaar. Zijn aanraking deed pijn en troostte me tegelijkertijd.

'Gaat het?' fluisterde hij.

Ik kon niets zeggen. Ik vertrouwde mezelf daar niet genoeg voor. Ik haalde mijn schouders op.

'De dokter is weg. Je kunt je aankleden als je wilt. Had je nog vragen voor hem? Hij zei dat we in dat geval in zijn kantoor kunnen gaan zitten.'

Ik schudde mijn hoofd. Langzaam liet hij me los. Ik moest bijna huilen door het verlies van zijn armen om me heen. Ik had hem zo ontzettend gemist. En nu was hij terug, maar onder deze omstandigheden. Nauwelijks iets om te vieren. Er was die pijn die maar niet wilde weggaan, de pijn die ik iedere dag sinds we uit elkaar waren had gevoeld.

Ik slikte de emotie die in mijn keel opwelde weg. Hij was gespannen. Ik voelde het aan iedere spier toen hij zich om me heen bewoog. Hij bereidde zich voor op een strijd. En hij ging ervan uit dat die gigantisch ging worden. Daar had hij geen ongelijk in.

Ik draaide me van de wastafel af, veegde mijn mond met de rug van mijn hand af en kwam in beweging om mijn gekke opgevulde bh en mijn T-shirt te pakken.

'Kun je je even omdraaien, alsjeblieft?' vroeg ik. Mijn stem klonk schor, hees. Met een onleesbare blik keek hij me aan. Het was een belachelijk verzoek, eerlijk gezegd. Hij had mijn naakte lichaam honderden keren gezien, het bijna net zo vaak aangeraakt. Mijn wangen gloeiden bij de herinnering daaraan en ik wendde mijn blik af.

Hij keerde zich om, pakte zijn tablet en begon er verwoed op te typen. Waarschijnlijk zocht hij een aantal termen op die de dokter had genoemd.

Ik trok het papier dat mijn torso bedekte weg en gluurde naar beneden, naar mijn borsten. De rechter was perfect, onaangeroerd. De linker had een lelijk rood litteken en een bolvormige hap die eruit was genomen. Ik wierp een blik op zijn rug. Misschien zou hij de verminking walgelijk vinden. Hij had zijn waardering voor mijn borsten nooit verhuld. Ik trok mijn bh aan en haakte hem vast. Het was geen sexy bh, niet zo'n sexy kanten ding dat ik altijd graag droeg toen ik het geld ervoor had. Dit was eerder een oudevrouwen-bh. Stevig. Ondersteunend. Functioneel.

De kankerbehandeling had me langzaam maar zeker van mijn jeugd beroofd door de littekens op mijn lichaam, hormoontherapie en de gevreesde chemoborst, die dreigend boven me hing, als zo'n enorme draak die op de hoeken van antieke kaarten werd gekrabbeld. Over niet al te lange tijd zou ik net zo verschrompeld als mijn oma zijn en zelfs kaler dan zij.

Als het kind van een overlevende kankerpatiënt wist ik wat me te wachten stond met de chemo in het vooruitzicht. Ik had het mijn moeder allemaal zien doormaken. De gedachte daaraan liet mijn maag zich omdraaien van afschuw. Misschien was wat dat betreft de zwangerschap onbewust mijn manier van het ultieme uitstelgedrag. Wetende wat ik wist, zou ik waarschijnlijk van het balkon af zijn gesprongen en allebei mijn benen hebben gebroken om het onvermijdelijke te kunnen uitstellen.

Nadat ik mijn shirt had aangetrokken draaide Adam zich om, sloot een app op zijn tablet en opende een andere. Het zag eruit als een kalender.

'Je volgende afspraak is om één uur.'

Mijn hoofd schoot omhoog terwijl ik mijn tas pakte. 'Volgende afspraak?'

'De second opinion waarover we het hebben gehad. Je zult bij de balie wat papieren moeten ondertekenen om je dossier en testresultaten mee te krijgen.'

Ik tekende de papieren en de kopieën van mijn testuitslagen en dossier werden naar een USB-stick gekopieerd die Adam aan een van de medewerkers had gegeven. Toen ze hem teruggaven, griste ik de USB-stick voor zijn neus vandaan en stak het ding in mijn zak. Echt niet dat ik hem inzage gaf in foto's van mijn verminkte tiet. Nooit van mijn leven.

Aangezien Jordan, Adams playboy-beste vriend, de laatste tijd 'hot dates' voor Adam had geregeld, had Adam de hielen gelikt – en God kon alleen maar hopen dat er geen andere lichaamsdelen waren gelikt – van een paar modellen en actrices. En dan heb ik het nog niet eens over de zwerm stagiaires op het werk, die ik in mijn hoofd als 'Adams groupies' had bestempeld. Ze hadden de gewoonte om bij te houden wat hij droeg en een cijfer te geven voor hoe lekker hij er van dag tot dag uitzag. Het was een ware hel om bij hen in de buurt te zitten en dagelijks naar die shit te moeten luisteren terwijl ik probeerde het te negeren.

Niet dat ik dacht dat hij ooit een van die vrouwen zou daten. Ze waren nauwelijks achttien of negentien. Maar ze hadden wel perfecte lichamen en ik wist zeker dat bij geen van hen een hap uit de linkerborst was genomen. Ook zou geen van hen binnenkort kaler dan kapitein Jean-Luc Picard van de *Enterprise* zijn.

Ik betrapte Adam er een paar keer op dat hij naar me keek. Nou, het was meer dat ik *voelde* dat hij naar me keek. Adams donkere ogen hadden de neiging die van jou als een magneet naar de zijne te trekken.

'Wat?' zei ik uiteindelijk.

Hij schudde zijn hoofd, ontgrendelde de auto en opende het portier voor me. Geduldig wachtte hij tot ik instapte.

Ik bleef staan, sloeg mijn armen over elkaar en richtte me op hem. 'Je bent iets van plan.'

Hij fronste. 'Waarom denk je dat?'

'Behalve het feit dat je *altijd* iets van plan bent, heb je de prognosecijfers van dokter Metcalfe nog niet genoemd.'

Hij plaatste zijn arm op de bovenkant van het geopende portier en keek me aan. Hij keek *echt* naar me, op die manier die meestal intimiderend voelde. 'Wat valt er te zeggen, Mia?' Toen ademde hij diep in en wendde zijn blik af. 'Die cijfers spreken voor zich. Je bent een intelligente vrouw. En hopelijk word je oncoloog. Als jij in de schoenen van je dokter had gestaan, wat zou *jij* je patiënt dan hebben geadviseerd?'

Plotseling leek het een beetje moeilijker om te ademen, alsof er een band rond mijn borst was gespannen. In plaats van antwoord te geven, liet ik mijn armen langs mijn zij vallen en me in de passagiersstoel zakken. Zachtjes sloot Adam het portier voor me en hij liep naar de linkerkant van de auto om achter het stuur plaats te nemen. Ik boog mijn hoofd en wreef over mijn slapen vanwege een hoofdpijn die ik voelde opkomen. Zijn gebruik van het woord 'hopelijk' was me niet ontgaan. De kans was groot dat als ik de zwangerschap voortzette, ik in de nabije toekomst niet aan mijn studie geneeskunde zou beginnen.

Hij startte de auto niet, zat daar simpelweg en keek naar me. Ik duwde me dieper de stoel in en zuchtte terwijl ik hem aankeek. Ik schudde mijn hoofd. 'Ik kan dit niet. Hij is één mening, één schatting. Misschien klopt het getal dat hij noemde niet eens.'

Een poosje staarden we elkaar aan, het ongemakkelijke ver voorbij. Ik wilde dat hij contact met me zocht, me omhelsde. En het gekke was … Als ik zo graag wilde dat hij me vasthield, waarom vroeg ik dat dan niet, of beter, ik kon naar voren leunen en hem in mijn armen nemen? Ik slikte en knipperde met mijn prikkende ogen.

'Ik moet even een stop bij kantoor maken om wat spullen op te halen,' zei hij.

'Ga je niet naar je werk vandaag?'

Hij schonk me een blik alsof ik niet goed bij mijn hoofd was dat ik het zelfs maar vroeg en ging recht zitten om de auto te starten.

Twintig minuten later, op het bedrijventerrein van Draco Multimedia, Adams bedrijf, deed ik het raampje van de auto naar beneden en zei dat ik in de auto zou wachten terwijl hij binnen zijn spullen ging halen. Hij beloofde me dat hij niet langer dan tien of vijftien minuten zou wegblijven, maar ik wist wel beter, want zijn secretaresse zou hem staande houden om wat papieren te tekenen, of er zou iemand bellen, of hij zou onderweg naar zijn kantoor een keer of vijf worden aangesproken. Ik had met hem mee kunnen gaan, maar ik wilde die ongemakkelijke terugkeer naar het werk vermijden. De vrijdag ervoor had ik in alle haast en zonder enige uitleg mijn bureau leeggeruimd, terwijl Mac, mijn leidinggevende, en de stagiaires waarmee ik werkte me met open mond hadden aangegaapt. Maar dat had me niets geïnteresseerd. Het enige waar ik op dat moment aan had kunnen denken was de zwangerschapstest die ik net had gedaan en de daaropvolgende boze confrontatie met Adam in zijn kantoor.

Ik speelde een spelletje op mijn mobiel, om te voorkomen dat ik ging zitten nadenken over alles wat er gebeurde. Ik had het hele weekend al veel te veel nagedacht en begon er hondsmoe en kotsmisselijk van te worden.

Het spelletje werd echter onderbroken doordat Heath, mijn huisgenoot en beste vriend, me appte.

Hoi, ben je goed bij je doktersafspraak aangekomen?

Ik typte mijn reactie. **Ja, onderweg naar de 2e afspraak.**

Alleen?

Nee. A is bij me.

Oké. Ik ben hier als je thuiskomt.

Precies zoals hij had beloofd en in tegenstelling tot mijn verwachting kwam Adam zo'n vijftien minuten later terug, zijn laptoptas hing over zijn brede schouder. Hij stapte in en we reden naar de volgende afspraak.

De tweede dokter bevond zich in een of ander sjiek medisch gebouw in Newport Beach, vlak naast Hoag Hospital. Het is deels een countryclub, deels een medische kliniek voor de rijken en soms zelfs voor bekendheden. Adams zoektocht naar 'de beste' in Orange County moet hem hierheen hebben geleid.

Nadat ze twintig minuten de tijd had genomen om mijn testuitslagen en dossier op de USB-stick door te ploegen, keek de arts met een grimas naar me op. Haar voorspellingen waren niet zo goed als die van dokter Metcalfe.

Minder dan vijftig procent als ik de zwangerschap doorzette. Ze was doodserieus en drong erop aan deze koers niet te bewandelen.

'Ik raad sterk aan de zwangerschap te beëindigen en onmiddellijk met chemotherapie te starten.'

Dat was het moment dat ik, ineengezakt op haar sjieke onderzoekstafel, de tranen in mijn ogen voelde opkomen. Ik trof Adams blik. Zijn gezicht stond koud, onbewogen. Ik stelde me voor dat hij tegen me zei: 'Ik zie het toch.' Ik keek weg en knipperde met mijn ogen, niet in staat adem te halen.

De hele wereld om me heen leek in te storten.

HOOFDSTUK
TWEE
ADAM

Ik bestudeerde Emilia nauwlettend terwijl de dokter haar prognose uitsprak. Moedig probeerde ze de emotionele reactie te verbergen, terwijl ik wist dat die zich onder de oppervlakte bevond. De dokter excuseerde zich en ik stond op om naar de onderzoekstafel te lopen, waarop ze zat. Ze keek niet op en verroerde geen spier. Haar ogen waren gefixeerd op een punt ergens in de verte, haar gedachten ver bij het hier en nu vandaan.

Ik slikte en voelde hoe het oude vertrouwde schuldgevoel me bijna verstikte, maar noodgedwongen schoof ik het opzij. Ik kon mijn emoties niet in de weg laten zitten, niet nu. Dit was een cruciale periode en we moesten snel handelen. Mijn enige zorg was Emilia's gezondheid, dat ze in leven bleef. Al het andere kon later worden opgepakt, als ze weer gezond was. Hopelijk waren er tegen die tijd genoeg stukjes van ons over om op te pakken en weer tot een geheel te maken.

Tot de God waar ik niet echt in geloofde bad ik dat ze zou luisteren naar wat de artsen haar vandaag hadden verteld. Nu ik enigszins over de eerste schok heen was van de ontdekking dat ze niet alleen zwanger was maar ook kanker had, had ik de tijd genomen om de manier waarop ik dit had aangepakt te analyseren. Mijn conclusie was dat ik alles wat ik had gedaan precies tegenovergesteld had moeten doen.

Dus had ik het hele weekend strategieën doorgedacht en een plan bedacht. Deze doktersbezoeken waren onderdeel van dat plan. Ik hoopte, meer dan ik wist, dat ze het medisch advies zou opvolgen. Emilia was een heel verstandige vrouw, maar op dit moment werd ze puur door emoties gestuurd. Sinds onze ruzie van zaterdagochtend, over de noodzaak de zwangerschap af te breken en haar vastberaden weigering dat te doen, had ik besloten het los te laten en er voor haar te zijn. We hadden het onderwerp niet meer ter sprake gebracht, want ik was bang dat hoe meer discussies we erover zouden hebben, hoe meer ze haar hakken in het zand zou zetten.

Ik hoopte dat ze naar het doktersadvies zou luisteren, maar als ze dat niet zou doen, zou ik niet opgeven. Ik zou iets of iemand vinden waar ze *wel* naar zou luisteren. Daarom had ik een plan B bedacht.

Emilia was stil toen we terug naar de parkeerplaats liepen. Ik opende het portier voor haar en ze stapte in, haar schouders gebogen. Toen ik achter het stuur ging zitten, zat ze recht voor zich uit te staren. Ik stak mijn arm uit en nam haar hand in mijn handen. Hij voelde koud en levenloos aan en ze beantwoordde de aanraking niet toen ik mijn hand om die van haar vouwde.

'Mia,' zei ik zachtjes. 'Gaat het wel met je?'

Ze knipperde. 'Wat denk je zelf?'

'Het spijt me.'

'Het is niet jouw schuld.' Ze begroef haar gezicht in haar handen en lachte verbitterd. 'Ik durf te wedden dat je wenste dat je met dat model van Jordan had aangepapt in plaats van met mij de koffer in te duiken.'

Ik trok haar in mijn armen en ze legde haar hoofd op mijn schouder. 'Nu zit je gewoon onzin uit te kramen.'

Ze greep mijn schouder beet en hield me tegen zich aan getrokken. 'Adam, het spijt me.'

'Ik wil niet dat je je verontschuldigt. Het enige wat ik wil is dat je de best mogelijke kans krijgt.'

Nadat we elkaar in een lange stilte hadden vastgehouden, vroeg ze zachtjes: 'Kun je me naar huis brengen?'

Ik aarzelde. Naar huis brengen. Voor mij was haar thuis mijn huis, waar we samen hadden gewoond tot we twee maanden geleden uit elkaar gingen. Het deed pijn om te beseffen dat voor haar 'naar huis' het appartement van Heath betekende. Ik gaf haar een kusje op haar wang en maakte me los.

Ik startte de auto, met de bedoeling mijn plan B in werking te stellen, maar daar hoorde niet bij dat ik haar naar Heaths appartement bracht.

Tegen de tijd dat ik op de snelweg reed, dommelde ze naast me in slaap, godzijdank. Ik wist dat ze uitgeput was. Ik hield het dak dicht om zo weinig mogelijk wind in de auto te hebben, zodat dat haar niet wakker zou houden. De laatste tijd had ze niet genoeg geslapen. Haar hoofd rolde naar voren en het enige wat ik kon zien was zo'n rare witte pluk. Recent had ze haar haren gebleekt en vervolgens in alle kleuren van de regenboog geverfd, zodat haar haarkleur paste bij haar elfenkostuum voor het gekostumeerde werknemersfeest tijdens onze conventie in Las Vegas. De haarverf was permanent, waarschijnlijk omdat ze had gedacht dat het binnenkort zou uitvallen door de chemotherapie die ze deze week zou moeten starten. Ze zag eruit als een vervaagde punkrocker uit de jaren negentig.

Ik nam de lange route, zodat ze pas wakker begon te worden toen ik de snelweg afreed. In plaats van rechtstreeks naar Heaths appartement op Chapman Avenue te rijden, sloeg ik rechtsaf richting North Tustin, waar het huis van mijn oom stond.

Ze knipperde met haar ogen toen ze wakker werd. 'Waarom gaan we naar Peters huis?' vroeg ze slaperig.

Toen ik geen antwoord gaf, keek ze naar me en drong het tot haar door. Ze rechtte haar rug. 'Adam, stop de auto.'

In plaats daarvan schakelde ik, drukte het gaspedaal in en reed de heuvel op richting de middelbare school.

'Adam,' uitte ze met opeengeklemde kaken.

'Je zult het haar toch een keer moeten vertellen.'

Ze siste tussen haar tanden door, alsof ik haar zojuist een stomp in haar maag had gegeven. 'Stop. De. Fucking. Auto.'

We waren nog zo'n twee straten bij Peters huis vandaan. Ik stopte langs het dichtstbijzijnde trottoir en zette de motor uit. Ik aarzelde en staarde door de voorruit, mijn vingers strak om het stuur geklemd. Emilia zat stijfjes naast me, ziedend. Ik was bereid geweest haar boosheid te riskeren, want als Kim de enige was die haar wat gezond verstand kon bijbrengen, dan was zij mijn geheime wapen. Op dit punt was ik bereid alles te doen wat nodig was. Zo wanhopig was ik.

Ik wachtte tot ze op adem kwam, haar wangen nog bleker dan normaal, haar knokkels wit doordat ze de randen van haar stoel vastklemde.

Ik nam mijn handen van het stuur en bestudeerde haar nauwlettend.

'Mia ... Ze is je moeder. Je moet het haar vertellen.'

Ze drukte de muis van haar trillende hand tegen haar voorhoofd. 'Ik *moet* helemaal niets.'

Ik nam een diepe, kalmerende hap lucht en staarde uit het raam in een poging mezelf te beheersen.

Ze verschoof in haar stoel. 'Breng me naar Heaths appartement, alsjeblieft.'

Na een lange stilte draaide ze zich mijn kant op om me verwachtingsvol aan te kijken.

'Ik zal je naar Heath brengen onder één voorwaarde. Eerst luister je naar wat ik te zeggen heb.'

Haar kaak verstrakte en ontspande zich toen weer. Uiteindelijk knikte ze, haar ogen vermeden de mijne.

'Ik herinner me die keer, toen we alleen nog maar online vrienden waren, dat ik tot zes uur 's ochtends met je opbleef, de nacht dat je ontdekte dat je moeder kanker had. Weet je dat nog?'

Ze beet op haar lip. 'Natuurlijk.'

'Ik weet hoe moeilijk dat voor je was. Ik weet ook dat je haar nu probeert te beschermen ...'

'Doe niet net of dit over mij gaat. *Jij* bent boos op me omdat ik het tegen niemand van jullie heb verteld, maar wat jij moet begrijpen ...'

Ik stak mijn hand op om haar te onderbreken. 'We hebben het nu niet over mij. We hebben het over je moeder. Ze heeft het recht het te weten. Ze heeft het recht je bij te staan, je te helpen. Je zult mensen nodig hebben. Dat is waarschijnlijk verdomd moeilijk om toe te geven.'

Met een trillende hand wreef ze over haar voorhoofd. 'Ik weet dat ik haar ... Maar ... ik ... God, ik weet nog hoe ik me voelde toen ze het me vertelde. Ik weet nog hoe het voelde om de hulpeloze aan de zijlijn te zijn, niet in staat ook maar een verdomd iets te kunnen doen. Het was het ergste wat ik in mijn leven heb moeten meemaken en ik wilde haar dat besparen,' ze keek me aan, 'en jou ook.'

Ik beet op mijn tong om de geïrriteerde reactie daar te houden waar het hoorde, onuitgesproken in mijn mond. *Want het ontdekken op de manier waarop ik dat deed was zo veel beter dan dat je het me vertelde.*

Haar ogen werden groot. Blijkbaar zag ze wat ik dacht en ik vervloekte mezelf dat ik mijn gedachten niet beter wist te verbergen. Daar was ik juist altijd zo goed in.

Ze haalde diep adem. 'Ik weet dat het ook mijn eigen lafheid was. Ik kan niet uitleggen wat er door mijn hoofd ging, want het klinkt zo belachelijk. Het begon als iets kleins. Eerst een vermoeden, een biopsie. Maar toen volgde de diagnose en ik … Het was alsof ik jullie allemaal teleurstelde door kanker te krijgen. Wij hadden daarvoor al allerlei problemen en toen dit … Ik dacht dat het definitief het eind van ons zou betekenen. Ik was goed beschadigd.'

Verrast liet ik mijn adem ontsnappen, maar ik zei niets. Ze slikte, voordat ze een nerveuze blik mijn kant op wierp en verderging.

'Ik weet dat het klinkt als stomme smoesjes.'

'Ja, het zijn smoesjes,' reageerde ik zachtjes. 'Er is nooit een goed moment voor ellende in je leven. Maar om iedereen buiten te sluiten? *Dat* is hoe je het erger maakt voor iedereen om je heen, en voor jezelf. Want door dat te doen, maakte je ons meer dan hulpeloos. En of je het nu wilt toegeven of niet, jij hebt … Onze. Hulp. Nodig.'

Ze zuchtte. 'Ik dacht dat het een snelle operatie en wat bestralingen zouden zijn. Dus ik dacht dat het niet echt nodig was om anderen ermee lastig te vallen ...'

Ik trok een nors gezicht. Fucking *kanker* en ze wilde ons 'niet lastigvallen'?

'Laten we niet blijven hangen in wat achter ons ligt, oké? Gebeurd is gebeurd. Laten we het over vandaag hebben. Over nu. Je moeder moet het weten. En ze verdient het om het van jou te horen.' *Net zoals ik dat verdiende ...*

Ze schudde haar hoofd. 'Ga me dit niet opdringen.'

'Dat doe ik ook niet. Maar ... zie het op deze manier: wat als ze jou nooit over haar kanker had verteld? Jij was weg vanwege je studie. Ze had het zonder enig probleem maanden voor je verborgen kunnen houden. Hoe zou jij je hebben gevoeld als je tot de ontdekking kwam dat ze dat allemaal alleen had moeten doorstaan? Want ze *gaat* er uiteindelijk achter komen. Je kunt het niet voor altijd voor haar verbergen. Alsjeblieft, Mia.'

Ze drukte haar handpalmen tegen haar ogen en begon te snikken, haar hele lichaam schokte. 'Ik ben bang, Adam! Oké? Ik weet niet wat ik moeilijker vind om haar te vertellen, over de kanker of de zwangerschap.'

Ik reikte naar haar en trok een hand bij haar gezicht weg om hem in mijn hand te nemen. Mijn vingers sloten zich om de hare. 'Ik ben bij je. Ik zal je helpen.'

Een lang moment zat ze stil, was ze bewegingloos. Met gebogen hoofd ademde ze diep in en knikte uiteindelijk. 'Oké,' fluisterde ze en haar hand verstrakte om die van mij.

Na een poosje trok ik langzaam mijn hand los en startte de auto weer. Een paar minuten later parkeerde ik op de oprit. Kim was een dag langer gebleven, nadat ik haar gisteren had gebeld en haar dat had gevraagd. Heath zou zo ook komen. Dit was Emilia's interventie.

HOOFDSTUK

DRIE

MIA

LANGZAAM STAPTE IK UIT DE AUTO, MIJN SPIEREN STIJF van ergernis. Adam was erop voorbereid om dit aan te pakken op dezelfde autoritaire manier waarop hij de meeste zaken aanpakte, tot hij gehoor had gegeven aan mijn smeekbedes om de auto aan de kant te zetten. Ik was echter niet voorbereid geweest op zijn kalme, verstandelijke argumenten. Zijn zachte smeekbedes. Dat was anders …

Ik verzamelde moed, terwijl mijn hart wild tekeerging. Adam aarzelde, kwam dichterbij. Ik staarde naar de rode voordeur van Peters huis, in de wetenschap dat mijn moeder binnen was en ik op het punt stond een bom te droppen, terwijl zij net een nieuwe liefde had gevonden en het leven haar weer toe leek te lachen. 'Geef me een minuutje,' mompelde ik.

Hij bleef staan, keek weg en stak zijn handen in zijn zakken. 'Neem alle tijd die je nodig hebt.'

Adam had een punt. Het was tijd om het mijn moeder te vertellen. Ik had erover gepiekerd wanneer ik haar kon inlichten en ik had het steeds uitgesteld. Ik kon het maar beter in een snelle, pijnlijke klap achter de rug hebben.

Een zwaar gewicht drukte op mijn maag en alles in mijn borstkas verkrampte toen ik knikte en hij richting de voordeur liep. Wezenloos volgde ik hem het trapje op. Hij opende de deur zonder te kloppen – zoals hij altijd deed – en riep naar binnen: 'Hoi, we zijn er.'

Mam was de eerste die ik zag en Adam stapte opzij zodat ze me kon begroeten. Stevig klemde ze haar armen om mijn nek. Aan haar gezicht kon ik merken dat ze het niet wist. Haar uitdrukking was overschaduwd door een onzekere ongerustheid. Ik ging ervan uit dat ik wist hoe haar gezicht eruitzag als ze op de hoogte was van de diagnose. Ik had dat gezicht duizenden keren voor me gezien toen ik me voorstelde dat ik het haar vertelde. In mijn eigen hoofd kwam ik nooit verder dan de eerste twee woorden voordat ik volledig instortte bij de gedachte dat ik haar daardoor zou verwoesten.

Ik wist hoe dat twee jaar geleden had gevoeld, toen zij haar diagnose had gekregen. Het had me kapotgemaakt en mam was zelf nog maar recent kankervrij verklaard. Wat als de stress van mijn diagnose haar weer ziek zou maken?

Ik maakte me van haar los, niet in staat haar in de ogen te kijken. Ze legde haar handen op mijn wangen. 'Mia,' zei ze zachtjes, 'wat het ook is, we komen er wel doorheen, oké? Ik ben er voor je.'

Nu keek ik wel in haar bruine ogen, die zo veel op die van mij leken, en ik kon het niet meer binnen houden. Ik begon te huilen. Alweer.

Haar armen gleden om me heen. We waren inmiddels alleen in de keuken. Adam was weggegaan. Ik duwde mijn gezicht in mijn moeders schouder en probeerde mijn gehuil zo goed als ik kon te smoren, maar ik schokte zo hard dat ik niet eens een logische gedachte kon formuleren, laat staan mezelf onder controle houden.

'Sssst,' suste ze me en streelde mijn haar zoals ze deed toen ik een klein meisje was.

Ze leidde me de woonkamer in, waar Adam en Peter in stoelen tegenover ons zaten. Mam nam me met zich mee naar de bank. Op de een of andere manier dwong de aanwezigheid van anderen me om mezelf bijeen te rapen en te stoppen met janken als een baby. Adam stond op, pakte een doos tissues en zette hem op de salontafel voor me. Ik griste er een handvol uit en veegde mijn gezicht af.

'Adam, misschien moet we hen alleen laten,' merkte Peter zachtjes op.

'Nee,' zei ik eindelijk met bevende stem. 'Het is al goed. Je moet erbij zijn, voor haar.'

Ik draaide me naar mijn moeder, die haar wenkbrauwen had opgetrokken bij mijn woorden. Ik legde mijn beide handen op haar schouders, snifte en rechtte die van mezelf, in een poging de kracht te vinden die vreselijke woorden uit te spreken. 'Ik … Eh …' begon ik met trillende stem. Ik schraapte mijn keel. 'Ik heb kanker, mam.'

In eerste instantie reageerde mijn moeder niet. Toen, zo'n drie tellen later, keek ze alsof er iemand met een stalen laars op haar voet had gestampt en ze probeerde geen reactie te laten zien.

Ik ademde dus diep in en praatte verder. 'Het, eh, is borstkanker, fase twee, in mijn linkerborst. Ik had een borstbesparende operatie in oktober en hormoontherapie en, eh, ik moet met chemo beginnen.'

Mijn moeders lippen verdwenen in haar mond en ik zag dat ze haar uiterste best deed niet te huilen. Ze probeerde hetzelfde als wat ik had gedaan toen zij mij over haar diagnose inlichtte.

Eindelijk, nadat ze zich een minuut had geprobeerd in te houden, brak ze. 'O God, liefje,' zei ze en trok me in haar armen, dicht tegen zich aan. Niemand begreep de weg die een kankerpatiënt te gaan had zo goed als iemand die kanker had overleefd. Mijn moeder kende onmiddellijk iedere kwelling die me te wachten stond.

Bijna iedere kwelling.

'Waarom heb je het me niet verteld?' vroeg ze op afgemeten toon.

'Ik heb het niemand verteld.'

'Zelfs Adam niet?' wilde ze weten terwijl ze zich losmaakte en naar hem keek.

Dat was het moment dat ik me voor het eerst smerig voelde. Ik had gedacht dat ik sterk voor hen was. Ik had gedacht dat ik ervoor koos mijn strijd dapper aan te gaan – een strijd die alleen ik kon strijden – zonder hen tot last te zijn.

Dit was het eerste moment waarop ik besefte hoe egoïstisch ik was geweest.

Ik leunde achterover en keek naar Adam. Zijn gezicht stond uitdrukkingloos, maar zijn ogen waren gevuld met beschuldigingen en pijn. Ik keek weer naar mijn moeder. 'Ik heb het alleen Heath verteld.'

Mijn moeder schudde haar hoofd in onbegrip. Een miljoen redenen kwamen op in mijn hoofd. Ik was bang. Ik wist niet wat ik moest doen. Ik was in de war. Ik wilde sterk zijn. Ik wilde op mijn eigen manier tegen de kanker vechten.

Maar iedere reden stelde niets voor, was betekenisloos voor de mensen die van me hielden.

'Dus je liet Heath dit voor ons verbergen? O, Mia, dat kon je toch niet van hem vragen? Maar ...' Ze legde haar hand op mijn arm, schudde aan mijn schouder zodat ik weer naar haar zou kijken. 'Nu is niet het moment om te bespreken hoe je het hebt aangepakt. Nu gaan we het hebben over wat er als volgt komt. Wanneer start je met je chemo? En waar?'

Ik rechtte mijn rug, trok me van haar los. Mijn ogen bleven op haar gefixeerd. Ik kon de blik die me vanaf de andere kant van de kamer vastpinde niet ontmoeten. Dit was waar hij op had gerekend. Hij wist dat het mijn hart zou breken als ik mijn moeder moest vertellen dat ik chemo ging weigeren. Ik klemde mijn kiezen op elkaar en probeer die bittere pil weg te slikken.

'Kim, er is een complicatie,' zei Adam op rustige toon. 'Mia kan deze week niet met chemo starten omdat ze zwanger is.' Ik sloot mijn ogen, vooral om mijn moeders reactie te blokkeren. Maar ik was zo'n lafaard, omdat ik opgelucht was dat Adam het voor me had uitgesproken. Ik kon wel voor zijn voeten neervallen uit dankbaarheid.

Mijn moeders hoofd schoot terug naar mij. Ze opende haar mond om iets te zeggen, maar, blijkbaar niet in staat de woorden te vinden, sloot ze haar mond weer. Haar gezicht werd net zo wit als de muur achter haar.

De deurbel ging en Adam stond op om open te doen. Snel liep hij de hal in. Peter leunde naar voren. 'Kim, zal ik wat water voor je halen?'

Ze schudde fel haar hoofd en hij leunde weer achterover, haar aandachtig in de gaten houdend. Mam keerde zich weer tot mij, haar mond hing weer open, zoals een vis op het droge naar lucht hapte.

Adam kwam terug de kamer in met Heath, die onmiddellijk naar mijn moeder liep. Ze stond op en sprong praktisch in zijn armen. Ze trok hem dicht tegen zich aan en huilde tegen zijn schouder. Adam moest Heath hebben gezegd te komen. Nu besefte ik dat ik eerder gelijk had gehad, toen ik tegen Adam had gezegd dat ik wist dat hij iets van plan was. Hij had deze ontmoeting geregeld, zodat ze met z'n allen bij elkaar konden gaan zitten om mij te vertellen wat ik moest doen. Ik wierp hem een blik toe, maar werd afgeleid door mijn moeders gesnik.

Ik keek naar ze, met het gevoel alsof een mes dwars door mijn borstbeen had gesneden. Een golf van misselijkheid spoelde door me heen en mijn maag protesteerde. Ik slikte de bittere gal achter in mijn strot terug.

Mam stapte eindelijk bij Heath vandaan en schoof een stukje opzij op de bank, zodat hij aan het andere eind kon gaan zitten. Toen draaide ze zich naar mij terwijl ze haar gezicht met de rug van haar hand afveegde. Heath leunde voorover, pakte een paar tissues en gaf ze aan haar. Ze wreef over haar ogen. Zonder naar mij te kijken zei ze: 'Heath, het spijt me dat ik met kerst zo boos op je was toen je me niet wilde vertellen wat er met Mia aan de hand was. Dit moet een onmogelijke situatie voor je zijn geweest.'

Heath legde een hand op mams rug en zei geen woord. Hij zag eruit alsof hij ook ieder moment in tranen kon uitbarsten. Ik drukte de muis van mijn handen tegen mijn ogen, alsof ik zo mijn eigen tranen kon tegenhouden.

'Wil je het hebben over wat je gaat doen?' vroeg mijn moeder.

Ik was te zeer een schijterd om mijn handen voor mijn ogen vandaan te halen. Na minuten van stilte mompelde ik: 'Ik weet wat ik wil doen.' Ik ademde diep in, liet mijn handen vallen en ging rechtop zitten. Ik keek naar Adam. Hij zat zo stil als een standbeeld, net zo onbewogen en ondoorgrondelijk als hij vandaag in het kantoor van de arts was geweest. 'Maar dat betekent dat ik de chemo niet ga doen.'

Mam pakte mijn hand, trok hem in haar schoot en klemde hem vast. 'Mia, je hebt de chemo nodig.'

Ik ademde beverig uit en schudde mijn hoofd. Ik kon het niet zeggen. Ik kon haar niet vertellen dat haar dochter ervoor koos af te zien van de behandeling. Vanuit mijn ooghoek zag ik Adam overeind komen en met zijn rug naar de kamer gedraaid stijf uit het raam staan staren. Ik bestudeerde zijn gespannen schouders.

'Mam, wat als jij ervoor had gekozen mij niet te krijgen? Ik kan dit.'

Mijn moeders mond zakte open. 'Mijn omstandigheden waren compleet anders. Ik vocht niet voor mijn leven, Mia. Je kunt jezelf niet met mij vergelijken!'

'Misschien kan ik nooit meer een baby krijgen, na de chemo...'

'Is dat het waard je leven voor op te geven? Een volwaardig leven? Je bent tweeëntwintig jaar, zelf nog een baby!'

Ik opende mijn mond om te reageren, maar ze onderbrak me door me zo stevig bij mijn schouder beet te pakken dat het leek alsof ze zelf voor haar leven vreesde. 'Je hebt je hele toekomst nog voor je, je wilt medicijnen studeren. Je gaat arts worden en levens redden. Maar op dit moment heb je één leven dat het belangrijkste is om te redden. Dat van *jou*.'

Zwoegend probeerde ik adem te halen. Het voelde alsof er kilo's en kilo's staal op mijn borstkas drukten. Dit was een nachtmerrie. Ze wilden allemaal hetzelfde. Niemand, helemaal niemand, begrijpt mijn kant van de situatie. Dat er een leven was – een toekomstig *kind* – dat in me groeide. Een kind dat een kans verdiende om te leven.

Toen klonk er een andere stem, een fluistering in mijn hoofd. Verdiende *ik* ook niet de beste kans om te blijven leven?

Voor de diagnose, voor het telefoontje van de arts, was ik dolgelukkig. Ik wachtte op reacties van de universiteiten waar ik me had aangemeld voor geneeskunde, ik was aangenomen op de universiteit die mijn eerste keus was en ik had een geweldige man die van me hield en die ik net zo liefhad. Het pijnlijke gevoel van verlies verspreidde zich weer door mijn borst. Het was de afgelopen paar maanden net zozeer onderdeel van mijn dagelijkse leven geweest als de eindeloze bloedonderzoeken en de zware medicijnen die ik genoodzaakt was in mijn lijf te stoppen. En wat voor me lag was nog erger.

'Is het echt zo erg dat ik geloof dat mijn kind het recht heeft om te leven?' zei ik met een klein stemmetje.

Als versteend keek mijn moeder me aan. Toen raakte ze mijn wang aan. 'Nee, liefje, dat is helemaal niet erg. Maar ik moet je smeken te denken aan het recht van *mijn* kind om te blijven leven en dat van het jouwe op te geven. Offer *mijn* kind niet op, ik smeek het je.'

Plotseling voelde het alsof ik zou bezwijken onder het gewicht van alle blikken die op me waren gericht. Iedereen behalve Adam keek me aan alsof ze wachtten op een of andere statement, een beslissing.

Ik duwde mijn vingers tegen mijn slapen en wreef eroverheen. 'Ik moet nadenken. Ik kan zo'n grote beslissing niet nu nemen. Alsjeblieft. Kun je dat begrijpen?'

Mijn moeder keek me aan, haar ogen zo triest dat het mijn hart brak. Ze beet warempel op haar lip om te voorkomen dat die trilde. Maar ze knikte. 'Oké,' zei ze. 'Je hebt toch nog een beetje tijd? Alsjeblieft … Sluit ons alsjeblieft niet weer buiten, oké? Dat is het enige wat ik vraag. Het enige wat ik je smeek. Laat ons van je houden.'

Laat ons van je houden. Was dat wat ik had gedaan? Hen van me wegduwen, hen weigeren toe te staan deze gevoelens te voelen? Ik draaide me naar Adam, die me inmiddels weer aankeek met omfloerste, donkere ogen. We hielden elkaars blik vanaf de overkant van de kamer vast en mijn binnenste voelde zwaar, strakgespannen. Ik kon nauwelijks ademen. Ik wilde hier niet over nadenken. Wilde dit niet doen. Ik wilde achterover gaan liggen en wachten tot dingen simpelweg zouden gebeuren. Ik had geen enkel verlangen om deze moeilijke keuzes te overwegen. Mijn leven begon als een gigantische mislukking te voelen. En er zouden gaandeweg nog meer mislukkingen volgen voordat ik de boel weer bijeen kon rapen, weer opnieuw kon beginnen, als ik de kracht al zal hebben om dat te doen.

Ik was uitgeput en had ernstig behoefte aan slaap. Al bijna een week lang had ik niet goed geslapen. Sinds ik had ontdekt dat ik zwanger was en de grote, heftige confrontatie met Adam. De dag dat hij hoorde van mijn kanker. Alles.

Morgen was het oudjaarsdag en ik wilde geen nieuw jaar verwelkomen dat vol zou zijn met verdriet, gebroken harten en spanning tussen Adam en mij.

Ik ging aan de bijrijderskant van zijn auto staan voordat ik bedacht dat het waarschijnlijk praktischer was om met Heath mee naar huis te rijden, aangezien ik nu bij hem woonde. Tussen Heath en mij was spanning geweest voor deze grote ontploffing. Hij zette me al weken onder druk om het hen allemaal te vertellen. En ik had geweigerd. Ik had misbruik gemaakt van zijn loyaliteit om hem te laten zwijgen. Hij had te maken gekregen met Adam en mijn moeder, die van hem wilden weten wat er echt met me aan de hand was. Ik stond fors bij hem in het krijt voor dat alles.

Ik draaide me om en wilde naar Heaths auto lopen toen ik tegen werd gehouden door een hand op mijn bovenarm. Peter stond in de deuropening met zijn arm rond mijn moeders schouders en Heath stond zachtjes met haar te praten, terwijl zij in een prop tissues stond te sniffen.

Ik keerde me naar Adam toe. Zijn greep verstrakte kort en gleed toen over mijn arm. 'Gaat het wel met je?'

Ik zuchtte en wendde mijn blik af. 'Ik was pissig omdat je me hierheen had gebracht … en dit allemaal had gepland.' Ik slikte de brok in mijn keel weg. 'Maar nu voelt het alsof er een enorm gewicht van mijn borst is getild.'

Hij knikte. 'Het spijt me dat je het zo moeilijk had.'

Hij zei in ieder geval niet dat ik het verdiende. Ik gluurde naar zijn gezicht voordat mijn blik afdwaalde. Ik wist heel goed dat hij nog steeds boos op me was. Hij verborg zijn gevoelens zo goed dat er soms een verdwaalde blik, een kort aanspannen van zijn spieren in zijn gezicht of een zelfs nog kortere flikkering in zijn ogen voor nodig was om uit te vogelen wat er in zijn hoofd omging.

Ik wist dat ik hem verdriet had gedaan. We hadden elkaar verdriet gedaan. Heel veel. En ik zag nog veel meer pijn op ons pad voordat we het konden herstellen, als we dat ooit al konden. Nieuwe schuldgevoelens klauwden omhoog in mijn strot. Als hij zijn boosheid in een situatie als deze opzij kon zetten, kon ik dat ook.

Hij schraapte zijn keel. 'Ik weet dat je moe bent, maar kunnen we morgen praten?'

Ik vroeg me af of hij iets nieuws te zeggen had. Zou het meer van hetzelfde zijn? Zou hij weer tegen me schreeuwen en erop staan dat ik abortus zou plegen? Vermoeidheid trok aan iedere millimeter van mijn lichaam, trok me naar beneden. Het enige wat ik op dit moment wilde was stoppen met ploeteren, stoppen met vechten. Ik merkte dat ik, ondanks alles, hem bij me wilde, dat hij me vasthield. Bijna vroeg ik hem of ik vanavond met hem mee kon gaan.

'Ehm, ja, tuurlijk.'

'Zal ik je voor het ontbijt ophalen?'

Ik had al een week niet ontbeten. Dat was het moment waarop ik me het misselijkst voelde. Maar ik wilde niet weer een discussie met hem beginnen. Hoezeer ik hem de afgelopen weken ook had geprobeerd te vermijden, ik leek zijn aanwezigheid nu net zo hard nodig te hebben als zuurstof. Ik zou wat van een geroosterde boterham kunnen knabbelen en wat sap kunnen drinken als dat inhield dat we wat tijd samen konden doorbrengen.

'Ja, ik zie je wel een keer verschijnen.'

Hij boog om mijn wang te kussen. Toen hij naar me toe leunde, ving ik een vleug van zijn heerlijke geur op en mijn hart sloeg een slag over. Ik sloeg mijn armen rond zijn middel en trok hem dichterbij. Hij aarzelde, slechts voor een fractie van een seconde, maar ik merkte het. Zijn houding was stijf voordat hij zich ontspande. Zijn handen gleden over mijn rug omhoog, op mijn schouderbladen, gevolgd door de vrijwel onmerkbare beweging van zijn hoofd, dat hij draaide om aan mijn haar te ruiken. Ik drukte mijn gezicht tegen zijn schouder en hij hield me vast. Ik sloot mijn ogen en genoot van die zilte oceaangeur en de geur van een man. Ik ademde het in.

Het voelde goed, maar het was bijna net zo snel voorbij als dat het begon. Hij maakte zich van me los, eerst met een kleine ruk, toen langzaam, alsof hij zichzelf eraan moest herinneren niet te abrupt te bewegen, alsof hij een breekbare puppy of kitten vasthield. Het deed lichamelijk pijn. Dat losmaken sneed als een mes door me heen, tot diep in mijn hart.

'Adam … het spijt me,' fluisterde ik.

Hij bracht zijn hand omhoog en streelde mijn wang. 'Mij ook.'

De blik die we in het geringe licht deelden liet mijn borst samenknijpen. Nieuwe tranen dreigden op te komen, ze brandden tegen de achterkant van mijn ogen.

Een *respawn* en een herkansing op dit moment zouden fantastisch zijn. Was het maar waar.

Was het maar waar dat ik terug kon naar die dag dat ik mijn toelatingsbrief van Hopkins had binnengekregen. Dat had ik *echt* beter kunnen aanpakken. Maar ik was zo opgegaan in dat heuglijke feit, die monumentale prestatie die mijn enige hoop en droom was geweest de afgelopen paar jaar. Een waarvan ik dacht vreselijk in gefaald te hebben toen ik zakte voor mijn toets.

Dat was het punt waarop we allebei waren begonnen met het maken van grote, stomme fouten.

Adam stopte een haarlok achter mijn oor. 'We moeten stoppen dat steeds maar weer te zeggen, oké? Dat laten we achter ons. Geen verwijten, naar onszelf of anderszins, toch? Dat was tenslotte *jouw* regel.'

Ik lachte wrang. 'Je bent nogal van de regels, of niet?'

'Het hele leven draait om regels. Zelfs games hebben regels.'

Ik knikte. Dit was geen game, verre van. Ik opende mijn mond en bijna, *bijna* vroeg ik hem of ik met hem mee naar huis mocht vanavond. Ik wilde dat hij me vasthield. Ik wilde hem naast me voelen liggen, naar het vredige geluid van zijn ademhaling luisteren terwijl hij sliep. Het was veel te lang geleden. Veel te lang.

Maar ik was veel te bang dat hij nee zou zeggen, dus stiekem hoopte ik dat hij het zelf zou voorstellen.

'Slaap lekker,' zei hij op zachte toon.

Mijn ogen vielen dicht en mijn binnenste zakte naar beneden. Het was niet meer hetzelfde en zou lange tijd niet meer hetzelfde zijn, als dat ooit nog zou gebeuren. Er was iets behoedzaams of er ontbrak iets in zijn stem en de manier waarop hij naar me keek. En op dat moment wist ik precies wat het was … Vertrouwen.

Hij vertrouwde me niet langer. En nee, ik vertrouwde hem ook niet volledig.

'Jij ook,' zei ik.

Hij liep met me mee naar Heaths jeep en opende het portier voor me. Voorheen zou hij erop hebben gestaan me naar huis te rijden, zelfs als hij wist dat Heath toch die kant op reed. Maar vanavond niet.

HOOFDSTUK

VIER

ADAM

NA WEER EEN LANGE EN SLAPELOZE NACHT REED IK OP DE automatische piloot terug naar Orange. Waarschijnlijk kon ik het tripje inmiddels met mijn ogen dicht rijden. Deze route had ik echter nauwelijks gereden voordat ik met Emilia begon om te gaan.

Het was vroeg in de ochtend op oudjaarsdag en er was minder verkeer dan normaal. Mensen werkten vermoedelijk maar een halve dag – net als de werknemers die nog bij Draco aan het werk waren – en waren van plan hun vrije dagen met mooie en hoopvolle verwachtingen voor het nieuwe jaar door te brengen.

Ik vroeg me af hoe dat zou voelen, want hoe ik er ook naar keek, dit nieuwe jaar dat voor ons lag, zag er niet al te feestelijk uit. Emilia en ik spraken in ieder geval weer met elkaar, gelukkig. Maar onze wankele relatie stond op het punt geraakt te worden – heel, *heel* zwaar – door behoorlijk wat duistere shit. Voor ons viel er niet veel te vieren.

Ik stopte bij een nabijgelegen bakkerij om een paar dingen voor het ontbijt te kopen en ging haar toen bij Heath ophalen.

Ze opende de deur. Haar vreemde regenboogharen waren in een paardenstaart bijeengebonden en door de opening van een donkerblauwe baseballpet met het logo van Draco gehaald. Ze droeg een wijde jeans en een spijkerjas. Haar mond krulde op in een flauw lachje.

'Hoi,' zei ze.

'Hoi. Ik dacht dat we in het park konden ontbijten. En misschien wat praten?'

Ze trok zichtbaar wit weg bij het noemen van het ontbijt, zelfs haar perfect roze lippen waren bijna wit. Ze zag eruit alsof ze op het punt stond over mijn schoenen te kotsen. Haar lachje vervaagde echter niet en ze knikte zachtjes.

Terwijl we terug naar de auto liepen, legde ze haar koude hand in de mijne. Ik sloot mijn vingers rond die van haar, bijna zonder erbij na te denken. Ik zou boos op haar moeten zijn. Een deel van me eiste dat ik boos op haar bleef. Maar het overgrote deel zag haar voor wat ze was: verloren, alleen, net zo doodsbang als ik en de vrouw van wie ik meer hield dan wat dan ook in de wereld.

We reden naar een park in de buurt, met heuvels en grote bomen en wandelpaden. Een rij dennenbomen leidde langs een kilometerlang pad naar een semi-privéplek voor ons, waar we aan een lege picknicktafel plaatsnamen. Ze ging tegenover me zitten, haar gezicht steeds naar beneden gericht, terwijl ik de koffie en lekkernijen neerzette.

Ze gluurde naar de doos. 'Ik hoop dat je niet beledigd bent als ik niets eet.'

'Ik zal me niet beledigd voelen, maar ik denk dat je wel iets zou moeten eten. Je moet op krachten blijven.'

Haar wenkbrauw ging omhoog. 'Dat kan ik vanmiddag doen, als mijn kracht niet tegelijk met mijn ontbijt omhoogkomt.'

Ik grimaste en pakte een van de bekers. 'Nou, neem dan in ieder geval koffie.'

Ze keek naar de koffiebeker en wendde toen haar blik af. 'Beter van niet.'

Ik bevroor, hield mijn beker tot halverwege mijn mond. Ik wist wat ze met die drie woorden impliceerde en dat maakte me zowel woedend als schijtbang tegelijkertijd. Ik zette mijn beker neer, maar zei geen woord.

Ze keek naar me, niet verrast door mijn reactie. Ik zag nu waarschijnlijk net zo bleek als zij.

'Dus je hebt een beslissing genomen,' zei ik vlak, mijn stem zo dood als de rest van mij wat ik op dat moment voelde.

Ze keek weg, wiegde heen en weer op haar plek. Twee hardlopers kwamen langs, een beetje te dichtbij. Ik keek naar ze.

Ze schraapte haar keel in haar vuist en ademde diep in. 'Ik weet dat ik heb gezegd dat het mijn lichaam en mijn beslissing is. En dat is het ook, maar … ik ga je niet buitensluiten.'

Ik vlocht mijn vingers ineen, voor me op de tafel, en bestudeerde ze in plaats van dat ik naar haar keek. 'Dus wat betekent dat?'

Ze draaide haar hoofd om me aan te kijken, maar zelfs met het gewicht van haar blik op mij keek ik niet op. 'Het betekent dat we erover praten. Op een normale, rustige manier. We doen wat ons al maanden niet lukt. *Communiceren.*'

Toen keek ik wel op en onze ogen ontmoetten elkaar. Het was krachtig, als een lichamelijke klap. Mijn borstkas voelde strakgespannen en ademen was moeilijk. Ik reikte naar haar en klemde mijn hand om haar smalle pols. 'Dankjewel.'

Ze glimlachte niet. 'Bedank me nog maar niet.'

Ik hield mijn adem in.

'Ik wil de zwangerschap voortzetten.'

Ik slikte een brok zo groot als een golfbal weg. 'Dus dat is het eind van het gesprek?'

Ze schudde haar hoofd. 'Nee. Het is het begin. Jij vertelt me wat jij wilt.'

Ik knipperde met mijn ogen. 'Ik wil *jou*. Ik wil je gezond. Ik wil dat je de beste kans op overleving krijgt. Vijfentachtig procent is niet het meest fantastische percentage, maar het is in ieder geval beter dan ...'

Ze trok haar hand onder mijn greep vandaan. 'Nee, niet doen. Ga het niet over cijfers en percentages hebben. Vertel me wat je *voelt*. Vertel me wat je wilt.'

Gefrustreerd klemde ik mijn kaken op elkaar. 'Ik kan niet *niet* over die cijfers praten, Mia, oké? Alles in mijn leven draait om getallen en percentages. Alles. Het is mijn werk. Het is hoe mijn brein werkt.'

Ze ademde diep in en keek weg terwijl de lichte bries een paar plukken van haar lange, witte en veelkleurige haar te pakken kreeg, waardoor het rond haar schouders danste. 'We hebben het hier over een embryo. Een nieuw leven, een kleine jij en ik. Over acht maanden zal het een baby zijn, *onze* baby. Hoe voel je je daarover?'

Het enige gevoel dat ik in me had was een ijzige gevoelloosheid, een zekere doodsangst. 'Ik voel alleen maar een ijzingwekkende angst, om eerlijk te zijn. Ik kan je niet verliezen.'

Haar donkere wenkbrauwen schoven naar elkaar. 'Als we hier een eind aan maken, kan ik misschien nooit meer een ander kind krijgen. Misschien zul je nooit vader worden.'

Ik schudde mijn hoofd en keek in de verte. 'Om mee te beginnen, dat is voor mij nu niet het belangrijkste ...'

'Maar op een dag wel.'

'Misschien. Maar ik weet wat ik *nu* wil. Ik wil dat je weer gezond wordt. Ik wil dat je alles doet wat mogelijk is om hiertegen te vechten.'

Emilia knipperde met haar ogen. 'Oké, en wat was het andere?'

'Het andere is dat er meer dan één manier is om ouders te worden. Als en wanneer dat belangrijk voor me wordt, zijn er andere manieren.'

'Voor *jou* misschien, maar voor mij niet. Er bestaat een grote kans dat de chemo mijn lichaam in een permanente, vroege menopauze brengt.'

Ik schoof heen en weer op de harde bank. 'Ik heb hier gisteren de hele dag research naar gedaan. Je kunt geen eitjes laten weghalen vanwege de hormonen die daarvoor nodig zijn en de timing, maar je kunt wel een deel van het eierstokweefsel laten invriezen ...'

Ze keek niet naar me. Haar gezicht was uitdrukkingloos, alsof ze hier heel ver vandaan was.

'Mia ...' Ik schudde aan haar hand. Ze keek naar me op, keek dwars door me heen.

'Je vertelt me niets wat ik zelf niet op Google kan vinden of wat mijn arts me niet kan vertellen. Je vertelt me niet wat alleen *jij* me kunt vertellen.'

'Ik kan je niet vertellen wat je wilt horen. Dat ik blij ben dat je zwanger bent. Dat ben ik niet.'

Langzaam liet ze haar adem ontsnappen, duidelijk gefrustreerd. 'Ik wil niet dat je zegt wat ik wil horen. Ik wil weten wat je *voelt*. Wat voel je?'

Ik was even stil, keek weg en bestudeerde de lange ochtendschaduwen die we op het pad achter ons maakten. Ik schraapte mijn keel om de plotselinge benauwdheid weg te krijgen. 'Ik ben bang.'

Ze gaf een kort knikje. 'En?'

'Dat is het enige wat er is. Angst. Ik hou van je en ik wil dat je dit overleeft. Ik wil dat je alle kansen grijpt om dat voor elkaar te krijgen.'

'En … hoe zit het met de baby?'

'Het is geen baby.'

'Over acht maanden …'

'Over acht maanden zul je, als ik er iets over te zeggen heb, klaar zijn met je chemotherapie en kankervrij zijn verklaard en kan ik eindelijk weer ademhalen.'

Ze fronste. 'Ik heb nooit veel familieleden gehad. Het was altijd alleen mam en ik. Ik wilde broers en zussen om mee op te groeien, of zelfs maar neven en nichten en ooms en tantes. Ik had mijn oma en eens in de zoveel tijd zagen we haar, maar … ik heb altijd een gezin gewild. Ik dacht dat nadat ik arts zou zijn geworden ik misschien een kind kon krijgen …'

'Jij en ik kunnen een gezin vormen. We hebben elkaar.'

Haar hand kwam omhoog en wreef over haar voorhoofd. 'Op een dag zul je meer willen.'

'Dit is niet op een dag, dit is nu.'

Ze keek naar me op, een wanhopige blik in haar ogen. 'Op een dag zal *ik* meer nodig hebben. En dit is mijn enige kans.'

'We zijn nog hartstikke jong. We zouden niet nu al met dit soort shit te kampen moeten krijgen, maar dat is wel het geval. Het leven is niet eerlijk.'

'Adam,' zei ze zachtjes en haar stem trilde bij de tweede lettergreep van mijn naam. Ik wachtte tot ze zichzelf had herpakt en haar keel schraapte. 'Er bestaat nog altijd een kans dat ik het niet red. als dat zo is, zou je in ieder geval de baby hebben ... *Ons kind.*'

Mijn hand balde zich op de tafel voor me tot een vuist. 'Ik ga daar niet op reageren, want dat is *geen* optie. Ik ga je moeders woorden hier gebruiken. Offer jezelf alsjeblieft niet op. Je hebt zoveel om voor te leven. Geneeskunde in de herfst ...'

Ze schudde haar hoofd. 'Ik ga geen geneeskunde studeren.'

Ik verstijfde, uitermate gefrustreerd nu. 'Hou op. Geef je je droom op? Je laat de kanker nu al winnen.'

'Ik wil leven. Ik geef het niet op.'

Ik ademde diep in en liet de lucht langzaam ontsnappen. Er was geen mogelijkheid haar nu te manipuleren. Als ik dat zelfs maar zou proberen, zou de deur met een rotgang dichtgesmeten en vergrendeld worden en de kwetsbare opening die we tussen ons hadden bereikt, voorgoed verdwenen zijn. Ik had inmiddels geleerd dat haar manipuleren om mijn zin te krijgen het alleen maar erger maakte. Ik had het in het verleden vreselijk verkloot, maar ik was geen debiel; ik had in ieder geval geleerd van mijn fouten.

Ik pakte haar hand weer beet. 'Ik kan niet beweren dat ik weet hoe dit voor jou is. Ik weet alleen hoe het vanaf buitenaf is. Maar in godsnaam, er zijn zoveel mensen die het beste voor je willen. Die je *nodig* hebben. Ik, je moeder, Heath, al je vrienden ...'

Ze liet haar hoofd zakken, de klep van haar pet verborg haar gezicht.

'Mia,' fluisterde ik. 'Het spijt me dat we niet alles kunnen hebben. Ik wilde bij God dat dat wel kon, maar we moeten kiezen wat nu het belangrijkste is. Voor mij ben jij dat. Voor jou is dat, hoop ik, ook jij.'

Ze legde haar vrije hand tegen haar gezicht en knikte slechts.

Ik stond op van mijn kant van de tafel en liet me naast haar op de bank zakken.

Ze smolt tegen mijn zij aan voordat ik zelfs maar een arm om haar heen had gelegd. Ze voelde slap, haar lijf ontspande direct. Ik moest haar praktisch tegen me aan drukken om haar overeind te houden. Ze draaide zich naar me toe en duwde haar gezicht tegen mijn borst. Mijn armen sloten zich strakker om haar heen.

Lange, lange tijd hield ik haar zo vast. Ze had handenvol van mijn shirt in haar vuisten geklemd, alsof ze zich op de rand van de afgrond bevond. Ze verroerde zich niet en ik was nauwelijks in staat om op te merken of ze ademde. Ik zou mijn laatste cent hebben gegeven om te weten wat er in haar hoofd omging. Ook ik hield mijn adem in, in de hoop dat ze besloot te doen wat ik nodig had.

Ze draaide haar hoofd opzij, legde haar hoofd tegen mijn sleutelbeen. Ze huilde niet, maar toen ze sprak, beefde haar stem. 'Als ik dit doe, zal ik er voor altijd spijt van hebben.'

'Als je dit doet en je er je leven lang spijt van hebt, leg die last dan bij mij neer. Ik zal dat op mijn schouders nemen. Ze zijn sterk. Ze kunnen dat gewicht dragen.'

Ze zuchtte en ik hield haar vast.

'Ik heb tijd nodig,' fluisterde ze na een eindeloze stilte.

'Je hebt niet veel tijd,' herinnerde ik haar.

'Alsjeblieft, Adam,' smeekte ze, haar stem gedempt tegen mijn schouder.

Ik opende mijn mond, wilde haar onder druk zetten om nu de beslissing te nemen, zodat we vandaag nog in actie konden komen, maar ik kon het niet. Dit moest uit haar zelf komen. En ik was hulpeloos, uiterst hulpeloos om dit in mijn handen te nemen.

'Wat er ook gebeurt, wat je ook besluit...' Mijn stem stierf weg en ik schraapte mijn keel. 'Ik hou van je.'

'Dat weet ik.'

'Wil je de dag samen doorbrengen of wil je alleen zijn?'

'Kunnen we samen zijn?'

Ik hield haar stevig tegen me aan en boog voorover om haar gezicht te kussen. 'Natuurlijk.'

Ik had geen idee wat de dag van morgen zou brengen. Ik had geen idee of deze pijn ons uiteindelijk voorgoed uit elkaar zou drijven, maar voor nu – vandaag – wilde ze dat we samen waren en ik wilde dat ook.

En misschien, heel misschien, konden we een paar fijne herinneringen maken waarbij ik de dreigende wolk die boven ons hing kon vergeten en gewoon met haar kon zijn, verliefd kon zijn.

HOOFDSTUK
VIJF
MIA

WE BRACHTEN OUDJAARSDAG DOOR IN ADAMS filmkamer, zijn eigen privébioscoop. We keken de *Doctor Who*-kerstspecial bijna een week te laat. Daarna hielden we een marathon van *Battlestar Galactica*-herhalingen en deden we net of die afgrijselijke laatste aflevering niet bestond. Dus brachten we een uur door met het verzinnen van onze eigen versie van wat er met de personages gebeurde in plaats van ze op een ongerepte aarde veertigduizend jaar in het verleden te laten landen en de rest van hun leven te laten slijten als boeren en holbewoners.

Toen ik op mijn stoel in slaap sukkelde, droeg Adam me de twee trappen naar zijn kamer op en legde me voorzichtig op het bed neer. Tegen de tijd dat we daar aankwamen, was ik al deels weer wakker.

'Is het na middernacht?' vroeg ik met slaperige stem.

'Kwart over twaalf.'

'Hmm. Dan is het nieuwe jaar begonnen.'

Het matras zakte in doordat Adam naast me plaatsnam. 'Ja,' zei hij en streek mijn haar uit mijn gezicht. 'Wil je in je kleren slapen?' vroeg hij na een aarzeling.

'Mag ik een T-shirt van je?'

Hij stond op en trok er een uit een la. Meteen pakte hij er ook een voor zichzelf, samen met een pyjamabroek. Ik keek toe hoe hij zich uitkleedde, terwijl zijn prachtige lichaam werd beschenen door het zwakke, zilverkleurige maanlicht dat door de ramen naar binnen scheen. Zijn borst en harde buikspieren waren een lust voor het oog, iets wat ik had gemist. Mijn keel kneep samen en plotseling was ik zeer wakker en hunkerde ik ernaar hem heel dicht bij me te hebben. Ik mocht dan wel zwanger en ziek zijn, ik was niet dood. Nog niet, in ieder geval.

Eenmaal weer aangekleed, liep hij naar mijn kant van het bed en ik rolde me op mijn rug. Hij reikte naar beneden en knoopte mijn jeans voor me open. Ging hij me uitkleden? O, dat was te veel van het goede, maar ik bewoog me niet. Ik genoot van het gevoel van zijn handen op me. De laatste keer … Aan de laatste keer kon ik maar beter niet denken. Toch? We waren allebei ladderzat en het leidde tot een ramp.

Maar, nogmaals, ik was niet dood en ik wilde hem nog steeds zo graag dat het pijn deed. Hij had de tailleband van mijn jeans in zijn handen, klaar om hem over mijn heupen te stropen.

'Optillen,' mompelde hij.

Dus dat deed ik, als een hulpeloos kind. Ik huiverde toen de spijkerstof over mijn benen gleed en die benen aan hem onthulde. Adam hield heel erg van mijn benen. Dat wist ik. Maar in het zwakke licht kon ik niet zien waar zijn ogen op waren gericht, of hij naar ze keek. Misschien was hij te gefocust op zijn taak?

Ik ging rechtop zitten om mijn shirt uit te trekken. 'Kun je de andere kant op kijken, alsjeblieft?' fluisterde ik.

Hij zei niets, verstijfde slechts.

Ik schraapte mijn keel om mezelf toe te lichten. 'Het is … Het spijt me. Ik voel me lelijk daar.'

Ik haatte het idee dat hij mijn verminking zou zien. Dat hij mogelijk afkeer zou voelen voor mijn littekens, voor de kleine zwarte stipjes die op me waren getatoeëerd om de plekken die bestraald moesten worden te markeren. Ik haatte het lange, lelijke en nog steeds paars-roze litteken dat langs de linkerzijde van mijn borst naar beneden liep, waar het om het ontbrekende weefsel rimpelde.

Hij bracht zijn hand naar mijn gezicht en streelde mijn wang. 'Met geen mogelijkheid zou jij ooit lelijk kunnen zijn. Je bent nooit iets anders dan beeldschoon voor me geweest.'

Zijn woorden lieten me nog meer naar hem hunkeren, maar voordat ik kon reageren, verschoof hij op het bed en draaide hij van me weg. Ik zei niets, maar trok snel mijn shirt en mijn bh uit en deed zijn grote T-shirt aan om in te slapen. Voordat hij zich terug kon draaien, klemde ik mijn armen rond zijn nek en kuste zijn ruwe wang.

Ik hield er echt van als hij me 's avonds of vroeg in de ochtend voordat hij zich ging scheren kuste en zijn wangen als schuurpapier voelden. Nadat we de liefde bedreven, was ik overal waar hij me had gekust gevoelig en koesterde ik de enigszins beurse herinnering aan het feit dat hij en zijn stoppelbaard daar waren geweest.

Ik wilde alles uit kunnen schakelen, de constante pijn vanbinnen, de gedachten die me tot waanzin dreigden te drijven. Ik wilde hem … voelen. Zijn handen, zijn kussen over heel mijn lijf. Maar toen hij zich naar me omkeerde en mijn lippen kuste, bleef zijn mond gesloten, ondanks mijn beste pogingen. Ik liet me achterover op het bed vallen en trok hem met me mee. 'Ik wil je,' zei ik. Het zou kunnen dat er iets van een smeekbede in mijn stem te horen was.

In plaats van boven op me te gaan liggen, gleed hij naast me terwijl hij me nog steeds kuste. Hij maakte zijn mond los van de mijne om kleine zoentjes op mijn kaak en hals te plaatsen. Ik voelde zijn verlangen tegen mijn been bewegen, maar er was geen enkele passie in de manier waarop hij me kuste. Het was eerder ... liefdevol.

'Alsjeblieft?' vroeg ik.

Hij reageerde niet meteen, maar hij stopte met kussen en trok me dicht tegen zich aan. Hij was stijf, dus ik wist dat zijn lichaam het wilde, maar blijkbaar was zijn hoofd het daar niet mee eens.

'Ik ben moe ...' begon hij. Ik wist dat dat niet de reden was. Ik kende Adam en zelden, nee schrap dat, *nooit* liet hij een kans op seks aan zijn neus voorbijgaan. Tenminste, niet in de paar korte maanden dat we als een gezond stel samen waren.

'Je bent nog steeds boos op me,' merkte ik op. Het was geen vraag.

Hij aarzelde. 'Nee.'

'Dan is het ...?'

'Het is te snel. Het is ... Het spijt me, maar ik kan niet stoppen met me zorgen om je maken, in deze conditie.'

Ik knikte, niet in staat de pijn die als speldenprikken achter in mijn keel oprees uit te leggen of zelfs maar te begrijpen.

Hij leek het aan te voelen. 'Mia, ik wil je. Ik wil je echt. Maar we zouden vanavond niets moeten doen.'

Het was moeilijk duidelijk te maken hoe de verbittering de pijn had verdreven. Misschien was de timing verkeerd. Misschien was het doordat alles volkomen onzeker was...

Maar hij was niet eerlijk tegen me. Hij was boos, verbolgen. Ik had hem nodig, maar dat deed er voor hem niet toe. Zijn handen waren teder toen hij me naar zich toe trok.

Ik herinnerde mezelf eraan dat hij wellicht ook tijd nodig had. Zijn hersenen draaiden altijd op volle toeren en hij zou waarschijnlijk niet rusten voordat er iets tussen ons was opgelost ... linksom of rechtsom.

We hadden zelfs geen flauw benul van hoe onze toekomst er over twee dagen zou uitzien. In zijn armen had ik me echter altijd mooi gevoeld, als de meest belangrijke, begeerde en beeldschone vrouw ter wereld. Het middelpunt van zijn bestaan.

Ik legde mijn hoofd op zijn schouder en zijn armen sloten zich om me heen. Ik wilde dat alles weer was zoals voorheen, voordat we gebroken waren.

Dat wilde ik meer dan wat dan ook.

Maar dat zou nooit gebeuren, of wel? Ons 'normaal', die paar maanden van geluk, was nu voor altijd verwoest.

Ik drukte mijn wang tegen het midden van zijn borstkas en viel in slaap, gesust door het ritme van zijn hartslag.

***

Toen ik wakker werd, straalde er fel licht door de ramen en was het bed leeg naast me. Ik hoorde de douche lopen, dus ik ging plat op mijn rug liggen en keek naar het afgeschuinde houten plafond. Ik had liggen piekeren over een levensveranderende beslissing. Een waarvan ik wist dat ik niet volwassen genoeg was om die te maken.

Op mijn geboortebewijs mocht dan wel staan dat ik tweeëntwintig was, vanbinnen voelde ik me nog steeds een meisje, onvolwassen, angstig. Bang om uit haar schulp te kruipen, zichzelf te openen, een risico te nemen. Diep vanbinnen was ik dat meisje in het lichaam van een vrouw. Iedereen om me heen leek alles zoveel beter voor elkaar te hebben, zoveel meer in verbinding met wie ze als volwassenen waren. Vooral Adam.

Hij had misschien niet altijd gelijk, maar hij wist altijd precies wat hij wilde en wat hij deed. Ik sloot mijn ogen toen ik bij de gedachte aan hem een pijnscheut voelde.

Zonder het te beseffen waren mijn handen naar mijn buik gegleden en bleven ze liggen op mijn onderbuik. Zijn kind groeide in me. Vijf dagen geleden had ik niet eens geweten dat het bestond. Maar nu ik het wel wist, wilde ik het meer dan wat dan ook, misschien zelfs meer dan mijn eigen leven. Hoe kon ik hem dat vertellen? Of mijn moeder, of wie dan ook?

En hoe kon ik dit meer willen dan mijn eigen leven? Ik was een wetenschapper. Deze manier van leven was geen doen en binnen de kortste keren zou mijn lichaam geen veilige plek voor mijn eigen systeem zijn, laat staan voor dat van een compleet afhankelijk systeem. Deze optie raakte kant nog wal voor mijn biologenbrein. Mijn wetenschappershoofd wist dat het nog geen baby was. Het wist dat een op de vier vroege zwangerschappen in een spontane miskraam uitmondde, vaak nog voordat de vrouw van de zwangerschap op de hoogte was.

Hetzelfde kon mij overkomen. Ik kon deze beslissing niet lichtzinnig nemen, maar was het alleen mijn beslissing om te nemen?

Als een feminist geloofde ik heilig in het recht van de vrouw om te kiezen. Iedere vrouw verdiende het recht om te bepalen wat er met haar lichaam gebeurde. Ik zou vechten voor het recht van een vrouw om te kiezen en ik zou nooit voor een ander bepalen wat die beslissing moest zijn. Het was iets zo persoonlijks, zo afhankelijk van omstandigheden. Maar waarmee ik werd geconfronteerd … Was dat überhaupt een keuze?

Dat was vooral wat aan me knaagde, wat me bijna de adem ontnam van hulpeloosheid. Ik was beroofd van mijn keuze.

Want mijn leven ging niet *alleen* om mij. Het ging ook om al die anderen die van me hielden: Adam, mijn moeder, mijn vrienden. Het ging om mijn toekomst, al de jaren die nog in het vooruitzicht lagen om te leven, voor mezelf … maar ook voor hen.

Boosheid en verbittering staken achter mijn ogen. Ik zou deze beslissing nemen voor hen, omdat ik van ze hield en ik voor hen wilde leven. Maar het was niet eerlijk. Het was *zo* niet eerlijk. Om mijn eigen leven te redden, moest ik dat kleine leventje in me vernietigen voordat het ooit maar enige kans had gehad.

Toen Adam uit de badkamer kwam, een handdoek rond zijn middel en een andere om zijn schouders om zijn haar mee af te drogen, vond hij me zo. Plat op mijn rug liggend, beide handen op mijn buik. Zijn uitdrukking onbeschreven, zijn donkere ogen op mijn handen ingezoomd. Hij vernauwde zijn ogen enigszins voordat hij zich van me wegdraaide. Onmiddellijk wist hij wat er door mijn hoofd ging. Dat zal niet al te moeilijk zijn geweest.

Het was de afgelopen dagen constant bij ons allebei door ons hoofd gegaan.

Ik ging overeind zitten en staarde uit het raam terwijl hij zich aankleedde. Toen hij klaar was, kwam hij naast me op het bed zitten.

'Hoi,' zei hij.

'Goedemorgen.'

'Wil je een ontbijtje?'

Ik schudde mijn hoofd.

'Zelfs niet een beetje thee of een geroosterde boterham?'

Ik schudde mijn hoofd harder.

'Je ziet groen.'

Ik knikte.

'En je zegt niets.'

We hielde elkaars blik vast. Mijn hart schoot in mijn keel. Hij voelde ver bij me vandaan, op zijn hoede. Ik wilde hem zo verdomd graag. Ik wilde hier blijven en samen met hem zijn. Ik wilde zijn liefde. Die voelde nu minder bereikbaar dan ooit tevoren. Als een verre droom waarvan ik niet durfde te hopen dat die ooit zou uitkomen.

En wat ik meer dan wat dan ook wilde, was leven. Voor hem. Voor mijn moeder. Voor mijn vrienden. Later zou ik wel een manier vinden om met mezelf te leven.

'Ik ga het doen,' bracht ik eindelijk met krakende stem uit.

Zijn wenkbrauwen schoven naar elkaar. 'Wat?'

'Een abortus. Ik ga het doen.'

Adam zag eruit alsof hij om zou vallen van opluchting. Een paar lange minuten verroerde hij niet, hij glimlachte niet, ademde niet. Hij keek alleen naar me.

'Morgen?' vroeg hij.

Ik knikte.

Hij zuchtte. 'Oké.'

Ik voelde me koud vanbinnen. Verdoofd. Waarom zou ik me schuldig moeten voelen omdat ik mijn eigen leven probeer te redden? Ik had geen antwoord op die vraag. Een deel van me wilde ineenkrimpen en hier ter plekke doodgaan. Een deel van me, een groter deel, was zich klaar aan het maken voor de epische strijd die me te wachten stond.

'Ik heb je nodig,' zei ik. 'Ik heb je hulp nodig.'

Hij legde zijn hand op mijn gezicht en omvatte mijn wang. 'Ik ben er. Ik zal er altijd voor je zijn.' Ik viel tegen zijn lichaam aan en hij trok me tegen zich aan. Ik sloot mijn ogen en probeerde niet te denken aan het deel van me dat tot een balletje opgerold in de hoek heen en weer wiegde en nu al wilde huilen om het verlies dat we zouden gaan lijden.

HOOFDSTUK
ZES
ADAM

EMILIA BRACHT DE REST VAN NIEUWJAARSDAG OP HAAR kamer bij Heath door, nadat ik haar daar had afgezet. Connor, Heaths nieuwe vriend, was er en ze zaten samen op de bank naar *Sherlock* te kijken. Ik bleef een paar minuten om een beetje over koetjes en kalfjes te praten. Tussen Heath en mij hing nog steeds een spanning. Ik was kwaad op hem omdat hij Emilia had geholpen haar situatie geheim te houden. Hij was kwaad op mij omdat ik haar zwanger had gemaakt.

Het zou wel overwaaien, misschien, uiteindelijk. Ik hoopte het, want ik vond Heath aardig. Desondanks was ik van plan hem van zijn huisgenoot te ontdoen. Binnenkort zou ik haar woonsituatie met haar moeten bespreken. Als alles eenmaal wat tot rust was gekomen, zou ik een pleidooi houden om duidelijk te maken dat ze weer bij mij moest komen wonen. Ik moest haar bij mij in de buurt hebben, moest weten of ze oké was. Ik moest voor haar kunnen zorgen.

Op dit moment moest ik haar wat tijd voor zichzelf geven. Ze had een vreselijke beslissing genomen en hoewel ik zo opgelucht was dat ik niet eens helder kon nadenken, wist ik dat ze ook te kampen had met een heleboel twijfel en zelfverwijt. Ik hoopte dat het niet lang zou duren. Ze had al haar kracht nodig, al haar vechtlust om dat wat haar te wachten stond aan te gaan.

Ik volgde haar haar kamer in. 'Dus … Zal ik je morgenochtend komen ophalen?'

Emilia raapte rondslingerende kleren op van de vloer en gooide ze in een wasmand terwijl ze zich verontschuldigde voor de rommel. 'Ja … Ik zal een afspraak moeten maken.'

'Ik, eh… Dat heb ik al gedaan na ons gesprek van vanmorgen.'

Ze kwam overeind en keek me gedurende een lang, gespannen moment aan.

Ik verplaatste mijn gewicht naar mijn andere voet. 'Is dat … Is dat oké voor jou?'

Haar mond vertrok in een dunne streep en ze ademde diep in door haar neus. 'Dat kun je niet zomaar doen …'

Ik bevroor. Verdomme, ik had het weer verkloot. Ik haalde mijn hand door mijn haar. 'Het spijt me. Ik dacht er niet eens over na. Ik probeerde … Ik wilde je besparen dat je dat moest doen. Ik weet hoe moeilijk dit voor je is, of dat probeer ik in ieder geval te begrijpen.'

Ze fronste en ging zonder een woord te zeggen op de rand van het bed zitten. Toen klopte ze op de plek naast haar. Langzaam nam ik plaats.

Ze keek naar me op, een grimas op haar gezicht. 'We kunnen dit niet blijven doen, dezelfde fouten steeds maar opnieuw maken. Ik weet dat je het goed bedoelde. Ik weet dat je probeerde te helpen, maar bekijk het eens van mijn kant. Het lijkt alsof je er bovenop sprong en die afspraak zo snel maakte omdat je bang was dat ik van gedachten zou veranderen.'

Misschien was die gedachte ook wel door mijn hoofd geschoten, maar het was niet de reden dat ik het had gedaan. 'Het spijt me. Ik heb het verkloot.' Ik zuchtte diep. Mijn keel trok samen. 'Je kunt, je weet wel…'

Ze kantelde haar hoofd, had een vraag in haar ogen.

Angst gaf me het gevoel alsof mijn hart bij iedere pijnlijke slag mijn borstkas doorboorde. 'Je kunt van gedachten veranderen.'

Ze knipperde en wendde haar blik af. 'Wat ik ook beslis, er zal altijd iemand zijn die ik niet onder ogen kan komen. Ofwel jullie allemaal, ofwel mezelf, in de spiegel.'

Ik had het nodig dat ze dit deed, dat hadden we *allemaal*, dus haar die uitweg geven was het enige wat ik kon doen. En ja, ik had die woorden gezegd omdat ik niet anders kon, omdat ik geen idee had van hoe het moest zijn om me in haar positie te bevinden.

'Je bent sterk, Mia. Je slaat je hier doorheen en bij iedere stap zal ik bij je zijn, als je dat wilt.'

Haar ogen waren overgoten van verdriet, maar een flauw lachje trok haar mondhoeken omhoog. Haar hoofd zakte op mijn schouder. 'Ja, dat wil ik.'

Ik sloot mijn ogen, draaide mijn hoofd en rook aan haar haren, met die perzik- en vanillegeur die mijn zintuigen overweldigde. Een vlaag beschermingsdrang spoelde over me heen, drong door in iedere spier van mijn lijf. Maar hoezeer ik ook beloofde voor haar te zorgen, ik was hulpeloos waar het aankwam op haar beschermen tegen de grootste bedreiging die er was.

We spraken af dat ik haar morgenochtend zou ophalen en ik vertrok. Er volgde een ongemakkelijk moment waarin ik dacht dat ze wilde dat ik haar gedag zoende. En dat zou ik ook gedaan hebben, maar Heath stak op dat moment zijn hoofd om de deur om te checken of Emilia in orde was, of waarschijnlijk om zich ervan te verzekeren dat ik niet iets met haar van plan was, afgaande op de blik die hij me schonk.

De tweede oncoloog die we hadden gezien verschafte me de gegevens van een arts die haar, vanwege de omstandigheden, onmiddellijk zou zien voor de procedure. Het was haar kantoor dat ik die middag had gebeld. Ook had ik de oncoloog gebeld om voor daarna een follow-up-afspraak te maken.

De volgende ochtend was ik vroeg weer bij Heaths appartement. Het was een koude, frisse dag waarop later neerslag werd verwacht. Een grauwe, troosteloze dag. In feite perfect passend bij wat we op het punt stonden te gaan doen.

Ik had mezelf niet toegestaan emotioneel betrokken te raken. Ik stond in de probleemoplossende modus. Ik moest de sterke zijn voor haar. Het was mijn taak, een die ik zeer serieus nam. Ik hoopte alleen dat ze kon doen wat ik van haar had gevraagd; haar last op mijn schouders leggen. Ik was er klaar voor dat gewicht te dragen. Emilia had het een keer een baby genoemd, een kind, *ons* kind. Ik had echter geweigerd er op die manier over te denken. In plaats daarvan zag ik het als een obstakel voor haar om gezond te worden, een mogelijke bedreiging van haar leven. Ik zou er niet anders naar gaan kijken.

We spraken weinig onderweg naar de praktijk van de dokter. Ze hield haar bleke gezicht naar beneden gericht, starend naar de ineengeklemde handen op haar schoot. Ik viel haar niet lastig met doelloos geklets. Geen een keer keek ze op en dat was de eerste keer dat ik me begon af te vragen wat voor effect dit op de lange termijn op haar zou hebben, buitenom de kanker. Zou het haar vechtlust beïnvloeden? Ik klemde mijn kaken op elkaar. Een stap tegelijk. Dat probleem zouden we later aanpakken.

Ik vulde het papierwerk in zodra we aankwamen en liet open wat ze zelf moest invullen als ik de informatie niet wist, zoals haar medische voorgeschiedenis. Ze onderging een kort onderzoek om de conceptiedatum vast te stellen. Vervolgens gaf de dokter haar een plastic bekertje met twee pillen erin en een glas water.

'Je komt over twee dagen terug voor een onderzoek en meer medicatie en over zeven dagen voor een bloedonderzoek. Denk eraan de richtlijnen op de papieren op te volgen als er ongebruikelijke symptomen zijn.'

Emilia gaf een vaag knikje en nam het water in de ene hand en de pillen in de andere. De dokter verliet de kamer en we waren alleen. Ze had me niet aangekeken of rechtstreeks aangesproken sinds we in de praktijk waren aangekomen. Nu staarde ze naar de pillen alsof het opgerolde ratelslangen waren.

'Ik kan dit niet.'

Diezelfde ijzingwekkende angst greep me naar de strot. Ze was van gedachten aan het veranderen. 'Mia ...'

Ze fronste haar voorhoofd, focuste op de pillen en haar hand begon te beven. 'Ik dacht dat ik het kon.'

Zachtjes legde ik mijn handen op haar schouders en liet me op mijn hurken zakken om op ooghoogte met haar te komen. 'Kijk eens naar me.'

Maar dat deed ze niet. 'Achttien augustus. Dat is de uitgerekende datum. Ik heb het opgezocht.' Haar lip trilde.

Ik verplaatste mijn handen zodat ze op haar wangen kwamen te liggen en hield haar vast. Eindelijk vond haar blik de mijne.

De tranen die in haar prachtige ogen opwelden, verbrijzelden mijn hart. Verwoed knipperde ze de tranen weg en ze slikte. Troostend wreef ik met mijn duim over haar wang.

'Adam …' fluisterde ze. 'Ik kan het niet.'

Mijn aandacht beperkte zich tot haar, zodat zij mijn volledige focus had, mijn hele wereld was voor die paar kritische momenten. 'Je kunt het wel. Mia, ik heb je nodig, zo hard nodig. *Alsjeblieft.*' Mijn stem stierf weg en mijn keel was dusdanig dichtgeknepen dat ik niet meer in staat was nog een woord uit te brengen, gevangen in doodsangst en een kwellende pijn.

Ze bevroor en sloeg haar blik neer. Alle kleur die ze nog in haar gezicht had gehad, was allang verdwenen. Ze was zo bleek dat het leek alsof ze zou gaan flauwvallen.

Ik slikte. 'Heb je wat tijd nodig? Ik kan even de kamer uit gaan. Ik … ik zal doen wat je ook maar nodig hebt. En …' Ik hapte naar adem, voelde me ineens misselijk. 'Als je het niet kunt … Als je van gedachten verandert, ben ik er ook voor je.'

Haar blik schoot naar de mijne, alsof ze zich ervan wilde verzekeren dat ik het serieus meende. Dat deed ik, maar God … Ik bad naar alle goden die er maar waren dat ze er niet voor zou kiezen om de zwangerschap uit te dragen. We keken elkaar in de ogen. 'Zou je dat doen?' perste ze eruit.

'Ik wil je zo lang mogelijk in mijn leven, hoe dan ook. Dit is jouw beslissing. Je weet hoe ik erover denk. Maar ik kan niet meer doen dan je vertellen hoeveel je voor me betekent. Ik kan de woorden niet eens vinden om dat op een fatsoenlijke manier uit te drukken. Maar ik zal gaan en ben vlak buiten de deur zodat jij een moment hebt om hieruit te komen.'

'Nee,' zei ze, haar stem een halve, bevende snik. 'Ik wil dat je me vasthoudt. Alsjeblieft. Hou me gewoon vast en zeg even niets.'

Ik knikte en nam haar in mijn armen. Ze draaide zich om, zodat haar rug mijn kant op was gekeerd en ik stopte haar hoofd onder mijn kin, mijn armen om haar middel. Ze voelde dun, teer, breekbaar.

'Strakker,' fluisterde ze. *Het beste recept voor alles wat me mankeert,* had ze ooit over mijn omhelzingen gezegd. Nu hadden mijn woorden geen macht. Ze wist wat ik wilde, maar wat ik wilde betekende op dit moment niets. Ik was verloren, overgeleverd aan haar genade.

Gedurende lange, stille momenten zat ze bewegingloos. Ze maakte geen geluid. Ze huilde niet. Ze beefde niet.

Toen, na een kwellende reeks minuten, zette ze het bekertje met de pillen tegen haar lippen. Ze begon te trillen en met een snik murmelde ze zachtjes: 'Het spijt me … Het spijt me zo.'

Ze gooide haar hoofd achterover, nam toen een slok water en slikte. Toen zakte ze in mijn armen ineen. Het voelde echt alsof ze brak. Iedere spier schokte. Ik begroef mijn gezicht in haar haren en ze verstilde. Ik wenste dat er, op de een of andere manier, een mogelijkheid was om mijn eigen kracht en gezondheid naar haar te transformeren. Voor de strijd die haar te wachten stond, zou ze het nodig hebben. Ze zou alles nodig hebben wat ze maar kon krijgen.

Maar eerst en bovenal zou ze hiervan moeten herstellen. Ze moest het zichzelf niet kwalijk nemen. Zelfs als dat betekende dat ze het mij kwalijk nam.

Uiteindelijk duwde ze zich van me af om naar de wastafel te gaan en wat water in haar gezicht te spatten. Ik merkte dat ze nog steeds niet huilde. Ze had geen traan gelaten sinds ze me gisteren had verteld dat ze dit ging doen. Ik wist niet of dat een goed of een slecht teken was.

Ze boog over de wastafel alsof ze om zou vallen en zag er beroerd uit. Toen begon ze te lachen; een ironisch, bijna dierlijk geluid, alsof ze lachte en huilde tegelijk. 'Ik ben hondsberoerd door ochtendmisselijkheid, maar als ik dit uitkots, werkt het niet. Hoe bizar is dat?'

Ze stopte haar gezicht in haar handen. Ik kwam achter haar staan. 'Gaat het wel met je?' Het was een stomme vraag. Natuurlijk ging het niet met haar. Op zoveel verschillende niveaus niet.

Ze verstijfde en stapte bij de wastafel vandaan, bij mij vandaan. 'Het gaat prima,' zei ze met een vlakke, hese stem. 'Breng me alsjeblieft naar huis.'

Mijn maag zonk. 'Natuurlijk. Kan ik ... Wil je dat ik bij je blijf?'

Ze keek naar beneden. 'Ik ga geen prettig gezelschap zijn.'

'Ik ben er voor *jou,* niet andersom.'

'Maar Heath ...'

'... zal het best begrijpen, dat weet ik zeker.' Ik krabde even over mijn kaak en terwijl ik haar onderzoekend aankeek, vroeg ik me af waarom ze nu zo ontwijkend reageerde. Begon ze het me nu al kwalijk te nemen?

Ik reed haar terug naar haar appartement. Ze begon al kramp te krijgen en ze was lijkbleek. Ik bracht haar naar haar kamer en ze ging direct op bed liggen, zonder dat ik het zelfs maar hoefde te opperen.

'Ik vlieg even de deur uit om je pijnmedicatie en wat andere dingen te halen. App me als je iets nodig hebt. Ik ben snel weer terug.'

Een uur later was ik terug en gaf ik haar de pijnstillers, die ze weigerde te slikken. Ze zei dat het wel meeviel. Ze lag tot een balletje opgerold op haar bed, haar voorhoofd klam en zelfs ik kan merken dat de pijn aanzienlijk was.

'Mia, alsjeblieft, neem je medicijnen.'

'Dat doe ik nog wel, alleen niet nu. Zaag er alsjeblieft niet over door, oké?'

Ik haalde mijn laptop tevoorschijn en gebruikte mijn speciale login om haar toegang tot Dragon Epoch te geven. Het was de bètaversie van de compleet nieuwe en nog niet uitgekomen uitbreiding, die pas over een paar maanden gelanceerd zou worden. Ze ging overeind zitten, enigszins geïnteresseerd toen ik haar een paar nieuwe functies liet zien. Ze leunde op mijn arm en ademde zwaar. Ik weerstond de drang om haar nogmaals te proberen ervan te overtuigen wat pillen te nemen en vroeg me af waarom ze ineens zo'n aversie had tegen pijnstillers, terwijl ze geen enkele moeite had met de medicijnen die gedurende het begin van haar kankerbehandeling geïnjecteerd werden. Uiteindelijk liet ze zich onderuitzakken op het bed, haar ogen halfgesloten.

'Adam,' fluisterde ze. Ik legde de computer weg en wendde me tot haar. 'Kun je me een poosje vasthouden?'

'Natuurlijk,' zei ik en ging naast haar liggen. Ze draaide zich naar de muur en nestelde zich met haar rug tegen me aan. 'Gaat het?' vroeg ik zachtjes.

Ze had lang nodig voordat ze reageerde. Toen ze eindelijk antwoordde, was haar stem slaperig, op het randje van uitputting. 'Ik moet slapen. Heel, heel lang. Als ik wakker word, is het allemaal voorbij. Misschien word ik wakker en blijkt dit allemaal een grote nachtmerrie te zijn geweest.'

Ik reageerde niet, want ik voelde haar slap worden in mijn armen. Ik vroeg me af welk deel van het afgelopen jaar ze verwenste. Had ze spijt van ons en van de pijn die onze verklote relatie in haar leven had gebracht? Ze had zo hard gevochten om hier niet in mee getrokken te worden. Misschien, op een bepaald niveau, wist ze iets wat ik niet wist. Misschien, als ze eenmaal weer beter was, zou ze besluiten dat dit niet goed voor haar was.

Ik duwde het knagende gevoel opzij, herinnerde mezelf eraan dat ik hier voor haar was. Ik was de gezonde. Ik zou haar beschermen tot aan mijn laatste ademhaling, als het nodig was.

HOOFDSTUK ZEVEN
MIA

IJN LIJF VOELDE ALSOF HET IN TWEEËN ZOU BREKEN, en mijn hart eveneens. Een week lang verliet ik mijn kamer alleen om naar de badkamer te gaan. Heath bracht me eten en Adam ook. Ik at een beetje, want geen van beiden liet me met rust tot ik dat deed. Maar de pijnstillers nam ik niet en Adam waagde het er een ruzie over te beginnen voordat ik hem de mond snoerde.

Daarna nam ik een paar pillen uit het potje en gooide ze weg wanneer hij het niet zag. Hij was echter niet gek. Het was onmogelijk voor me om de pijn te verbergen en hij wist dat ik er niet zo aan toe zou zijn als ik ze had ingenomen.

Na onze ruzie kreeg ik de ernstig verontruste blikken alleen wanneer hij dacht dat ik ze niet opmerkte. Ik was helemaal niet tegen medicatie. Maar voor dit … Ach, ik kon het niet helemaal uitleggen. Iets in me dreef me alles te voelen, de emoties over wat er gebeurde, de lichamelijke pijn. Ik was bang verdoofd te worden. Dus voelde ik het allemaal.

Want wat ik me echt niet kon veroorloven was in een depressie raken. Dat zou het doel voorbijschieten van waarom ik dit überhaupt allemaal doorstond. Een depressie zou me slechts belemmeren bij het overleven van de kanker. En ik moest het overleven, vooral na dit. Ik had dit gedaan voor iedereen die van me hield en daarom zou ik niet opgeven.

Maar Adam begreep het niet en ik had de woorden niet om het aan hem uit te leggen. Het enige wat ik kon voelen, in iedere verstijfde spier in zijn lijf als hij me bezocht, me in zijn armen hield wanneer ik dat vroeg, was ongerustheid, bezorgdheid, en ja, een diep schuldgevoel. Het maakte het moeilijk voor ons om te praten en, om eerlijk te zijn, ik denk dat we dat allebei niet konden, als we dat al hadden gewild.

Op een van de dagen dat Adam 's middags een paar uur naar kantoor moest en ik me goed genoeg voelde om me naar de bank te verplaatsen en wat tv te kijken, kwam Adams neef William op bezoek. Onder zijn arm had hij een plastic kist.

'Hallo Mia,' zei hij met een knikje terwijl hij op de stoel ging zitten, tegenover de bank waarop ik hing. Zijn manier van doen was formeel en deftig in sociale situaties. Ik was gewend aan zijn autistische trekjes, maar soms merkte ik dat Heath zich er ongemakkelijk bij voelde. Ik ging overeind zitten en pijnigde mijn hersenen om na te gaan of ik mijn haar vanmorgen had gekamd. Onzeker haalde ik mijn hand erdoor en verzamelde het achter me in een provisorische paardenstaart. William merkte het nauwelijks op.

'Hoe voel je je?' vroeg hij, zijn ogen op de vloer voor hem gericht.

William wist niet van de zwangerschap of waardoor ik me op het moment precies zo slecht voelde. Peter en mijn moeder hadden hem wel over de kanker verteld. Ze hadden het voorzichtig gebracht, maar mijn moeder had gemeld dat hij erg overstuur was geweest en een angstaanval had gekregen. Het was Peter gelukt hem te kalmeren, maar ze hadden het met elkaar besproken en besloten dat het beste was als hij me niet bezocht tot hij zelf het gevoel had dat hij het aankon.

Blijkbaar was dat vandaag het geval, dus ik zou extra mijn best doen om hem op z'n gemak te stellen. Hoewel alleen al dat idee me had moeten uitputten, was het in feite geruststellend om te weten dat ik wat afstand van mijn eigen ellende kon nemen en me eens even zorgen om iemand anders kon maken.

'Het gaat goed hoor, William.'

Hij knikte, bewoog zijn blik omhoog naar mijn kin en liet hem toen weer zakken. Hij wreef met zijn handen over de voorkant van zijn spijkerbroek en leek nu al om gespreksstof verlegen te zitten.

'Hoe gaat het op het werk?'

Hij gromde en haalde zijn schouders op. 'Gaat wel. Er is een hoop te doen. We hebben allerlei deadlines in verband met de nieuwe uitbreiding.'

'Ja, ik kan niet wachten tot die uitkomt.'

Hij fronste. 'Nou, helaas zul je wel moeten.'

Ik glimlachte door zijn letterlijke interpretatie. Normaal gesproken probeerde ik bij William geen beeldspraak te gebruiken, want dat was niet zijn sterkste kant.

Weer wreef hij een paar keer met zijn handen over zijn benen, voordat hij bukte en de kist, die hij naast zich had gezet toen hij binnen was gekomen, oppakte. 'Ik heb iets voor je.' Hij liet me de kist zien.

Ik pakte het van hem aan. 'O, dankjewel.'

Het zag eruit als een opbergkist voor visgerei. Dat wist ik doordat Heath er zo een had, die eigenlijk vol zat met spullen die hij meenam op zijn kampeertochten. Bevreesd keek ik William aan en hij zei: 'Wil je dat ik hem voor je openmaak?'

'Eh … nee, dat hoeft niet. Je weet dat ik niet vis, toch?'

William gaapte me aan alsof ik van Mars kwam, dus in plaats van nog meer te zeggen, opende ik de kist. Binnenin was elk vakje dat was bedoeld voor visgerei gevuld met stukjes schuimrubber die precies in de vierkante vakjes pasten. Op ieder stukje schuimrubber lag in het midden een klein tinnen figuurtje, de figuurtjes die hij zo graag schilderde in zijn oude kamer als hij het huis van zijn vader bezocht.

Ik raakte er een aan en pakte het voorzichtig uit zijn schuilplaats. 'O, William … Ze zijn zo mooi.' Een dozijn zorgvuldig geschilderde beeldjes, allemaal in verschillende houdingen en verschillende soorten personages uitbeeldend. Er was een hofnar en een ridder in volledige wapenuitrusting, een wetenschapper en een man die een kaart en een kompas vasthield.

'Dit zijn de beeldjes die je bewonderde toen je op bezoek was.'

Ik knipperde met mijn ogen, keek weer in de kist en zag dat hij gelijk had. Dit waren de beeldjes die ik, in het verleden, van de plank achter zijn werktafel had gepakt om ze beter te bekijken. Van de honderden figuurtjes die hij daar had staan, had hij onthouden welke ik in het bijzonder had bewonderd.

Ik pakte de beeldjes uit de kist en zette ze op de salontafel voor me. 'Ik ga een speciaal plekje voor ze zoeken, zodat ik ze altijd kan zien. Het moet een eeuwigheid duren voordat je ze hebt beschilderd.'

'Geen eeuwigheid, dan zou ik er nooit meer dan één af krijgen. Afhankelijk van het beeldje kost het zes tot negen uur om er een af te maken. Eerst moet ik ze gronden met grondverf, dan breng ik de basiskleur aan ...'

En zo ging hij de volgende tien minuten verder. Onvermoeibaar legde hij stap voor stap uit, terwijl ik knikte en glimlachte en ieder figuurtje bestudeerde.

Op een gegeven moment bracht Heath hem een biertje – misschien hoopte hij dat het zijn monoloog zou onderbreken – maar William ging gewoon verder tot Adam arriveerde. William voelde zich zichtbaar ongemakkelijk bij het zien van zijn neef.

'Hoi Liam,' zei Adam en plofte naast me op de bank neer voordat hij naar me leunde om me op mijn wang te kussen.

William schonk Adam een kil knikje. Ik trok mijn wenkbrauwen op en Adam fronste, waarna hij deed alsof hij de kille begroeting niet opmerkte.

Nadat William een blik op zijn horloge had geworpen, keek hij ontzet naar zijn bijna leeggedronken fles bier. 'Ik moet nog ongeveer vijfenveertig minuten wachten om mijn bier te verteren voordat ik naar huis kan rijden.'

'Ik denk dat dat wel goed zit, William,' merkte Heath op. 'Je bent lang en het is er maar één ...'

Adam onderbrak hem met een handgebaar. 'Doe geen moeite, Heath, en laat hem gewoon blijven. Het heeft geen zin om in discussie te gaan.'

Heath stond op om een appje te beantwoorden en ik stak mijn arm uit om Adams hand te pakken. William keek geïnteresseerd toe, dus ik stak onze handen omhoog en lachte. 'Zie je, William?

Het zit goed tussen ons. Je hoeft niet meer boos op Adam te zijn, oké?'

'Ik was boos op jullie allebei,' zei hij simpelweg. 'Jullie gedroegen je allebei onvolwassen.'

Adam en ik wisselden een geschrokken blik. Het was niet mijn bedoeling die beerput te openen. Er viel een ongemakkelijke stilte, maar toen sprak William verder. 'Als jullie met elkaar hadden gepraat, hadden jullie de problemen die ontstonden niet gehad.'

'Je hebt helemaal gelijk,' gaf Adam toe en zijn greep verstevigde rond mijn hand. 'Maar daar willen we het nu echt niet meer over hebben. Daar schieten we niets mee op.'

William staarde zijn neef met licht samengeknepen ogen aan en knikte toen. 'Hoe zijn jullie … Hoe begonnen jullie met daten?'

Adam en ik deelden een volgende lange, ongemakkelijke blik. Van onze vrienden wist alleen Heath de onsmakelijke omstandigheden van ons begin; de veiling van mijn maagdelijkheid, Adam die het winnende bod had en deed alsof hij niet al een jaar lang mijn onlinevriend was. Het was een gecompliceerde puinhoop: a) te lastig om uit te leggen, b) te beschamend om uit te leggen, c) niemand had er iets mee te maken en d) alle eerdergenoemde punten.

'We hebben elkaar in de game leren kennen, Liam. Dat heb ik al eens verteld,' reageerde Adam.

'Ja, maar toen waren jullie alleen vrienden. Wanneer vroeg je haar mee uit en hoe gebeurde dat?'

Ik schoof heen en weer en onderdrukte de neiging om te giechelen vanwege Adams onbehagen. Het was grappig, eerlijk gezegd, om te zien hoe hij peentjes zweette, maar ik besloot hem te verlossen en gaf antwoord. 'Adam en ik besloten een keer af te spreken en nadat we een poosje met elkaar omgingen – als vrienden – veranderde het in iets meer.'

Adams donkere wenkbrauwen gingen kort omhoog bij het horen van mijn zorgvuldige weergave van de waarheid, die William leek te accepteren. Adams neef fronste en wreef toen met zijn duim over zijn voorhoofd. 'En hoe ga je van iemand kennen – misschien zelfs bevriend zijn – naar een romantische relatie?'

Adam opende zijn mond om antwoord te geven en klapte hem toen weer dicht, een uiterst verloren blik op zijn gezicht, geen idee hoe hij daarop moest reageren. Inmiddels onderdrukte ik een lach achter mijn hand. William vroeg dat echt aan de verkeerde persoon! Adam had voor mij geen romantische relaties gehad. Door de jaren heen alleen een aantal affaires met verschillende partners, naar wie ik niet bepaald liefdevol als fuckbuddy's refereerde. Sterker nog, het feit dat we allebei onervaren waren op het gebied van relaties was een groot deel van de oorzaak dat onze relatie in zo'n korte tijd in de problemen was gekomen.

Ik richtte me weer tot Adams neef. 'William? Ik ben een beetje nieuwsgierig, maar is er iemand die je mee uit zou willen vragen?'

William keek naar beneden, had een klein lachje rond zijn mond voordat hij bloosde. Toen rechtte hij zijn rug. 'Ja.' Abrupt stond hij op en pakte zijn sleutels. 'Er zijn nog maar veertig minuten voorbij, maar de laatste vijf minuten kan ik gebruiken om naar mijn auto te lopen.'

Ik maakte aanstalten om op te staan, maar Adam hield me tegen.

'William, kun je vijftien seconden daarvan besteden aan het geven van een knuffel aan mij?' vroeg ik. Stijfjes boog hij voorover en hij stond me toe hem een knuffel te geven. 'Dankjewel voor de beeldjes. Ik vind ze geweldig.'

Toen was hij weg. Adam deed de deur achter hem op slot en kwam weer naast me zitten. Hij had een glimlach op zijn gezicht en schudde zijn hoofd. 'De arme kerel heeft er geen idee van dat ik wel de laatste ben aan wie hij advies over vrouwen zou moeten vragen.'

'Hmm,' reageerde ik en leunde tegen hem aan om mijn hoofd op zijn schouder te laten rusten, terwijl ik genoot van zijn arm die om me heen lag. 'Volgens mij doe je het vrij goed bij de vrouwtjes ... *te* goed zelfs.'

Hij lachte en stopte me niet lang daarna in bed. Maar ik zag, toen hij dacht dat mijn ogen dicht waren, dat hij het medicijnpotje oppakte en checkte hoeveel erin zaten.

***

Een week later werd met behulp van een bloedtest vastgesteld dat ik officieel niet langer zwanger was en klaar was voor de eerste ronde chemotherapie. Het werd serieus zo zakelijk gemeld, alsof me werd verteld dat de waarde van mijn rode bloedlichaampjes laag was of zo.

Ik deed mijn uiterste best om iedereen om me heen een dapper gezicht te tonen. Om ervoor te zorgen dat die gevoelens van een holle waardeloosheid over wat ik had gedaan niet aan de oppervlakte waren te zien. Heath kwam regelmatig bij me kijken. Mijn moeder bracht iedere dag uren met me door. We spraken over andere dingen, nooit over wat er met mijn lichaam gebeurde, hoe ik had toegestaan dat mijn gevecht tegen de kanker het kleine leven in me vermoordde, de ene zichzelf snel delende cel na de andere.

En Adam. Hij bracht veel tijd bij mij door. De eerste paar dagen verliep het stroef tussen hem en Heath, maar daarna leek alles weer als vanouds te worden.

Aan de buitenkant leken Adam en ik prima met elkaar overweg te kunnen. Maar als je verder keek, verliep het vreemd, alsof er een of andere onzichtbare barrière tussen ons was. Tamelijk ironisch, aangezien we allebei al onze geheimen hadden gedeeld. Het leek alsof we eindelijk openstonden voor elkaar, en toch waren we allebei niet echt in staat naar de ander te kijken en die te zien voor wie die was.

Zou het beter worden? Of was de ondergang van onze relatie slechts een kwestie van tijd? We hadden veel meer bagage dan mensen van onze leeftijd zouden moeten hebben. En op het moment ploeterden we ons door het ergste van dat alles heen. Ik maakte me zorgen over hoe onze toekomst zou zijn, nog meer, denk ik, dan over mijn eigen toekomst. Ik nam als vanzelfsprekend aan dat ik er dan nog steeds zou zijn om me zorgen om dit alles te maken.

Soms betrapte ik hem erop dat hij naar me keek, zijn donkere ogen bijna onleesbaar, maar ik kon er een scherp soort bezorgdheid in bespeuren. Die blik deed pijn aan mijn hart. Ik twijfelde er niet aan dat hij nog steeds van me hield, maar er was een essentieel ingrediënt aan die liefde dat nu leek te ontbreken. We hadden elkaar gekwetst en hij leek daar nog niet voorbij te kunnen kijken, ondanks al zijn eerlijke pogingen om zich op het moment, op het grotere probleem in ons leven te focussen.

'Dus,' begon Adam toen we zij aan zij op mijn bed zaten, allebei met een laptop op onze benen. Ik was nog steeds een beetje zwak door de pijn, maar scherp genoeg om de subtiliteit in zijn gedrag op te merken. 'Met alles wat er nu gaande is, heb ik niet de kans gehad om je te vertellen dat de verborgen quest is vrijgespeeld.'

Ik aarzelde en nam zijn gezicht in me op. Hij keek naar zijn scherm en typte op dat idioot snelle tempo van hem. 'Ik, eh, dat weet ik.'

Hij stopte met typen en keek met een flauw lachje naar me. 'Ik weet dat jij dat weet.'

Ik knipperde met mijn ogen. 'Hoe wist je dat ik het was?'

'Je liet je computer laatst op het inlogscherm staan. Ik wist de naam van het personage dat het had vrijgespeeld.'

Ik trok een wenkbrauw op. 'Dus wat betekent dat? Ga je mijn account onklaar maken?'

Verbaasd keek hij me aan. 'Waarom zou ik dat doen?'

'Zodat ik er niet over kan bloggen.'

Hij haalde zijn schouders op. 'Je kunt erover bloggen als je wilt. En je kunt erover bloggen op de manier die je wilt.'

Met een schuin oog keek ik hem aan. 'Je bedoelt … dat je er oké mee bent als ik alle geheimen deel?'

Weer keek hij naar me. 'Ik heb er geen enkele controle over hoe jij je primeur brengt.'

Ik fronste. Er moesten dingen zijn die hij me niet vertelde. Of misschien was het mijn eigen ongemak bij de gedachte dat ik verslag zou doen over zijn geliefde project, waar hij zo lang mee bezig was geweest om het te ontwikkelen. 'Maar het is je grote, verborgen quest. Je houdt van die quest.'

'Het was bedoeld om spelers te plezieren. Het is tijd. Ik bedenk wel iets nieuws, iets wat zelfs nog frustrerender is voor ze om te zoeken.'

Ik snoof. 'Nog frustrerender? Ik weet niet of dat wel mogelijk is.'

'Je kent me toch? Dat is absoluut mogelijk.'

Ik knikte. 'O ja, jij hebt het patent op frustratie.'

'Trouwens, je hebt hem vrijgespeeld, maar je hebt hem nog niet opgelost. Je weet nog niet eens wat je met je missie zou moeten bereiken.'

'Jawel, dat weet ik wel … De arme, hulpeloze elvenprinses Ally, eh, Alloreah'ala, of hoe je haar naam dan ook in godsnaam uitspreekt, redden. Hoe spreek je dat eigenlijk uit, trouwens?'

Hij haalde zijn schouders op. 'Ik heb geen idee. Ik heb een aantal klinkers en apostrofs door elkaar gehutseld om het elfachtiger te laten lijken. Weet jij hoe je de helft van de Elvennamen in de boeken van Tolkien uitspreekt?'

Ik schoot in de lach. 'Nope. Maar ik weet wel dat deze quest een standaard red-de-prinses-type quest is.'

Zijn sensuele lippen krulden bij zijn ene mondhoek op. 'Dat weet je niet zeker.'

'Wat zou het anders kunnen zijn? Ze is gevangengenomen en meegesleurd, vastgehouden in de bergen door grote, akelige trollen. Natuurlijk is de missie om haar te gaan redden.'

Hij leunde achterover, tegen de muur en keek naar me. 'Oké, als je dat wilt denken.'

Ik kneep mijn ogen tot spleetjes en zijn lach werd breder. 'Je bent een ramp,' zei ik.

Dat prachtige kuiltje waar ik zo gek op was verscheen vlak onder zijn mond, aan de linkerkant. 'Soms, ja. En dat vind ik heerlijk.'

Met de rug van mijn hand mepte ik hem op zijn harde biceps en richtte me toen weer op mijn blog, een verslag over een andere game, die ik had getest. Ik was al eerder aan het artikel begonnen, maar vervolgens was het blijven liggen door de chaos van de recente gebeurtenissen. Ik was bijna klaar toen Adam, die afgerond leek te hebben waar hij dan ook mee bezig was, zich naar me toe draaide.

'Er is iets waar ik het met je over wil hebben,' begon hij. Ik stak een vinger op om eerst mijn zin verder te typen voordat ik op 'opslaan' drukte en mijn computer afsloot.

Ik draaide mijn bovenlichaam naar hem. 'Je wilt dat ik weer bij jou kom wonen,' zei ik op zakelijke toon.

Zijn donkere wenkbrauwen schoten omhoog. 'Ehm, ja. Dat is een handig trucje. Lees je tegenwoordig gedachten?'

Ik lachte. Was het maar waar. Ik zou heel graag willen weten wat er de meeste tijd door zijn hoofd ging. Hij wist zijn emoties en gedachten zo goed te verbergen.

'Nope. Maar ik ken je goed genoeg om te voorspellen dat je hier binnenkort naar zou gaan vissen.'

'Ik "vis" helemaal nergens naar. Ik wilde weten of … Nou, ik zou gewoon graag voor je zorgen.'

Ik aarzelde. De laatste keer dat we samenwoonden was het niet echt goed gegaan tussen ons en ik wilde de wankele basis die we nu hadden bereikt niet verstoren. 'Ik heb het niet nodig dat er iemand voor me zorgt.'

Zijn kaak verstrakte. 'Bullshit.'

'Misschien ben ik wel sterk genoeg om mezelf er doorheen te slepen.'

Zijn mond vertrok in een dunne streep en irritatie flitste door zijn donkere ogen voordat hij wegkeek. 'Misschien wel. Maar misschien zijn er mensen die je desondanks willen helpen.'

Ik zuchtte. 'Laat me erover nadenken. De laatste keer dat we samenwoonden ...'

'Dit zal niet gaan zoals de laatste keer. Ik zal doen wat ik kan om dat te voorkomen.'

Hij was gespannen en ik liet mijn hoofd op zijn schouder rusten. 'Het spijt me. Ik weet dat je voor me wilt zorgen. Maar ik vind het een fijne gedachte dat ik nog wat langer onafhankelijk ben.'

Ondanks wat ik net tegen hem had gezegd, wist ik dat ik over niet al te lange tijd erg ziek zou worden, en overgeleverd zou zijn aan de genade van iedereen die me wilde helpen.

***

Op de avond voor de ingreep waarbij een poortkatheter zou worden geplaatst – en eierstokweefsel werd verwijderd om in te vriezen om eventueel later te kunnen gebruiken, een procedure die nog steeds experimenteel was – moest Adam werken. Ik nam aan dat hij zoveel mogelijk afhandelde en regelde dat hij meer vrij kon nemen om tijd met mij door te brengen.

Ik zat op de bank en las de laatste *Game of Thrones* terwijl Heath over het appartement liep te mopperen. Hij leek de boel te reorganiseren, verplaatste van alles. Nadat hij zijn vierde doos met rommel naar de garage had gebracht, keek ik op. 'Hé, wat is er aan de hand?'

Hij haalde zijn schouders op en vermeed mijn blik. 'Ik maak gewoon wat ruimte vrij. Het begint nogal vol te raken en mijn opslagplaats is bijna vol.'

Mijn wenkbrauwen gingen omhoog. Heath was niet de meest nette persoon en zijn vrije tijd bracht hij meestal door met gamen in plaats van met schoonmaken. Hij betaalde iemand om iedere week te komen poetsen.

Ik schraapte mijn keel. 'Alles oké met je?'

'Zou ik dat niet aan jou moeten vragen?'

'Ik vroeg het me gewoon af. Ik heb Connor al een paar dagen niet gezien. Alles in orde?'

Hij zuchtte en ging zitten. 'Connor begon een beetje … behoeftig te worden.'

Gealarmeerd leunde ik naar voren. 'Wat bedoel je met "begon"? Je hebt het toch niet uitgemaakt?'

Heath keek me even aan en wendde toen zijn blik af. 'Nee, ik ben tenslotte niet zoals *jij*.'

Verbijsterd ging ik weer rechtop zitten. Dat deed pijn. 'Die zal ik wel verdiend hebben.'

Hij haalde zijn hand door zijn haar. 'Sorry.'

Ik gaf geen antwoord. In plaats daarvan friemelde ik aan de hoeken van de bladzijdes van mijn boek en slikte een plotselinge brok in mijn keel weg. Heaths woorden staken, maar het was waar, die opmerking had ik verdiend. Ik had het uitgemaakt met Adam na één ruzie, al was het wel een gigantische ruzie. Hij had iets gedaan dat mijn vertrouwen enorm had beschadigd, maar in plaats van hem de kans te geven het uit te leggen, of hem een tweede kans te geven, had ik hem van me af geduwd. Ik had gedacht dat het makkelijker zou zijn. Het was bijna alsof die ruzie me het excuus had gegeven om hem dit hele kankergebeuren te besparen. Ik was een soort *éénvrouwskruistocht* begonnen, had plechtig verklaard dat ik sterk genoeg was om het allemaal alleen te doorstaan. Maar ik had op Heath geleund, veel meer dan ik had moeten doen.

Ik keek naar hem op. Was hij daar nu uiteindelijk verbitterd door? Ik kreeg een brok in mijn keel. Hij stond op en kwam naast me op de bank zitten. We staarden elkaar aan en hij strekte een arm uit. 'Het spijt me. Kom hier, pop.'

Ik leunde naar voren en zijn armen gleden om me heen. 'Ik hoop dat jij en Connor oké zijn,' zei ik terwijl ik over zijn brede schouder in het niets staarde.

Hij liet me los en ik leunde naar achteren. 'Dat komt wel weer. Hij wilde meer tijd met me doorbrengen en er zijn gewoon niet genoeg uren in een dag.'

Ik perste mijn lippen op elkaar en keek naar hem. Wat hij niet zei, was dat hij zich verplicht voelde om thuis te zijn om op mij te letten en me naar mijn afspraken te rijden. Ook al had ik hem herhaaldelijk gezegd dat hij dat niet hoefde te doen.

Ik pakte zijn hand beet. 'Dankjewel dat je het volhoudt met mijn waanzin.'

'Hmm. Ja, ik verleende je verder geen gunst of zo.'

Ik knipperde, mijn ogen prikten. 'Dankjewel dat je er voor me bent, ook al ben ik niet perfect.'

Hij zei niets.

'Heath?'

Hij keek naar me op. 'Ja?'

'Het spijt me. Ik heb het nog niet eerder gezegd, met alles wat er gebeurt. Het spijt me zo. Ik heb je in een klotepositie gebracht.'

'Je was bang. Ik snap het wel.'

'Dat ben ik nog steeds.'

Zijn ogen vernauwden tot spleetjes toen hij me aanstaarde. 'Nou, dat zijn we allemaal. Het verschil is alleen dat we meestal niet laten gebeuren dat die angst ons stomme dingen laat doen. Wie was het die zei … Iets over dat moed niet de afwezigheid van angst is maar het overwinnen ervan?'

Ik zuchtte en wreef over mijn voorhoofd. 'Dat was Nelson Mandela of Eleanor Roosevelt of zo iemand.'

'Moeilijk om die twee uit elkaar te houden.' Hij lachte. 'Ik probeer alleen maar te zeggen dat je je niet de hele tijd kunt laten sturen door angst. Je moet ertegen in opstand komen en het overwinnen. Het je laten helpen te groeien als mens.'

Ik glimlachte en gaf hem een speelse stomp. 'Sinds wanneer ben jij zo wijs?'

'Wijs en wijsneus … dat scheelt niet veel van elkaar.'

'Goed punt.' Ik schonk hem een glimlach. 'Waarom vraag je niet of Connor hier komt wonen?'

Hij wierp me een blik toe vanuit zijn ooghoek. 'Daar heb ik … over nagedacht.'

Ik schoot in de lach. 'Is dat waar deze opruimwoede voor is? Rommel lozen om ruimte te maken voor de spullen van het vriendje?'

'Dus dat zou je niet erg vinden?'

'Waarom zou ik dat erg vinden? Het is *jouw* huis. Je hebt alle recht om je vriend te vragen bij je in te trekken.'

'Jij en ik waren huisgenoten voordat Brian en ik iets kregen. Toen ging ik met hem samenwonen en dwong jou naar die dumpstudio te verhuizen.'

'Dat was geen dumpstudio!'

'Je weet wel wat ik bedoel. Ik wil niet dat je denkt dat als Connor hier intrekt jij moet vertrekken.'

Ik leunde voorover en klopte op zijn schouder. 'Nou, dankjewel. Dat waardeer ik. Ga hem nu maar vragen.'

Toen hij me in een omhelzing trok en me bedankte, kon ik niet stoppen aan zijn woorden te denken, over angst. Dat het precies was wat me ervan weerhield om Adams aanbod om weer bij hem in te trekken aan te nemen. Zou de angst voor alles wat me te wachten stond ertoe leiden dat ik meer slechte keuzes zou maken?'

HOOFDSTUK
ACHT
ADAM

EMILIA HAD HAAR KLEINE CHIRURGISCHE INGREEP EN EEN paar dagen later kwamen we in het ziekenhuis voor haar eerste ronde chemotherapie. Ze zou gedurende de komende drie maanden wekelijks een behandeling krijgen, twaalf in totaal.

Deze ochtend, acht uur 's ochtends vroeg, zaten we in een privékamer in het UCI Medical Center terwijl een verpleegkundige een checklist doornam en Emilia in haar vinger prikte om een snelle bloedtest af te nemen. Emilia zei niet veel. Ze zat in een comfortabele ligstoel met een grote infuusstandaard daarnaast en ze had dezelfde doodse blik als de afgelopen dagen. Haar goudkleurige ogen hadden al niet geschitterd in, wat was het, weken, maanden? Ze leek nog nauwelijks op de Mia waar ik verliefd op was geworden. Het was alsof ze een schaduw van zichzelf was geworden.

Ze stak haar hand uit en pakte de mijne beet. 'Je had niet mee hoeven komen, weet je … maar bedankt.'

Ik had niet mee hoeven komen? Waar de fuck sloeg dat op? Ik fronste. 'Dus je wilde dit ook alleen doen?'

Ze trok lichtjes haar schouders op. 'Het spijt me. Zo bedoelde ik het niet.'

'Maar je hebt mij en je moeder nadrukkelijk gevraagd om tegen geen van je vrienden te vertellen dat je vandaag hierheen moest. Had je daar een bepaalde reden voor?'

Ze ademde diep in en liet de lucht weer ontsnappen. 'Dit is niet makkelijk …'

'Hulp vragen? Ja. Ik merk dat het zo'n beetje verdomd onmogelijk is.'

Ze grimaste en vermeed verder oogcontact.

'Heb je er weleens over nagedacht dat het meer is dan gewoon willen helpen? Dat het om de *behoefte* gaat jou te helpen? Om op de een of andere manier het gevoel te hebben dat we iets kunnen doen en niet slechts aan de zijlijn staan en ons uiterst hulpeloos en buitengesloten voelen?'

Emilia keek me verbaasd aan, alsof dat nog nooit bij haar was opgekomen. 'Ik wil je niet buitensluiten … Niet meer.'

Ik zuchtte. 'Dit is een van de dingen tussen ons waar we niet mee kunnen doorgaan zoals we het deden. Zoals toen ik de afspraak voor je maakte zonder het te overleggen. Ik kan jouw bedoelingen net zo makkelijk verkeerd interpreteren als jij de mijne. Jij wilt geen zwakte tonen door hulp te vragen, dus je zegt dat je me niet nodig hebt. Of je *wilt* mij, en je andere vrienden, niet nodig hebben.'

Ze keek op en ontmoette mijn blik, haar wenkbrauwen gefronst, een kleine rimpel ertussen, vlak boven haar neus. 'Het spijt me. Je hebt gelijk.' Ze zuchtte diep, alsof het pijn deed om toe te geven.

Ik legde mijn hand achter mijn oor. 'Wat zei je?' Ik lachte en zij trok een gezicht en stak haar tong naar me uit.

'Dat ga ik maar één keer zeggen.'

'Maar serieus, Mia … Laat ons er voor je zijn. Alsjeblieft?'

We staarden elkaar een lang, stil moment aan en toen liet ze haar ingehouden adem ontsnappen. 'Oké. Ik zal mijn uiterste best doen.'

'*Do, or do not. There is no try.*' Ik grijnsde breed bij het aanhalen van de wijze woorden die duidelijk maken dat de kracht zit in alles geven wanneer je iets wilt bereiken, het niet slechts proberen.

Eindelijk brak er ook bij haar een lach door. 'Wat jij wilt, Master Yoda.'

Ik keek op mijn horloge. 'Je moeder kan hier ieder moment zijn.'

Plotseling zag ze er angstig uit. Ze schoof heen en weer in de grote stoel. Ik bracht mijn hand naar haar gezicht en streelde haar wang. 'Het komt allemaal goed.'

'Ik zal in Kotsie McBrakerini veranderen.'

Ik trok een smerig gezicht. 'Dat is een fantastisch plaatje.'

'Dat geldt ook voor het plaatje waarin ik de komende vierentwintig uur boven de pot hang. Daar hoef je niet bij aanwezig te zijn.'

Ik trok mijn wenkbrauwen op en schraapte mijn keel.

Haar lippen vormden een 'O' toen ze besefte waarom ik haar corrigeerde. Ze schudde haar hoofd. 'Wauw, dat gaat zo automatisch.'

Op dat moment kwam Emilia's moeder de kamer in gelopen, een dappere glimlach op haar gezicht geplakt. 'Hoi!' zei ze op vrolijke toon. Ze bukte en kuste haar dochter op haar wang. 'Ik heb wat spullen van thuis voor je meegebracht.' Kim haalde een tas tevoorschijn met een gehavend knuffeldier, een paar wollige sokken en een geïsoleerde waterfles met rietje om met ijswater te vullen, waarschijnlijk om ervoor te zorgen dat Emilia genoeg vocht binnenkreeg tijdens de behandeling.

Emilia werd knalrood. 'Mam!' kreunde ze en griste de pluchen hond uit haar handen om hem snel achter zich in de stoel te duwen. Ze wierp me een blik toe en ik onderdrukte een lach.

'Is dat je knuffelhond?' vroeg ik. 'Wat schattig.'

Ze kneep haar ogen tot spleetjes en hield een gebalde vuist omhoog. 'Geen woord, meneertje, of je zult er spijt van krijgen!'

'Mia!' bemoeide Kim zich ermee.

Emilia stak haar tong uit naar haar moeder. 'Onderbreek het schaamtecomité niet, alsjeblieft.'

Ik grijnsde. 'Ik zou bijna bang worden van die gewelddadige trekjes als ze Super Soldaten-serum in dat infuus stoppen,' merkte ik op, verwijzend naar Captain America, die daardoor van een zwakke jongeman in de 'perfecte mens' veranderde.

Ze keek naar de zak met lichtgevend oranje medicatie die op het blad stond, klaar om op korte termijn in haar lichaam te worden geïnjecteerd. Met een grimas zei ze: 'Het lijkt wel radioactief. Misschien verandert het me wel in Spider-Woman.'

Ik wiebelde met mijn wenkbrauwen. 'Heel wat sexyer dan Kotsie McBrakerini.'

'Ongetwijfeld.'

Na nog een paar grapjes leek ze wat meer op haar gemak te zijn, maar mijn hart draaide zich om in mijn borstkas toen de verpleegkundige terug de kamer in kwam en de procedure uitlegde, om vervolgens het infuus aan te sluiten op de poort in

Emilia's borstkas. Ik deed net of ik niet zag dat Emilia stilletjes haar knuffelhond van achter haar rug trok en naast zich zette.

In plaats daarvan stond ik op en liep naar het raam, stak mijn handen in mijn zakken en probeerde de zorgen, de angst en mijn hartzeer te verbergen voordat ik me weer terug naar haar draaide.

HOOFDSTUK
NEGEN
MIA

'Niet alle geheimen blijven voor eeuwig geheim' - Gepost op de blog van Girl Geek

Ooit een geheim gehad dat je dolgraag wilde vertellen, maar waarvan je wist dat het je enorm in de problemen zou brengen als je dat deed? Wat is het toch met de last van een geheim dat maakt dat het jezelf ervan verlossen zo bevredigend is?

Nou ... ik heb een geheim. En misschien heeft het iets te maken met dat geheim. Je weet wel wat ik bedoel.

En het is niet Victoria's Secret, al lijkt de maliënbikini *echt op iets wat zij had kunnen ontwerpen. Soms zie ik mijn personage al met engelenvleugels op haar rug over de catwalk paraderen terwijl mannen bijna over ze heenkwijlen.*

Het is niet de Secret of Everybody *van de* Legend of Zelda.

Het is ook niet het geheime Cow level *in de game* Diablo.

En nee, ik nam je niet in de maling. Ik heb een geheim. Een geheim over Dragon Epoch. Dat geheim.

Maar anders dan de hacksites, die er de voorkeur aan geven om gebruik te maken van crowdsourching – ofwel het online benutten van kennis, kunde of creativiteit van een grote groep mensen – om een complexe en lang verborgen quest in een paar uur op te lossen, zal ik me als je gids opstellen in plaats van als je goeroe.

Heb je iedere centimeter van de Golden Mountains uitgekamd, ieder computer-gegenereerd monster een miljoen keer afgeslacht, ieder beetje puin tot aan het laatste stukje toe onderzocht, ieder non-player-personage dat in dat gebied of daar vlakbij woont ondervraagd?

Nou, niet zo gek dat je gefrustreerd raakt. Je zoekt op de verkeerde plek.

Girl Geeks eerste hint is om aan het begin te beginnen.

Voor het geval je me niet mocht geloven, zal ik een screenshot posten – waarvan uiteraard de belangrijke details wazig zijn gemaakt – dat bewijst dat ik de verborgen quest heb vrijgespeeld.

Dus, als je me wilt excuseren, ik moet een prinses gaan redden.

VOLGENS MIJ WAS HET DAG TWEE NC (NA CHEMO) DAT ik in het donker van mijn slaapkamer in Heaths appartement eindelijk bij mijn positieven kwam. Met geen mogelijkheid kon ik vaststellen welke dag het was. Het had net zo goed dag drie of vijf of tien kunnen zijn. Maar ik wist wel dat ik ontzettende dorst had. Ik had wel een heel meer leeg kunnen drinken, maar er zat geen druppel meer in het waterflesje naast mijn bed.

Dus begaf ik me uit mijn kleine schuilplaats, die de kamer was. Mijn gewrichten deden pijn en de huid op mijn handen en voeten voelde alsof die te strak zat. Klassiek gevalletje van vochtophoping. Het zou zomaar kunnen dat ik op het punt stond als een walvis in het rond te spuiten als ik het niet allemaal zou uit piesen.

En dan had ik het nog niet eens over de brandende hitte in mijn borstkas of de bonkende koppijn. Op dit moment wist ik niet wat erger was, de kanker of de medicijnen om die te bestrijden. De chemo zorgde ervoor dat ik een snelle dood wenste. Ik kon wel janken bij de gedachte aan nog elf behandelingen.

Ik slofte naar de keuken, mijn waterfles in mijn hand. Ik was nog maar halverwege toen ik al moest stoppen door uitputting. Het was doodstil in het appartement en donker, met uitzondering van het licht dat uit de woonkamer kwam. Heath moest de deur uit zijn gegaan. Beter voor hem ... en dat was direct mijn kans om te bewijzen dat ik niet als een kleuter een oppas nodig had.

Na een paar minuten ging ik weer rechtop staan en zette een paar stappen voordat ik tegen het kastje in de gang botste. Plotseling stond er iemand naast me.

Ik opende mijn mond om eens flink van leer te trekken over hoe ik het leven, deze wereld en alles daarin haatte, inclusief de lucht die ik inademde. 'Heath …'

Mijn gezichtsveld golfde toen ik mijn hoofd draaide en ik registreerde de gestalte naast me. niet zo lang als Heath en met donker haar in plaats van blond.

'Heb je meer water nodig? Ik hoorde je niet uit je kamer komen,' zei Adam terwijl hij naar mijn metalen waterfles reikte. 'Ik had hem moeten checken, maar je sliep en ik wilde je niet wakker maken.'

Ik trok de fles bij hem vandaan. 'Wat doe jij hier?'

Hij rechtte zijn rug. 'Heath een avond vrij geven. Ik zei tegen hem dat ik hier zou blijven voor het geval je iets nodig had. Hij is met Connor naar de film.'

'Ik ging deze zelf vullen.'

'Maar dat is waarom ik hier ben.'

Ik vermoedde dat hij hier het hele weekend al was en dat hij hier niet alleen was om Heath even vrijaf te geven.

Hij trok de waterfles uit mijn hand en ik liet hem los met slechts een klein beetje verzet. 'Wil je ijs?'

Ik knikte en hij leidde me naar de bank in de woonkamer, waar hij had gezeten. Ik kon de warmte voelen die zijn lichaam had achtergelaten en in plaats van me te ergeren aan het feit dat ik nu al doodmoe was, liet ik me in die warmte zinken. Ik voelde een pijn achter in mijn keel, een prikkeling achter mijn ogen. Ik ademde beverig in. Emoties botsten binnen in me tegen elkaar op, als chaotische, doeltreffende vonken in een chemische reactie.

Hij kwam terug met de ijskoude fles en gaf hem aan me. Ik vouwde mijn benen onder me op de bank en hij kwam naast me zitten. Onderzoekend keek hij me aan. 'Voel je je een beetje oké?'

'O, geweldig,' bracht ik tussen twee gulzige slokken uit. 'Ik snap nu waarom de chemo de kanker verslaat. Het is zo vreselijk en shit dat zelfs *ik* niet meer in mijn eigen lichaam wil zijn. Ik durf te wedden dat daardoor de kanker besluit de benen te nemen.'

Hij lachte halfhartig, alsof lachen om mijn grapje te veel van het goede zou zijn, misschien zelfs respectloos. Ik wreef in mijn handen. Ze voelden opgezwollen, maar toch waren ze dat niet.

'Doen je handen pijn?' vroeg hij.

'Alles doet pijn. Volgens mij heb ik zelfs migraine.'

Zijn wenkbrauwen schoven naar elkaar toe. 'Het spijt me. Ik weet in ieder geval hoe klote dat is.'

Ik schudde mijn hoofd. 'Serieus, ik kan niet geloven dat je hier altijd mee te kampen hebt,' merkte ik op en drukte mijn hand tegen de kloppende pijn in mijn voorhoofd.

'Daar leer je mee leven,' reageerde hij en bekeek me aandachtig. 'Je hebt heel veel geslapen. Zo'n beetje dagen aan een stuk.'

Ik bleef over mijn voorhoofd wrijven, het enige deel van mijn gezicht dat een aanraking kon verdragen. 'Ja, welke dag is het trouwens?'

'Zondagavond.'

Twee dagen. Ik was twee dagen kwijt. Ik blies mijn adem uit. 'Fuck.'

'Je moet iets eten.'

Ik huiverde en schudde mijn hoofd.

'Alsjeblieft, ik kan alles voor je regelen. Zelfs als het een droog stukje brood is.'

Ik trok een wenkbrauw naar hem op.

'Of… misschien ook niet.'

Mijn oogleden voelden zwaar op mijn ogen en mijn hoofd klopte nog steeds, maar ik wilde niet terug het donker in en helemaal alleen zijn. Ik weet zeker dat ik stonk na twee dagen in bed doorgebracht te hebben. Het was maar goed dat ik mezelf niet kon ruiken.

'Wat zat je te doen?'

Hij haalde nonchalant een schouder op. 'Beetje op mijn tablet te klooien.'

'Verveel je je niet kapot door hier het hele weekend rond te hangen?'

Hij hield mijn blik vast met zijn donkere ogen. 'Nope. Waarom? Probeer je van me af te komen?'

'Ik denk dat ik waarschijnlijk meerdere dynamietstaven en een paar mokers nodig heb om van jou af te komen.'

Hij lachte. 'Dus ik ben die coyote van de tekenfilms?'

'Inderdaad, alleen kan *Road Runner* tegenwoordig niet zo hard rennen.' Mijn hoofd zakte tegen zijn schouder.

'Ze ziet er behoorlijk uitgeput uit, moet ik toegeven. Ziet ernaar uit dat ik mijn gemotoriseerde Acme-skateboard niet nodig heb om haar achterna te zitten.' Hij verschoof en trok me tegen zich aan. Ik sloot mijn ogen.

Het voelde goed, al ging alle kloterigheid in mijn lichaam gewoon door. 'Misschien is ze gestopt met rennen omdat ze niet meer achternagezeten wil worden.'

'Wanneer trekt ze dan bij de coyote in, zodat hij voor haar kan zorgen?'

Ik fronste mijn wenkbrauwen. Eerlijk gezegd verbaasde het me een beetje dat hij dit nog niet eerder ter sprake had gebracht. 'Meep. Meep,' hijgde ik met een klein lachje, in de hoop dat hij me met een beetje gratie het onderwerp liet mijden.

Hij reageerde niet direct, ging slechts lichtjes met zijn hand over mijn rug. 'Wat heb je nodig? Wil je gewoon hier zitten en een film kijken of …?'

Mijn oogleden werden met de seconde zwaarder. 'Dit voelt goed … gewoon zo …' Mijn woorden rolden over elkaar, mijn tong voelde ineens ontzettend zwaar.

Zijn hoofd bewoog en hij drukte een kus op mijn haar. 'Oké. Dan blijven we hier gewoon zo zitten.'

Ik viel in slaap met het geluid van zijn stem dat door zijn zware borst klonk en ik genoot van de trilling die ik op mijn wang voelde.

HOOFDSTUK
TIEN
ADAM

IK LEUNDE ACHTEROVER TEGEN DE BANK EN LUISTERDE NAAR hoe ze sliep. Ik wist dat ik haar op dat moment naar haar kamer had moeten brengen. Zo tegen me aan geleund kreeg ze nauwelijks de rust die ze nodig hard. Ik beloofde mezelf 'nog vijf minuutjes'. Ik duwde mijn neus in haar haren en snoof. Ze roken naar *haar,* direct en onvervalst, niet gemaskeerd door haarproducten. Ik sloot mijn ogen, had dat strakke gevoel weer in mijn borst. De sensatie van haar geur was de poortwachter naar levendige herinneringen. Ik genoot van de herinneringen die door het ruiken aan haar haren oprezen. De eerste keer dat ik haar kuste in de gang van haar kleine studio, de eerste keer dat ik haar in Amsterdam echt had aangeraakt in die prachtige, glinsterende zwarte jurk. Het gevoel van haar gezonde, glanzende huid in mijn handen.

Ik trok mijn hoofd weg en staarde naar de muur, niet van plan mezelf nog langer te martelen. De gelukkige tijden – de korte flitsen uit ons recente verleden – maakten het grimmige heden des te pijnlijker.

Ik keek neer op haar bleke gezicht en wenste dat ik degene was die voor haar kon zorgen. Dat ik meer kon doen dan het miezerige babysitten dat ik vanavond deed. Bijna een uur lang hield ik haar in mijn armen, totdat Heath en Connor door de voordeur naar binnen kwamen en zachtjes de kamer in slopen.

'Heeft ze iets gegeten?' fluisterde Heath.

Ik schudde mijn hoofd en wees naar de waterfles. Connor pakte hem op en ging naar de keuken om hem bij te vullen.

Langzaam maakte ik mezelf los van Emilia, tilde haar van mijn borstkas en bukte toen om haar op te tillen en terug naar haar kamer te dragen. Ik probeerde geen acht te slaan op hoeveel lichter ze in mijn armen was dan normaal, hoe breekbaar ze voelde. Voorzichtig legde ik haar op het bed en toen ik overeind kwam om weg te gaan, tilde ze haar hand op en klemde hem strak om mijn pols.

'Adam,' zei ze. Ik bleef staan en ging toen naast haar op het bed zitten. 'Ik heb je nodig,' zei ze terwijl ik haar wang streelde.

Iets aan die simpele bekentenis raakte me als een klap midden op mijn borst. Ik ademde diep in. 'Ik ga nergens heen.'

Dat leek haar gerust te stellen en al snel was haar ademhaling weer rustig en gelijkmatig. Ik boog voorover om haar te kussen.

Ik voelde me machteloos, hulpeloos. Dat waren twee emoties waaraan ik niet gewend was. Gevoelens die me boos maakten. Gevoelens die ik normaal gesproken koste wat kost vermeed. Ik wist hoe ik emotioneel afstand moest bewaren. En met hernieuwde vastberadenheid besloot ik dat te doen.

Ik verliet haar toen Heath met de bijgevulde waterfles binnenkwam om mijn plek naast haar bed in te nemen. Toen reed ik naar huis, waar mijn werk voor vanavond slechts begon.

HOOFDSTUK ELF
MIA

'JE MOET HET DOEN, MIA.'

Ik zuchtte terwijl ik toekeek hoe mijn moeder mijn was opvouwde. Ik zat opgekruld in de hoek van mijn kleine kamer in Heaths appartement, in een stoel met mijn boek op schoot, terwijl mam sokken bij elkaar zocht.

'Dat *moet* ik helemaal niet. Ik kan gewoon …'

'Het is niet eerlijk tegenover Heath. En het is ook niet eerlijk tegenover Adam.'

Mijn moeder probeerde me ervan te overtuigen om weer bij Adam in te trekken. Zij moest terug om te kijken hoe het er op de ranch voor stond. Haar favoriete merrie ging binnenkort bevallen en haar vervanger was niet geschikt om dat op te pakken. Sowieso was ze al weken langer dan ze oorspronkelijk van plan was geweest weggebleven door mijn onverwachte kankerbom.

Ik friemelde aan mijn boek en liet de bladzijdes tussen mijn duim en wijsvinger heen en weer gaan. 'Misschien.'

'Waar ben je nou zo bang voor?'

Dat de geschiedenis zich herhaalt? Dat we weer ruzie met elkaar gaan maken? 'De laatste keer zijn we veel te snel gegaan. Ik denk dat het ongeluk brengt. Ik weet dat het stom en bijgelovig klinkt, maar ...'

Mams mond trok naar de zijkant terwijl ze daarover nadacht. Ze keek me met halfgesloten ogen aan. 'Hoe hard heb je het geprobeerd, Mia?'

Ik fronste. 'Wat heeft *dat* nu weer te betekenen?'

Ze pakte een stapel opgevouwen T-shirts op en trok een van de lades van mijn kast open. 'Nou, voor zover ik weet, ben je na één ruzie weggegaan. Het is niet alsof hij je eruit heeft getrapt.'

Ik klemde mijn kaken op elkaar. Mijn moeder wist de helft niet van wat er zich tussen Adam en mij had afgespeeld. Hitte door verontwaardiging vlamde achter in mijn strot op. 'Hij gaf me een ultimatum. Daar doe ik niet aan.'

Ze schudde haar hoofd. 'Ik zeg niet dat hij geen fouten heeft gemaakt. Dat hebben jullie allebei.

Geïrriteerd perste ik mijn lippen op elkaar. 'Maar op de een of andere manier was mijn fout groter dan die van hem?'

Mijn moeder ging weer op het bed zitten, haar handen rustten op haar knieën. 'Nee. Maar Adam probeerde volgens mij geen serieuze ziekte voor iedereen die dicht bij hem staat te verbergen.'

Alle lucht werd uit mijn longen geslagen. Daar was het dan. Ik vroeg me al af wanneer ze me dat voor de voeten zou werpen. Blijkbaar had ze beoordeeld dat ik me daar nu goed genoeg voor voelde. 'Ik weet dat je nog steeds boos op me bent en ik weet dat ik dat ook verdien, maar ...'

'Ik ben niet zozeer boos, eerder ... teleurgesteld, gekwetst. Ik ken jou en je legendarische koppigheid, kindje. Die ken ik al vanaf dat je een baby was. Maar je moet ermee ophouden. Op een bepaald moment moet je volwassen worden en je realiseren dat niet alles altijd kan gaan zoals jij dat wilt.'

Een golf verbittering spoelde over me heen. 'De laatste tijd gaat het niet bepaald zoals ik wil.'

Mijn moeders gezicht betrok zo plotseling dat ik dacht dat ze in tranen zou uitbarsten. Mijn borst trok samen bij het idee dat te moeten zien. 'Ik bad tot God dat ik daar iets aan kon veranderen, Mia. Echt waar.'

Ik knipperde en voelde ineens ook tranen in mijn ogen prikken. 'Het spijt me, mam. Het spijt me dat ik je heb gekwetst. Het spijt me dat ik jullie allemaal heb gekwetst.'

Ze beet op haar lip en keek naar me. 'Dat weet ik. Ik weet dat je je uiterste best doet.'

Blijkbaar was mijn best doen niet goed genoeg. Niet echt. Ik sloeg mijn blik neer, vermeed haar ogen, hoopte dat ze het onderwerp, het intrekken bij Adam zou laten rusten.

Lange tijd zei ze geen woord. Toen, waarschijnlijk bij gebrek aan iets beters om te doen, draaide ze zich om en viste mijn sokken bij elkaar om ze in mijn bovenste la te proppen, waar niet veel ruimte was. Ik wreef over mijn voorhoofd.

'Dus, je gaat er niets eens over nadenken?' vroeg ze uiteindelijk.

'Waarom denk je dat het een goed idee zou zijn?' Ik vouwde mijn armen voor mijn borst over elkaar. De beste manier om een moeilijke vraag te ontwijken was een andere vraag stellen. Ik wist echter ook dat die tactiek haar niet onbekend was.

Met samengeknepen ogen keek ze me aan. 'Omdat je dit *niet* alleen kunt doen. Ik ken jou. Ik weet dat je alles zelf wil doen. God weet wat een frustrerende ervaring het was om jouw moeder te zijn en met die koppigheid om te moeten gaan. Je stond er altijd op je eigen veters te strikken, ook al kon je dat nog niet. Vervolgens struikelde je tot je knieën onder het bloed zaten voordat je iemand toestond je te helpen ze te strikken. Maar het is één ding als je zes bent. Het is behoorlijk wat anders als je zonder enige hulp de medische behandelingen moet doorstaan die je voor de boeg hebt.'

'Maar ik heb Heath …' En terwijl ik het zei, wist ik dat ze gelijk had. Het was niet eerlijk. Mam had het feilloos in de gaten.

'Je hebt al een behoorlijke last op zijn schouders gelegd, Mia. Soms denk ik dat hij eronder zal bezwijken. Je moet hem even tot rust laten komen. En je moet hem de kans gunnen om wat tijd met zijn nieuwe vriendje door te brengen in plaats van verpleegstertje voor jou te spelen.'

Ik zuchtte. 'Je hebt je punt duidelijk gemaakt, mam. Ik, eh, ik zal erover nadenken, oké?'

Haar ogen vernauwden zich. 'Ik kan niet weg tot ik weet dat je goed verzorgd achterblijft, aangezien ik niet in staat ben het zelf te doen. Je kunt me bij Peter bellen als je je beslissing hebt genomen.'

'Maar mam, wat als Rusty gaat bevallen …'

Ze reageerde met een stijf schouderophalen en dat was het moment waarop ik wist dat ze bloedserieus was. 'Paarden krijgen in het wild al duizenden jaren veulens.'

Mijn mond zakte open. 'Mam …'

Haar wenkbrauwen schoven omhoog. 'Je hebt die koppigheid van geen vreemde, meisje. Je hoeft het niet te proberen.'

Ik liet mijn hoofd zakken en wreef nogmaals over mijn voorhoofd. Onverwachts prikten de tranen in mijn ogen, tranen die nooit over mijn wangen zouden stromen. Ik knipperde koortsachtig, onbereid ze te laten gaan.

'Waar ben je bang voor, Mia?'

Ik zoog mijn longen vol met lucht terwijl ik mijn hoofd schudde en mijn schouders optrok. 'Het weer te verkloten? Want zelfs als we niet alles zouden verzieken, hangt alles aan een zijden draadje.'

'Je hebt in korte tijd heel veel meegemaakt.'

'Het is één grote waas,' mompelde ik, weer met mijn ogen knipperend. Mijn zicht leek een metafoor voor mijn leven. 'Het is alsof het ene moment alles geweldig was. Fantastisch. Alle puzzelstukjes vielen op hun plek. En toen …'

'En toen wat?'

'Is hij alleen bij me omdat ik ziek ben, vanwege alles wat er is gebeurd?'

Mam klopte naast zich op het bed en ik keek op. Ze knikte geruststellend en ik stond op om naast haar te gaan zitten. Ze liet haar arm om mijn schouders glijden. 'Ik zal eerlijk zijn. Ik weet het niet. Jij weet het niet. Heath weet het niet. De enige die het weet? Je zult *hem* die vragen moeten stellen.'

Een poosje zei ik niets en staarde naar het gespikkelde tapijt onder onze voeten.

'Hoe zit het met jou? Ben je alleen met hem omdat je ziek bent? Vanwege alles?'

Daar waren ze weer, de zware kluwen van emoties in het midden van mijn borstkas. Het maakte het moeilijk om te ademen. Ik wilde hier niet met haar over praten. Ik schudde mijn hoofd. Waarschijnlijk, als ik er een paar uur voor ging zitten en aan niets anders dacht, als ik deze kluwen ontwarde als een klos garen of prop touwtjes en ieder stukje onderzocht, zou ik haar misschien kunnen vertellen wat iedere nuance en pijnscheut betekende. Liefde, verdriet, verlangen, afstand, eenzaamheid, wantrouwen, walging, spijt, schuldgevoel. Het was er allemaal, in knopen verwikkeld. En mijn hart was er gevoelig en kwetsbaar door.

'Ik ben bang dat als ik erheen ga, we samenwonen, het uiteindelijk de oorzaak is waardoor we falen.'

'Of het kan jullie sterker maken. Misschien moet je wat meer in jezelf geloven.'

Ik legde mijn hoofd in mijn handen. 'Waarom moet ik hier nu iets mee?'

'Je hoeft helemaal niets te doen, behalve de mensen die van je houden voor je te laten zorgen. Jouw taak is nu om beter te worden. Oké?'

'Mam, je moet terug naar de ranch.'

Ze keek me aan. 'En jij dan?'

Ik vermeed haar blik. 'Ik zal met Adam praten.'

Ze leek zichtbaar te ontspannen naast me. 'Mooi.'

****

Later die dag kwam Adam langs, nadat hij een poosje op kantoor was geweest. Hij nam wat kaneelbroodjes, kaneelcake en kaneelkauwgom voor me mee. Sinds ik na de eerste chemo enige eetlust had gekregen, smachtte ik naar kaneel om de roestige, metalen smaak in mijn mond kwijt te raken. Vanmorgen, toen hij me belde om te vragen hoe het ging, had ik dat genoemd en kijk, hier was hij, als een zogenaamde Kaneel Toverfee die cadeautjes uitdeelde.

Voor zichzelf had hij een sandwich meegenomen en we zaten aan de tafel in Heaths keuken. Heath was vertrokken om een paar van Connors dozen op te halen om hierheen te verhuizen. Ik knabbelde aan mijn kaneelbroodje en likte het glazuur van mijn vingers. Adam bestudeerde me nauwlettend, terwijl hij het deed lijken alsof dat niet het geval was. Nadat ik ongeveer een derde van het broodje op had, schoof ik mijn bordje opzij.

'Melk?' vroeg hij.

'Mag niet. Staat op de "nee-lijst",' antwoordde ik, refererend aan mijn dieetvoorschriften.

Hij knikte en beet in gedachten in zijn sandwich. Ik friemelde met mijn handen op de tafel. 'Ehm,' begon ik uiteindelijk.

Hij kauwde en slikte, terwijl hij me afwachtend aankeek.

'Als … als dat aanbod om bij jou in te trekken nog steeds staat … zou ik het willen accepteren.'

Adam veegde zijn mond af met een servet, zijn ogen stralend. 'Tuurlijk … Ja. Ja, natuurlijk staat dat aanbod nog.'

'Ik wil je alleen wel wat vertellen.' Ik schraapte mijn keel. 'Ehm … Het maakt me wel een beetje bang. Door wat er de laatste keer gebeurde.'

Adam verplaatste zijn hand over de tafel en pakte de mijne vast. Zijn warme handpalm omhulde hem. 'De laatste keer was anders. We hebben allebei een hoop waardeloze fouten gemaakt.'

Ik knikte. 'Oké …'

'Geen verwijten, weet je nog? Ik denk dat we dat achter ons kunnen laten. Jij ook?'

Ik fronste, maar knikte toen langzaam. 'Ik hoop het in ieder geval,' reageerde ik.

Hij bewoog zijn hand op de mijne, streek tergend langzaam met zijn wijsvinger over mijn handpalm. Zijn aanraking kietelde, brandde. Mijn vingers sloten zich om de zijne, maar ik weet niet of dat was om hem dichter bij me te brengen of om hem te stoppen. Het was zo verwarrend.

'Pak je tas en je tandenborstel. We gaan.'

Verbijsterd keek ik op. 'Nu?'

'Natuurlijk, waarom niet?' reageerde hij net zo verbaasd.

'Ehm.'

Hij kwam overeind, verpakte de restjes en stopte alles terug in de tas waarin hij het eten had meegenomen. 'Kom op. Ik zorg dat mijn assistent hier morgen is om de rest van je spullen te halen.'

'Maar …'

Hij stopte en draaide zich naar me toe, wachtend tot ik zou uitpraten.

Ik herinnerde me die avond toen ik mijn moeder vertelde dat ik ziek was. Wat ik toen het meest wilde, was met hem mee naar huis gaan, dat hij me vasthield. Ik had een vage herinnering van twee avonden geleden, toen ik uit mijn chemocoma was bijgekomen en hij er was geweest, na een heel weekend op de bank te hebben gebivakkeerd. Hij had me terug mijn kamer in gedragen en ik had hem niet willen loslaten, had hem pas losgelaten toen ik in slaap was gevallen.

Ik ademde diep in. Tijd om te stoppen zo bang te zijn. 'Ja … Ik zal, eh … Ik pak een T-shirt en wat kleren voor morgen.'

Zijn mond krulde op in een klein lachje en hij knikte. 'Ik ga dit in de auto zetten en kom dan je tas halen. Ben zo terug.'

Met trillende handen verzamelde ik snel mijn spullen en appte Heath om hem te laten weten waar ik was. Toen sprong ik in de auto en vertrokken we.

Een half uur later stonden we bij de brug die over de smalle strook van de haven liep om ons naar Bay Island te brengen. Adam stond erop dat we een van de vele golfkarretjes namen die aan het eind van de brug stonden te wachten in plaats van de honderd meter naar zijn huis te lopen. Toen ik aarzelde, hield hij vol en zei dat ik er moe uitzag.

Waarschijnlijk zag ik er gewoon afgrijselijk uit, aangezien afgrijselijk mijn nieuwe look was, met dank aan de chemotherapie. En ik was nog niet eens kaal, al wist ik dat dat ook snel zou volgen. Ik had kunnen lopen, maar ik drong verder niet aan. Na alles wat we hadden doorstaan, realiseerde ik me dat ruzie maken over zoiets simpels en onbenulligs als dit gewoon zinloos was. Er waren belangrijkere dingen in het leven om je druk over te maken.

We stapten uit en hij pakte mijn rugzak. Hij greep hem beet alsof de tas en ik allebei zouden verdwijnen als hij hem niet stevig vasthield. Hij had erop gewacht tot ik ja zou zeggen, tot ik bij hem kwam wonen. Hoewel hij het niet toonde, kon ik merken dat hij er behoorlijk blij mee was dat ik eindelijk had ingestemd. Waarom was hij anders uit Heaths appartement gehaast alsof hij bang was dat ik van gedachten zou veranderen als ik daar nog een nacht zou blijven?

Het was laat in de middag toen we naar zijn voordeur liepen, voorgegaan door onze lange schaduwen. Een fris briesje kwam uit de haven en de bekende geur van de Back Bay overviel me. Alleen in Zuid-Californië, gedurende een ongebruikelijk warme winter, konden we in januari zesentwintig graden aantikken terwijl de rest van het land bedekt lag onder een enorme ijslaag.

Adam haalde de deur van het slot en opende hem voor me. Met zijn hand lichtjes op mijn onderrug leidde hij me naar binnen. Mijn spieren verstrakten onder zijn aanraking, doordat ik me er plotseling bewust van werd hoelang ik al hunkerde naar iets meer dan slechts een knuffel of een kneepje in mijn hand. Nu de rottigheid van de eerste dosis chemo bijna was verdwenen, voelde ik me slechts middelmatig beroerd in plaats van zwakjes hopend op een snelle en pijnloze dood.

Ik was aan het opleven. Ik had erover gelezen. Met iedere behandeling zou het iets langer duren voordat ik zou opleven, met minder en minder dagen waarin ik me tussen de behandelingen door goed voelde. Ik probeerde niet te denken aan wat er voor me lag en koos ervoor mijn nieuwe filosofie van in het hier en nu leven te omarmen. Ik nam me plechtig voor om niet te tobben over wat er wellicht morgen kwam en koos ervoor te accepteren en te waarderen wat ik vandaag had.

En vandaag had ik een zeer attente, zeer lekkere jongeman die me op mijn wenken bediende. Vanavond zouden we samen in een bed liggen en ik had zijn aanraking op die manier al veel te lang niet gevoeld. Mijn hart klopte van verwachting. Het deed er niet toe dat ik nog steeds een vage hoofdpijn had of dat mijn gewrichten nog steeds een beetje stijf waren. Ik leefde nog, verdomme nog aan toe, dus waarom zouden we daar niet van genieten?

Adam checkte zijn horloge toen we in de hal stonden. Voordat ik hier op nieuwjaarsdag de nacht had doorgebracht, was ik hier bijna twee maanden niet geweest, sinds vlak na onze trip naar Las Vegas en de afgrijselijke ruzie die we hadden gehad toen hij de injectiespuiten van de pijnstillers in mijn tas had ontdekt. Ik slikte een bal zenuwen uit mijn keel weg en keek om me heen. Alles was nog exact hetzelfde. Het huis zag er net zo smetteloos en onbewoond uit als altijd.

'Juffrouw Emilia!' jubelde Adams huishoudster, Cora, toen ze de keuken uit kwam gelopen en me met haar gebruikelijk stralende lach, een omhelzing en een kus op mijn wang begroette.

Toen legde ze haar handen op mijn wangen. 'Je ziet er moe uit. Meneer Drake vertelde dat je zou komen.'

Ik trok een wenkbrauw naar Adam op en hij haalde zijn schouder op. 'Ik heb haar geappt toen ik naar de auto liep.'

'Het avondeten staat in de koelkast. Je kunt het opwarmen wanneer je wilt.'

Ze sprak met Adam en vertelde hem dat de chef morgenochtend zou komen om ontbijt te maken. Hij zei dat hij een boodschappenlijst moest opstellen met mijn dieetvoorschriften.

'Hé, ik ga naar boven om me een beetje op te frissen,' onderbrak ik hen.

Ik maakte aanstalten om langs hen te lopen toen Adam mijn pols beetpakte en me staande hield terwijl hij Cora wat instructies gaf om aan de chef door te geven.

Ongeduldig bleef ik naast hem staan. Hij wierp een blik op me. 'Wacht even, oké?'

Cora straalde. 'Meneer Drake heeft een verrassing voor je.'

Ik keerde mijn hoofd naar hem. Hij grimaste naar Cora, alsof ze iets had gezegd wat niet de bedoeling was.

Ze gooide haar handen in de lucht en schudde haar hoofd. 'Ik ga. Redden jullie je voor nu?'

'Ja, komt goed. Bedankt voor alles,' zei hij terwijl hij me naar de trap leidde.

Ik wierp hem een blik toe. 'Ik heb hier gewoond, hoor, voor het geval je het vergeten was. Ik weet de weg naar de slaapkamer.'

Er lag een klein lachje rond zijn sexy mond, die hij vrijwel direct verborg. 'Dat is niet waar we heen gaan.'

Dat zette me aan het denken terwijl ik hem de trap op volgde. Ik wist wel beter dan hem vragen waar hij het in godsnaam over had. Bij Adam werd alles op gepaste tijd duidelijk, als het *hem* paste welteverstaan. Dus toen we bovenaan de trap linksaf sloegen in plaats van rechtsaf naar de grote slaapkamer, krabde ik denkbeeldig op mijn hoofd.

Met mijn hand in de zijne leidde hij me de logeerkamer in. 'Stap mijn TARDIS in, jongedame.'

'Van binnen is hij veel groter!' reageerde ik vrijwel automatisch op zijn zinnetje over de teletijdmachine uit *Doctor Who*. Met grote ogen kijk ik om me heen bij het zien van de transformatie van de kamer.

Adam grijnsde. 'Dat is wat *zij* zei.'

Ik trok een vies gezicht. 'Smeerlap.'

De hele periode dat ik hier had gewoond – de maand voordat Adam vertrok voor zijn wandeltocht, de maand tijdens zijn wandeltocht en de maand daarna toen we samen waren voordat ik besloot weg te gaan – was ik slechts een handjevol keren in deze kamer geweest. De ruimte was bijna net zo groot als de slaapkamer die ik met Adam had gedeeld.

Maar vandaag zag hij er compleet anders uit. Hij was opnieuw ingericht en, op bepaalde punten, gerenoveerd. De ramen waren anders, enorm nu, helemaal tot het plafond, vanaf een gloednieuwe, beklede vensterbank die over de hele breedte van het raam liep. De kamer was aangekleed met twee kleuren groen, mijn favoriete kleur, en crèmekleuren. Het kleurengebruik was subtiel en zacht, met bos- en mintgroene accenten. Er stond een moderne, ergonomische loungebank in de hoek, met een uitschuifbaar bureau, compleet met een nieuwe laptop. De badkamer, die voorheen al prachtig was, was bijpassend gemaakt. Het bevatte een beeldschone douche, met juwelen betegeld en het viel me op dat er stoomsproeiers waren aangelegd en het ingebouwde bad ernaast was nieuw. Het liep over in de tegelvloer en aan het eind bevond zich een nieuw ingebouwde gashaard. Het was een overloopbadkuip, met eromheen een goot waardoor het water rechtstreeks naar de rand liep en al het overtollige water afvoerde.

'Dit is geweldig!' zei ik. 'Je hebt het de afgelopen maanden maar druk gehad.'

Adam lachte. 'Eerder de afgelopen drie weken. Mijn binnenhuisarchitect heeft er een spoedklus van gemaakt.'

Ik trok mijn wenkbrauwen omhoog. 'Verwacht je belangrijke gasten?'

'Yep,' zei hij en bestudeerde me nauwlettend. 'Jij.'

Mijn hart haperde een beetje, maar ik wist niet goed of dit van blijdschap of teleurstelling was. Hij had dit allemaal geregeld – een enorme klus in een kort tijdsbestek, een forse aanpassing aan een deel van zijn huis – voor *mij*. Maar het was voor mij om in te wonen ... er te verblijven. Er te slapen. Alleen. Terwijl hij verderop in de gang sliep.

Ik draaide me van hem af, zodat hij de gemengde gevoelens niet op mijn gezicht zou zien en liep de badkamer uit, terug de prachtige slaapkamer in. Ik staarde door de enorme ramen naar het uitzicht, over een deel van de Back Bay van Newport Harbor.

Zeilboten kwamen na een lange dag ontspanning op de oceaan terug de haven in. Kleine elektrische boten vol met zowel toeristen als lokale bewoners claxonneerden over het kalme water terwijl ze rond de grotere motorboten manoeuvreerden.

'Het mooiste aan deze kamer zijn de ramen,' merkte Adam op toen hij naast me kwam staan.

'Het zijn mooie ramen,' zei ik zachtjes.

Van het nachtkastje met marmeren blad pakte hij een afstandsbediening. 'Maar het zijn niet altijd ramen. Soms zijn ze een muur.' Hij drukte op een knop en plotseling werden ze ondoorzichtig, de kleur van een eierschaal, alsof ze deel van de muren waren. We stonden in het halfduister, in enkel het licht dat door het dakraam van de badkamer achter ons naar binnen viel.

'Wat de hel gebeurde hier nou net?' vroeg ik verward.

'Er zijn geen verduisterende gordijnen nodig. Druk 's avonds gewoon op deze knop en de kamer blijft donker tot je 's ochtends op een andere knop drukt. Je kunt zelfs een timer zetten, zodat ze op een bepaalde tijd weer transparant worden. Of als je een klein beetje licht binnen wilt laten …' Hij drukte weer op een knop en het raam was terug, alleen nu met een mat, gedempt effect.

'Kan ik er films en videogesprekken op projecteren, zoals bij Tony Starks ramen?'

Hij grinnikte. 'Niet precies. Wanneer ze een Iron Man-raam uitvinden, komt die eerst in *mijn* kamer.'

Daar was het weer, dat steekje in mijn borst toen hij zei '*mijn* kamer'. We hadden mijn kamer en zijn kamer. Er was geen 'onze' kamer. Hield dat in dat er geen 'ons' was? Ik draaide me weer van hem af.

'Ze zijn meer dan alleen een muur of een raam, ze zijn ook lichtgevend.' Hij drukte op weer een andere knop en het raam werd weer ondoorzichtig, maar gloeide met een goudkleurig licht dat een indirect schijnsel gaf. Bij de volgende knop die hij indrukte verschenen een heleboel kleine, witte lichtjes langs de rand van de muren waar ze het plafond ontmoetten.

Ik begaf me naar de lage boekenkast die zich uitstrekte over de gehele breedte van de muur die loodrecht stond op het raam en zijn vensterbank. Bovenop stonden een aantal ingelijste foto's. Een van mijn paard, Snowball, die nog steeds op de ranch in Anza stond. Een van mij en Heath tijdens een bezoek aan Palm Springs toen we in de vierde klas van de middelbare school zaten. Een van mijn moeder die op haar favoriete merrie reed, Rusty. Een van Heaths prachtige foto's van de zonsondergang in de woestijn, genomen in Anza-Borrego State Park. En een van Adam en mij naast de Diamond Falls, die spectaculaire waterval in St. Lucia, op de ochtend nadat we voor het eerst de liefde hadden bedreven. Mijn borst verstrakte bij het zien van ons, daar. Zo gelukkig, zo verliefd, al zou geen van beiden het op dat moment aan de ander – of zelfs maar aan onszelf – hebben willen toegeven. Ik pakte de foto op, er onmiddellijk door gefascineerd dat deze twee mensen dezelfde personen waren als die nu in deze kamer stonden en soepel met elkaar omgingen, ook al voelden we ons kilometers van elkaar verwijderd.

'Dus, wat denk je ervan?'

Ik slikte en zette de foto neer. Ik dacht er niet over aan hem mijn teleurstelling te laten blijken. Hij had iets magnifieks, geweldigs gedaan. Een heel groot gebaar gemaakt. Ik plakte een lach op mijn gezicht en draaide me naar hem terug.

'Ik kan niet geloven dat je dit allemaal hebt gedaan. Je wist niet eens of ik terug zou komen.'

Hij legde de afstandsbediening terug en haalde zijn schouders op. 'Nou, ik hoopte erop. En ik wilde er zeker van zijn dat je er comfortabel bij zit. Dus heb ik het laten doen. Voor het geval dat.'

Voor het geval dat. Hij had duizenden en duizenden dollars aan een spoedklus uitgegeven 'voor het geval dat'.

Hij naderde me, keek me strak in mijn ogen. Ik veinsde nog steeds die stralende lach. Hij legde zijn hand op mijn wang en mijn ogen vielen dicht. Iedere aanraking van hem was magisch, alsof er duizend woorden, gevoelens en gebaren in één fractie van een seconde bijeen waren gepakt. Zijn vingertoppen streken vederlicht over mijn wang. 'Zoals ik al zei, ik wil voor je zorgen.'

Dat deed hij echt. Hij wilde echt voor me zorgen ... vanaf vijftien meter verderop, aan de andere kant van een lange gang en gescheiden door twee deuren.

Hij fronste. 'Alles goed? Je lijkt afgeleid.'

'Ik denk dat ik moet kotsen. En jij hoeft dat niet te zien.' Ik onderdrukte een golf misselijkheid die als een tsunami van ziekte door me heen spoelde.

Ik draaide me om en glipte de badkamer in, waar ik me op mijn knieën liet vallen, in de bekende positie van bidden tot de porseleingoden. Ook al lagen de eerste miserabele dagen van mijn eerste chemoronde achter me, ik voelde me nog steeds beroerd, minimaal eens per dag en soms vaker. Misschien was dat de echte reden dat Adam had besloten me in een eigen kamer onder te brengen, zodat hij niet dagelijks naar mijn gekots hoefde te luisteren. Hopelijk betekende dat dat hij in de andere kamer zou blijven terwijl ik dit afhandelde.

HOOFDSTUK

TWAALF

ADAM

VOOR EEN MOMENT STOND IK AAN DE GROND GENAGELD, terwijl Emilia in het toilet braakte. Onzekerheid verstilde me, want mijn eerste instinct was naar binnen gaan en haar troosten, maar ze had me nadrukkelijk gezegd weg te blijven.

Ik liep naar de kast en pakte een reservedeken en een paar kussens en bracht die naar haar. Het was bizar, want ze had nauwelijks iets gegeten bij Heath. Wat kon ze in godsnaam in haar maag hebben om eruit te kotsen?

Ze zat op haar handen en knieën, haar hoofd over het toilet gebogen en haar lange haren om haar heen gespreid. Ik stak mijn hand uit en streek haar haren naar achteren.

'Welk deel van "dat hoef jij niet te zien" heb je niet begrepen?' perste ze eruit, maar aan haar stem te horen was ze eerder ontstemd dan geërgerd of boos. Ik verroerde me niet, hield slechts haar haren beet en legde de kussens en deken naast haar neer.

'Waar zijn die voor?' vroeg ze.

'Voor je knieën en de deken voor het geval je het koud krijgt op de vloer.'

Ze kokhalsde weer en ging toen rechtop zitten. Ze veegde haar mond met de rug van haar hand af en ik vulde een glas water bij de wastafel, zodat ze haar mond kon spoelen. 'Je bent ongelooflijk lief.'

Ik ging naast haar op de grond zitten. 'Ssst. Niet verder vertellen. Mijn *development team* zou dat trouwens nooit geloven.'

Nadat ze haar mond had gespoeld, leunde ze naar achteren en keek me weer aan met die lange, raadselachtige blik. Ze leek … verdrietig. Mijn maag verkrampte. Ze leek tegenwoordig altijd verdrietig.

Ze ging op haar hurken zitten en gaf me een klein lachje. Ik nam het lege glas van haar aan. 'Heb je hulp nodig om overeind te komen?'

Ze friemelde aan haar haren en liet de lokken die ik uit haar gezicht had gehouden door haar vingers gaan. 'Ik, eh, ik blijf hier liever even zitten, voor de zekerheid.'

Met een blik op mij gericht pakte ze een van de kussens die ik had meegenomen en propte hem onder haar kont. Ze zuchtte tevreden. Het andere plaatste ze tegen de muur en ging er toen tegenaan zitten.

'Hm, misschien moet ik een klein bankje voor je regelen, voor dit soort momenten.'

'Een wc-bank?' Ze grijnsde. 'Je binnenhuisarchitect zou een rolberoerte krijgen.'

Ik haalde mijn schouders op en leunde tegen mijn eigen stuk marmeren muur. De kou trok door mijn overhemd. Ik was blij dat zij de deken had om haar warm te houden. Ik maakte geen grapje. Ik zou vanavond mijn binnenhuisarchitect e-mailen en haar iets geschikts laten zoeken. Noem het een wc-bank of een toilet-sofa of wat dan ook.

'Er was nog iets wat ik je wilde geven,' zei ik. Ik trok het doosje uit het zakje van mijn overhemd.

Ze wierp er een blik op en slikte, voordat ik besefte dat haar aarzeling kwam doordat het een juweliersdoosje was. De laatste keer dat ik haar een juweliersdoosje had gegeven, waren er geen goede dingen gebeurd. Ik klapte het open om haar angst dat het weer een verlovingsring was te verdrijven. Trouwens, wie zou er in godsnaam een aanzoek doen boven de wc-pot?

Haar wenkbrauwen schoven omhoog toen haar blik viel op wat er in het doosje lag. Ze leek duidelijk geïntrigeerd. Ze stak haar hand uit en streelde over de binnenkant van het doosje.

'Pak het maar, het bijt niet.'

Ze stak haar tong naar me uit. 'Je wilt *niet* dat ik mijn kotslucht naar je uitadem, gast.'

'Nee, ik heb zomaar het idee dat dat een dodelijk wapen zou kunnen zijn.'

'Zelfs met *jouw* verknipte fantasie zou je geen draak kunnen bedenken die een adem heeft die dodelijker is.'

Ik leunde naar voren en pakte het sieraad uit het doosje, de gouden ketting bungelde naar beneden. Ze gluurde naar het voorwerp aan het eind van de ketting en keek me met een vragende uitdrukking aan. 'Een kompas?'

Ik knikte.

Nog een spoedklus, deze keer voor de juwelier, die het aanzicht van een antiek, gouden kompas had ontworpen, met een vlakke onderlaag van donkerblauw lazuursteen en een patroon van kleine diamanten in de vorm van een sterrenbeeld aan de oppervlakte.

'Dat lijkt op het logo van je bedrijf.'

Ik was blij dat ze het herkende. 'Min of meer. Ze zijn allebei gebaseerd op het sterrenbeeld van Draco de Draak.

Ze knikte en liet haar vinger over het oppervlak gaan. 'Heeft het dan een speciale betekenis? Buitenom de naam van je bedrijf?'

'Ik wilde het aan je geven … als een reminder.'

Ze hing de ketting om haar nek en de hanger rustte laag op haar borst. De ketting was lang en het kompas bungelde net boven haar borsten over het wijde, grijze T-shirt dat ze droeg. 'Waar moet het me aan herinneren?'

'Draco is een sterrenbeeld in de lucht, vlakbij de Poolster. Het is er altijd, welk tijdstip van de dag dan ook en ongeacht het seizoen.'

Ze knikte weer, keek naar me, haar blik onleesbaar. Haar vingers streken over de glazen bovenkant. 'Uh-huh …' zei ze, waardoor ze klonk als een kind dat naar een verhaal luisterde en de verteller aanspoorde door te gaan.

'Het is het vergeten sterrenbeeld van de dierenriem.' Ik wees naar de diamant die een ster representeerde in het hoofd van de draak. 'Dit is Thuban. Vierduizend jaar geleden was deze ster de Poolster. Nu is hij vergeten, omdat de aardas is verschoven. Ik koos het als een symbool voor mijn bedrijf omdat het me eraan herinnerde nooit mijn doel uit het oog te verliezen, mijn ware noordpunt. Dus dacht ik dat dit ook voor jou een reminder kon zijn.'

Ze concentreerde zich op de kleine reconstructie van het sterrenbeeld. 'Mijn ware noordpunt. En wat is dat?'

Ik wilde dat antwoord zo graag formuleren voor haar. Voor ons. *Wij* zijn het noordpunt, wilde ik zeggen. Ik keek haar lange tijd aan, in de hoop dat ze het zelf zou uitvogelen. Het was niet iets wat ik voor haar kon bepalen. 'Dat zul je zelf moeten uitzoeken. Het herinnert je eraan sterk te zijn. Hoop te houden. Om de strijder te blijven waarvan ik weet dat je die bent.'

Haar onderlip verdween in haar mond, haar ogen waterig. De rest van haar lijf bevroor. Toen, ineens, schoot ze zo snel naar voren dat ik dacht dat ze tegen me aan zou knallen. Maar ze sloeg haar armen zo strak om mijn nek dat ze bijna mijn luchtpijp afknelde.

'Rustig aan,' grinnikte ik. Wauw… Deze reactie was heel wat beter dan bij de verlovingsring. Dat moment heb ik echt grondig verkloot, of niet?

Ze hield me stevig vast, haar knieën praktisch in mijn schoot. Mijn armen gleden om haar heen om haar voorzichtig tegen me aan te trekken. Ze wiegde in mijn armen voordat ze haar hoofd draaide. 'Als ik niet naar kots zou stinken, zou ik je nu zo hard kussen.'

Ik draaide mijn hoofd naar haar gezicht, kuste haar wang en liet haar los. 'Geen dreiging meer om nog over te geven?'

'Waarschijnlijk niet. Ik ga mijn tanden poetsen.'

Ik stond op en liep de badkamer uit terwijl zij in haar tas rommelde en haar tanden poetste. Ik zat met de gave ramen te klooien toen ze binnenkwam. 'Ik heb ze ook in mijn kamer laten installeren. Het hele huis gaat ze krijgen. Maar ik moest wachten en ze bestellen, zodat ze de ramen kunnen maken. Het raam bepaalt ook hoeveel warmte de kamer binnenkomt en ze kunnen ze ook geblindeerd maken, zodat mensen niet naar binnen kunnen kijken terwijl jij wel naar buiten kijkt.'

'Jij bent zo'n gadget-verslaafde,' zei ze en keek toe hoe de ramen van ondoorzichtig naar mat, naar transparant en weer terug gingen, de ene keer abrupt, de andere keer geleidelijk.

Ik drukte op nog een paar knoppen. 'Je zegt het alsof dat iets slechts is. Deze afstandsbediening heeft ook een intercomfunctie.'

'Een intercom? Is dat zodat we niet door de gang naar elkaar hoeven te roepen?' vroeg ze en haar stem trilde een beetje toen ze de woorden uitsprak. Ik keek naar haar, maar deed alsof ik het niet merkte. Ik kreeg nog steeds die vreemde, nerveuze vibe van haar. Ze had min of meer aangegeven bang te zijn dat we weer hetzelfde waardeloze pad zouden bewandelen als eerder. Nou, niet als ik er iets over te zeggen had. Hopelijk had ik genoeg veiligheidsmaatregelen getroffen om dat te voorkomen.

'Ja, voor het geval … nou, voor het geval je me nodig hebt.' Ik liet haar zien op welke knop ze moest drukken. 'Er is er een in je badkamer en ik heb er een in mijn kamer en mijn kantoor en beneden ook.'

'Kan ik niet gewoon met een bel rinkelen? En dat jij dan met een dienblad naar mijn bed komt in alleen een Speedo en een vlinderdasje?'

Ik onderdrukte een lach. 'Ik draag geen Speedo's.'

Met een speelse blik keek ze me aan. 'Verdorie zeg, wat jammer.'

Plotseling kwam er een vlaag hitte vanonder mijn kraag omhoog. De manier waarop ze naar me keek … Ik moest mezelf vermannen en mezelf eraan herinneren dat ze ziek was. *Dat* ging niet gebeuren, hoezeer mijn lichaam ook protesteerde. Ze had net nog kotsend op de vloer gezeten.

Voordat ik echter nog een vermanende gedachte kon bedenken, stapte ze behoedzaam naar me toe, liet haar handen langs mijn hals glijden en vlocht haar vingers achter mijn nek ineen. Toen trok ze me naar zich toe om haar te kussen.

Ik proefde de pepermuntsmaak van de tandpasta en een andere smaak, sterk en medisch, alsof ze met mondwater had gespoeld. Haar greep verstevigde zich om mijn nek en ze verdiepte de kus door haar mond verder te openen. Ze drukte haar borst tegen de mijne en … Wacht, wat moest ik me ook al weer herinneren?

Mijn handen zakten naar haar onderrug en ik trok haar tegen me aan. Ze zei iets, maar ik hoorde haar nauwelijks vanwege de roes van verlangen die door mijn oren suisde. Ze bedankte me voor de kamer, zei dat ze me had gemist. Ik opende mijn mond en liet mijn tong bij haar naar binnen glijden. Ik kantelde mijn hoofd om meer druk te geven en …

Dit liep uit de hand. Ik trok voorzichtig mijn hoofd weg en ze ging op haar tenen staan om me te volgen. Dus ademde ik diep in en zette een stap achterwaarts, haar nog steeds bij haar middel vasthoudend. Ze keek naar me op met die prachtige bruine ogen, een aarzelend lachje rond haar lippen.

'Dit was zo lief van je,' fluisterde ze. 'Ik kan niet … kan niet geloven dat je dit allemaal hebt gedaan. Maar …' Haar blik flitste weg.

'Maar wat?' drong ik aan. Als ze wilde dat we beter zouden communiceren, was er geen beter moment om daarmee te beginnen dan nu.

Ze nam afstand, keek ineens beschaamd. Haar tanden klemden zich in haar volle onderlip en haar wenkbrauwen zakten in een bedachtzame frons over haar ogen. 'Ik dacht gewoon dat we ... dat ik ...' Ze haalde diep adem en ik wachtte, een beetje nerveus over waar dit gesprek heen ging. 'Ik dacht dat toen je me vroeg terug te komen, je wilde dat we weer een stel zouden zijn.'

Ik legde mijn handen op haar wangen om haar stil te laten staan. 'We moeten aan onze relatie werken, daar ben ik het mee eens. Maar op dit moment gaat het erom dat we zorgen dat jij weer gezond wordt. Ik wil niet dat je enige druk voelt over ons. Ik wil niet dat de problemen die we hebben gehad in de weg komen te staan van jouw herstel.'

'Waarom denk je dat dat zal gebeuren?'

Mijn handen vielen terug langs mijn zij. 'Dit is geen goed moment voor drama. En er is een hoop drama tussen ons geweest. Het is zoals je eerder al zei, dat we niet dezelfde fouten kunnen blijven maken. We moeten dus gewoon voorzichtig zijn.'

Ze keek me aan, nauwelijks in staat haar teleurstelling te verbergen. Haar vingers gingen over het kompas terwijl ze me met grote ogen aankeek. 'Dus het is niet omdat ik je eerder heb weggeduwd?'

Ik schudde mijn hoofd. 'Nee. Dit is niet om je buiten te sluiten, Mia. Het is ... het is bedoeld als jouw plekje, een klein toevluchtsoord. Zodat je beter kunt worden.'

'En jij gaat hier niet bij mij slapen.' Haar stem was zacht, kalm, maar hij beefde een beetje. Het was niet moeilijk om op te merken dat ze gekwetst was.

'Natuurlijk wel ... wanneer jij dat wilt. Maar ik denk echt dat het belangrijk is dat we positief blijven en het langzaamaan doen.'

Verrast trok ze haar wenkbrauwen op, maar het begon tot haar door te dringen. 'Het ... langzaamaan doen?'

'Gewoon … één stap tegelijk, oké? We hebben nog een lange weg voor ons en genoeg tijd om alles uit te zoeken. Maar niet vandaag. We komen er wel uit, maar het belangrijkste op dit moment ben jij, je gezondheid, je geluk en welzijn. Oké?'

Ze knikte traag en leek het niet helemaal eens te zijn met dit plan. 'Ik ben bereid het een kans te geven,' begon ze langzaam.

'Mooi.' Ik lachte.

'Maar het kan eenzaam worden, soms,' ging ze verder, een lach vormde zich rond haar lippen.

'Hmmm …' zei ik en deed alsof ik diep nadacht. 'Heb je je pluchen hond niet meegenomen om je gezelschap te houden?'

Ze gaf me een tik op mijn arm en we schoten allebei in de lach. Niet lang daarna liepen we hand in hand naar de keuken.

***

Emilia had een paar dagen later haar tweede chemobehandeling. Deze keer waren Heath en haar twee beste vriendinnen, Alex en Jenna, erbij, samen met haar moeder en mij. Maar in plaats van naderhand met Heath mee naar huis te gaan en mij smoesjes laten bedenken om het hele weekend op de bank te bivakkeren, kwam ze met mij mee naar huis, waar ze hoorde.

HOOFDSTUK

DERTIEN

MIA

'Metagaming of de levens die onze personages leiden' - Gepost op de blog van Girl Geek

Ik herinner me de eerste keer dat ik een simulatiespel laadde. Je weet wel, van die games waarin je personages het echte leven naspelen. Ze hebben een huis, een baan, relaties. Dat vergt allemaal onderhoud. Je huis schoonmaken door je personage het toilet te laten poetsen. Om zes uur opstaan om naar je werk te gaan. In het begin was het enorm vermakelijk. Die eerste paar dagen bracht ik heel wat lange uren vastgepind achter de computer door, al klikkend terwijl mijn eetgewoonten en schoonmaaksessies in mijn echte leven werden verwaarloosd. Daarna raakte ik het spel nooit meer aan. Ik realiseerde me dat het leven van mijn personages nog saaier was dan dat van mij zelf.

Dat is niet het geval met andere games die we kennen en waar we gek op zijn. De spannende avonturen, scheurend door de straten van L.A. in een gestolen auto of je door de ruimte begeven om in je eigen ruimteschip het universum te ontdekken. Of… via missies je weg door Yondareth vinden met een magisch wapen in je hand.

Maar wat gebeurt er als we op 'uitloggen' klikken? In de wereld van massale multiplayer role-playing games, waar duizenden mensen op een server met elkaar in contact komen, draait de wereld gewoon door, maar ons personage is daar verdwenen tot het volgende moment dat we inloggen. Het is alsof ons personage een kleine vakantie van het leven neemt, in een stase stapt.

Wat nou als we in plaats van die fantasierijke avonturen die onze personages beleven – of zelfs de meer alledaagse van de wereldberoemde simulatiespelen – inlogden in een game waarin onze personages inloggen in een game om een computerspel te spelen?

Zou dat niet de ultieme vorm van meta-vluchtgedrag zijn?

D E TWEEDE CHEMORONDE VLOERDE ME NIET LANG.
Godzijdank. Ik hoopte dat dat goeds beloofde voor de
toekomst. Er lag een kaart op het nachtkastje naast mijn
bed. Het bevatte twaalf vakjes en twee daarvan waren nu
afgevinkt. Twee gehad, nog tien te gaan. *Maak me af.*

Of misschien wachtte ik wel tot mijn superkrachten zouden
gaan werken. Mijn chemo-oncoloog, een geweldige man die last
had van mannelijke kaalheid, bewonderde mijn nog steeds volle
haardos en waarschuwde me dat mijn haar zeer waarschijnlijk
zou gaan uitvallen. Terwijl hij zijn hand over zijn eigen kale kop
streek, zei hij: 'Maar dat van jou groeit in ieder geval nog terug!'

Uiteraard waren de grapjes het niet waard om kanker voor te
krijgen, maar ik had ze liever dan zelfmedelijden.

Ik draaide de kaart op het nachtkastje om, geen enkel
verlangen om te denken aan de tien volgende rondes. In plaats
daarvan bestudeerde ik de beeldjes die William me had gegeven.
Ze waren zo nauwkeurig geschilderd, gedetailleerd en met
schaduwen, zelfs de piepkleine tinnen basis waarop ze stonden
was geverfd om gras of aarde of steen na te bootsen. Er was een
gids met een kaart en een kompas. De bodyguard met een
volledige wapenuitrusting. De hofnar met de grappige muts en
felgekleurde kleren. Soms zat ik er een uur lang naar te staren of
herschikte ik ze. Dan deed ik net of ze mensen in mijn leven
voorstelden.

Ook bracht ik een hoop tijd door met het spelen van Dragon
Epoch op mijn laptop. Aangezien dit op tijdstippen was dat geen
van mijn vrienden – behalve Adam – kon inloggen, werkte ik aan
de verborgen quest, waar hij zich absoluut niet mee bemoeide. Ik
wist wel beter dan hem ernaar vragen of proberen hem meer
hints te ontfutselen. Ooit had hij zichzelf heel genereus

gevonden door me de absoluut onbruikbare tip 'geel' te geven. Uiteindelijk was het een terechte aanwijzing gebleken, maar zo algemeen dat het onbruikbaar was geweest.

Na ons gesprek over hulp vragen en het simpele feit dat ik constant hulp nodig had, was het zelfstandig aan de quest werken een manier om mijn onafhankelijkheid te laten gelden en dingen zelf te kunnen doen. Uren bracht ik liggend in bed door, mijn laptop tegen mijn knieën, op zoek naar antwoorden over hoe ik verder kon komen met de quest.

Maar ik kwam niet vooruit en zodra ik me eenmaal beter voelde, dreef de frustratie me uit bed. Ik besloot een douche te nemen.

Hoewel ik mezelf had voorbereid op het onvermijdelijke verlies, kwam het alsnog als een schok toen ik de eerste pluk haar in mijn hand had. Hij was zo droog en dood als herfstbladeren en het kwam vrijwel zonder enige weerstand van mijn hoofd.

Mijn adem stokte en ik voelde een felle steek, voordat mijn hart van angst hamerde tegen mijn borst. Ik trok er vier of vijf handenvol plukken uit en liet ze op de vloer vallen. Hoewel dit verlies niets voorstelde in vergelijking met wat ik al was verloren, was het toch een confrontatie met waar de kanker me allemaal van beroofde. Dit verlies mocht dan tijdelijk zijn, het fungeerde als een maar al te schrijnende herinnering aan alles wat ik was verloren. Mijn ademhaling kwam met horten en stoten en tranen prikten in mijn ogen.

De douche begon vol te lopen door de hoeveelheid water die uit de douchekop liep, voordat ik eindelijk stopte met mijn haren uit mijn hoofd trekken. Ik bracht mijn hand omhoog om aan mijn onregelmatige hoofdhuid te voelen. De huid was zacht, gevoelig.

Ik denk dat ik zo'n zes tellen probeerde dapper te zijn, maar al snel was het zo overweldigend dat ik schokte van woede en verdriet. Tranen liepen over mijn gezicht en vermengden zich met de regen van druppels uit de douchekop. Fuck you, kanker, omdat je er weer in bent geslaagd iets van me af te nemen. Mijn haar en alles waar dat voor stond; mijn jeugd, schoonheid, vrouwelijkheid.

Tegen de tijd dat het douchewater de badkamer in spoelde, zat ik op de tegelvloer te huilen en probeerde ik de haren uit het afvoerputje te plukken, zodat het water weer kon weglopen.

De wereld om me heen kantelde en mijn maag draaide zich om. Ik had het gevoel dat ik moest overgeven, maar gelukkig kon ik het binnenhouden. Met mijn tranen was ik minder succesvol. Daardoor kon ik nauwelijks zien wat ik aan het doen was en het water begon koud te worden, terwijl ik zelf steeds hysterischer tekeerging.

Plotseling voelde ik een vlaag koele lucht en werd de kraan dichtgedraaid. Ik dook ineen op de douchevloer, een hoopje ellende, als een balletje opgerold.

Adam knielde in het water naast me. 'Mia. Sta op.'

Maar ik bewoog me niet. Ik stopte mijn gezicht in mijn handen. 'Ik wil niet dat je me ziet.'

'Ik heb je eerder naakt gezien. Kom op. Je rilt van de kou.'

'Pak een handdoek voor me,' snikte ik.

Hij had alles gezien, ja. Maar niet op deze manier. Niet deze beschadigde, verminkte, vel-over-been-versie. Hij zou van me walgen. Ik deed dat wel in ieder geval. Ik walgde van mezelf, iedere keer dat ik in de spiegel keek.

Dit laffe trutje was ver verwijderd van de sterke, zelfverzekerde vrouw die zich ooit had ontdaan van haar bikini om zich aan hem bloot te stellen voordat ze hem verleidde om een douche met haar te nemen. Toen had ik me zeker gevoeld over mijn lijf. Ik had hem gewild en had gewild dat hij mij ook wilde. En dat deed hij. Hij wilde me *zo* graag.

Dit lichaam behoorde een zieke vrouw toe. Een schim. Een snikkende, zielige zwakkeling. Want naast de lichamelijke verliezen – gewicht, de zwangerschap en nu het haar – waren er de verliezen die niet konden worden gezien. Zelfvertrouwen, onafhankelijkheid, kracht. De kanker brak me langzaam maar zeker. Ik kende dit meisje niet. Ze was mij niet. Ze stond verder van me af dan ik me ooit had kunnen voorstellen. En ik twijfelde er geen moment aan dat hij dat hetzelfde voelde. Ik slikte de steeds aanwezige schaamte weg. Het prikte in mijn strot als een gekarteld stuk glas.

Binnen een paar tellen hield Adam een handdoek voor me op, zijn hoofd opzij gedraaid zodat hij me niet kon zien. 'Sta op, ik kijk niet.'

Langzaam krabbelde ik overeind en liep recht in de handdoek die hij omhooghield. Ik sloeg de stof om me heen. Hij hield zijn ogen afgewend terwijl hij de donzige badjas van het haakje in de hoek van de badkamer pakte en me overhaalde die aan te trekken. Toen draaide hij zich om en keek naar de douche, die nog steeds vol water stond. Hij pakte het vuilnisbakje en stapte de douchebak in, de pijpen van zijn spijkerbroek nu zeiknat. Hij ging verder met het leeghalen van het putje en trok er plukken van mijn haar uit. Met een hard, slurpend geluid liep het water weg.

Bevend keek ik via de spiegel naar zijn onbewogen gezicht. 'Ik ruim de zooi wel op. Alsjeblieft ... laat mij het doen.'

Hij keek me niet aan, pakte extra handdoeken om het overgelopen water op de vloer op te dweilen. 'Nee, dat doe je niet.'

'Maar ...'

'Je ruimt helemaal *niets* op. Waag het eens.'

'Adam ...'

Hij staakte zijn bewegingen, ging rechtop staan en keek naar me in de spiegel, het vuilnisbakje nog in zijn hand. 'Ga hier geen ruzie met me over maken, Mia. Je gaat niet schoonmaken. Je bent een gast. Mijn gasten maken niet schoon.'

Een *gast*. Dat woord klonk zo vreemd. Ik had hier gewoond. Drie maanden lang was dit mijn thuis geweest. Adam had het ooit *ons* huis genoemd. Maar nu was ik een gast. In een boze bui verhuizen moet me tot de gaststatus hebben gedegradeerd.

Hij draaide zich om en maakte het karwei met de handdoeken af, raapte ze op en gooide ze in de tweede wastafel. 'Ik zal Cora morgen de schoonmaakster laten bellen.'

Ik had nog niet de kans gehad om mijn aandacht op de reflectie in de spiegel te richten tot dat moment. Wat ik zag liet me bijna naar adem happen van schrik. Mijn hoofd leek op een schaap dat een of andere vreemde ziekte had en in de rui was. Plukken haar hingen aan slechts een enkele draad aan mijn hoofd. Enorme plukken waren eruit getrokken en sommige zaten nog stevig op z'n plek.

Ik had me mentaal voorbereid op dit moment sinds de chemotherapie was voorgeschreven. Maar toch kwam het als een klap en ontnam het me bijna de adem. Ik snifte en knipperde met mijn ogen, verwoed vechtend tegen nieuwe tranen. Adam was klaar met het opruimen van de badkamer en keek toe hoe ik mezelf in de spiegel bekeek.

'Mia, haal eens diep adem.'

Dat deed ik. Het was beverig en zwak, net als de rest van mij. 'Ik lijk wel een melaatse.'

Hij kwam achter me staan, reikte om me heen om het koord vast te knopen, dat ik open had laten hangen. Gelukkig was ik nog steeds bedekt door de handdoek. Het gevoel van zijn armen om me heen was zowel opwindend als vreemd tegelijk. Ik wilde dat hij me tegen zich aan trok, in mijn oor fluisterde dat hij me nog steeds mooi vond. Ik vermeed zijn blik in de spiegel.

Niemand vond me mooi.

'Kom met me mee,' zei hij en pakte mijn hand om me de badkamer uit te leiden. Hij trok me mee, door mijn slaapkamer en via de overloop naar zijn slaapkamer.

'Waar gaan we heen?'

'Mijn kamer,' zei hij op feitelijke toon.

'Dat zie ik. Waarom?'

'Vertrouw me.'

Ik liet hem me meesleuren, zijn greep om mijn hand verstevigde. We gingen door zijn kamer naar de aangrenzende badkamer. Hij bleef staan en bukte om iets uit de onderste kast te pakken. Hij had een ironische lach op zijn gezicht toen hij overeind kwam.

Onwillekeurig lachte ik toen ik zag wat het was. Een tondeuse.

'Staat u mij toe?' vroeg hij en wiebelde het ding voor zich heen en weer. 'Het zou kunnen dat ik er eens over heb gedroomd het hoofd van een prachtige vrouw te mogen scheren.'

'Lijpo.' Ik kneep mijn ogen tot spleetjes. 'Hou verdorie je bakkes dicht en zet dat ding aan.'

Hij grijnsde. 'O God, alsjeblieft, vieze praatjes. Kom maar op, schatje.'

Speels gaf ik hem een mep tegen zijn borstkas. Ik pakte een handdoek en legde hem over de wastafel. 'Ik wil het niet op mijn geweten hebben nog meer afvoerputjes te verstoppen.'

Toen boog ik me over de handdoek terwijl hij de tondeuse aanzette. Zachtjes plaatste hij hem achterin mijn nek en bewoog naar voren. De tondeuse voelde koud en kietelde mijn schedel terwijl hij zoemend over mijn gevoelige huid schoof. Ik sloot mijn ogen, in afwachting tot het klaar was.

'Opgeruimd staat netjes, dat witte haar met die roze en paarse plukken. Het is afgrijselijk *My Little Pony*-haar. Ik ben nog nooit zo blij geweest om haar te zien verdwijnen!'

Ik onderdrukte mijn lach. 'Dat noem je platinablond, uilskuiken.'

'Uilskuiken? Zeg, je kunt wel beter dan dat. Kom op, geef me ervan langs.'

De tondeuse schampte de achterkant van mijn oor, wat kietelde. Ik begon te lachen. 'Eikel. Hufter. Klootzak.'

'Ik scheer al je haar eraf. Je gaat de vrouwelijke versie van Humpty Dumpty worden.'

'Fuck you, lul,' gromde ik tussen opeengeklemde kaken door.

'Verdorie zeg, de weerkaatsing van het licht op je hoofd verblindt me. Ik zie geen zak.'

Expres zette hij de tondeuse tegen de gevoelige achterkant van mijn nek en lachend gaf ik een gilletje. 'Pikkenlikker.'

'Ben je getrouwd met Mr. Proper?'

'Je kunt maar beter maken dat je wegkomt als je klaar bent met deze shit, want als ik je te pakken krijg, schop ik je voor je kloten.'

'Klinkt opwindend,' reageerde hij en zette de tondeuse uit. 'Klaar.'

Een poos verroerde ik geen spier, toen haalde ik diep adem.

'Ben je er klaar voor? Heb je een peptalk van me nodig?'

'Hou je kop, droplul,' zei ik voordat ik mijn keel schraapte en rechtop ging staan om mezelf in de spiegel te bekijken.

Oké, ik was sprakeloos. Ik zag eruit als Dr. Evil van *Austin Powers*. Mijn blik schoot naar Adam, die me nauwlettend observeerde, waarschijnlijk omdat hij een volgende inzinking verwachtte.

Dus stak ik mijn pink op, plantte hem tegen mijn lip en zei met de best mogelijke imitatie van Mike Myers: *'I shall call him "Mini-Me".'*

Adams knappe gezicht begon te stralen. Zijn houding ontspande, alsof hij opgelucht was.

Ik bewoog mijn hand naar mijn naakte schedel. 'Shit, dit voelt zo vreemd.'

Hij reikte mij de tondeuse aan. 'Wil jij mij nu doen?'

'Waag het niet. Hoe kunnen die geile stagiaires erover fantaseren hun vingers door je haren te halen als je net zo kaal zou zijn als ik?' *En waar moest ik dan over fantaseren?* voegde ik er in mijn hoofd aan toe.

Hij rolde met zijn ogen als reactie. Nogmaals haalde ik mijn hand over mijn hoofd. 'Moet je eens voelen. Echt lijp.'

Hij legde de tondeuse neer en streek rustig over mijn hoofd. Hij schonk me via de spiegel een verleidelijke blik. Een die, onder andere omstandigheden, er misschien voor had gezorgd dat mijn slipje binnen no-time op de grond was beland. 'Shit, ik raak hier zo opgewonden van.'

Ik stootte zachtjes met mijn elleboog tegen zijn harde buik en hij hapte naar adem alsof ik hem met een knuppel had geslagen.

'Je bent de meest sexy kale vrouw die ik ooit heb gezien.'

'Fuck you.'

Hij bewoog zijn handen omhoog. 'Wat? Ik meen het. Ilia van de allereerste *Star Trek*-film? Heb je die gezien? Die uit de jaren zeventig?'

Ik kneep mijn ogen samen. 'Heel, heel lang geleden.'

'Nou, zij was zo'n Deltan-griet. Zo hot dat seks met haar het einde betekende van iedere menselijke gast die probeerde haar te naaien. Maar bij lange na niet zo sexy als jij.'

Ik draaide me om en keek hem aan, mijn armen over mijn borst gevouwen. 'Je lult uit je nek.'

'Niet. *V for Vendetta* gezien? De kale griet in die film, Natalie Portman. Ze was lekker. Heel lekker. Maar wederom ... niet zo lekker als jij.'

Ik boog mijn hoofd in een poging te verbergen dat ik moest lachen. 'Weet je nog meer kale vrouwen?'

'Demi Moore in *G.I. Jane*. Komt niet eens in de buurt van jouw niveau van sexy zijn.'

'Heb je het internet afgestruind om dit allemaal op te zoeken of zo?'

Hij trok een gekke bek. 'Ik kijk heel veel films.'

Ik draaide me terug naar de spiegel en ging weer met mijn hand over mijn schedel. Adam kwam achter me staan en legde ook zijn hand weer op mijn hoofd. Hij boog naar me toe, alsof hij me ging kussen. Mijn hartslag vloog omhoog en ik kantelde mijn hoofd verwachtingsvol een stukje achterover. Zou hij me gaan kussen? Wilde hij me?

Maar voordat zijn lippen de mijne raakten, zag ik hoe hij verstijfde en zich bijna net zo snel weer terugtrok. Onze blikken haakten in de spiegel ineen en ik slikte.

'Ripley,' zei hij.

'Wat?'

'Ripley uit *Alien*. Je weet wel … Sigourney Weaver.'

Fronsend keek ik hem aan. 'Zij had haar.'

'Niet in de derde. Ze was kaal, net zo kaal als jij.'

'Heb jij serieus de derde film gezien? Ik hoorde dat die slechter dan slecht was.'

'Je bent nog steeds sexyer dan kale Ripley uit de slechter dan slechte *Alien*-film.' Hij trok zijn schouders op. 'Ik heb ook heel veel slechte films gezien.'

Ik keek weer naar mezelf. 'In ieder geval heb ik mijn wenkbrauwen en mijn wimpers nog … voorlopig.'

'Misschien hou je die ook wel.'

Mijn blik verschoof naar hem. 'Misschien, misschien ook niet. Het is niet alsof ik erop uit ben indruk op iemand te maken.' Behalve op hem.

'Ga je een pruik nemen?'

Het idee om een zware pruik op mijn hoofd te moeten zetten trok me absoluut niet aan. Het zou zweterig en warm zijn en ik zag het nut er ook niet van in. 'Ik denk dat ik gewoon iedere dag een muts ga dragen.'

Hij kantelde zijn hoofd opzij en bestudeerde me nauwlettend. 'Dat is geen slecht idee. Ik heb denk ik nog wel twee gebreide mutsen. Voor als het een keer geen zesentwintig graden is.'

'De gedachte aan een pruik vind ik maar niets.'

'Je zou bandana's kunnen dragen. Maar kijk uit welke kleur je in welk deel van Orange County draagt.'

Ik imiteerde een *gang*-handgebaar. 'Nou, inderdaad, want er zijn in Newport Beach natuurlijk heel veel bendes.'

Hij grijnsde naar me en het liet mijn hart meer dan een beetje fladderen. Hij leek zo veel op de kerel waarop ik verliefd was geworden. Die briljante, sexy man met de grijns van een ondeugend jochie.

'Volgens mij vraagt deze avond om ijs en *Farscape*.'

Vragend keek ik hem aan. '*Farscape*?'

Zijn wenkbrauwen gingen omhoog van verbazing. 'Serieus? Heb je *Farscape* nog nooit gezien? Dat is alleen maar de beste sciencefictionserie die ooit op televisie is uitgezonden. Ik zal je moeten dwingen op een dag een marathon met me te kijken, zodat jij ook weet hoe geniaal *Farscape* is. En ook daar komt een lekkere, kale vrouw in voor. Zhaan. Ook zij haalt het niet bij jou, trouwens. En ze is blauw.'

Ik schoot in de lach. 'Goed om te weten dat ik sexyer ben dan een kale, blauwe griet.'

Alleen mocht ik helaas geen ijs eten. Mijn dieet stond geen zuivel of soja toe. Wat dat betreft was ik dubbel de lul. Ook geen bevroren yoghurt. Hij mompelde iets over het bestellen van een schaafijsmachine.

We hadden ons in de luie stoelen in zijn filmkamer genesteld om de afleveringen van zijn serie uit begin 2000 te kijken. Ik haalde het warempel helemaal tot het eind van de tweede aflevering, over de bizarre, maar geweldig goed weergegeven fantastische reis van John Crichton. Hij was een lekkere, briljante astronaut van de aarde, die onbedoeld had ontdekt hoe je een wormgat kon creëren en aan de andere kant van het universum terecht kon komen. Daar waren planten tot mensachtigen geëvolueerd, reusachtige ruimteschepen waren levende wezens en een vreemd, heersend ras dat er precies als de mens uitzag, de Peacekeepers genaamd, regeerde de boel met een ijzeren vuist van tirannie.

Het was al laat toen de tweede aflevering eindigde. Adam zette het breedbeeldscherm uit en kwam voor me staan. 'Bedtijd voor jou, kale.'

'Ik zou je nu zo gigantisch in je noten kunnen trappen,' mompelde ik geeuwend.

'Nou, je bent niet bepaald beangstigend als je niet eens je ogen kunt openhouden.'

'Waar is mijn paintballgeweer? Ik zou je nu zo gigantisch in je noten kunnen *schieten.*'

Zijn adem stokte, alsof hij zich de pijn kon herinneren. 'Je triggert mijn PTSS van die paintballveldslag met dit soort praatjes.'

Halfhartig schopte ik mijn voet in de richting van zijn kruis en lachend greep hij mijn been bij m'n enkel beet.

'Bed. Nu.'

Ik had er de puf niet voor om in discussie te gaan. Het was een lange, ingrijpende dag geweest.

***

De volgende ochtend verscheen er bij het huis een fee-achtige vrouw met blond haar en de hoogste hakken die ik ooit had gezien. Verschillende kledingzakken waren over haar schouder geslagen. Ik had haar een keer eerder ontmoet, toen ik voor onze breuk bij Adam had gewoond. Sonia was Adams shopper en ze kwam zo'n beetje iedere maand bij hem langs met nieuwe kleren.

Dat was de dag waarop ik had ontdekt dat wat ik ooit had gedacht dat Adams gevoel voor mode was, helemaal geen gevoel voor mode was. Hij draaide compleet op hoe Sonia hem kleedde. En dat deed ze goed. Niet alleen had ze een geweldig goede smaak, ze wist genoeg over hem om zijn eigen specifieke stijl te bepalen. Niet dat Adam ooit iets zou dragen wat hij niet wilde. Iedere keer dat er kleding geleverd werd, stuurde hij bepaalde kleren terug.

Sonia werkte in een winkel in het exclusieve winkelcentrum van Newport, Fashion Island, en meestal liet ze van daaruit gewoon kleding bij hem thuis bezorgen. Maar vandaag legde ze een persoonlijk bezoekje af en later zou ik tot de ontdekking komen dat dat op Adams verzoek was.

Nu was Sonia namelijk niet alleen Adams shopper, maar ook de mijne. Hoewel het idee dat iemand anders kleding voor me kocht me in eerste instantie niet echt aanstond – vooral toen ze begon over opties voor hoofddeksels en pruiken – intrigeerden haar suggesties me al snel.

Ze nam mijn maten op en we bladerden door een aantal tijdschriften. Ze liep een lange lijst met vragen door over mijn eigen gevoel voor stijl en ze had kleurstalen bij zich. Ze liet me de verschillende dingen zien die ik op mijn hoofd kon dragen, van creatief gebruikte sjaals tot baretten en 'Buffs'. Dat laatste was een merk dat dunne, gebreide mutsjes maakte die naadloos om mijn schedel sloten.

Toen ze was vertrokken, gaf ik Adam een dikke knuffel en een kus om hem te bedanken. Eigenlijk had ik geen excuus nodig om dicht bij hem te zijn, maar ik maakte er misbruik van zodra er zich een voordeed.

HOOFDSTUK VEERTIEN

ADAM

D E DAGEN ERNA LEEK ZE ALLEEN MAAR TE SLAPEN, ETEN en samen met mij *Farscape* te kijken. Ik wist niet zeker of dit de normale vermoeidheid door de chemotherapie was of een depressie. Ik propte mijn werk in de tijd die ze sliep en koos ervoor niet naar kantoor te gaan. Jordan, mijn financieel directeur, bracht me iedere paar dagen belangrijke papieren die ik moest zien en – dat sierde hem – vroeg hoe het met haar gezondheid ging. Hij leek oprecht bezorgd.

Ik wachtte echter op 'het gesprek' en uiteindelijk kreeg ik dat.

'Dus, eh … als ik het vragen mag, hoe zit het nu tussen jullie twee?'

Ik keek hem aan over de stapel papieren die hij voor me op tafel had klaargelegd om te ondertekenen, maar gaf geen antwoord.

'Zijn jullie twee, eh … Je weet wel …?'

Ik begon te ondertekenen. 'Vrienden? Ja, we zijn vrienden.'

'Maar jullie zijn niet … samen.'

'Op welke manier gaat jou dat iets aan?' vroeg ik terwijl ik het bovenste blad van de stapel opzijschoof en verderging met het volgende.

Hij stak zijn hand uit en wendde nerveus zijn blik af. 'Oké ... Ik probeer gewoon een beetje op je te letten, man. Na de laatste keer ...'

Ik klemde mijn kiezen op elkaar. 'Dit is niet de laatste keer.'

'Weet je dat zeker? Adam, je hebt een groot hart en ik weet dat je medelijden met haar hebt, maar door haar had je maandenlang je kop er niet bij.'

Mijn hand bevroor en ik ging rechtop zitten. 'Ik heb geen medelijden met haar. Ik hou van haar. We hebben dat achter ons gelaten, of dat proberen we in ieder geval tot goedbedoelde mensen het weer ter sprake brengen.'

Jordan snoof zijn longen vol en liet de lucht weer ontsnappen. 'Oké. Prima. Wees gewoon ... voorzichtig, oké? Je hebt geen idee hoe dit allemaal gaat ... aflopen.' Zijn stem stierf weg en hij grimaste, alsof hij, door het horen van zijn eigen woorden, besefte hoe belachelijk hij klonk.

Alsof hij me eraan hoefde te herinneren dat ik niet wist hoe dit ging aflopen. Haar vijfentachtig procent kans had dat al voor me gedaan. Dat getal bevond zich iedere dag op het randje van mijn gedachten. Het had me sprakeloos gemaakt de eerste keer dat ik het getal in het kantoor van de dokter had gehoord en sindsdien had ik het onder een dappere gezichtsuitdrukking begraven. Natuurlijk wist ik niet hoe dit alles zou uitpakken, maar ik had Jordan er niet voor nodig om me aan die maar al te reële angst te herinneren.

Lange tijd zei ik geen woord en werkte me door de stapel heen. Ik scande iedere bladzijde om te checken waar ik voor tekende. Toen ging ik rechtop zitten, duwde de dop op de pen en keek hem aan. 'Luister, ik snap wat je bedoelt, maar met mij gaat het goed. En met haar komt het ook goed. Ze komt er bovenop.'

Hij knikte, boog voorover om de stapel op te pakken en stopte toen zijn beweging om me aan te kijken. 'Ja, dat zal ze zeker. Maar daarna? Hoe gaat het dan verder?'

'Ik realiseer me dat ze niet je meest favoriete persoon is ...' Waarschijnlijk omdat hij de voorkeur gaf aan oliedomme vrouwen en Emilia zijn maximale IQ-limiet voor een vrouw ver overschreed. Sommige mannen voelden zich oprecht geïntimideerd door slimme vrouwen. Maar vandaag had ik hier het geduld niet voor, ook al was het goed bedoeld. Mijn mond verstrakte. 'Ze heeft nu vrienden nodig. Steun. Waarom geef je haar dat niet, in plaats van je constante kritiek?'

Jordan fronste en reageerde niet meteen. Hij verplaatste zijn gewicht van de ene voet naar de andere. 'Ik weet dat mijn advies het in het verleden alleen maar erger voor je heeft gemaakt, maar ... Nou, als je er ooit over wilt praten, dan ben ik er voor je, man.'

'Jouw adviezen zijn ruk.' Ik lachte en hij kantelde zijn hoofd met enige zelfspot in zijn lach.

'Hé! Ik vroeg me af of je ...' Emilia kwam de hoek van de gang om en mijn kantoor in, zich duidelijk niet bewust van het feit dat Jordan er was. Ze bleef in de deuropening staan en hun blikken kruisten elkaar. Soms noemde ze hem haar aartsvijand.

Allebei bleven ze doodstil staan en keken elkaar aan. Ze had niets op haar hoofd en Jordan was de eerste persoon – naast mij, haar moeder en mijn huishoudster – die haar zonder haar haren zag.

'Hoi Jordan,' lukt het haar zwak uit te brengen. Ze bloosde en het rood verspreidde zich over haar kale schedel.

'Mia!' zei hij met een opgewekte stem, alsof ons gesprek nooit had plaatsgevonden. 'Wauw, je ziet er …'

'Kaal uit?' onderbrak ze hem en legde een onzekere hand op haar hoofd. 'Blinkend?'

Jordan aarzelde, duidelijk niet op z'n gemak. 'Ik wilde zeggen "een stuk beter uit dan ik had verwacht na twee weken chemo".'

Mia's wenkbrauwen schoten omhoog. 'O … O, bedankt.'

'Ik hoop dat je je oké voelt?'

Haar mond versmalde een beetje en ze keek me niet aan. 'Ik voel me geweldig, eerlijk gezegd. Heb me nog nooit zo goed gevoeld.'

Jordan reageerde niet op de duidelijke leugen. Gelukkig maar. Hij schoof ongemakkelijk heen en weer en hield toen de stapel papieren in zijn hand op. 'Ik moest maar weer eens gaan, maar ik ben blij je even gezien te hebben. Fijn dat het zo goed met je gaat.'

Kort flitste er een norse blik over Emilia's gezicht, maar ze bedankte hem en toen pakte Jordan z'n spullen en vertrok.

'Wauw,' zei ze toen beneden de voordeur in het slot viel. Ze keerde zich weer naar mij, een spottend lachje rond haar lippen. 'Hij moet wel denken dat ik op het randje van de dood sta of zo.'

Ik grimaste. 'Nee, dat doet hij niet. Waarom denk je dat?'

'Die gast is nog *nooit* aardig tegen me geweest.'

Ik lachte en zij schoot ook in de lach.

'Als hij zo aardig blijft doen, denk ik dat ik de volgende keer maar de moeite moet nemen om mijn hoofd te poederen.' Ze wreef over haar schedel.

'Jij schaamteloze sloerie,' zei ik. 'Al die huid oppoetsen!'

Ze stak haar tong naar me uit.

'Nu kwel je me gewoon,' zei ik.

Ze sloop op een openlijk verleidelijke manier om het bureau heen, haar smalle heupen wiegden in haar yogabroek heen en weer, en kwam naast me staan. 'Heeft het effect?' fluisterde ze in mijn oor terwijl ze haar armen rond mijn nek sloeg.

'Mmmisschien.' Ik klapte mijn laptop dicht en draaide mijn bureaustoel om haar aan te kunnen kijken. Mijn armen sloten zich om haar middel en ik gaf haar een kusje op haar wang toen ze zich op mijn schoot liet zakken. Ze trok haar knieën op en leunde naar voren, tegen mijn borstkas.

'Wow,' reageerde ik, plotseling totaal niet op mijn gemak door de nabijheid. Ik mocht dan misschien hebben lopen dollen, maar het was een aardig tijdje geleden en nu zat ze boven op me, in een zeer sexy yogabroek en een dun shirtje. Ik moest een mentale strijd met mezelf leveren om haar kont niet te betasten. Want, verdomme, dat wilde ik echt.

'Wat is er?' vroeg ik een beetje beverig.

Ze schoof tegen me aan, waardoor ze een niet onplezierige schok zuidwaarts veroorzaakte. 'Niets. Ik wilde gewoon "hoi" komen zeggen.'

'Oké,' zei ik, Terwijl mijn hoofd overuren maakte om een manier te vinden haar van mijn schoot te krijgen zonder haar te kwetsen.

'Ga je vandaag niet werken?'

'Neuh.'

'Waarom niet?'

'Je hebt morgen je volgende behandeling. Ik dacht dat we misschien iets konden doen voordat … voordat je je weer niet al te best voelt.'

Ze zuchtte. Haar hand kwam omhoog en ze legde hem plat op mijn borst om er lichtjes overheen te wrijven. Ik beet op de binnenkant van mijn wang en probeerde aan iets anders te denken dan het feit dat het maanden geleden was dat we seks hadden gehad.

'Gaat het wel met je?'

'Tuurlijk. Kan niet beter.'

'Jordan en je moeder zijn er nu niet. Je hoeft niet tegen me te liegen.'

'Nou, het gaat goed. Echt. Ik kreeg alleen een vreemde e-mail.'

'Van wie?'

'Van een andere game-blogger. De eigenaar van GameGlomerate. Hij wil *Girl Geek* overnemen.'

'Neem je me nu in de zeik?' Ik verstijfde en leunde naar achteren om haar aan te kunnen kijken.

Ze lachte. 'Ik neem je vaak genoeg in de zeik, maar deze keer niet.'

'Die lui zijn het echte werk. Waarom willen ze *jouw* blog?'

Ze trok een verbaasd gezicht naar me en liet toen haar hoofd weer tegen mijn schouder rusten. Ze friemelde aan een knoopje vlak bij de kraag van mijn overhemd. 'Doe niet zo verbaasd. Het is een goede blog.'

'Het is een fantastische blog. Maar wat zijn ze ermee van plan?'

Ze haalde haar schouders op en vermeed in mijn ogen te kijken. 'Ik denk dat ze verschillende kleinere populaire blogs opkopen om hun platform en lezerspubliek te vergroten.'

Ik lachte. 'Dat zouden ze gewoon op de ouderwetse manier kunnen doen, door hun eigen berichten te schrijven. Maar ze zullen nooit zo slim zijn als jij.'

Een poosje zei ze niets, ze bleef simpelweg aan mijn overhemd friemelen. Onderzoekend nam ik haar op. 'Je denkt er toch niet serieus over na, of wel?'

Ze haalde haar schouders op.

'Je gaat je blog niet verkopen, Mia.'

Ze richtte haar blik omhoog. 'Het is *mijn* blog.'

'Zou je echt toestaan dat iemand anders opduikt om jouw platform, dat je in jaren hebt opgebouwd, over te nemen? Alle posts die je hebt geschreven, alle banden met je lezers, andere bloggers en commentatoren. Wat zou je zonder hen moeten? Waarom zou je het verkopen? Het geld heb je niet nodig.'

Even bleef ze stil, toen maakte ze zachtjes een knoopje los en opende mijn overhemd bij mijn hals. 'Ik zei niet dat ik het ging verkopen. Maar soms ... is het een beetje ongemakkelijk om over Dragon Epoch, te bloggen. Vooral nu ik allemaal nieuwe reacties krijg over de verborgen quest.'

Ik slikte en keek weg. Haar hand gleed naar het volgende knoopje onderaan mijn hals.

'Wat is er zo ongemakkelijk aan?'

Nonchalant trok ze een schouder op. 'Het voelt verkeerd, op de een of andere manier. Omdat jij en ik ... Omdat we samenwonen.' Haar verbale gymnastiekoefeningen gingen niet aan me voorbij. Ze taste net zo in het duister over wat dit tussen ons was als ik.

Haar vingers maakten de tweede knoop los. Ik besloot dat het veiliger was om van onderwerp te veranderen en te zorgen dat ze als de wiedeweerga van mijn schoot ging. 'Hé, ik dacht dat we de Duffy-boot konden pakken om naar het eind van de pier te varen. Of we kunnen naar het Balboa-pretpark ...'

'Of … we kunnen hier blijven,' zei ze terwijl haar hand mijn overhemd in gleed.

Ik ademde diep in en dwong mijn hormonen zich te beheersen. Haar hand op mijn blote huid deed vreemde dingen met mijn vermogen nog enigszins normaal te kunnen nadenken. Ik bracht mijn arm omhoog en trok haar hand rustig uit mijn overhemd.

'Hadden we vandaag niet afgesproken online te gaan met Heath en Kat?' Heath kon niet op bezoek komen omdat hij verkouden was en Emilia kon niet iemand om zich heen hebben die iets onder de leden had. De chemo maakte haar ontzettend vatbaar voor bacteriën en virussen vanwege haar verzwakte immuunsysteem.

Ze fronste en keek me aan. 'Volgens mij wilden ze dat, inderdaad.'

'Oké. Wil je naar buiten om een stukje te wandelen of zoiets voordat we dat gaan doen? Na morgen zit je weer een poosje vast, hierbinnen.'

Ze keek verward en gleed van mijn schoot. Ik zuchtte bijna van opluchting.

'Eh, ja, natuurlijk. Laten we dat maar doen.'

Ik stond ook op en liep langs haar heen om onze truien te pakken en schoenen aan te trekken. Ik probeerde de verwarde blik die ze me gaf toen ik langsliep te negeren. Het was een mengelmoes van verbazing en gekwetstheid. Ik was me ervan bewust dat ik net haar verleidingspoging had afgewezen en dat het vermoedelijk haar gevoelens had gekwetst. Ik maakte een mentale notitie om het later met haar te bespreken. Maar niet nu.

Want op dit moment, als ik niet maakte dat ik hier wegkwam, zou ik waarschijnlijk iets doen waar ik spijt van ging krijgen. Iets wat ik *heel* graag wilde doen, zoals haar terug op mijn schoot trekken en haar wezenloos kussen. Ik had haar ervan overtuigd dat we het langzaamaan moesten doen en als ik me niet aan mijn voornemen zou houden, stond ons waarschijnlijk een ramp te wachten. Dus maande ik mijn lichaam tot kalmte en gingen we naar buiten, de frisse lucht in, waar geen gevaar voor verleiding school.

HOOFDSTUK
VIJFTIEN
MIA

'P AK AAN, JIJ GROENKOPPIGE KLOOTHOMMEL!' schreeuwde ik in de microfoon van mijn headset. Terwijl ik een volgende vuurexplosiespreuk afvuurde, schoot ik een verdwaalde ork tegen de muur van het fort waar we ons een weg door vochten. Braaf ging de ork in vlammen op en verging.

'Wat een agressie, Mia,' kwam Heaths lachende stem door het oortje van mijn headset.

'Mmm, dat is het soort bui waarin ik verkeer,' reageerde ik terwijl ik weer een hoge-level-spreuk gebruikte op een monster van een heel laag level, waardoor hij verdampte. De hel was nog minder grimmig dan een seksueel gefrustreerde vrouw die net door haar lustobject was afgewezen.

'Wat is er aan de hand, vriendinnetje?' vroeg Kat. 'Alles oké?'

Ik knarste mijn tanden en vuurde een overdreven heftige toverspreuk af. 'Alles is fucking geweldig.'

'Oké. Dus, weet iemand of FallenOne ook gaat inloggen?'

Ik beet op mijn tong. Na onze wandeling langs het strand had hij me alleen gelaten om met onze groep in te loggen, terwijl hij wat zaken in zijn kantoor ging afronden. Hij beloofde zo snel mogelijk aan te sluiten. Ik had nauwelijks iets gehoord van wat hij had gezegd, doordat ik nog steeds mentaal mijn wonden van daarnet aan het likken was. Gedurende de hele wandeling was hij heel lief voor me geweest. Maar ik wist dat hij nog steeds boos op me was. Waarom zou hij me anders blijven wegduwen? En hoe langzaamaan vond hij dat we moesten doen? Ik was hier nog maar een paar weken, maar ik had nu al de pest aan dat plan van hem.

Tenzij er een andere reden was … en dat was nog iets wat pijn deed. Ik was niet gek. Ik zag mezelf iedere ochtend in de spiegel. Ik was me er maar al te zeer van bewust dat ik eruit begon te zien als de Borg Queen van *Star Trek*. Dankzij de bleke, vale huid, de donkere aderen in mijn armen en de kale kop was ik ervan overtuigd dat ik het perfecte, sexy plaatje vormde. Eerlijk gezegd kon ik het hem niet kwalijk nemen als het hem tegenstond, al hoopte ik van niet.

Ik onderdrukte de pijnlijke steek die ik voelde door me eraan te herinneren dat dit slechts tijdelijk was. Deze verliezen zouden niet voor eeuwig zijn, in tegenstelling tot andere …

Ik concentreerde me op het computerscherm voor me. Een horde trollen kwam de hoek van onze gang om rennen, waar we hun ork-neven hadden afgeslacht. Ik viel ze allemaal aan met mijn hoogste-level-toverspreuk.

'Mia!' beet Heath me toe. 'Stop ermee al je hoge-level-toverkunsten te verspillen. Die hebben we later nog nodig, als we bij de baas komen.' Heath doelde op het grote, boze monster dat de beste buit bij zich droeg en dat we hoogstwaarschijnlijk aan het eind van deze inval zouden aantreffen.

Je vriend FallenOne is nu online.

Ik blies mijn adem uit. Nou, blijkbaar was hij klaar met z'n werk.

'Verdorie, misschien dat Fallen je wat gezond verstand kan bijbrengen, mens,' merkte Kat op.

Heath schaterlachte. 'Dat betwijfel ik ten zeerste.'

Ik typte snel een privébericht voor Heath.

Ik: 'Kappen, anders ben jij de volgende die ik afmaak!'
Fragged: 'WTF deed ik nou weer verkeerd?'
FallenOne heeft zich bij uw groep aangesloten.

'Hoi, Fallen,' zei Kat. 'Kun je naar ons komen? We zijn halverwege de zuidelijke gang en Mia gaat helemaal uit haar dak met haar magie. We gaan hulp nodig hebben als we bij de baas komen.'

Adams stem klonk door mijn headset. 'Ik denk dat ik me jullie kant op kan vechten.'

Ik ademde diep in en keek uit het raam. Ik zat in de vensterbank, tussen de kussens, maar het was een beetje lastig het scherm te zien, doordat het zonlicht op mijn laptop reflecteerde. Daarnaast begon mijn kont gevoelloos te worden van het in één houding zitten, dus ik stond op en verplaatste naar het bed. Terwijl ik dat deed, kwam Adam door de deuropening binnen. Hij had zijn headset op en zijn laptop balanceerde op een gespierde onderarm.

Adam legde een hand over de microfoon zodat de anderen hem niet konden horen. 'Alles oké met je?'

'Tuurlijk, kan niet beter,' zei ik, hem mijn standaardantwoord gevend.

Hij grimaste en er trok een flits van irritatie door zijn donkere ogen. 'Wil je vandaag niet gamen?'

'Jawel hoor,' reageerde ik nonchalant. 'Ik ben gewoon een beetje onrustig vanwege morgen.'

'Wat is er morgen? Met wie ben je aan het praten, Mia?' vroeg Kat.

Stilte. Heath nieste. Shit. Ik verstijfde. Kat wist nog steeds niet dat Adam en ik een stel waren, of een poosje waren geweest. Ze had geen idee wie FallenOne eigenlijk was. Ze was net zo onwetend als dat Heath en ik vorig jaar waren geweest.

Het enige wat ze wist, was dat ik een veiling had gehouden om mijn maagdelijkheid te veilen. Ze had me haar zegen gegeven, de enige vriend of vriendin die het *wel* had goedgekeurd. Later, toen ze ernaar had gevraagd, had ik verteld dat het niet was doorgegaan. Dat gesprek had plaatsgevonden nadat Adam en ik in St. Lucia uit elkaar waren gegaan en verder hadden we het er nooit meer over gehad. Het fijne aan onlinevrienden was dat je ze altijd meer op afstand kon houden dan face-to-face-vrienden. En aangezien de laatste maanden hadden gedraaid om mijn face-to-face-vrienden – en mijn vriendje – op afstand houden, had ik iedereen aan de kant geduwd en daar betaalde ik nog steeds de prijs voor.

Adam had nog altijd zijn hand over de microfoon. 'Weet ze het nog steeds niet?'

Ik schonk hem een schuldige blik en leunde toen achterover, de computer op mijn knieën.

'Fallen, kom je nog of hoe zit het? Laten we maar eens losgaan,' merkte Heath op, duidelijk met de bedoeling Kat af te leiden van haar vragen.

Zonder verder nog acht op me te slaan, ging Adam op de rand van het bed zitten en richtte zijn aandacht op het spel. Hij begon zich een weg te banen door hetzelfde fort als waar wij tegen de orks en de trollen vochten. Onze groep moest zich terugtrekken op een terrein dat we al overgestoken waren om hem te ontmoeten.

'Ik weet al wat Mia's probleem is,' meldde Kat met dat bekende, ondeugende toontje in haar stem.

'O ja? Wat?' vroeg Heath.

'Seksuele frustratie.'

Ik verslikte me en keek op van mijn scherm naar het voeteneind van het bed. Adam had zijn blik niet van zijn laptop gehaald, helemaal in beslag genomen door een vechtpartij tegen een groep trollen die zijn personage had besprongen.

'Dat is jouw projectie, Kat. Waarschijnlijk heb je zelf een goede beurt nodig,' kaatste ik terug.

'O, ik weet wel *zeker* dat het jouw probleem is. Je weet het alleen niet, omdat je nog puur en maagdelijk bent.'

Adam wierp me een zijdelingse blik toe en Heath maakte een geluid aan zijn kant van de microfoon. Ik wist niet of hij nu hoestte of lachte, of allebei.

'Ehm,' begon ik, 'nee, dat probleem heb ik niet meer.'

'Ga weg!' riep ze uit. 'Is ons kleine maagdje eindelijk ontmaagd nadat haar schandalige veiling niet doorging? Wie was het? Die lekkere vent waar je op het werknemersfeest in Las Vegas mee aan het dansen was?'

O, in godsnaam … Ik keek naar Adam. Zijn hoofd was naar beneden gebogen, alsof hij zich op het scherm concentreerde, maar zijn schouders schudden alsof hij zijn lach zat in te houden.

'*Zo* lekker was hij nou ook weer niet,' reageerde ik en toen Adam weer naar me opkeek, stak ik mijn tong naar hem uit. Hij kneep zijn ogen samen.

'In aantocht!' riep Adam toen zijn personage door de gang naar de rest van ons kwam aanrennen, met ten minste vijf orks op zijn hielen.

Ik drukte op de knop om een van mijn grotere bomspreuken in te zetten. Wederom totaal overdreven, maar het was te leuk om ze allemaal morsdood te zien neervallen.

'Wat de …?' mompelde Kat.

'Nogmaals, we hadden die heel goed tegen de grote baas kunnen gebruiken, Mia. Wat ga je nu in godsnaam tegen hem gebruiken? Stokjes en steentjes? Het gaat je een uur kosten voordat je die spreuk weer terug hebt.' Heath irriteerde zich duidelijk aan me.

Ik haalde mijn schouders op, al wist ik dat ze het gebaar niet konden zien. Ik wist dat ik me kinderachtig gedroeg en waarschijnlijk beter kon uitloggen vanwege mijn pissige stemming. Ik zou minder kwaad doen door te vertrekken dan door in het wilde weg mijn goede spreuken te verspillen.

'Mia voelt zich niet goed,' zei Adam en keek me aan.

Hij had gelijk. Hij zei het op bijna precies het moment dat ik een hoofdpijn in mijn kop voelde neerdalen. Het voelde alsof er iemand een spijker door mijn schedel sloeg. Ik werd helemaal heet en zweterig.

Plotseling kon ik nauwelijks nog mijn toetsenbord op mijn schoot houden doordat ik begon te trillen. Adam stond onmiddellijk op en zette zijn laptop opzij. 'Wacht even jongens, ik ben AFK en Mia ook,' zei Adam, de universele code onder gamers gebruikend om aan te geven dat je '*away from keyboard*' ofwel niet beschikbaar bent.

Binnen een paar tellen had hij zijn headset af en was mijn laptop van mijn benen. Hij griste het fleecedekentje van het voeteneind en legde dat om me heen.

'Ga liggen,' fluisterde hij.

'Bah,' zei ik en legde mijn hand op mijn hoofd. 'Meestal raken mijn vrouwelijke delen heel opgewonden als je dat soort dingen tegen me zegt.'

Adam had een grimmige uitdrukking op zijn gezicht terwijl hij het dekentje herschikte en me ermee instopte. Ik bleef trillen.

'Waarom bleef je spelen als je je niet lekker voelde?'

Ik haalde mijn schouders op. 'Het helpt om me af te leiden.' Hij legde zijn hand tegen mijn voorhoofd. 'Niets aan de hand. Ga hen helpen met hun tocht door de erker.'

Maar hij bleef waar hij was. 'Ik help *jou* liever.'

Mijn tanden klapperden. 'God, wat is dit klote. Kat heeft ook nog eens geen flauw benul. Ik ... had het haar gewoon nog niet verteld.'

Adams mening was ongewoon duidelijk op zijn knappe gezicht te lezen toen hij me zijn 'dat verbaast me niets'-blik gaf.

'Ja, ja, ik weet het,' mompelde ik tussen het gebibber door.

'Moet ik iets voor je halen? Een glas water of zo?'

Even staarde ik hem aan. 'Geef me de headset.'

Hij fronste, maar draaide zich om zodat hij mijn laptop en headset kon pakken en zette ze naast me neer. Ik trok de headset naar me toe en keek op het scherm. Kat en Heath zaten midden in een gevecht met trollen terwijl ze aan het ruziën waren.

'Waarom heeft niemand me al die tijd verteld dat Mia en FallenOne een stel zijn en samenwonen?'

Ik zuchtte. Ik had een hoop uit te leggen aan die arme Kat. 'Het is zijn schuld niet, maar de mijne. En het is een superlang verhaal dat ik je graag aan de telefoon of via Skype wil vertellen zonder dat de mannen in de buurt zijn ...' Ik keek op. Adam had zijn laptop weer gepakt en was naast me op het bed komen zitten terwijl hij zijn headset terug op zijn hoofd zette.

'O, nou, oké, wat mij betreft kan dat prima nu direct. Zij kunnen opzouten en verder spelen terwijl wij praten.' Er klonk een scherp randje door in Kats stem, een die erop duidde dat ze gekwetst en in de war was. Het was nog niet erg genoeg dat ik als een olifant over Heaths, mijn moeders en vooral Adams gevoelens was heen gebanjerd. Nu kreeg ik de rekening gepresenteerd van mijn eigen stomme daden, op ieder niveau en van iedereen om wie ik gaf.

'Niet nu, Kat. Maar binnenkort, ik beloof het. Ik voel me nogal kut op het moment en ik moet uitloggen.'

'Wat is er met je aan de hand? Heeft Heath in je gezicht gehoest of zo?'

'Nee, Kat. Ik heb kanker.' Die drie vervloekte woorden hadden het zware effect als van een anker, of een aambeeld dat uit de lucht kwam vallen.

Adams hand vouwde zich om de mijne, maar hij keek naar zijn scherm, waar hij het nog steeds voor elkaar kreeg om met een hand de andere twee te helpen de monsters van zich af te slaan. Alleen hij kon zoiets. Ik kneep hard in zijn hand.

'Ha, ha, tuurlijk. Oké. Nee, serieus, wat de hel is er met je aan de hand? Fallen heeft je toch geen gonorroe of zo gegeven?'

'Ik zou willen dat het een grap was.'

Stilte.

Ik hoorde Heath kuchen aan de andere kant van de lijn. Adam en ik deelden een blik. Ik tikte op mijn microfoon. 'Kat? Ben je er nog?'

Er klonk een diepe zucht en toen schraapte Kat haar keel. 'Eh. Eh, ja, ik ben er nog,' zei ze en haar stem beefde. Ze klonk alsof ze ieder moment in tranen kon uitbarsten.

'Het … het spijt me. Er is heel veel wat ik je niet heb verteld.'

Het enige wat ik aan de andere kant van de lijn hoorde, was een lange snuif.

'Gaat het, Kat?' vroeg ik uiteindelijk.

'Nee. Nee, het gaat niet,' zei ze, weer met een bevende stem. 'Ik moet uitloggen. Ik zie jullie later.'

Ik keek naar het scherm en het voelde alsof er een steen in mijn maag zat. Persephone, haar personage, teleporteerde weg, op een kritiek moment waarbij onze personages door heel veel trollen – te veel voor ons om tegenop te kunnen – werden aangevallen. Zij was onze genezer en er was geen mogelijkheid hoe we dit konden overleven, met uitzondering van misschien mijn waardeloze toverspreuken.

Binnen een paar tellen waren onze personages dood en zweefden ze als geesten over het kerkhof. Heath slaakte een diepe zucht. 'Nou, dat was een geweldige timing,' murmelde hij tussen het hoesten door.

'Het spijt me,' fluisterde ik. 'Ik had geen idee dat het zo hard bij haar aan zou komen.'

'Mia, ik hou van je, maar soms ben je echt fucking onnozel,' merkte Heath op.

Ik keek naar Adam, wiens kaak verstrakte bij het horen van Heaths woorden. Hij zei echter niets. Ik kon niet inschatten of hij het eens was met Heath of dat hij het voor me ging opnemen. Hij deed geen van beide en bleef stil.

'Ik weet het,' gaf ik toe. 'Het wordt tijd dat ik volwassen word.'

'Pop, er is geen mens op deze wereld die meer van je houdt dan ik. En ik wil niet dat je jezelf zo onderuithaalt. Ik praat wel met haar. Het komt wel goed met haar. Zorg er gewoon voor dat je je krachten spaart. Ik wilde dat ik morgen bij je kon zijn. Het is de derde ronde, na die nog maar negen het gaan.'

Ik liet me in mijn kussen vallen, de tranen prikten in mijn ogen. Nog maar negen rondes van pure hel. Jippie.

We logden uit en Adam zat lange tijd naast me.

Eindelijk verzamelde ik de moed om hem mijn brandende vraag te stellen, de vraag die heel de dag al in mijn hoofd zat. 'Even over vanmiddag, toen ik op je schoot zat ... Vond je dat niet fijn?'

Het duurde enkele lange, zware minuten voordat hij antwoord gaf. 'Ik vond het prettig. Een beetje té prettig waarschijnlijk.'

Ik knipperde met mijn ogen. Zijn reactie zorgde ervoor dat ik me iets beter voelde. 'Je zegt het alsof het iets slechts is.'

Hij verschoof naast me, zodat hij in mijn ogen keek. 'We zouden het langzaamaan doen, weet je nog?'

'Dat was jouw idee, niet het mijne.'

Weer een moment stilte. 'Klopt.'

'Dus ... hoe langzaam is langzaamaan?'

Hij haalde diep adem en liet de lucht ontsnappen. 'Misschien moeten we gewoon kijken hoe het loopt.'

'Betekent dat ... geen gekus, geen gefriemel, geen geflikflooi?'

Hij leek zich zwaar ongemakkelijk te voelen. 'Laten we ... gewoon kijken hoe het loopt?' herhaalde hij.

Ik uitte een zware zucht en hij streek over mijn kale hoofd en toen over mijn wang. Ik sukkelde in slaap, maar voelde zijn kus op mijn gladde schedel voordat hij opstond om te vertrekken.

Heath had gelijk. Ik was onnozel. En nu ik zelfbewuster werd, leek ik geen idee te hebben hoe ik uit de door mezelf gegraven put kon komen. Ik merkte dat ik de mensen om me heen meer dan ooit tevoren nodig had, maar door mijn eigen toedoen waren ze zich afstandelijker gaan gedragen. Mia Strong was een eiland. Maar ze was fucking eenzaam en wilde niets liever dan dat iemand haar van haar eenzaamheid redde.

Ik droomde over Williams beeldjes. Ze waren levensgroot en bewogen, maar nog steeds van metaal. Ze konden alleen in de zachtste fluisteringen met me praten, maar het leek alsof ze allemaal tegelijk spraken en ik kon ze niet horen door de wind en de storm die om me heen woedde. Maar ik wist, ik wist het gewoon zeker, dat ze me belangrijke dingen te vertellen hadden. Essentiële dingen. Dingen die ik moest weten om te kunnen overleven. Maar ik kon het niet horen.

Om twee uur 's nachts werd ik wakker, plakkerig van het zweet en gloeiend heet. Mijn mond was droog, mijn pyjama drijfnat en ik had een koppijn die zo enorm was als het huis waar ik momenteel in woonde. Ik strompelde mijn bed uit om koud water in mijn gezicht en over mijn hoofd te spetteren, waardoor mijn T-shirt en yogabroek nog natter werden.

Het was verdomde oneerlijk dat mijn laatste nacht van vrijheid voorafgaand aan nog meer chemo verpest werd door dit voorproefje van de overgang. Alsof ik eraan herinnerd moest worden dat ik vanbinnen inmiddels net zo onvruchtbaar en levenloos was als de maan. En waarschijnlijk net zo uitnodigend, zoals de afgewezen verleidingspogingen richting Adam hadden bewezen.

Ik schoof de badkamer uit, nu compleet nat, en stroopte mijn kleren van mijn lichaam. Toen pakte ik een dun topje en een pyjamabroek. Maar ik voelde me benauwd, verstikt door de windstilte in mijn kamer. Ik had nog steeds geen idee hoe ik mijn nieuwe, sjieke ramen kon openen.

Daarnaast had ik geen zin om weer naar bed te gaan en urenlang te liggen draaien en keren, denkend aan een zeker goedje dat over een paar uur in mijn aderen gespoten zou worden. Ik stelde me voor dat de nacht voor iedere volgende chemoronde moest voelen zoals die van een ex-gedetineerde in afwachting van zijn volgende opsluiting. Hij wist precies wat hem te wachten stond en hij wist ook dat hij machteloos was zodra de jury eenmaal had verklaard: 'Schuldig, wat betreft alle aanklachten.'

De injectie in het infuus zou als het koude gewicht van handboeien om mijn polsen en enkels zijn. De bijna onmiddellijke metalen smaak in mijn mond en de doffe hoofdpijn zou zijn als de geluiden van de gevangenisdeur die in het slot viel en me voor dagen opsloot.

Ik haatte chemotherapie bijna net zozeer als dat ik de kanker haatte. Langzaam ontnam het me de wil te leven, erbovenop te komen, te vechten.

Met een beverige zucht wreef ik met mijn handen over mijn gladde schedel, de vervanging voor het ronddraaien van mijn lange lokken rond mijn vinger. Ik stapte over de drempel van mijn kleine toevluchtsoord – over niet al te lange tijd mijn gevangenis – en wierp een blik door de gang in de richting van Adams kamer.

Een aantal keren spande en ontspande ik mijn vuist, vechtend tegen de drang om de gang af te lopen en naast hem in bed te kruipen. Ik wilde het zo graag, wilde *hem* zo graag. Ik wilde naar zijn vredige hartslag luisteren, me tegen zijn harde lichaam vlijen, zijn armen om me heen voelen. Voelen hoe zijn lippen mijn hals streelden. Ik kon echter het korte gesprek vlak voordat ik in slaap viel maar niet vergeten, zijn vastberadenheid het langzaamaan te doen.

Kon ik het hem kwalijk nemen? Hij leek hier net zo bang voor als dat ik was geweest om weer bij hem in te trekken. En het ging vrij goed tussen ons, dus misschien was het wel verstandiger zo. Maar alsnog ergerde het me.

Ik dacht erover na terwijl ik door het donker mijn weg naar beneden vond en het licht boven de bar aan knipte. Ik zou door de glazen deuren kunnen gaan, die leidden naar het privéstrand aan deze kant van Bay Island, waar Adams prachtige huis uitkeek over de Back Bay van Newport Beach. Toen ik naar buiten stapte, streelde de koele nachtlucht mijn brandende huid en ik ademde diep in. Direct voelde ik me kalm, een vredig gevoel spoelde over me heen, hoewel mijn hart als een razende klopte.

Mijn vingers sloten zich om de hanger aan mijn nek. Ik deed het kompas nooit af. Nog steeds wist ik niet goed wat Adam me ermee had willen zeggen op de dag dat hij het me had gegeven, maar het feit dat het vlak naast mijn hart rustte, was een constante reminder aan hem, aan zijn vriendelijkheid en zijn liefde, en aan mijn liefde voor hem. Niet dat ik echt aan dat laatste herinnerd hoefde te worden. Iedere keer dat ik aan hem dacht, deed die steek in mijn hart dat al.

Ik ging op het koele zand liggen en keek op naar de duistere lucht, gesluierd door dikke wolken. Gedurende lange momenten dacht ik over ons na, het kompas tegen mijn borstbeen drukkend. Ik hoopte, meer dan ik ervan overtuigd was, dat we dit zouden overleven. Maar toen waren we niet sterk genoeg geweest en in het licht van alles wat er sindsdien was gebeurd, had ik werkelijk geen idee hoe we konden zijn.

HOOFDSTUK
ZESTIEN
ADAM

BLIJKBAAR WAS IK WEER IN SLAAP GESUKKELD, MIJN hoofd op mijn arm terwijl ik over mijn bureau gebogen lag. Ik wreef over mijn pijnlijke nek en keek op de klok toen ik me herinnerde dat ik Emilia morgenochtend naar het ziekenhuis moest rijden. Ik kon maar beter zorgen dat ik een paar uur slaap in bed te pakken kreeg, zodat ik er voor haar kon zijn. Mezelf dwingen te werken – en mezelf zo af te leiden – leek niet zo effectief te zijn als het eens was geweest.

Ik begaf me via de overloop naar haar kamer, vast van plan even bij haar te kijken voordat ik alleen naar bed zou gaan. Ze was vanavond verzwakt en wankel geweest, overstuur door Kats abrupte reactie op haar nieuws. Ondanks alles was ze in slaap gevallen en daar was ik dankbaar voor. Ze had al haar kracht nodig voor morgen. Maar toen ik bij haar kamer kwam, zag ik de deur openstaan en bleek haar bed leeg. De kleren die ze aan had gehad, lagen in een hoopje op de vloer.

Misschien was ze naar beneden gegaan om iets te eten? Hoopvol dat dit het geval was – want waarschijnlijk zou ze de komende dagen weer niet eten, afgaande op de eerdere rondes – spurtte ik de trap af. Maar de keuken en het gedeelte bij de bar waren ook verlaten. Ik zag echter wel dat er een zwak licht brandde boven de nis vlak bij de glazen deuren die naar het strand leidden en een van de deuren stond een stukje open.

Was ze op dit tijdstip, 's nachts, een stukje gaan wandelen? Het was veilig, uiteraard, maar wat als ze niet goed zou worden en ergens in elkaar zou zakken? Binnen een fractie van een seconde stond ik buiten en nadat ik mijn ogen even de tijd had gegeven om aan de duisternis te wennen, scande ik het stuk zand voor me. De stoelen en ligstoelen waren allemaal leeg, maar toen ik richting het water liep, werd ik me bewust van een mens, die uitgestrekt op het koele zand lag, slechts een paar meter van het water. Luid schraapte ik mijn keel, om zonder haar te laten schrikken, te laten weten dat ik er was.

Hopelijk was ze hier niet in slaap gevallen.

Haar hoofd draaide mijn kant op en ze duwde zich op haar ellebogen omhoog, achter zich kijkend. Het was een donkere avond. Het kleine stukje maan dat er was, werd bedekt door de altijd aanwezige nevel die kenmerkend was voor de kust. Ik naderde haar en ging vlakbij op het zand zitten. Meteen drong de kou door mijn spijkerbroek heen.

Ze droeg slechts een pyjamabroek en een zelfs nog dunner topje, maar ze leek het niet koud te hebben.

'Alles goed?' vroeg ik onomwonden.

Ze knikte en gaf afwezig antwoord. 'Ja.'

Ik wachtte even en ze leek het oogcontact te vermijden door haar blik weer naar de lucht te richten. 'Wat doe je hier?'

'Ik kon niet slapen. Ik had het heel erg heet.' Ze haalde haar schouders op. 'Hier was het aangenaam en koel, kon ik ademhalen.'

'Wat is er aan de hand?'

Ze wachtte voor ze antwoord gaf en hield haar blik op de lucht boven haar gericht. 'Ik kan Draco niet vinden.'

Ik keek ook omhoog. Er waren geen sterren te zien. Het zwart van de nacht was volledig bedekt met het saaie grijs van de lage kustbewolking.

Ze haalde haperend adem en schonk me toen een korte blik, voordat ze haar ogen als een schichtige vogel afwendde. 'Jij vertelde me dat Draco altijd aanwezig is, ongeacht het tijdstip in de nacht, waar je je dan ook bevindt op het noordelijk halfrond. Je kunt hem altijd vinden. Maar vannacht zie ik hem niet. Wat betekent dat?'

Ik stak mijn hand uit en raakte haar zachte, koele wang met de bovenkant van mijn knokkels aan. Ze trilde zo licht dat het bijna niet op te merken was. 'Je kunt Draco niet zien omdat je vannacht geen sterren kunt zien. Dat komt door de nevel.'

Haar ademhaling kwam in schokjes tussen haar lippen door en ze sloot haar ogen. Ik bleef haar wang strelen. 'Ik wil hem zien. Ik *moet* hem zien.'

'Je zult me gewoon moeten vertrouwen. Je kunt hem niet zien, maar hij is er, dat beloof ik. Vertrouw je me?'

Haar hoofd zakte terug in het zand toen ze weer op haar rug ging liggen. Ik boog over haar heen en keek op z'n kop in haar ogen. Onze blikken haakten ineen. Plotseling was het moeilijk om te ademen. Ik streelde haar wang weer. Haar oogleden fladderden als vleugels van een vlinder. Zij was net zo teer. Net zo breekbaar. Ik had nog nooit eerder op die manier over haar gedacht.

Ze was kwetsbaar. En op veel manieren overgeleverd aan de genade van iedereen om haar heen. Mijn keel verkrampte.

Lange tijd keek ze me aan, ze bracht haar arm omhoog en klemde hem om mijn nek, alsof ze bang was dat ik me zou terugtrekken. 'Weet je waar ik het meest van hou als het om je ogen gaat?' vroeg ze.

Ik fronste, in de war door de abrupte verandering van onderwerp.

Haar duim bewoog over de achterkant van mijn nek en ik probeerde de tinteling die haar lichte aanraking veroorzaakte te negeren. Ik wilde haar hand wegtrekken, maar ze was zo breekbaar. En eerder had ik haar ook al afgewimpeld.

'Ze zijn zo mooi, je ogen. En zo anders.'

Ik zuchtte, probeerde het weg te lachen. Emilia's intensiteit was ongewoon, maar niet verrassend. Je hoefde geen genie te zijn om te begrijpen waarom ze vanavond somber was geweest. 'Mannen houden er niet van als ze mooi worden genoemd.'

Ze grimaste naar me en ik zag een glimp van mijn Mia tevoorschijn komen. 'Het zal wel. Je doet het er maar mee. Je ogen zijn *mooi*. Op een uitermate mannelijke manier, uiteraard.'

Ik glimlachte, maar zei niets.

Ze verstevigde de greep van haar hand om mijn nek en trok me dichter naar zich toe. Onze ogen waren centimeters van elkaar verwijderd, maar ik keek niet weg, al gaf de intensiteit van haar blik me het gevoel alsof ik recht in een spotlicht van 1000 watt keek.

'Ze zijn zo donker, zo mysterieus. Ik dacht altijd aan ze als gordijnen of rolluiken. Om te verbergen wat er vanbinnen in je omging. Maar vanavond denk ik aan ze als ... spiegels. Ze reflecteren alles. Ik kan mezelf erin zien.'

Mijn ademhaling haperde een beetje. 'O,' antwoordde ik in de kleinste fluistering, die opgeslokt leek te worden door de sfeervolle geluiden om ons heen; het regelmatige geluid van het water dat het strand op rolde, het verre geruis van de vroege ochtend op de snelweg. 'O, je zit erin, Mia. Je zit er absoluut in.'

En toen, zonder nadenken, door alleen te voelen, zonk mijn mond op de hare. Ik hing over haar heen gebogen, onze hoofden een andere kant op gericht, en mijn bovenlip sloot over haar onderlip, waarop ze zich voor me opende. Ik proefde haar. Ik kuste haar ondersteboven. Deze kus bevatte meer dan passie, meer dan een uiting van verlangen. Hij vertoonde liefde. Mijn liefde. Haar liefde. Ze botsten tegen elkaar op als golven die tegen een barrière sloegen die voorkwam dat ze elkaar ontmoetten. Zoals de robuuste, onbeweeglijke steiger die de haven beschermde tegen de ergste klappen van het weer aan de zuidelijke kust.

'Spiderman-kussen,' murmelde ze tegen mijn mond. Ik kuste haar kin, haar wangen en het puntje van haar neus. Ze refereerde aan de beroemde kus die Spiderman met Mary Jane deelde in de eerste Marvelfilm. Zich er absoluut niet van bewust dat Spiderman haar buurman Peter Parker was, had Mary Jane zijn masker van de onderste helft van zijn gezicht gepeld en hem in de regen gepassioneerd gekust terwijl hij op z'n kop vanuit zijn web naar beneden had gebungeld. Spiderman-kussen.

Maar was ik voor haar net zo verborgen als Peter Parker voor Mary Jane was geweest? In veel opzichten was ik dat inderdaad. Ik droeg een masker omdat dit voor ons niet het moment was om alle bullshit af te handelen die er tussen ons had afgespeeld.

Mijn leugens. Haar leugens. Onze respectievelijke geheimen. Die hadden de barrière tussen onze harten gecreëerd en het was niet te voorspellen of die nog af te breken was. Maar nu was *niet* het moment om dat uit te testen. Momenteel was voor mij maar één ding, en één ding alleen, van belang. Dat ze het zou overleven.

Een kleine, zilveren traan rolde uit haar ooghoek. Ik deed of ik het niet zag en maakte me van haar los terwijl mijn duim over haar wang streek.

'Het spijt me … Alles,' fluisterde ze.

'Dat weet ik. Mij ook.'

Ze ademde bevend in. 'Hoe gaan we hier ooit overheen komen. Is dat zelfs wel mogelijk?'

'Shht,' suste ik haar en legde mijn vinger over haar lippen. 'Nu is niet het moment.'

Ze keek me weer aan. Haar tranen stopten, haar ogen werden wat groter bij het besef dat ik dit opzijschoof. Zou zij er anders over denken? Zou ze het gesprek forceren dat we hadden vermeden sinds het moment dat ik te weten was gekomen over de kanker, de zwangerschap, het enorme gat dat tussen ons was ontstaan toen we even niet hadden opgelet?

'Wanneer is wel het moment, Adam?'

Ik zoog mijn longen vol en ademde langzaam uit terwijl ik haar wang wederom streelde. 'Wanneer je weer sterk en gezond bent. Kom. Je moet gaan slapen. Morgen heb je een lange dag voor de boeg.'

En net toen ik mezelf voorbereidde op haar protest en daar een tegenargument voor probeerde te bedenken, knikte ze slechts en kwam in beweging om zonder mijn hulp op te staan. Ik kwam naast haar overeind en haar smalle hand gleed in de mijne. Ik greep hem stevig vast en trok haar mee naar de schuifdeur. Ze zuchtte en leunde tegen me aan.

'Ik wil vanavond niet alleen slapen. Alsjeblieft … mag ik bij jou komen?'

Ik wilde nee zeggen, haar aansporen naar haar eigen kamer te gaan. Ik wilde haar weer wegduwen. Want ze kwam veel te dichtbij. De bescherming van mijn emoties en dat kleine beetje weerstand om verwijten over het verleden los te laten, stak de kop op om de strijd aan te gaan. Maar ze had me nodig. En ik had het nodig dat ze me nodig had.

Ze kwam mee naar mijn kamer en ik kleedde me om, ging op het bed liggen en trok haar strak tegen me aan. Ik sloot haar in mijn armen en begroef mijn gezicht in haar hals, zodat ik mezelf in haar geur kon wentelen. Die altijd aanwezige steek, als een korst die van mijn ziel was afgerukt, werd sterker.

Binnen een paar minuten sliep ze, zo bewegingloos en broos in mijn armen. Mijn hoofd dwaalde af naar alle mogelijke scenario's die de toekomst voor ons in petto kon hebben, zelfs naar die waar ik niet aan wilde denken, maar die zo aannemelijk waren dat ik mezelf nooit toestond erbij stil te staan.

Als ik haar verloor, zou ik alles verliezen.

Er was echter meer dan één manier om haar te verliezen. Ze zou het overleven. Dat moest. Maar dat betekende niet dat *wij* zouden overleven, als stel. Ik moest het toegeven … ik had mijn twijfels. We waren tenslotte ook maar mensen en er was een heleboel gebeurd, een hoop pijnlijke dingen waren tussen ons voorgevallen. Het zou een lange, zware weg zijn naar wederzijdse vergeving en zelfvergeving. De liefde was er, God, die was er. Maar dit soort obstakels vereisten meer dan liefde om eroverheen te komen.

Uren later vielen eindelijk mijn ogen dicht en wat slechts seconden later leek, blèrde mijn alarm in mijn oor. De ruimte naast me, waar zij had gelegen, was leeg en koud.

HOOFDSTUK ZEVENTIEN

MIA

'Online vriendschap: is dat het echte werk?' - Gepost op de blog van Girl Geek

Wat is een 'echte' vriend in vergelijking met een onlinevriend? Zijn die relaties hetzelfde of ook maar enigszins gelijkwaardig? Zouden ze als hetzelfde bestempeld moeten worden? Recente onderzoeken over het socialmedia-fenomeen hebben aangetoond dat een persoon normaal gesproken meer virtuele vrienden heeft dan vrienden in het dagelijks leven. Diezelfde onderzoeken beweren echter ook dat virtuele vrienden niet als vervanging voor face-to-face-vrienden kunnen gelden, omdat realtime-ervaringen niet op dezelfde manier kunnen worden gedeeld als via tekstberichten en opmerkingen op je favoriete social media.

Bij online gamen is dat niet het geval.

Je zou kunnen stellen dat we bij onlinevrienden volledige controle hebben over hoe we onszelf presenteren. We hebben tijd om onze reacties te formuleren. We kunnen selectief zijn met de informatie die we delen. Er is geen sprake van lichaamstaal of vreemde tics of onzekerheden die we willen verbergen. Die feiten kunnen leiden tot de overtuiging dat je gamevrienden je met geen mogelijkheid kennen op dezelfde manier als je face-to-face-vrienden. Het medium van online gamen biedt ons de mogelijkheid een masker voor onszelf te vormen, een façade te bouwen van het geschreven woord. We kunnen zelfs een avatar gebruiken om te voorkomen dat we onze ware identiteit moeten prijsgeven.

Maar diezelfde onlinevrienden die we zo op afstand houden, zijn, op vele manieren, onze dierbare wapenbroeders. We trekken samen ten strijde, brengen vele uren door om gezamenlijk aan quests te werken. We gaan op avontuur met elkaar, virtueel gezien. We zitten urenlang te wachten tot het juiste stuk tuig verschijnt met de items die we nodig hebben. We maken grappen. We dollen met elkaar. We maken herinneringen. En misschien zijn het dan wel herinneringen met behulp van bits en bytes in plaats van verhalen die rond een kampvuur worden gedeeld, maar is er echt een verschil? Dit zijn onze kameraden. We voeren samen virtuele oorlogen. We troosten elkaar bij tegenslagen.

En soms ... soms ontmoeten we elkaar in het echt. En komen we tot de ontdekking dat diezelfde aantrekkingskracht die ons in het spel als vrienden samenbracht, in het echte leven zelfs nog sterker is. Want los van de band die we gebaseerd op geografie vormen, zoals ook het geval is met willekeurige klasgenoten of huisgenoten, heb je epische ervaringen gedeeld. Gebeurtenissen waar je, op een later moment, om kunt lachen en waardoor je je zinnen start met bijvoorbeeld: 'Weet je nog ... toen we samen vochten tegen de Cinder Dragon *in* Ashenstorm Castle *en het acht uur duurde voordat we de boel hadden veroverd, doordat we allemaal steeds maar weer doodgingen?'*

Uren en uren brengen we in elkaars aanwezigheid door, helpen we elkaar, lossen we problemen op. En soms, als het persoonlijker wordt, helpen we elkaar met problemen uit het dagelijks leven, praten we een hele nacht met elkaar om de eenzaamheid en de isolatie die we voelen te verdrijven.

Soms bloeien die virtuele vrienden uit tot iets meer. Face-to-face-vrienden voor het leven. Of geliefden, of levenslange kameraden.

En als je er goed over nadenkt, zijn de gevoelens dan minder, ondanks dat de interactie anders is, het label 'vriendschap' minder waardig?

Nee, precies.

IJN DERDE RONDE DES DOODS DOOR HET INFUUS werd uitgevoerd door lachende verpleegkundigen en een zeer vriendelijke oncoloog, dokter Rivera, die ik dolgraag als opa zou hebben gehad. Hij was hoofd van de afdeling oncologie op de UCI Medical School en had een aantal studenten meegenomen voor de chemorondes. Nadat hij een paar minuten met me had gesproken, stuurde hij de studenten alvast door en ging tegenover me zitten.

'Ik hoor dat je zelf ook geneeskunde gaat studeren, Mia. Klopt dat?'

Ik wierp een blik op Adam, die naast me zat te lezen. Mijn moeder was vanwege de merrie die overtijd was nog steeds in Anza en Heath was nog steeds ziek, dus waren we met z'n tweeën. Plotseling wenste ik dat hij niet bij dit gesprek aanwezig was. 'Ehm. Nou, dat was het plan. Maar voor nu staat dat on hold.'

De arts keek bedachtzaam. 'Tegen dat het herfst wordt, ben je klaar met je chemotherapie. Dokter Tahan van het Johns Hopkins zegt dat hij ernaar uitkijkt om je in zijn opleiding te verwelkomen.'

Ik schoof in mijn stoel. Adam leek zijn e-mails op de tablet te lezen, maar ik wist dat hij ieder woord volgde. 'Ik ga waarschijnlijk niet deelnemen aan zijn opleiding. Ik heb hem laten weten ...'

'Mia, lieverd,' onderbrak dokter Rivera me en legde zijn hand op de mijne. 'Het is oké om plannen voor de toekomst te maken. Je hebt veel meegemaakt, maar verlies je dromen en doelen niet uit het zicht.'

'Dat doe ik ook niet,' zei ik.

Hij glimlachte. 'Uiteraard kun je altijd in het fantastische Zuid-Californië blijven en onze opleiding volgen. We zouden je er dolgraag bij hebben en ik zie dat je bij ons ook uitstel hebt aangevraagd. Maar ik zal de eerste zijn om toe te geven dat we waarschijnlijk geen partij zijn voor Johns Hopkins op het gebied dat jij hebt gekozen.'

Ik lachte. 'We zullen zien. Op dit moment ben ik vooral bezig uit te vogelen hoe ik mijn lunch van vandaag kan binnenhouden. Ik zit niet bepaald in de situatie er veel bij stil te staan.'

Dokter Rivera's gezicht betrok, zijn borstelige wenkbrauwen zakten over zijn diepliggende ogen. 'Heb je al eens een van de groepstherapiesessies bezocht, Mia? Ik denk dat ze goed voor je zouden zijn.'

'Ik zal er eens naar kijken,' zei ik. Mijn manier om hem af te wimpelen, uiteraard. Ik was niet van plan aan een groepstherapie deel te nemen. Ik kon mijn ziel en zaligheid nog niet eens delen met de mensen waar ik het meest van hield. Hoe kon ik dan de reeks drama's in mijn leven er bij een groep vreemden uit gooien? Ik weet zeker dat er ook genoeg oordelen zouden volgen over de beslissing die ik had gemaakt om direct met de chemo te starten. Het was niet te vergezocht om dat te verwachten. Ik veroordeelde mezelf iedere verdomde dag om die beslissing.

Adam zei geen woord, maar ik betrapte hem erop dat hij me de rest van de chemosessie zat aan te kijken. Ik begon bellen te blazen met de antimisselijkheid-kauwgum en hield me dom door zijn blik te vermijden. Ik wist dat we dit rare onuitgesproken spelletje tussen ons zouden voortzetten, waarbij we zouden doen alsof alles volstrekt koek en ei was en niet zouden praten over de grootste problemen tussen ons. Het was bijna net alsof we er allebei op hoopten dat als we maar deden alsof die problemen zouden verdwijnen, dat ook zou gebeuren. Maar hij wilde een aantal zaken gewoon niet aanpakken omdat hij dacht dat ik het niet aankon.

'Die arts had een punt,' merkte Adam op toen we op de terugweg naar zijn huis waren. Ik voelde het gerommel van de gebruikelijke misselijkheid nog niet, maar de hoofdpijn begon me te teisteren. Ik zakte weg in mijn stoel en keek hem aan. Zijn uitdrukking was volkomen onleesbaar achter zijn dure pilotenzonnebril.

'Ik trek de grens bij groepstherapie.'

'Oké, maar wat dacht je van individuele therapie? Misschien is het wel goed voor je.'

Ik wierp hem een zijdelingse blik toe. 'Ja, misschien wel. Misschien ook niet. Ik denk dat ik me wel red zonder.' Ik zette mijn woorden kracht bij door mijn armen voor mijn borst over elkaar te vouwen.

'En hoe zit het met wat hij over geneeskunde zei?'

Ik gaf geen antwoord, masseerde slechts mijn voorhoofd, in de hoop dat de lichaamstaal duidelijk genoeg voor hem was om het onderwerp te laten vallen.

Hij keek mijn kant op. 'Ik denk dat het een goed idee is als je plannen voor de herfst maakt.'

Hij bedoelde dat het een goed idee was om plannen te maken waar geen rekening werd gehouden met de mogelijkheid dat ik dit niet ging overleven. Ik kneep in mijn bovenarmen, waar ik ze vasthield. Ik wenste dat ik die knagende angsten kon wegduwen, die me vertelden dat ik bij de vijftien procent die het niet haalde zou horen. Ik wenste dat ik hem kon geruststellen – zoals hij duidelijk nodig had – dat ik de hoop niet had opgegeven.

De hoop was er wel, maar hij was gaandeweg gekneusd en murw geslagen en moeilijk om te blijven zien. Ik keek weer naar Adam. Ik ging hierover niet in discussie. Als hij het nodig had om te zien dat ik de hoop niet opgaf, zou ik een manier vinden om hem dat te geven.

'Dat zal ik op een gegeven moment ook doen ... als ik me beter voel.'

***

Deze ronde kwam en ging met de gebruikelijke portie smerigheid, maar na zo'n dag of vier begon ik weer op te veren. Ik at zelfs een beetje, dus Adam dacht dat we eens uit moesten gaan.

Mij stond het idee om uit te gaan niet aan. Ik was nog steeds behoorlijk onzeker over mijn uiterlijk en op een beetje leuke plek zou ik mijn pet niet op kunnen houden. En – had ik even geluk – dit was een ongewoon warme winter en dus gingen gebreide mutsjes zweten en voelden ze niet prettig.

Maar Heath voelde zich inmiddels beter en Adam stelde voor om iets te eten af te halen en naar zijn huis te gaan voor een bezoekje. Daar kon ik wel mee instemmen. We haalde Grieks – mijn favoriet – en gingen op weg.

Ik had een sleutel van Heaths appartement, maar nu hij met Connor samenwoonde, gebruikte ik die nooit. In plaats daarvan klopte ik op de deur terwijl Adam achterbleef om het eten uit de auto te pakken.

Maar wat er gebeurde toen de deur openging, vloerde me volledig. Een beeldschone roodharige vrouw met een gemiddelde lengte en mooie rondingen opende de deur en staarde me aan. Haar mond zakte open. We hadden elkaar een paar maanden geleden voor het eerst ontmoet bij DracoCon.

Ik hapte naar adem. 'Kat?'

'Ook leuk om jou te zien, trut,' gromde ze en trok me strak tegen zich aan. 'Je bent kaal, trouwens.'

'Net als een Ferengi, ja, ik weet het,' kaatste ik terug, doelend op het kale ras uit *Star Trek*. 'Aantrekkelijk, of niet?'

'Fuck, nee. Maar je bent nog steeds sexyer dan ik.'

Ik schoot in de lach. 'Wat de hel doe jij hier?'

'Jij houdt voor me verborgen dat je kanker hebt en nu moet ik mezelf verantwoorden? Misschien wilde ik je wel zien.'

'Heeft Heath je geholpen met je plan?'

'Ja, ik logeer een poosje bij hem en zijn vriend. Hij zei dat ik zo lang kon blijven als ik wil.'

Ik hoorde geritsel en ik nam aan dat Adam inmiddels achter me stond. Kat keek op en haar ogen werden groot. 'Fallen?'

Adam grijnsde. 'Kat. Leuk je eindelijk in het echt te ontmoeten.'

'Inderdaad … Blij om eindelijk op de hoogte te zijn.'

Ik keerde me naar hem. 'Wist je dat ze hier was?'

'Yep.'

Ik trok een gezicht naar hem. 'Fraai, hoor.'

Kat staarde Adam met samengeknepen ogen aan. 'Je komt me zo bekend voor, Fallen. Ga me niet vertellen dat je op de Con was en ik dat niet wist!'

Adam lachte en wendde verlegen zijn blik af. 'Ik ga dit even in de keuken zetten,' zei hij en wurmde zich tussen ons door.

'Die omhelzing komt later dan wel,' merkte Kat op toen hij haar passeerde, zijn armen volgeladen met kebab, gyros en verschillende soorten hummus. Ze keek toe hoe hij haar voorbijliep en toen hij zijn rug naar ons had gericht, wapperde ze met haar hand alsof ze probeerde zichzelf koelte toe te wuiven. 'Hij is fucking hot, Mia. Nu begrijp ik waarom je hem geheim wilde houden. Je dacht dat ik hem weg zou kapen, hè?'

Ik lachte. 'Zoiets. Mannen raken hoteldebotel van vrouwen met rood haar. En tja, aangezien ik geen haar op mijn kop heb, kan ik daar met geen mogelijkheid tegenop.'

'Serieus. Fuck me. Heeft hij een vriend die net zo lekker is?'

Ik trok een wenkbrauw op. 'Niemand is zo lekker als hij. Maar er zijn er een paar die in de buurt komen.'

'Daar komen we later dan nog op terug. Ik ga zorgen dat ik die omhelzing van hem krijg, om uit te vinden of zijn lichaam net zo hard is als het lijkt.'

'Slet. Als hij naar je kont kijkt, ram ik je in elkaar.'

'Je bent een beetje te mager voor dat soort dreigementen, vriendinnetje van me,' zei ze en draaide zich om, om ons voor te gaan naar de keuken. Heath hield me op weg naar binnen tegen. 'Hé pop,' zei hij en trok me in zijn armen. 'Voel je je beter?'

'Dat kan ik beter aan *jou* vragen, Jantje Griep. Je gaat me toch niet met een of andere ziekte besmetten, of wel?'

'Als je met ziekte superioriteit bedoelt, dan nee. Ik kan mijn superioriteit niet op die manier doorgeven. Daar hoop je al jaren op.' Hij gaf me een kusje op mijn wang.

Ik wurmde me los uit zijn greep. 'Ik kan maar beter naar binnen gaan. Kat heeft een oogje op Adam.'

'Nou, fucking duh. Wie niet?'

Ik slaakte een zucht.

'Ga maar dan. Verdedig je territorium,' spoorde hij me aan. 'Niet dat dat nodig is, trouwens.'

Ik haalde mijn schouders op.

Heath hield me tegen, legde een zware hand op mijn schouder voordat ik door de deuropening kon stappen. 'Ik meen het. Ik weet dat je je tegenwoordig waardeloos voelt en er net zo uitziet …'

'Wauw, bedankt …'

'Maar je hoeft je over hem geen zorgen te maken. Hij staat naast je tot het eind.'

Ik slikte een plotseling opkomende brok in mijn strot weg en keek op – helemaal omhoog – naar Heath. Hij was heel wat langer dan ik, dus ik moest mijn hoofd achteroverkantelen om hem aan te kijken. 'Het eind van wat?'

Hij schrok. 'Godsamme, het spijt me. Dat was echt een klotewoordkeuze.'

Ik draaide me om en ging naar de keuken. 'Eens. Maar we maken allemaal weleens een fout.'

'Fout? Wat voor fout?' vroeg Kat, die achteruit stapte nadat ze Adam blijkbaar een knuffel had gegeven.

'Een beoordelingsfout. Zoals een felle rooie die haar baan in de steek laat om helemaal hierheen te komen vanuit Vancouver – meer dan vijftienhonderd kilometer – om …'

'… een zieke vriendin te bezoeken,' viel Kat me in de rede. 'En ik zou mijn baan zonder twijfelen nog eens opgeven, net zoals ik weet dat jij dat voor mij zou doen. Je bent nog niet van me af, Geek Girl.'

Ik grijnsde. 'Mooi!'

'Wat is daar mooi aan?' lachte Heath. 'Jij bent niet degene die zit opgezadeld met haar *Lucky Crispy Sugar Flakes*-verslaving. Ze eet serieus de smerigste gesuikerde ontbijtgranen die er bestaan.'

Kat wiebelde met haar wenkbrauwen. 'Ik heb een hele leuke tandarts. Ik moet nu eenmaal een excuus hebben om hem te kunnen zien.'

'Dus, is het waar?' vroeg ik. 'Heb je echt je baan opgezegd om hierheen te komen en mij op te zoeken?'

'Pfff.' Ze wapperde met haar hand. 'Het was toch een rotbaantje. Ik zoek gewoon iets anders wanneer ik terugga. *Als ik terugga.* Ik moet zeggen dat het weer hier ge-wel-dig is. Hoe kan ik ooit nog terug naar Vancouver na hier een winter te hebben doorgebracht?'

'Misschien is er wel iets voor je bij Draco, Kat. Misschien iets cools als playtesting. Ik weet dat je glashard een eerlijke mening geeft,' merkte Adam op.

'Een baan bij Draco? Dat zou fucking fantastisch zijn. Ken je iemand om me daar binnen te krijgen?'

Ik keek naar Adam en trok mijn wenkbrauwen op. 'Telt de directeur ook?'

'We hebben het hier over dat bedrijf van de games, toch? De eigenaar van de game waar we allemaal hopeloos verslaafd aan zijn? Want het zou tamelijk teleurstellend zijn als jullie het hebben over Draco Afvalverwerking of Draco de Burgertent.'

Ik begon te giechelen en zowel Adam als Heath keken me met open mond aan. Onzeker perste ik mijn lippen op elkaar. 'Wat?'

Heath keek naar Adam en toen terug naar mij. 'Ik denk dat we allebei gewoon blij zijn je weer te zien lachen. Dat is een poosje geleden.'

Kat schoof naast me en sloeg haar arm om mijn schouders. 'Dan is mijn bezoekje in ieder geval al ergens goed voor geweest.'

Adam observeerde ons, zijn blik intensiveerde bedachtzaam. 'Ik zal de eerste zijn om daarmee in te stemmen.' Hij wendde zich tot haar. 'Kat, als je wilt blijven, kan ik ervoor zorgen dat je een baan hebt.'

Uitdagend keek ze hem aan. 'O, en hoe zou je dat doen? Moet ik de directeur van Draco een pijpbeurt geven of zo?'

Ik opende mijn mond om te reageren, maar Heaths gegrinnik onderbrak me. 'Nee, dat is Mia's taak.'

Mijn gezicht werd knalrood en ik keek niet naar Adam, al had ik dat graag gedaan. Ik begon me weer beter te voelen na de laatste ronde en wanneer dat gebeurde, stak mijn zin in seks meestal de kop op. En het was al een poos geleden. Een hele poos.

Maar Adam leek erop gebrand het langzaamaan te doen.

We gingen zitten om de Griekse maaltijd te nuttigen en legden alles aan Kat uit. Een paar uur later, toen we vertrokken, hing haar onderkaak nog steeds op de grond en zag ze nog altijd bleek van de schok.

***

De volgende dag zat Kat bij me in mijn kamer in Adams huis. We waren het er met z'n allen over eens dat ze zo lang als ze wilde bij Heath kon logeren. Ik had haar mijn auto geleend, aangezien ik die nu toch niet gebruikte. En geen auto hebben was in Zuid-Californië niet echt een optie. Het was gewoon te lastig om je hier zonder een auto voort te bewegen. Heath was meer dan bereid haar de logeerkamer te laten gebruiken en ze zou op zoek gaan naar een baan, hopelijk bij Draco.

We deelden playlists via het geluidssysteem in mijn kleine toevluchtsoord. Adam was naar kantoor gegaan, wat hij meestal deed wanneer ik me na een ronde een paar dagen wat beter voelde. Kat wierp me nieuwsgierige blikken toe en ik wist dat ze stond te springen om details over wat er gaande wat tussen ons.

'Je kunt het net zo goed gewoon vragen,' zuchtte ik na het meer dan een half uur te hebben volgehouden met haar zogenaamde verlegenheid.

'Is hij in bed net zo hot als dat hij is om naar te kijken?'

Mijn mond viel open. '*Daar* ga ik het niet over hebben.' Vooral niet omdat het al zo lang geleden was dat ik het me bijna niet meer kon herinneren. Bijna, dan hè? Adam was een lekkertje om naar te kijken, zeker. En hij was zelfs nog lekkerder in bed. Maar daar deelde hij niets meer van met me.

'Om eerlijk te zijn, de herinnering begint te vervagen ...'

Haar ogen werden groot. 'Sta je al droog sinds je ziek bent?'

'Wie kan het hem kwalijk nemen? Ik begin er onderhand uit te zien als Skeletor uit *Masters of the Universe*.'

Ze snoof. 'O, kom op, je bent nog steeds *zo* mooi.'

'Ik kom niet in de buurt van mijn ideale gewicht ...'

'Meis, je ideale gewicht is Adam Drake boven op je.'

Onwillekeurig schoot ik in de lach. Kat was niet op de hoogte van de overige complicaties; de zwangerschap, de afgrijselijk beslissing om die te beëindigen, de abortus zelf. Ik hield er al niet van om bij die zaken stil te staan, laat staan ze te bespreken. Naast ons twee, wisten alleen Heath, mijn moeder en Peter ervan. En, naar mijn mening, waren dat meer dan genoeg mensen.

Ik slikte de gebruikelijke donkere gevoelens weg en schoof ze aan de kant. Ik begon er aardig goed in te worden. 'Nou, misschien denkt hij dat mijn lichaamsdelen eraf zullen vallen, net als mijn haar,' merkte ik op en probeerde het weg te lachen.

'Maar er zijn toch andere manieren, weet je. Je hoeft toch niet, weet ik veel, als een stel konijnen tekeer te gaan om een beetje lol te maken.'

Ik keek naar haar terwijl ik eraan dacht dat het hoogtepunt van mijn seksleven tegenwoordig bestond uit mezelf bevredigen als ik het wachten echt niet meer trok. Of dat de enige keer dat ik werd betast tijdens een routinecontrole bij de dokter was. Mijn seksleven was een uitermate deprimerend onderwerp.

'Nou, hoe zit het dan met oraal? Ik bedoel … Je hebt *totaal* geen haar op je lijf, toch? Zelfs niet … daar vanonder?'

'Ik ben overal kaal, met uitzondering van mijn wenkbrauwen en mijn wimpers.'

'Beschouw dat als een voordeel hiervan. Ik bedoel, het kotsen even niet meegerekend, maar je hoeft je niet te scheren! Geen benen om te waxen. Geen Brazilian wax. Je bent brandschoon daar vanonder. Dit zouden de hoogtijdagen moeten zijn voor goede orale seks. Je hoeft je geen zorgen te maken dat hij daarna als een kat stikt in de haarballen of dat je scheerwondjes krijgt.'

Ik hapte naar adem en schaterde het toen uit bij de beelden die haar woorden in mijn hoofd opriepen. Ik probeerde de vlaag hitte die vanuit mijn middelpunt oprees te negeren toen ik me Adams hoofd tussen mijn benen voorstelde, likkend en zuigend, me naar een hoogtepunt brengend. God, daar kon ik wel wat van gebruiken. Echt, zeg.

'En, nou ja, als je beter bent, kun je herstelwerkzaamheden laten uitvoeren, toch? Je zou, zeg maar, iedere maat die je wilt kunnen vragen.'

Ik trok mijn wenkbrauwen op en wierp toen een onzekere blik op mijn minder-dan-indrukwekkende borst. 'Ik heb een perfect respectabele B-cup. En trouwens, de operatie was maar aan één borst en ze moeten uiteraard wel even groot blijven.'

'Sa-haai,' reageerde Kat, haar diepblauwe ogen glimmend van humor. 'Nee, kijk, dit is hoe je het moet spelen. Je wilt een mooie

C of zelfs D. Daar gaat hij van uit z'n dak. Meer dan een handvol! Je kunt ze allebei laten oplappen en aangezien iedereen weet wat je doormaakt, zal niemand je veroordelen als je voor een groter maatje gaat. Of zelf een *veel* groter maatje.'

Ik schudde mijn hoofd. 'Ik krijg voorlopig nog geen reconstructieve operatie. Tot die tijd laat ik hem mijn schatjes niet zien.'

Kats rode wenkbrauwen schoten over haar voorhoofd naar boven. 'Je gaat hem de dames niet laten aanraken of zien en dan vraag jij je af waarom je geen seks krijgt? Meis, ik durf te wedden dat als je vanavond zijn kamer in zou lopen en je shirt omhoogtrok, hij je zou bespringen.'

Daar dacht ik even over na. Over het lelijke litteken dat van mijn oksel tot mijn tepel liep en het bobbelige vlees eronder. Ik was walgelijk en de gedachte eraan deed hem ook walgen. Hij had het niet daadwerkelijk gezien, maar dat had niet veel gescheeld. Toen wij uit elkaar waren was hij met Jordans modellenvriendinnetjes uit geweest. Het was moeilijk te zeggen hoever hij met hen was gegaan en of hij in die periode borsten had betast. Met geen mogelijkheid kon hij geïnteresseerd zijn in de mijne en die gedachte stak meer dan een beetje.

'Misschien.'

Kat keek me nauwlettend aan, haar grappende houding verdween. 'Probeer het. Ik weet zeker dat hij ...'

Ik knikte. 'Oké.'

Ze bleef nog een paar uur. We hadden onze laptops tevoorschijn gehaald zodat ik haar mijn werk aan de geheime quest kon laten zien, maar ik zat duidelijk op een dood punt.

Toen Adam thuiskwam, besloot ze uit eigen beweging te vertrekken. Toen ze me een knuffel als afscheid had gegeven, maakte ze een gebaar alsof ze haar shirt uittrok en wees toen met een veelbetekenende knik naar Adams rug. Ik grijnsde en zei dat ze een lastpak was en kuste haar wang.

Die avond deed ik het bijna. Toen hij met me naar mijn kamer liep, na een avond met nog meer afleveringen van *Farscape*, aarzelde ik bij mijn deuropening. Ik draaide me naar hem toe als een verlegen tiener die zich afvroeg of haar eerste date haar op de veranda zou kussen. Ik wilde meer dan een kus. Ik wilde dat hij me tegen de muur vastpinde, zijn harde lichaam tegen het mijne duwde, mijn kleren van mijn lijf rukte, zich in me duwde. Dat had hij eerder gedaan en de herinneringen aan zijn aanrakingen brandden me. Ik miste het. Ik miste hem.

Ik maakte aanstalten hem te kussen en zijn mond belandde op mijn wang. Ik klemde mijn armen rond zijn nek, kuste hem in zijn hals. 'Adam,' fluisterde ik. 'Ik wil je. Vanavond.'

Hij verstijfde, een fractie van een seconde voordat het was verdwenen. Hij zei niet direct iets, streelde met een hand langs mijn ruggengraat. 'Ik ben vanavond heel erg moe ...'

Hij wilde me niet. Ik slikte en besloot bijna me van hem los te maken en mijn shirt omhoog te trekken, zoals Kat had gesuggereerd. Maar het was heel moeilijk om Adam op andere gedachten te brengen als hij eenmaal iets had besloten. En hij leek vastbesloten me niet aan te raken. Ik wilde dat ik wist waarom. Was hij echt zo bang dat we dezelfde fouten zouden maken? Of was het zijn boosheid, nog steeds, over de manier waarop we uit elkaar waren gegaan? Was het angst dat hij me pijn deed? Ik voelde een steen in mijn maag ontstaan ... Was het verwijt vanwege de zwangerschap en de abortus? Of was hij gewoon niet geïnteresseerd?'

'Ik weet dat je hebt gezegd dat je het langzaamaan wilde doen, maar ik dacht niet dat dat zo traag zou betekenen.'

Er trok een lach aan zijn mondhoek en hij liet de achterkant van zijn vinger over mijn wang glijden. Ik slikte en sloot mijn ogen. 'Het spijt me, Mia. Ik beloof dat we morgen de hele dag samen doorbrengen. Ik ga pas volgende week weer naar mijn werk.'

Ik ademde uit en hij boog voorover om me weer te kussen, deze keer op de mond, alsof dat me tevreden zou stellen. Bijna, *bijna*, greep ik zijn hoofd beet om het af te dwingen. Zelfs als hij moe was, zou hij op z'n minst een beetje geil moeten zijn.

Ik had geen benul van hoe ik erachter kon komen wat zijn probleem was. Ik kon het hem vragen, natuurlijk. Maar zou ik de waarheid te horen krijgen of een of ander bullshitantwoord over dat hij te moe was om gehoor aan me te geven? Ik zuchtte zachtjes en maakte me van hem los, een dappere glimlach op mijn gezicht gepleisterd. 'Het spijt me van je lange werkdagen. Ik weet dat je net probeerde die achter je te laten en het lijkt erop dat door de tijd die je met me doorbrengt als ik me ziek voel, je twee keer zo hard moet werken als ik me redelijk voel.'

'Dat vind ik niet erg. Ik wil er voor je zijn.'

'Kat kan nu op die dagen bij me zijn. Het kan niet fijn zijn om de hele dag te horen hoe ik mijn ingewanden eruit kots.' En waarschijnlijk was het de grootste afknapper aller tijden. Hoe kon ik in hemelsnaam verwachten dat hij daarna naar me verlangde?

Hij fronste. 'Zij kan er ook voor je zijn, maar dat betekent niet dat ik er dan niet meer voor je ben. Jij hebt mijn prioriteit.'

'Ik hou van je,' zei ik terwijl mijn stem zachter en zachter werd met het verloop van het gesprek.

Hij leunde naar me toe en kuste mijn voorhoofd, het puntje van mijn neus, mijn kin. 'Ik hou ook van jou. Welterusten, lieve Mia.'

Moedeloos betrad ik mijn kamer, maar deed mijn deur niet dicht. Tegenwoordig sloot ik nooit mijn deur, vol hoop dat hij zou worden verleid om naar binnen te glippen. Er waren genoeg barrières tussen ons. De fysieke kon ik er niet bij gebruiken. Ik wist dat als ik nu op bed ging liggen, ik urenlang verstrikt zou raken in mijn seksuele frustratie. Dus besloot ik naar de badkamer te gaan – ook die deur liet ik open – en vulde het grote overloopbad met heet water.

Na een paar minuten badderen begon ik te fantaseren dat hij de badkamer in kwam, zijn kleren uittrok – om de een of andere reden waren ze nat en plakten ze aan zijn gespierde lijf – en bij me in de badkuip stapte. Hij zou me met zijn zeperige handen insmeren tot iedere centimeter van me tintelde en schreeuwde om zijn aanraking. Dan zou hij me boven op zich trekken, bij me binnendringen terwijl hij zijn mond op mijn borsten drukte.

Ik kreunde en liet mijn hand tussen mijn benen glijden terwijl ik zijn prachtige lichaam voor me zag. De laatste keer dat ik hem naakt had gezien, was toen we in Las Vegas waren. Maar die keer had het niet gedraaid om de liefde bedrijven. Die nacht was er weinig liefde bij komen kijken. We kwamen samen omdat we niet bij elkaar vandaan konden blijven. Het was explosief en erotisch geweest en uitermate overweldigend. Maar het had tot een ramp geleid. Een moment dat onze levens voorgoed veranderde en ons mogelijk had gebroken. En dat was helemaal mijn fout geweest.

Mezelf bevredigen ging tegenwoordig altijd met een steek schuldgevoel gepaard, alsof een deel van me geloofde dat ik het nooit meer verdiende seksueel genot te ervaren. Ik deed het alsnog, maar kon er niet van genieten zoals voorheen. Zoals we van elkaar hadden genoten. Toen drong het tot me door dat dit misschien de echte reden was dat Adam me niet kon aanraken. Vanwege die laatste keer.

Nu begon ik ook te denken dat die laatste keer wellicht onze laatste keer ooit was geweest.

HOOFDSTUK

ACHTTIEN

ADAM

NA MIJN TANDEN TE HEBBEN GEPOETST EN MIJN PYJAMA
te hebben aangetrokken, bleef ik maar peinzen over het
gesprek met Emilia. Ik besloot terug naar haar kamer te
gaan ... voor eventjes maar. Al meer dan drie maanden had ik
haar niet meer op enige erotische manier aangeraakt. Ja, ik
snakte ernaar, en zij blijkbaar ook. Ik had haar steeds op afstand
gehouden, maar ik merkte dat ze geërgerd begon te raken.

We moesten daar binnenkort echt een gesprek over voeren.
Maar voor nu vertrouwde ik mezelf genoeg om haar te geven
wat ze nodig had, zonder het te ver te laten gaan. Daar waren we
nog niet klaar voor. *Ik* was daar nog niet klaar voor. En fuck wat
mijn lichaam wilde, want ik wist dat de rest van mij zover nog
niet was. Ik liep de gang over en glipte haar flauw verlichte
kamer binnen, waar ik naar haar lege bed keek. Het licht brandde
in de badkamer en ik hoorde het geluid van gespetter uit de
badkuip. Ik zette een stap in die richting, voordat ik me
herinnerde hoe verlegen ze was om haar veranderde lichaam aan
me te laten zien. Ik hield halt naast de deuropening en bleef

besluiteloos staan tot ik een zucht hoorde. Ik zette een stap naar achteren, maar bewoog me verder niet, tot ik een heel zachte kreun hoorde. Ik sloot mijn ogen, zeer bekend met die geluiden.

Emilia was aan het masturberen, vermoedelijk vanuit wanhoop omdat ik haar niet wilde aanraken. Hoewel het als een schending van haar privacy voelde om aan de deur te blijven luisteren, verroerde ik me niet. Ik stond als aan de grond genageld terwijl mijn lijf reageerde op haar zuchtjes en kreuntjes en herinnerde me hoe het voelde om degene te zijn die dat genot in haar opwekte. Ik hield ervan de controle over haar lichaam te hebben, degene te zijn die verantwoordelijk was voor die geluidjes, die bevrediging. Fantaseerde ze over mij terwijl ze zichzelf aanraakte?

Ik werd hard bij de gedachte dat het voor mij net zo lang geleden was als voor haar. Iedere vezel in me wilde die badkamer in stormen, haar natte, naakte lichaam tegen me aan trekken en heerlijk vieze dingen met haar doen. Maar ik verroerde me niet. In plaats daarvan leunde ik tegen de muur en luisterde als een perverse voyeur naar haar. Het duurde niet lang voordat ze zachtjes hijgend haar hoogtepunt bereikte. Er was niets explosiefs of overweldigends aan. Slechts een normale uiting, waarschijnlijk niet meer opwindend dan een nies of een kuch. Ik wilde weggaan om haar haar privacy terug te geven, maar kon me niet bewegen toen ik de eerste snik hoorde.

Haar gehuil was luider dan haar orgasme was geweest. Ik kneep mijn ogen dicht en voelde een onverklaarbaar ineenkrimpen van mijn borst. Ze snoof en snikte en huilde en ik voelde me misselijk worden. Omdat ik machteloos was, geen verandering kon aanbrengen in wat ze voelde.

Was het afwijzing? Eenzaamheid? Leidde mijn gedrag ertoe dat ze dacht dat ik haar lelijk vond? Waarschijnlijk ging ze alle scenario's in haar hoofd af, behalve de werkelijke, het diepe, alles-ontwrichtende schuldgevoel dat doordrong in iedere ademhaling, iedere hartslag. De echte reden dat ik haar niet in de ogen kon kijken. Want de laatste keer dat we samen waren geweest, was vanuit mijn kant geen daad van liefde, maar een daad van bezit. Als een holbewoner had ik haar geclaimd, haar keer op keer tot de mijne verklaard en haar genomen. Zelfs de herinnering eraan liet mijn lichaam zinderen van opwinding, maar mijn maag draaide zich om van walging. Het resultaat van de gebeurtenissen van die nacht hadden gedreigd haar leven in gevaar te brengen.

Stilletjes stapte ik haar kamer uit en trok me als een geslagen hond terug in die van mezelf. Als ik een staart had gehad, had die waarschijnlijk stevig tussen mijn benen gehangen.

Onnodig te zeggen, sliep ik die nacht niet bepaald goed, maar ik was vastberaden dat we ons hier doorheen gingen redden. We konden erover praten. Dus de volgende dag vroeg ik mijn chef om voor de lunch een picknick klaar te maken die Emilia binnen zou kunnen houden. Simpel, organisch voedsel en de vereiste gemberchips die, samen met de antimisselijkheidmedicijnen, goed werkten om te voorkomen dat ze zich tussen de chemobehandelingen door te beroerd voelde.

We zouden er met de Duffy-boot op uit trekken, een beetje rondvaren in de Back Bay, de lunch opeten, misschien een befaamde bevroren banaan halen bij het Balboa-pretpark voordat we weer terug naar huis gingen.

Met een vrolijke lach zette Emilia een gebreid mutsje op. Ze droeg haar sweater met capuchon over een spijkerbroek, hoewel het niet zo koud was. Ze moest het warm hebben, maar er was geen sprake van dat ze haar kale hoofd aan de wereld tentoonstelde.

Zelfs hier niet, waar niemand het echt zou zien.

We passeerden verschillende boten die op hun ligplaatsen aangemeerd lagen en zeeleeuwen die boven op de reddingsboei aan het begin van de oceaan in de zon lagen te luieren. Emilia keek naar de reeks landhuizen die voorbijkwamen en merkte op hoe overdadig de huizen van de rijkelui van Zuid-Californië waren.

We praatten over van alles. Het was net als vroeger. Ze lachte en schaterde het uit alsof er de avond daarvoor niets vervelends of ongemakkelijks was voorgevallen tussen ons.

'Heath vertelde me over iets nieuws van de *Star Wars*-films.'

Ik trok een wenkbrauw naar haar op. 'Wat? Dat er volgend jaar een nieuwe uitkomt?'

'Nee, niet dat. Maar het goede nieuws is dat het na de prequels waarschijnlijk niet nog erger kan worden, dat is ook niet verkeerd. En ook al zijn de oorspronkelijke acteurs al behoorlijk oud, ze doen toch weer mee. Dus krijgen we te zien hoe Han Solo als opa is.'

Ik rolde met mijn ogen. 'Klinkt geweldig.'

'Heath zegt dat er een nieuwe manier bestaat om naar de eerste zes films te kijken. Dat mensen die moeten kijken in wat hij "machete order" noemt.'

'*Machete order*? Wat de hel is dat?'

'Je kijkt dan episode vier, vijf, twee, drie en zes en doet alsof de eerste episode nooit is gemaakt.'

Ik trok een verbaasd gezicht. 'Nou, dat klinkt veelbelovend. En houdt deze machete order ook in dat Jar Jar Binks met een machete uit de eerdere episodes wordt gehakt?'

Ze schoot in de lach. 'Soms maak ik me echt zorgen over de manier waarop dat brein van jou werkt.'

Ik knikte. 'Dank je.'

'Nee, machete order stelt dat de *Star Wars*-saga eigenlijk over Luke Skywalker gaat, in plaats van over Anakin Skywalkers ondergang en wederopstanding, zoals George Lucas ons wil doen geloven.'

Ik fronste. 'Oké. Daar zou ik in meegaan bij episode vier, vijf en zes, maar hoe zit het met de andere twee? Hij wordt pas in de laatste vijf minuten van episode drie geboren.'

'Klopt, dus machete order zegt dat je de saga moet beginnen met episode vier, *A New Hope*, dan episode vijf, *The Empire Strikes Back*.'

'Oké, tot zover kan ik je volgen. Die twee zijn mijn favoriet. Dan stop je daar, neem ik aan?'

Ze trok een verbaasd gezicht. 'Hoe kun je daar stoppen? *Empire* eindigt met Han die is ingevroren in carboniet en als gevangene van Boba Fett.'

Ik haalde mijn schouders op. 'Ik zou met dat mysterie kunnen leven als het betekent dat ik niet drie uur lang naar Ewoks hoef te kijken in *Return of the Jedi*, om te ontdekken hoe het afloopt.'

'Nou, machete order voorziet er niet in dat Jar Jar of de Ewoks eruit worden geëdit. Het bepaalt alleen dat, aangezien de saga over Luke gaat, je eerst naar *A New Hope* en *The Empire Strikes Back* kijkt en dan episode twee, *Attack of the Clones*, en episode drie, *Revenge of the Sith*, als flashbacks behandelt. Dan sluit je af met *Return of the Jedi*.'

'Dus het enige wat manchete order doet is het bestaan van *The Phantom Menace* elimineren.'

'Yep, maar dat is het waard, of niet?'

'Hm. Het zou het meer waard zijn als iemand een machete tevoorschijn trok en Jar Jars kop er in de eerste scène af hakte. *Dat* zou *ik* een *machete order* noemen.'

Ze giechelde en knabbelde aan een van haar gemberchipjes. Ik keek naar haar. Ze had een grijs gebreid mutsje strak over haar hoofd getrokken, haar mooie bruine ogen piepten net onder het randje vandaan. 'Hoe voel je je?'

Haar mond vertrok en ze gaf me een blik.

'Ja, ik weet dat ik dat vaak vraag, maar ik wil het toch weten.'

'Ik ben oké. Prima gewoon. Een paar dagen nog, tot mijn volgende doodsdosis.'

Ik fronste. 'Dat betekent dus dat we des te meer van deze dagen moeten genieten, toch?' Ze stuurde een onleesbare blik mijn kant op en draaide zich van me af. Ze pakte haar glas gingerale, nam een slokje en keek uit over de haven terwijl we met een miezerige drie knopen in het kleine elektrische bootje verder tuften. De zeewind bracht een gezonde roze blos op haar wangen.

Ik greep de kans om haar te bewonderen. Ze was beeldschoon, zelfs nu ze overduidelijk ziek was. En ze hield haar hoofd opgeheven. Ze was dapperder dan iedereen die ik kende. Mijn hart zwol op van trots toen ik dat in haar opmerkte. Ik zou alleen willen dat ik wist welke monoloog er in dat hoofd van haar omging als ik de vlagen van puur verdriet als een geest door haar ogen zag flitsen.

Ik wenste dat we dingen opnieuw konden doen, een of andere machete order in ons eigen leven aanbrengen. Een hoop dingen had ik dusdanig aangepakt dat ik ze er het liefst uit zou editen. Maar er was geen andere uitweg door deze hel dan er recht doorheen, met een volhardende hoop dat onze liefde aan de andere kant nog intact zou zijn.

'Emilia…' Ze draaide zich om, haar wenkbrauwen schoven in een strakke frons naar elkaar. Ik opende mijn mond om verder te gaan, maar de manier waarop ze naar me keek, zorgde ervoor dat ik vroeg: 'Wat is er?'

'Zo noem je me niet meer, in ieder geval al een poosje niet. Je noemt me nu Mia, net als iedereen.'

'O. Ja…'

'Ik vond het fijn. Ik vroeg me af waarom je ermee was gestopt.'

Ik opende mijn mond en sloot hem weer. De reden dat ik was gestopt haar bij haar volledige naam te noemen had alles van doen met de reden dat ik ermee was begonnen. Toen we elkaar voor het eerst ontmoetten, was het een manier geweest om haar verbaal te intimideren. Daarna was het een gewoonte geworden. Haar naam – haar volledige naam – was voor mij een uiting van genegenheid. De naam die alleen *ik* gebruikte. Ik bleef er maar aan denken dat iedere keer dat ik geprobeerd had haar te claimen, haar in mijn cirkel te trekken, ik haar leven onherroepelijk had veranderd… en niet altijd ten goede.

Ik ademde diep in. 'Ik wist niet zeker of je het prettig vond. In het begin was dat niet het geval.'

Ze keek me aan, haar uitdrukking serieus. 'Je hebt gelijk. Ik vond het niet leuk, helemaal niet zelfs.' In gedachten verzonken liet ze haar blik weer over de baai gaan, een kleine glimlach rond haar lippen. 'Maar ik was vastberaden je *nooit* de voldoening te geven je dat te laten merken.'

'Maar ... dat veranderde?'

Ze bracht haar hand omhoog en stak hem onder haar muts om aan haar schedel te krabben. 'Ja ... Ik begon het fijn te vinden. Heel fijn. Ik denk ergens rond de eerste nacht die we op je jacht doorbrachten. Het is niet dat ik ooit een hekel aan mijn volledige naam heb gehad. Het was gewoon nooit ... *ik*. Maar die nacht ...' Ze ademde diep in en liet de lucht bevend ontsnappen. 'Ik begon me te realiseren dat het de manier was waarop *jij* over me dacht. Of wie ik was voor jou. De manier waarop je mijn naam uitsprak klonk zo kloppend.' Verlegen keek ze me aan en ze wendde toen met een lach op haar gezicht haar blik af.

Die trots die ik eerder had gevoeld, transformeerde in iets anders, een gedempte vreugde om gewoon in haar aanwezigheid te mogen zijn, om van ieder moment met haar te genieten. Maar er waren dingen die we moesten bespreken ...

'Ik dacht dat het misschien goed was om te praten,' begon ik.

Met opgetrokken wenkbrauwen draaide ze zich weer mijn kant op en ik klopte op de stoel naast me. Ik kon niet naar haar gaan, want ik zat achter het stuur van de boot. Met een vragende uitdrukking op haar gezicht schoof ze over de bank naar me toe.

'We waren al aan het praten,' zei ze en keek een beetje nerveus naar me op.

'Dat is waar, maar ik dacht misschien ... over gisteravond?'

Haar mond zakte open en ze keek weg. 'Wat valt daar over te bepraten?'

Vastberaden zette ik door. 'Nou, ik krijg het vermoeden dat je niet zo blij bent met dat plan om het rustig aan te doen.'

Ze sloot haar mond en trok toen, zonder me aan te kijken, haar schouders op. 'Ik begrijp gewoon niet wat je daarmee hoopt te bereiken.'

Plotseling voelde ik me niet op mijn gemak en ik focuste me op het glanzende hout van het stuur. Mijn duim gleed over het gladde oppervlak. 'Het is niet omdat ik het niet wil. Dat weet je toch wel?'

Ze sloeg haar blik neer en klemde haar handen op haar schoot ineen. 'Het is nogal moeilijk om te begrijpen wat er tegenwoordig door je hoofd gaat als het om seks gaat.'

'Ik wil het deze keer gewoon goed doen. Ik… ik ben bang om het weer te verkloten.'

'Ik dacht …' begon ze, maar onderbrak zichzelf hoofdschuddend.

'Wat?' drong ik aan. 'Vertel me wat je dacht.'

'Ik dacht dat het was omdat je boos op me was.'

Met een nadenkende blik keek ik naar haar. Ze vermeed nog steeds oogcontact, dus ik reikte naar haar om mijn vingers onder haar kin te leggen en haar blik op te richten. 'Ik geef toe dat ik… nog steeds problemen heb met het feit dat je dit in het begin geheim hebt gehouden voor me. Het maakt het moeilijk…' Mijn stem stierf weg voordat ik mezelf de gedachte liet afmaken.

Ze begreep echter precies waar ik op doelde. 'Je vertrouwt me niet.'

Ik slikte. Ja, dat was waar. Ik vertrouwde haar niet, niet volledig in ieder geval, niet na de laatste keer. Maar ik was vastberaden dat vertrouwen terug te vinden. En dat zou ik ook.

We hadden nog een lange weg te gaan tot haar herstel, ze had nog maanden van chemobehandeling voor de boeg. We hadden de tijd. 'Ik denk dat we allebei tijd nodig hebben. Om te leren elkaar weer te vertrouwen. Te leren gezond te zijn, niet alleen lichamelijk maar ook in onze relatie. Ik denk dat we het rustig aan moeten doen en het rationeel moeten benaderen.'

Haar ogen hadden een enigszins getergde blik toen ze knikte. 'Rationeel. Juist. Dus totdat we dat allemaal hebben uitgevogeld, zijn we gewoon ... huisgenoten.'

Me door dit gesprek navigeren begon te voelen alsof we door een mijnenveld liepen. Ik ademde diep in en liet mijn hand vanonder haar kin zakken. 'Als zielsveel van iemand houden zonder seks met diegene te hebben je tot huisgenoten maakt ...'

Haar voorhoofd rimpelde, maar er speelde een kleine lach rond haar mond. Iets in wat ik had gezegd had haar goed gedaan. Misschien was het de bevestiging dat ik van haar hield. Misschien was dat wat ze zocht als ze aandrong op intimiteit. Ik nam me voor haar vaker te laten weten dat ik van haar hou. Heel veel.

'Kom hier,' zei ik.

Ze leunde naar voren en ik kuste haar zonder de angst dat ze me zou proberen te verleiden tot iets meer, zoals ze de laatste tijd vaker deed. Ik proefde haar lippen – met het vleugje gemberchips – als voorheen, net zo lekker als ik me herinnerde. Toen ik me van haar losmaakte, lachte ze. Die lach deed geweldige dingen met me, zorgde ervoor dat ik me enigszins gedesoriënteerd voelde. Dat magische moment, die paar fracties van een seconde nadat onze lippen van elkaar loskwamen, bevatten alle spanning en sensatie van de eerste dagen die we samen doorbrachten en snel – maar aarzelend – verliefd op elkaar werden.

Ik opende mijn mond om haar nogmaals te zeggen dat ik van haar hield, maar ze hield haar hand op en draaide haar hoofd weg, alsof ze een nies voelde aankomen.

'Wacht even,' zei ze, haar ogen halfgesloten. Toen brak ze uit in een reeks van de meest gewelddadige niezen die ik ooit had gehoord. Mensen in boten in de buurt keken onze kant op, geschrokken door de harde geluiden die uit onze boot kwamen.

Op een bepaald moment dacht ik dat ik haar moest vastpakken om te voorkomen dat ze in het water kukelde. Ze nieste zeker zo'n vijf minuten aan een stuk en hield zich daarna stil, ervan overtuigd dat ze binnen een paar tellen weer zou beginnen.

Maar godzijdank gebeurde dat niet. Ik gaf haar een paar tissues en ze snoot haar neus een paar keer voordat ze opgelucht en met rode wangen achteroverleunde. 'Wauw. Waar kwam dat in godsnaam vandaan?'

Ik kon haar echter alleen maar aanstaren, want ik realiseerde me nu dat er iets heel, heel erg mis was. Fronsend keek ze me aan, maar slechts een van haar wenkbrauwen zakte daarbij. Want de andere, zo bleek, was door het niezen compleet verdwenen.

Ik wist niet of ik moest lachen of huilen, of ik iets moest zeggen of haar nog een beetje langer in de waan moest laten – tot haar volgende blik in de spiegel in ieder geval – dat ze nog steeds waar wenkbrauwen en wimpers had. Het leek erop dat ze niet lang meer onder ons zouden zijn. Eindelijk waren ze bezweken onder de chemo.

Ze zag eruit alsof ze permanent haar wenkbrauw naar me optrok, zoals Mr. Spocks gezichtsbevriezing. Ik verwachtte half dat ze zich naar me om zou draaien en zou zeggen: 'Dat is onlogisch, Captain Kirk.'

Ik wist dat, onder andere omstandigheden, Emilia om deze situatie zou kunnen lachen. Maar nu was ze zo kwetsbaar, vooral door haar uiterlijk. Ik kon het gewoon niet over mijn hart verkrijgen om te lachen of haar het nieuws te brengen dat ze nu een wenkbrauw tekortkwam voor een goede frons.

Zonder nog een woord te zeggen, draaide ik aan het stuur en manoeuvreerde de boot het korte tochtje terug naar de aanlegsteiger naast mijn huis, waarbij ik de veerpont die meerdere keren per dag van het vaste land naar het schiereiland Balboa ging behendig ontweek.

Toen we daar aankwamen, zat Kat op een van de loungebanken op ons kleine strand te zonnen om haar zeer bleke Canadese huid te bruinen. Zodra ze ons in het zicht kreeg, kwam ze aangerend met haar grote, witte zonnebril en een enorme lach op haar gezicht.

Die lach verdween op het moment dat ze Emilia zag. Voordat ik met een vinger langs mijn strot kon gaan om te seinen dat ze haar mond moest houden, tilde ze haar zonnebril op en keek met samengeknepen ogen naar Emilia.

'Huh? Wat de hel is er met je wenkbrauw gebeurd? Hij is weg!'

O, verdomme. Tot zover het sparen van Emilia's gevoelens. Ze rende rechtstreeks het huis in, vastberaden om in een spiegel te kijken. Ik gaf Kat een lankmoedige blik. 'Dat had je wel wat beter kunnen aanpakken.'

Verbaasd sperde ze haar ogen open en gooide haar handen in de lucht. 'Wat? Alsof je voor haar verborgen had kunnen houden dat ze eruitziet alsof ze constant op het punt staat iets sarcastisch te zeggen. Ik bedoel, zij is *zij* en ze zegt altijd iets sarcastisch, maar verdorie. Hoelang was je van plan haar met maar één wenkbrauw rond te laten lopen?'

Ik zuchtte en gaf het op. Toen ik Emilia een half uur later zag, had ze geen wenkbrauwen meer en haar wimpers waren ook bijna helemaal verdwenen. Ze had de andere ofwel uitgetrokken of weggeschoren. Ik had het lef niet te vragen welke van de twee het was. Sterker nog, ik had het nooit over haar gebrek aan haargroei.

Stellig nam ik me voor mijn haar te bleken en roze te verven zodra haar uiterlijk een groot probleem voor haar zou worden. Dan zou de aandacht van freaks in ieder geval op mij zijn gericht in plaats van op haar.

HOOFDSTUK
NEGENTIEN
MIA

IK WAS ER ZEKER VAN DAT ADAM DACHT DAT IK HET NIET aankon om nog een beetje meer haar te verliezen. De waarheid was dat ik het al had zien aankomen. Dus schafte ik een paar verschillende kleuren wenkbrauwpotloden aan en zelfs een stel hypoallergene Sharpie-pennen en oefende samen met Kat met het tekenen van nieuwe wenkbrauwen. Ondertussen keken we online naar make-up-tutorials over wenkbrauwen en wimpers. Met de zwier van een potlood kon ik gaan van krachtig en boos naar permanent geschokt, of zelfs eruitzien als iemand van het zuiver logisch denkende Vulcan-ras. Ook kon ik vreemde zigzags en symbolen maken, als een rockster.

Kortom, ik besloot dat ik er ofwel om kon janken, ofwel om kon lachen en aangezien er de laatste tijd al zo veel was om te brullen, koos ik dat laatste. Deze hele situatie begon me iets te leren over de aard van geluk.

En Kat in de buurt hebben om me te helpen met lachen om mezelf, hielp in ieder geval …

'Spock, Captain Kirk, Mr. Sulu,' somde Kat een paar dagen later op toen ik door mijn aantekeningen van de verborgen quest in Dragon Epoch bladerde om me voor te bereiden op een volgende blogpost. We zaten op de vloer in mijn kamer en ik gebruikte het bed als bureau.

'Hmm,' reageerde ik en tikte op mijn lip. 'De originele serie of de rebootfilms?

'De reboot. Duh.'

'Eens kijken … Neuken Spock. Trouwen Sulu. Vermoorden Kirk.'

Kat keek me met een gekke bek aan en we schoten allebei in de lach. 'Inderdaad, ik wilde Kirk ook min of meer vermoorden,' merkte ze op. 'Oké, mijn beurt.'

'Die gasten van *The Big Bang Theory*,' zei ik. 'Leonard, Howard en Raj.'

'Gast, nee!' Ze gierde het uit. 'Die wil ik allemaal vermoorden.'

Ik keek haar streng aan. 'Het spelletje heet "Neuken, trouwen, vermoorden". Niet "Vermoorden, vermoorden, vermoorden".'

'Dat is wreed, Mia. Verdorie … Eh, Neuken Leonard. Trouwen Raj. Vermoorden Howard.' Toen huiverde ze.

Ik zou gelachen hebben, maar ik werd al weer afgeleid door mijn aantekeningen.'

'Ben je weer helemaal geobsedeerd door die quest?' vroeg ze.

'Ja, ik zit compleet vast. Ik ben *zo* dichtbij om erachter te komen waar de gevangenis van de prinses is, maar iedere keer als ik vlak bij de locatie kom, word ik vernietigd. Ik wilde dat ik een genezer had.'

Kat keek me aan alsof ik niet goed bij mijn hoofd was. 'En wat is Persephone? Gehakte lever? Ik ben een van de beste genezers op die server.'

Ik staarde haar aan, een beetje van slag doordat ik zoiets voor de hand liggend had gemist. Als het een hond was geweest, zou hij me in mijn kont hebben gebeten. 'Eh, ja, ik zou de quest met andere spelers kunnen doen ... Denk je dat dat oké is?'

Ze haalde haar schouders op. 'Eh, weet ik veel. Vraag het aan je vriendje.'

'O, nee, die zegt nooit een woord over iets wat met die quest te maken heeft.'

Kat wiebelde met haar wenkbrauwen. 'Je hebt niet geprobeerd hem met seksuele gunsten om te kopen?'

Ik wendde mijn blik af en lachte het weg. Dat zou eerder andersom zijn. Het leek erop dat ik het tegenwoordig liever wilde dan hij.

'Dus, even serieus, ik zou ook een tank nodig hebben,' zei ik, refererend aan de gebruikelijke term voor een personage met een heleboel levenspunten, die voor 'zwakke' personages als die van mij en Kat konden staan om de klappen op te vangen.

'Ehm, Fragged,' reageerde Kat. 'Wie anders?'

'DPS.' Een personage dat de meeste schade per seconde bij tegenstanders kon veroorzaken.

'FallenOne.'

Ik zuchtte. Waarom was het niet bij me opgekomen dat ik mijn vaste gamegroep kon vragen me met de geheime quest te helpen?

'Eh, jemig ... Misschien was het de bedoeling dat je andere mensen om hulp zou vragen, hè? Was dat al bij je opgekomen?'

Ik krabde met mijn potlood over mijn hoofd terwijl ik mijn aantekeningen bekeek. 'Nee.'

Ik fronste, min of meer in shock door mijn eigen stompzinnigheid. De volgende keer dat we met z'n allen een avond aan het gamen waren, zou ik om hun hulp vragen. En Adam zou er gewoon bij moeten zitten, zijn mond houden en instemmen met wat we zouden proberen te doen.

En dat was precies wat ik deed ... en dat was precies wat *hij* deed. In de loop van de tijd maakten we langzaam maar gestaag vorderingen en hielp mijn vaste groep gamevrienden me verder met de quest.

***

Mijn leven nam een vreemde routine aan. Ik ging naar het ziekenhuis voor een nieuwe ronde, soms omringd door vrienden. Kat was er, soms Heath, Alex en Jenna. William kwam ook opdagen als hij kon, maar hij kreeg de bibbers van ziekenhuizen, dus hij was er niet al te blij mee. Adam was er altijd, maar hij zei zelden veel. Hij was gewoon bij me in de buurt, als een bewaker.

Dan gingen we naar huis. Alleen hij en ik. Dan was ik dagenlang alleen met hem en voelde het alsof ik vanwege mijn vele zonden op de pijnbank werd gelegd. Soms was er ook een verpleegkundige, op de eerste dag, maar Adam was er alsnog altijd. Het kwam in me op dat hij uitgeput moest zijn, want in die periode stopte hij niet met werken. Jordan of een bezorger bracht zijn werk naar z'n huis en daar bracht hij tijd mee door als ik toch sliep – en daarna was hij weer aan mijn zij.

Zodra ik me weer iets beter voelde, bracht hij vierentwintig uur op kantoor door tot een paar dagen voordat ik aan de volgende ronde moest beginnen. In die dagen deden we iets speciaals of anders, of maakten we gewoon een wandeling over het strand of een tochtje met de boot door de haven. Soms kwamen er vrienden en speelden we de game en aten pizza.

Mijn drieëntwintigste verjaardag kwam en ging voorbij. Het viel toevallig op een dag waarop ik me nog erg beroerd voelde van de chemo. Mijn moeder was er om voor me te zorgen en later, toen ik me beter voelde, maakte Adam het goed door wat vrienden uit te nodigen. Maar ik was niet echt in de stemming om het te vieren. Wie weet hoeveel verjaardagen er na deze nog zouden komen?

En wie weet wanneer het tussen Adam en mij weer normaal zou worden, als er al een normaal *was* om naar terug te gaan.

Tegenwoordig bracht hij dus zo'n beetje ieder moment dat hij wakker was met mij door. Maar nooit de nachten.

Op een van die dagen, het was laat in de ochtend op een prachtige dag, zaten we op het terras achter zijn huis. Adam las het nieuws op zijn tablet en ik bladerde door wat gamerstijdschriften voor ideeën voor mijn blog. Door alles wat er met me gebeurde en het effect op mijn chemobrein waardoor ik moeilijk helder kon nadenken, werd het steeds moeilijker om op mijn blog een façade op te houden.

En dan had ik het nog niet eens over het ongemakkelijke gevoel als ik over Dragon Epoch blogde. Ik had behoorlijk wat aandacht gekregen door mijn aankondiging over het openen van de quest. Heel veel lezers volgden mijn vage voortgangsrapporten en ik probeerde via hen kennis te verzamelen, maar ik voelde me meer en meer bezwaard vanwege het belangenconflict door met Adam te zijn en over zijn game te bloggen.

Terwijl ik door een tijdschrift bladerde, kwam ik terecht bij een artikel over de Comic-Con in San Diego. Adam keek mijn kant op toen ik, zo'n beetje halverwege het artikel, luid snoof.

'Wat is er?' vroeg hij.

'Hmm. Een opiniestuk over hoe moeilijk het is om kaartjes voor Comic-Con te krijgen en dat dat ieder jaar moeilijker wordt. Ik heb altijd al eens willen gaan, ooit ...' Ik liet mijn stem wegsterven zonder uit te spreken dat, gezien mijn huidige conditie, er een kans bestond dat 'ooit' wellicht nooit zou komen. Ik keek naar hem op en zijn donkere ogen stonden triest.

Dit soort gedachten waren constante *gremlins* die ik meestal naar de achtergrond wist te schuiven. De meeste mensen van mijn leeftijd waren zich volkomen onbewust van hun eigen sterfelijkheid, tenzij ze, net als ik, gedwongen werden hun potentiële op handen zijnde dood iedere dag onder ogen te zien. Ik wist echter ook dat, gezien Adams persoonlijke geschiedenis, hij zich er al te bewust van was. Het achtervolgde ons als een poltergeist die we probeerden te negeren. Simpele uitdrukkingen die het woord 'doodgaan' bevatten, kregen voor ons een nieuwe betekenis. 'Doodgaan' van de honger deden we niet meer en we lachten ons ook niet meer 'dood'.

Want als je vijftien procent kans had om je volgende verjaardag niet te halen, was het niet langer simpelweg een manier van spreken. Ik schraapte mijn keel en schoof de gremlins weer naar de achtergrond.

'Ik kan een kaartje voor Comic-Con voor je regelen,' zei hij. 'Maar het verbaast me dat je nooit een perskaart hebt aangevraagd gezien je status als blogger.'

Ik lachte. 'Je overschat mijn invloed op het grotere geheel.'

'Maar GameGlomerate blijkbaar niet, want zij willen je overnemen.'

Ik trok een schouder op. 'Het is raar. Ik heb er nooit wanhopig graag heen gewild, in tegenstelling tot Alex of mijn andere vrienden. Het stond gewoon op mijn "dingen die ik wil doen voordat ik"... "dingen die ik ooit nog wil doen"-lijst,' corrigeerde ik mezelf halverwege toen Adams lippen dunner werden.

'Nou, dan geef ik je een van de kaarten van Draco. Je kunt de plek van een stagiaire innemen. Dat is dan direct een idioot minder om op dat reisje af te handelen.'

'Ik zou niet ...' Ik zuchtte. Ik werkte niet meer voor zijn bedrijf.

'Wat nou als ik zei dat ik echt heel graag wil dat je meegaat?' Hij toverde een lach tevoorschijn.

Ik lachte terug. 'In dat geval ... Waarom niet? Het leven is te kort.'

Hij fronste en draaide zijn hoofd weg. Ah, daar had je het al, een volgende gremlin was tevoorschijn gekomen om degene die we duidelijk hadden vermeden te vervangen. Ik zuchtte. In plaats van te doen alsof ik zijn reactie niet had opgemerkt, ging ik naast hem zitten en legde mijn hoofd op zijn schouder. 'Je hebt er de pest aan als ik dat zeg, of niet?'

Hij bleef even stil, keek toen naar me en kuste me boven op mijn hoofd. 'Ja, inderdaad.'

Mijn armen gleden rond zijn schouders. 'Dan zal ik het niet meer zeggen.'

Hij trok me tegen zich aan en kuste me weer. 'Dankjewel.'

Zo bleven we een tijd zitten. Ik wilde hem zo graag kussen. Het was lang geleden dat we goed hadden gekust. Hoe was het mogelijk dat we iedere dag bij elkaar konden zijn, zo vaak in elkaars aanwezigheid, en ik me toch nooit eerder zo ver van hem verwijderd had gevoeld?

Ik draaide mijn hoofd en kuste hem op zijn lippen. Het was zo'n zoen die een oud stel elkaar na vijftig jaar huwelijk zou geven. Adam en ik waren nog niet eens een jaar een stel geweest. Maar wat een jaar was het geweest. Een jaar vol hoogte- en dieptepunten. Had het ervoor gezorgd dat onze liefde was opgebrand?

Ik keek in zijn donkere ogen terwijl ik hem weer kuste en voelde die vertrouwde steek in mijn hart. *Mijn* gevoelens waren niet veranderd, maar ik was me er heel goed van bewust dat ons gedrag in het verleden onherstelbare schade aan onze prille liefde had aangebracht. Ik spoorde hem aan voor meer, opende mijn mond, maar hij reageerde niet.

Ik trok me terug en keek naar hem. We staarden elkaar recht in de ogen en ik kon nauwelijks ademen. Diezelfde onzekerheid, diezelfde vragen, knepen mijn hart samen en gonsden door mijn hoofd. Zijn ogen waren spiegels, maar reflecteerden ze wat hij dacht dat ik wilde zien?

'Het is mijn kotsadem, hè? Ik heb een kotsadem.'

Zijn mondhoeken krulden op. 'Je hebt geen kotsadem.'

'Je kunt het eerlijk zeggen, hoor. Ik kan het wel hebben.'

Nu veranderde zijn mond in een regelrechte lach. 'Je hebt *geen* kotsadem. Maar je wenkbrauwen zitten me vandaag dwars.'

Ik liet mijn vingertoppen over de tekentjes gaan die ik met de Sharpie had aangebracht. 'Hou je niet van de magische symbolen?'

'Je lijkt op een boze heks.'

'Ik verander je in een kikker als je me niet kust.'

'Het is andersom.'

'Zo gaan boze heksen te werk.'

Hij trok me dichterbij en kuste me weer, waarschijnlijk om de kikkervloek af te wenden. Al snel veranderde de kus in iets meer en met een zucht liet ik me genietend tegen hem aan zakken. Adam begon iedere kus met een zachte aanraking, als voorproefje. Een amuse waardoor je naar meer hunkerde. Meestal duurde dat niet lang. Al snel leidde dat voorproefje tot een honger die eiste bevredigd te worden. Het ging van proeven naar verwennerij, vroeg om complete onderdompeling, een wederzijds genot. Er volgde een over en weer. Ik voedde hem en hij voedde mij. Dan verslonden we elkaar en hoe meer we dat deden, hoe hongeriger we werden.

Zijn handen lagen nu op beide zijden van mijn gezicht, hielden me stil, hielden me tegen zijn mond gedrukt. De kus verdiepte en ik had moeite adem te halen, mijn hart ging als een wilde tekeer, alsof ik net van de loopband was gestapt. Een koude sensatie trok door me heen. Hij raakte me weer als een geliefde aan. Eindelijk.

Ik plette mijn mond tegen de zijne en duwde hem open, liet mijn tong naar binnen glijden en voelde het; een plotselinge, scherpe inademing, het staccato van zijn hartslag onder mijn hand. Er was op dat moment geen spoortje twijfel, hij wilde me. Ik wilde hem ook. En de hitte die tussen ons oplaaide weerspiegelde een belofte.

Tenminste, tot hij zich terugtrok, heel zachtjes en zonder waarschuwing. Zijn gezicht was verhit en ik merkte met alle gemak dat hij opgewonden was. Maar hij beëindigde het met weer zo'n verdomde kus op mijn voorhoofd, als een opa die zijn kleindochter een kus geeft. Wanhopig leunde ik achterover.

'Adam ...'

'Heb jij geen honger? Ik wel.'

Ik trok een van mijn getekende wenkbrauwen op. 'Ja, ik heb honger en jij ook. Maar niet betreft eten.'

Hij ademde diep in en liet de lucht langzaam ontsnappen voordat hij meer rechtop ging zitten en mij dwong afstand van hem te nemen.

'Waarom wil je me niet meer?'

'Wie zei dat ik je niet wil?' vroeg hij verbaasd. 'Het mag duidelijk zijn dat dat niet het geval is.'

'Is dat zo?'

Hij wierp een blik naar beneden, doelend op zijn erectie. Ik bewoog mijn hand ernaartoe, maar hij greep mijn pols beet. 'Dat is niet langzaamaan doen.'

'Je maakt me gek. Het is maanden geleden ...'

'Laten we hier geen ruzie over maken, oké? Morgen heb je een volgende behandeling.'

'Dat is morgen. Ik heb nog bijna vierentwintig uur tot die tijd.'

Hij zei niets en ik staarde hem aan terwijl hij mijn blik vermeed.

'Wanneer dan?'

Hij haalde zijn schouders op. 'Als je je beter voelt?'

'Er staat me nog een maand chemo te wachten.'

'Dat weet ik,' fluisterde hij. Hij trok me tegen zich aan. 'Ik denk dat we er nog niet klaar voor zijn.'

Maar als we dat nu niet waren, wanneer dan wel? En waarom niet? Wat de fuck ging er in zijn hoofd om? Want er *ging* iets in dat brein van hem om. Het was duidelijk dat hij het wilde, dat het feit dat ik er als Gollem uit *The Lord of the Rings* uitzag er blijkbaar niet voor had gezorgd dat hij compleet van me walgde.

Wat was het dan?

HOOFDSTUK TWINTIG
ADAM

IK WIST DAT ZE VRAGEN HAD DIE IK NIET KON – OF WILDE – beantwoorden. Ik wist dat ze het nodig had om zich nauw met iemand verbonden te voelen. Ik had dat ook nodig. Maar we waren er niet klaar voor. We begonnen net ons leven weer op de rails te krijgen na de vreselijke fouten die we hadden gemaakt.

Ze had op dit moment een vriend nodig en ik was vastberaden om alleen dat te zijn. Want de laatste keer dat ik haar had aangeraakt … Nou, we konden niet nog meer rampen gebruiken. Tenminste niet tot de brokstukken van de laatste waren opgeruimd.

***

'Jak. Oké, nog een keer, neem ik aan. Op naar poging driehonderdtweeënzestig,' mompelde Heath. Het zou zomaar kunnen dat hij mij ook een vuile blik toewierp.

Met een diepe zucht wreef Emilia onder het randje van de bandana die om haar hoofd zat gewikkeld. 'Het kan niet anders dan dat we hier iets onwijs voor de hand liggend missen. We zijn hier al dagen mee bezig en we blijven maar afgeslacht worden.'

We bevonden ons in de gamekamer in mijn huis, allemaal met onze laptop voor ons aan de tafel. Aangezien we eens een keer met z'n allen in dezelfde kamer zaten, hadden we geen headsets nodig. Ik smoorde een geeuw. Ze raakten altijd nog meer geïrriteerd als ik verveeld leek. Wat verwachtten ze dan? Ik moest figuurlijk gesproken op mijn handen gaan zitten en het hen zelf laten uitzoeken.

Kat ging rechtop zitten. 'Oké, ik heb al mijn spreuken terug. We kunnen weer gaan.'

'Shit. We moeten iets anders doen. Ik blijf niet keer op keer hetzelfde doen. Dit is bullshit. Serieus,' kreunde Heath.

Emilia nam haar aantekeningen voor de tiende keer door. 'Ik ben het er mee eens dat we iets over het hoofd zien. Maar wat? We zijn op de juiste locatie. Er staat een fort boven op de berg en ik ben negenennegentig procent zeker dat ze daar wordt vastgehouden. De aanwijzingen maken duidelijk dat er een tunnel is die leidt naar een geheime ondergrondse ingang van het kasteel. In theorie zou dat hier moeten zijn, naast Sergeant Wat-is-zijn-naam? Maar iedere keer als we met hem praten en hij ons de sleutel geeft, verschijnt die horde trollen uit het niets en vermorzelt ons.'

'Misschien moeten we niet met hem praten en gewoon zonder hem naar de ingang gaan,' oppert Kat.

Heath slaakt een lange, gefrustreerde zucht. 'We hebben de sleutel nodig en de ingang verschijnt zelfs niet eens tot we met hem praten. Dus als we niet met hem praten, is er geen sleutel en geen ingang.'

'Maar zodra we dat doen, worden we besprongen door een shitload aan trollen,' werpt Kat tegen. 'Dus we doen of iets verkeerd, of we hebben *veel* meer mensen nodig om ons te helpen.'

'Gast, vierentwintig spelers zouden nog niet eens op kunnen tegen trollen met zulke hoge levels!' protesteerde Heath.

Ik steunde op tafel met mijn kin in mijn hand en keek naar hen, zoals gebruikelijk. Ze leken te vergeten dat ik er was, tenzij ze het nodig vonden een sarcastische opmerking te maken over hoe gefrustreerd ze waren. Dan werden ze zich ineens van me bewust. Ze hadden allang geleerd om niet te proberen me hints te ontfutselen.

Eerlijk gezegd was ik vanavond behoorlijk uitgeput, maar God verhoede dat ik geeuwde. Ze zouden me binnen enkele tellen naar de strot vliegen.

'Laten we het nog eens proberen, misschien leren we deze keer iets nieuws,' zei Emilia.

Heath rolde met zijn ogen. 'Dat zeg je de laatste twintig pogingen steeds.'

Ze trok haar bliksemschichtvormige wenkbrauwen naar hem op. 'Heb jij een beter idee?'

'Fuck, weet ik veel. Ik begin behoorlijk gefrustreerd te raken.'

'Nou, praat dan gewoon met hem en zorg dat je die sleutel en de tunnelingang regelt.'

Fragged benaderde het non-player-personage, Sergeant GriffonShield. Heath begon verwoed te typen.

Fragged: Gegroet Sergeant GriffonShield.

**Sergeant GriffonShield: Gegroet reiziger. Wat brengt jou naar dit verlaten deel van de wereld?*

**Fragged: Ik ben hier om de prinses te redden. Ze zit gevangen in het kasteel.*

**Sergeant GriffonShield: Sommigen zeggen dat ze daar gevangenzit, ja. Het arme ding. Ik treur om haar. Was er maar een brave ziel die zou helpen haar te bevrijden.*

**Fragged: Ja, ja, ja, genoeg met die slijmerige praat, eikel.*

'Dat hoort niet bij het script. Zo gaat hij je geen antwoord geven,' zei Kat.

'Ik ben helemaal klaar met die hufter. Als ik de juiste woorden type, stort hij een bende trollen over ons uit.'

'Dus je gaat hem gewoon uitschelden? Daar zul je ver mee komen.'

Heath slaakte weer een diepe zucht. 'Prima, ik typ die verdomde zin wel in. Jezus.'

**Fragged: Ik wil haar bevrijden.*

**Sergeant GriffonShield heeft Fragged een gehavende sleutel gegeven.*

**Sergeant GriffonShield: 'Alsjeblieft, dappere ziel. Neem de sleutel mee en zoek de nis waarop hij, verder op de bergflank, past. Hij zal je naar de doorgang brengen die je zoekt.*

**Fragged: Krijg de klere, eikel. Help ons.*

'Heath, pak gewoon die verdomde sleutel aan,' siste Emilia.

**Sergeant GriffonShield: 'Helaas, ik zou je heel graag helpen, maar ik kan mijn post niet verlaten tot je mijn bondgenoten hebt verzameld.*

Onmiddellijk schoten er drie hoofden mijn kant op, hun ogen groot van verbazing. Ik moest er bijna om lachen. Bijna. Typisch dat Heaths wanhoop ervoor zorgde dat ze per ongeluk zouden ontdekken wat ze moesten doen.

Ik keek naar beneden en probeerde te doen alsof ik zeer gefascineerd was door iets op mijn toetsenbord.

'Eh, wat de fuck gebeurde er nu net?' vroeg Heath.

Er reageerde niemand, dus keek ik op. Nog steeds staarden ze mij aan. Ik schraapte mijn keel. 'Ik denk dat hij aanbood je te hepen. Mag ik nu geeuwen?'

Heath griste een stukje papier van tafel, verfrommelde het en gooide het naar me toe. Lachend mepte ik het weg. 'Wauw, was dat de deurbel? Laat me even opendoen. Jullie drie kunnen gewoon ... met elkaar praten.'

Ik stond op en voordat ik vertrok, kruiste mijn blik die van Emilia. Ze schonk me een enorme grijns. Ik knipoogde naar haar en verliet de kamer.

Een half uur later verklaarde ik mezelf – en Emilia – te moe om vanavond nog verder te gaan. Morgenochtend had ze een volgende chemoronde en ze had alle rust nodig die ze kon krijgen.

Bovenaan de trap draaide ze zich om en ze sloeg haar armen rond mijn nek.

'Zo, zit jij even vol verrassingen.'

'Realiseer je je dat nu pas?'

Ze ging op haar tenen staan en kuste me. 'Nee, natuurlijk niet. Ik ben achterlijk, maar niet zo achterlijk.'

'Je bent niet achterlijk.'

Ze stond doodstil en aarzelde.

'Wat?'

'Slaap vanavond bij me?'

Ik slikte. Het werd steeds moeilijker om nee te zeggen. En moeilijker om te ontkennen dat ik het heel graag wilde, *haar* heel graag wilde. Het was het maximale wat ik haar nu kon bieden. En ik had oprecht geen idee wanneer ik haar meer kon bieden.

HOOFDSTUK

EENENTWINTIG

MIA

E R WAS IETS MIS. IK WIST HET ZODRA HET NIEUWE medicijn door mijn aderen brandde. Het voelde anders en onmiddellijk zwom ik in een zee van vreemde koortsdromen en constante misselijkheid, waartegen ik vocht met de antimisselijkheidmedicatie. En met succes want ik kon het het grootste deel van de dag binnen de perken houden. Gezien hoe het later zou verlopen, was het waarschijnlijk beter geweest als ik niet had gevochten om die reactie te onderdrukken terwijl ik nog onder het toeziend oog van de artsen en verpleegkundigen was.

Want die nacht kwam ik in de hel terecht.

Adam wist dat ik op de eerste dag van een ronde direct naar bed moest. Voor ten minste vierentwintig uur, meestal zelfs meer, zou ik alleen maar slapen en beroerd zijn.

Maar toen ik in het donker wakker werd met een vreselijke drang om te braken – ik haalde niet eens op tijd het toilet – overspoelde de misselijkheid me zo krachtig dat ik ongenadig kotste en in mijn broek pieste tegelijkertijd. Mijn lijf trok keer op keer stuiptrekkend samen. Het voelde alsof iedere cel in mijn lichaam tegen de chemo vocht, iedere centimeter van me op het punt stond in te storten uit rebellie tegen het gif dat vrolijk door mijn aderen trok.

Ik wilde dood.

En nee, ik overdreef niet. Ik wilde echt, *echt* liever dood dan dit te moeten doorstaan.

Het gekste van alles was dat ik niet op de noodknop van de afstandsbediening in de badkamer drukte. Ik moest ofwel mentaal gestoord zijn ofwel te verdomd onafhankelijk, want in mijn absurde psychotropische delirium *verzette* ik me daadwerkelijk tegen de neiging Adam om hulp te vragen.

Tot ik half buiten bewustzijn op de vloer lag. Tegen die tijd, toen ik naar de intercomknop wilde reiken, merkte ik dat ik de energie niet had om mijn arm op te tillen om het te doen.

Dus draaide ik mijn hoofd terug. De tranen stroomden uit mijn ogen terwijl mijn maag bleef samentrekken, lang nadat er nog enige inhoud in me zat om eruit te gooien. Grote, blauwe stippen in mijn gezichtsveld en donkere vlekken aan de randen waarschuwden me slechts een fractie van een seconde van tevoren dat ik op het punt stond weg te raken.

HOOFDSTUK
TWEEËNTWINTIG
ADAM

ODZIJDANK DAT IK NA EEN NIEUWE BEHANDELING regelmatig bij haar ging kijken. Toen ik haar bewusteloos op de badkamervloer vond, had ik geen idee hoelang ze daar al lag.

'Fuck!' riep ik uit. Ik knielde naast haar neer en trok haar in mijn armen. 'Mia … Mia …' Ik schudde haar zachtjes door elkaar en meteen reageerde ze. Ze murmelde zo zacht dat ik het niet kon verstaan.

'Sorry … Spijt me zo,' fluisterde ze.

'Gaat het wel met je? Wat de hel is er gebeurd?'

Ze beefde. 'Z-z-zzo koud.'

'Kom.' Ik trok haar tegen me aan en ze gleed onderuit – viel bijna eigenlijk – maar ik wist haar op te vangen. Ik schrok me wezenloos.

Ik trok de dikke badjas bij haar aan, maar ze bleef beven. Ik sloeg mijn armen strak om haar heen. De heftigheid van haar reactie, het feit dat de medicijnen die ze had toegediend gekregen nieuw waren, jaagde me de stuipen op het lijf. Ik moest nu het ziekenhuis bellen. Maar ik ging haar geen tel alleen laten om dat te doen.

'Ik ben oké. Ik ben oké,' mompelde ze. 'Breng me naar bed.'

Ik tilde haar op en droeg haar naar het bed. 'Kan ik iets voor je halen? Water?'

Ze beefde. Ik pakte een deken en stopte haar strak toe. 'Ik ga je dokter bellen ...'

'Nee. Nee, blijf hier. Je moet iets voor me opschrijven.'

'Wat?'

Haar arm fladderde naar het nachtkastje, alsof ze geen controle over haar hand had. 'Pak papier. Ik moet een lijst maken.'

'Dat kun je later doen.'

'Ik ben in orde. Ik moet die lijst maken. Nu. Jij moet het opschrijven.'

Ik pakte een kladblok van het nachtkastje en zocht haar telefoon. Die was nergens te bekennen. De mijne was in mijn kamer. Ik stond op om hem te halen. Ze drukte haar vuist in mijn overhemd.

'Nee, laat me niet alleen. Alsjeblieft, je moet dit opschrijven.'

Met een zucht ging ik weer zitten. 'Oké, snel, want ik moet het ziekenhuis bellen.'

'Eh. Oké.' Haar ogen rolden nadenkend omhoog terwijl ze een beetje meer rechtop ging zitten. 'De tango leren. Iemand op de Eiffeltoren kussen. De *Venus van Milo* bekijken. Ahhh.'

Vlug krabbelde ik het neer. 'Oké. Ik heb het. Nu ...'

Ze trok aan mijn overhemd. 'Nog niet klaar. Schrijf verder. Standje negenenzestig of seks in het openbaar.'

'Wat?'

'Schrijf nou maar. Dit is mijn bucketlist.'

'Wil je standje negenenzestig op je bucketlist hebben?'

'Een wens doen bij een vallende ster. Een trui breien. Medisch vrijwilligerswerk. Ehm ... een zonsopgang, ergens op een coole plek zoals de Noordelijke IJszee. Het noorderlicht zien ...'

'Oké, genoeg. Je kunt hier later mee verder gaan. Ik ga nu je dokter bellen.'

'Ik moet die dingen doen. Ik wil dat voordat ... voordat ...'

Ik maakte haar hand los van mijn overhemd en rende terug naar mijn kamer voor mijn mobiel. Ik had hem tegen mijn oor, was het punt waarop ik de spoedeisende hulp buiten kantooruren belde allang voorbij, en belde rechtstreeks 112.

Toen ik terug in haar kamer kwam, was ze weer buiten bewustzijn.

Verdomme.

Ik tilde haar op, met deken en al, en riep bevelen door de telefoon. Met geen mogelijkheid ging het ambulancepersoneel een ziekenauto bij het huis krijgen en ik ging niet wachten tot ze een brancard over Bay Island hierheen hadden gerold. In plaats van de tijd te nemen de opzichter te bellen om hem met een golfkarretje naar mijn voordeur te laten komen, droeg ik haar zelf de voetgangersbrug over. En verdomme, ze woog zo weinig dat het bijna geen enkele moeite kostte.

Mijn maag draaide zich om van angst en bezorgdheid. Ze bewoog tegen mijn borst.

'Het is al goed, ik breng je nu naar de dokter,' zei ik.

Ze mompelde en ik kon haar nauwelijks verstaan. 'Ik wil niet, maar ... ga dood. Verdien ik ... na wat ik heb gedaan.'

Alles in me zakte naar beneden, alsof ik plotseling door een hele snelle lift omhoog werd geschoten. Misselijkheid liet mijn hoofd tollen, maar ik slikte die weg en concentreerde me op wat ik moest doen. Vlak daarna bereikte ik de ambulance bij de brug die het eiland met het vasteland verbond. Ze legden haar op de brancard en gespten haar vast. Ik wurmde me naast haar achter in de ambulance en we scheurden weg.

Uren later wreef ik door mijn brandende ogen. Het was vier uur in de ochtend en ze lag vredig in een ziekenhuiskamer, een infuus druppelde vocht in haar arm. Ze lag volkomen stil en zag bleek. Sinds we hier waren aangekomen had ze geen keer bewogen. De arts had gezegd dat ze uitgedroogd en uitgeput was. Ze had slecht gereageerd op de nieuwe medicatie en haar oncoloog was ingelicht. Morgenochtend vroeg zou hij haar direct komen onderzoeken. Voor nu was ze, met verdovende middelen en vochttoediening, veilig en stabiel. En ik was een wrak.

Ik verdien het na wat ik heb gedaan. Haar woorden tolden door mijn hoofd. Die bal van misselijkheid drukte als een baksteen op mijn ingewanden. Was ze de wil om te leven aan het verliezen?

Mijn hoofd zakte in mijn handen, mijn handpalmen tegen mijn ogen gedrukt. Ik voelde me verloren, had geen idee wat ik moest doen. Lichamelijk gezien was ze, voor nu, in orde. Maar haar wilskracht wankelde. En als ze haar vechtlust verloor, wie weet wat er dan zou gebeuren.

Een uur later verroerde ze zich. Ze draaide haar hoofd naar me toe. 'Adam,' zei ze met krakende stem.

Ik legde mijn hand over die van haar. 'Ik ben er.'

'Dat weet ik,' fluisterde ze, een flauwe glimlach rond haar gebarsten lippen. 'Je bent er altijd.'

Ik wist niet wat ik moest zeggen, dus gaf ik een kneepje in haar hand.

'Wat is er gebeurd? Waarom lig ik in het ziekenhuis?'

'Je had een slechte reactie op de nieuwe medicijnen.'

'God, mijn kop doet zeer.'

'Je was uitgedroogd. Herinner je je niets meer?'

'Eh … Ik herinner me dat ik de hele badkamer heb ondergekotst en toen mijn bewustzijn verloor. Dat is het wel zo'n beetje. Is dat hoe je me aantrof?'

'Yep. Doe me een plezier en ram volgende keer op die verdomde knop, alsjeblieft?'

Ze fronste. 'Volgens mij probeerde ik dat nog, maar ik dacht er te laat aan. Ik was een beetje koppig.'

'Nee, dat geloof ik niet.'

'Niet zo sarcastisch doen. Dat past niet bij je. Zeg, je moet naar huis om wat te slapen.'

'Met mij gaat het prima.'

'Niet waar. Ga en doe in ieder geval een dutje.'

'Het is vijf uur … Over een paar uur komt je dokter. Dan wil ik hier zijn.'

'Je hebt de hele nacht nog niet geslapen. Wie is er nu koppig?'

Ik haalde mijn schouders op. 'Dan passen we goed bij elkaar, of niet dan?'

Ze glimlachte en zuchtte. 'Dat is wel zo, denk ik.'

Ik keek naar haar, geteisterd door de woorden die ze in haar delirium had uitgesproken, woorden waar ze blijkbaar geen weet meer van had.

'Wat is er?'

Weer gingen mijn schouders omhoog. 'Gewoon ongerust over je.'

'Het komt wel goed met me.'

'Ja? Geloof je dat *echt?*'

Ze kantelde haar hoofd opzij en keek me aan. 'Heb ik iets tegen je gezegd?'

'Je leek gewoon … Het leek alsof je de hoop opgaf.'

Haar lippen vertrokken in een smalle streep. 'Het spijt me. Ik herinner me niet dat ik dat heb gezegd. Maar als ik iets heb gezegd, is dat gewoon doordat ik zo moe ben. Ik word moe van steeds moeten overgeven.'

Ik knikte. 'Je hebt me een bucketlist laten opschrijven.'

Haar ogen werden groot. 'Shit. Dat herinner ik me helemaal niet. Wat staat er op die lijst?'

'Negenenzestig.'

'Wat?'

'Je had seksuele dingen op je bucketlist.'

Ze lachte en ik dacht een beetje kleur op haar wangen te zien verschijnen. 'Je neemt me toch niet in de zeik, of wel? Vreemde dingen?'

'Niet vreemd. Alleen … ongebruikelijk. Je mist niets met dat standje negenenzestig. Dat is niet zo leuk als het klinkt.'

Weer keek ze me met haar hoofd opzij gekanteld aan, plotseling zeer geïnteresseerd. 'O?'

'Ja … het is … Nou, er valt nogal wat te multitasken.'

Ze fronste. 'Je bent een computerprogrammeur en je klaagt over multitasken?'

Ik maakte een nonchalant gebaar. 'Het is ook nogal zwaar voor je nek.'

Ze sperde haar ogen open. 'En hoe weet jij dat allemaal?'

O, shit. Nou, *dit* was ongemakkelijk. 'Eh …' Ik keek weg.

Ze schoot weer in de lach. 'Het geeft niet. Ik plaag je maar. Maar op een dag trap ik al die andere meiden waar je het mee hebt gedaan verrot. In ieder geval in mijn hoofd.'

Ik glimlachte, bemoedigd door haar gebruik van de woorden 'op een dag'. Ze was niet van plan geweest dood te gaan of een bucketlist te maken of wat dan ook en dat luchtte me op.

De dokter kwam pas tegen de tijd dat het bijna middag was en ik mijn kont niet meer vooruit wist te slepen, maar al onze vrienden waren op komen dagen, dus ik kon achteroverleunen en haar met hen laten kletsen terwijl ik me erop concentreerde bij bewustzijn te blijven.

Liam arriveerde met een grote bos bloemen. Hij had het voor elkaar gekregen de afgelopen weken vaker voet in het ziekenhuis te zetten dan tot nu toe in zijn hele leven thuis. Ik was trots op hem en onder de indruk van het feit dat zijn genegenheid voor Emilia hem hierheen had gebracht.

'Bedankt, William. Ze zijn prachtig. Maar de dokter komt me straks vertellen dat ik naar huis mag. Dus ik laat Adam ze mee naar huis nemen en ze daar voor me in een grote vaas zetten, oké?'

Blijkbaar kon ze het niet over haar hart verkrijgen om Liam te vertellen dat ze gedurende haar chemobehandelingen geen planten of bloemen in haar buurt mocht hebben. Liam leek het nauwelijks te horen. Hij leek volledig in beslag genomen te worden door een van Emilia's vriendinnen, alweer. De stille, leergierige Jenna. Ik had gedacht dat die bevlieging voorbij was gegaan, maar hij hield haar op een tamelijk opzichtige manier in de gaten en zij deed net alsof ze het niet opmerkte.

Ik pakte de bloemen en legde ze buiten de deur op een karretje.

Alex en Jenna hadden een of ander dobbelspel tevoorschijn gehaald en ze lieten Emilia en Kat zien hoe het werkte. Heath kwam vervolgens en even daarna de dokter, die iedereen de kamer uit stuurde om haar te onderzoeken.

Zodra hij klaar was, mocht ik weer naar binnen. Hij maakte op zijn tablet aantekeningen in haar dossier. 'Ze had nog drie laatste rondes te gaan en de waardes van haar witte bloedcellen zijn veel lager dan ik zou willen. We gaan dus stoppen met de chemotherapie.'

Emilia stootte een zwakke vuist in de lucht. 'Yesss!'

'Wacht eens even,' onderbrak ik haar. 'Is dat veilig? Ik bedoel … Als u oorspronkelijk twaalf behandelingen had voorgeschreven en ze heeft er nog maar negen gehad …'

'We kiezen ervoor voorzichtig te zijn, meneer Drake, gezien haar omstandigheden. Haar waardes zijn laag. Ze moet haar immuunsysteem weer opbouwen. Op dit punt is chemotherapie niet langer effectief.'

'Inderdaad, je hebt hem gehoord,' bemoeide Emilia zich ermee.

Ik negeerde haar. 'Ik ben gewoon … Nou, zoals u zegt, voorzichtig zijn is het best. Maar zal de chemotherapie op de lange termijn net zo effectief zijn als die wordt ingekort?'

'Oorspronkelijk hadden we de hoeveelheid behandelingen opgehoogd vanwege verschillende redenen. Haar leeftijd met name. En gezien de … de omstandigheden toen ze de chemo begon …'

De arts refereerde voorzichtig aan de afgebroken zwangerschap. Ik wierp een blik op Emilia, die tegen haar kussen leunde en naar de dokter keek, maar haar uitdrukking was niet veranderd.

'Ik ontsla haar vandaag en draag haar over aan uw zorg, maar ik zal iedere dag een verpleegkundige langs laten komen om bloed af te nemen. Ze heeft rust en vocht nodig.'

Hij tekende haar ontslag af en plotseling voelde ik de drang om met hem in discussie te gaan. Ik wilde dat ze ook de overige chemorondes zou krijgen. 'Wat als u haar de overige behandelingen het medicijn gaf dat ze eerder kreeg? Zodat u kunt doorgaan ...'

'Hel, nee,' mompelde Emilia.

De arts had een aangeslagen uitdrukking op zijn gezicht. 'Met de waardes van haar witte bloedlichaampjes krijgt ze voorlopig geen enkele chemo. Deze laatste ronde heeft haar gevloerd en hoewel het een effectief middel is, kan de reactie die zij erop kreeg serieuze schade aan haar gezondheid hebben aangebracht. De komende weken moet ze rusten. Maar ze is klaar met de chemotherapie, tenzij er iets in de scan van haar lichaam wordt gevonden dat maakt dat ze moet doorgaan.'

Ik opende mijn mond weer, maar Emilia, die merkte dat ik zou blijven aandringen, viel me in de reden. 'Adam ...'

Ik liet het gaan en ademde diep in. En bedankte de dokter en zei gedag. Ze duwde zich overeind in bed en liet zich er toen langzaam van afglijden om mijn kant op te lopen.

'Gaat het wel met je?' vroeg ze. 'Je bent uitgeput.'

'Ik vind dit maar niets,' reageerde ik en streek met mijn hand door mijn haren.

Ze liet haar armen rond mijn middel glijden en vlijde zich tegen me aan. 'Het komt wel goed. Kun je me alsjeblieft naar huis brengen?'

Dus wachtte ik terwijl zij zich omkleedde in de kleren die mijn huishoudster voor haar had gebracht. Heath reed ons terug naar huis en ik probeerde te verbergen hoe uitermate bang ik was. Zolang ze behandelingen kreeg, deden we iets. Werd de kanker actief bestreden.

Maar nu moesten we gewoon afwachten en hopen dat het genoeg was geweest. Het onzekere gevoel was genoeg om me gek te maken. Maar echt niet dat ik dat aan Emilia zou laten zien, in nog geen miljoen jaar.

HOOFDSTUK DRIEËNTWINTIG
MIA

'Ik kan je daarmee helpen, weet je,' zei Adam de volgende ochtend nadat we wakker waren geworden en in bed lagen te praten. Op mijn verzoek was hij weer naast me komen slapen. Het had geen enkele moeite gekost hem zover te krijgen. Ik denk dat hij vastbesloten was me in de gaten te houden na de schrik van de nacht ervoor.

Nadat we hadden uitgeslapen, allebei uitgeput door de weinige slaap van de afgelopen nacht, zag ik het opengeslagen notitieblok op mijn nachtkastje. Ik had de lijst die hij had neergekrabbeld doorgenomen. Adams handschrift was normaal gesproken heel gelijkmatig en netjes, dus het feit dat ik het nauwelijks kon lezen, maakte duidelijk onder welke stress hij had gestaan toen ik me, blijkbaar, aan hem had vastgeklampt en erop had gestaan dat hij mijn bucketlist opschreef.

'Waar had je gedacht me mee te helpen? Standje negenenzestig of seks in het openbaar?'

Zijn mond vertrok. 'Allebei niet. Ik dacht eerder aan de tango.'

241

Ik keek naar de bovenkant van de lijst. Nummer één zelfs. Wilde ik de tango dansen? Ik had er wel eens over nagedacht, maar het leek vreemd om dat als eerste te noemen.

'Ga me nu niet vertellen dat je ook al weet hoe je de tango moet dansen ...'

'Ik was onder dwang oefenpartner van mijn nicht Britt. Dat was niet alleen voor de foxtrot.'

'Hmm. Misschien kun je me helpen om er over een poosje een paar af te strepen.' Ik wiebelde suggestief met mijn wenkbrauwen naar hem.

'Zoek maar iemand anders voor standje negenenzestig.'

Ik lachte naar hem. 'O, dus dat zou je wel oké vinden?'

'Nee. Zei ik "zoek maar iemand anders"? Ik bedoelde "schrap die verdomme maar van je lijst".'

'Ik zou iemand anders kunnen zoeken. Iemand die een zwak heeft voor kale vrouwen. Er moet toch *iemand* zijn die een schedelfetisj heeft.'

Hij keek me aan en wreef met zijn duim over mijn jukbeen. 'Je hebt alleen maar iemand nodig met een fetisj voor mooie vrouwen en daar zijn er maar al te veel van.' Zijn blik werd hard. 'Ik heb de mijne gevonden. De rest kan er zelf een gaan zoeken.'

Ik beloonde zijn lieve opmerking met een stevige knuffel om zijn nek en toen haalde hij me over om uit bed te komen en iets te eten. Voor hem deed ik mijn best een hoekje van mijn geroosterde boterham te knabbelen, al was de gedachte aan meer te veel voor me.

De paar dagen daarna stond hij erop dat ik in bed bleef en ik gaf hem zijn zin omdat hij zo ongerust over me was. De rest van de groep logde in bij ieder vrij moment waarop ze me met de geheime quest konden helpen. We brachten de tijd door met het beetje bij beetje verzamelen van de bondgenoten van Sergeant GriffonShield door missies voor ze uit te voeren. De verloren trouwring van een luitenant terugvinden, een oude, gebroken kapitein opvrolijken, een guitig type uit de gevangenis bevrijden en, tot onze verbazing, terug naar het begin gaan, naar degene die de quest oorspronkelijk had gegeven. Generaal SylvenWood. Hij wilde zijn plek bij de stadspoort niet verlaten totdat we een tuin met narcissen hadden geplant, ter ere van zijn verloren liefde. Zodra de bondgenoten eenmaal waren bijeengebracht, waren we klaar om het kasteel binnen te vallen.

Met de hup van de bondgenoten kwamen we veilig de tunnel binnen terwijl zij de trollen op afstand hielden. Gelukkig lukte het ons het kasteel binnen te dringen, bijna bij ons doel. Maar weer kwamen we vast te zitten.

***

Drie dagen later, toen ik me weer aardig als mezelf begon te voelen – mijn oude 'post-chemo'-zelf welteverstaan – werd het tijd om de tango te leren. Ik dacht 'wat kan mij het schelen' en besloot ervoor te gaan.

'Oké, je weet nog dat de foxtrot *slow-slow, quick-quick* gaat …'

Ik wierp Adam een spottende blik toe. 'Amsterdam was meer dan tien maanden geleden. Dat herinner ik me echt niet meer.'

'Nou, de tango lijkt heel veel op de foxtrot. Alleen gaat de tango *slow-slow, quick-quick-slow*. En je glijdt min of meer. Het is niet moeilijk om te leren.'

'Ik durf te wedden dat er heel wat harten aan de Westkust breken omdat Adam Drake de tango met me danst.'

Hij lachte naar me. 'Het is een sexy dans. Ik zal de eerste zijn om dat toe te geven.'

'Nou, als het sexy is en samen met jou, dan doe ik zeker mee.' Ik wiebelde suggestief met mijn wenkbrauwen naar hem. Zoals gewoonlijk hapte hij niet.

Hij kuste mijn voorhoofd. 'Britt komt ook, om me te helpen het je te leren.'

En dat is precies wat ze deden. In de eetkamer, met de lange tafel opzijgeschoven, hadden we zeeën van ruimte en ook al moest ik om de zoveel tijd een pauze nemen om uit te rusten, leerde ik de basispassen van de tango.

Dit ging door tot vlak na het middaguur, toen Jordan verscheen met een aktetas vol werk om met Adam door te nemen. Hij wierp een raadselachtige blik door de kamer, trok een wenkbrauw op en zei: 'Wat is dit, openen jullie een dansstudio?'

'Kom maar binnen, dan laten we je zien hoe je de polka danst!' riep Adams nicht Britt uit.

Jordan keek om zich heen en gaf me een knikje. 'Hoi, Mia, blij om te zien dat je je beter voelt. Heb je er bezwaar tegen als ik Adam even van je leen?'

Ik lachte. 'Ga je gang. Hij put me toch alleen maar uit!'

Adam liet me bij Britt achter en volgde Jordan naar zijn kantoor nadat hij ons had uitgenodigd om daarna samen te lunchen.

Toen ze waren vertrokken, stelde Britt voor om met wat ijswater in de woonkamer te gaan zitten. Ik denk dat mijn opmerking over uitputten haar ongerust had gemaakt. Ik schonk haar een lachje. Britt vroeg naar mijn moeder en herhaalde hoe gek ze op haar was en dat ze er zeker van was dat ze het beste was wat haar vader in lange tijd was overkomen.

Toen, na een ongemakkelijk stilte, fronste ze en schoof ze heen en weer in haar stoel. 'Hoe voel je je, Mia?'

Daar dacht ik even over na en ik beoordeelde in mijn hoofd mijn energieniveau. De pijn was weg, maar ik was nog steeds erg snel moe. Ik reageerde met een vaag schouderophalen en bracht mijn hand omhoog om onder mijn mutsje aan mijn zweterige schedel te krabben.

Ik keek naar de deuropening waardoor Adam met Jordan was vertrokken. Als Britt het al merkte, zei ze er niets over. 'Dus … ik weet dat iedereen je de hele tijd vraagt hoe het met je gaat. Dat moet je ondertussen wel beu zijn. Maar ik ben benieuwd hoe het met Adam gaat.'

Ik glimlachte. 'Het gaat beter met me, bedankt. En Adam is …' Ik aarzelde en keek weer naar de deuropening. Ik schoof nerveus heen en weer en liet me toen tegen de kussens zakken.

'Intens, gestrest en afgeleid?'

Mijn blik schoof terug naar Britt en even was ik in de war.

'Je hoeft niet iemand met zijn IQ te zijn om dat uit te vogelen na een ochtend met hem te hebben doorgebracht.' Ze lachte.

Ik sloeg mijn blik neer. 'Ik maak me zorgen om hem.'

'Hij maakt zich zorgen om jou.'

Ik knikte en wierp een korte blik haar kant op terwijl ik me afvroeg hoeveel ze wist. Het was onwaarschijnlijk dat Peter of Adam of zelfs mijn moeder haar alles wat er eerder het jaar was gebeurd, had verteld.

Ze gaf me een klopje op mijn been. 'Het komt wel goed. Dat is zijn aard. Hij is altijd het overbezorgde type geweest.'

'Op de een of andere manier verbaast me dat niets.'

Britts mond krulde op. 'Op de middelbare school raakte hij bij heel veel gevechten betrokken vanwege mijn broer.'

Ik trok mijn wenkbrauwen omhoog, of *zou* dat hebben gedaan als ik ze er niet al had af gezweet door de dansles. Ik maakte een mentale aantekening om de volgende keer dat ik ging oefenen mijn Sharpie te gebruiken. 'Dat is … eh… zeer verrassend. Was hij geen magere zwakkeling op de middelbare school?'

Ze schoot in de lach. 'Adam was mager, maar zeker geen zwakkeling. Hij was een uitstekende hardloper. Maar Liam werd behoorlijk gepest. Kinderen zijn zo gemeen.'

Ik knikte. 'Dus Adam kwam voor zijn neef op?'

Ze haalde haar schouders op. 'Nou, zo begon het. Maar dat ene grote incident … Daar heeft hij je toch over verteld?'

Hij had me er niet over verteld, nee. Maar ik wist het *wel*, door Heath, die onderzoek naar Adam had gedaan vanwege de veiling. Adam was het slachtoffer geweest van een uitzonderlijk wrede pestpartij op de middelbare school. Een groep jongens had zich verzameld om hem na een atletiektraining op te wachten en had hem in elkaar geslagen. Vervolgens hadden ze zijn armen, benen en mond met ducttape beplakt en hem in een kluisje geschoven, waar hij vastzat tot hij de volgende ochtend werd gevonden. Het was zo ernstig geweest dat hij in het ziekenhuis moest worden opgenomen. Hij was nooit meer naar school teruggegaan en had ervoor gekozen versneld zijn diploma te halen door zelfstudie.

'Eh, ja, daar ben ik van op de hoogte.'

'Die kinderen begonnen door mijn broer te pesten, maar Adam zorgde ervoor dat hun aandacht op hem werd gericht. Toen werd hij het mikpunt.'

Verbijsterd keek ik haar aan. Dat was meer dan geweldig van hem.

Britt rechtte haar rug, misschien doordat ze zich realiseerde dat ze gevoelige informatie onthulde. Ze schraapte haar keel. 'Hoe dan ook, het is maar een voorbeeld om aan te geven hoe hij is. Hij wil de grote beschermer zijn. En soms brengt hem dat heel erg in de problemen.'

Ik zoog mijn longen vol en knikte. Ze had het niet met zoveel woorden gezegd, maar diezelfde beschermdrang had hem in de problemen gebracht met *mij*. Zijn overbescherming gecombineerd met mijn koppigheid had tot een bijna dodelijke combinatie voor onze relatie geleid. Ik vroeg me af of we van die fout konden leren en die gebreken konden overkomen. Of waren die tekortkomingen zo inherent aan onze karakters dat we gedoemd waren hoe dan ook te mislukken?

Britt moest de worsteling op mijn gezicht hebben opgemerkt, want ze legde een troostende hand op de mijne. 'Adam is een geweldige kerel. En dat zeg ik niet alleen omdat hij familie van me is. Ik weet dat jullie de nodige hobbels hebben gehad. En ik weet dat dit alles waarschijnlijk een behoorlijke druk op jullie relatie legt, maar weet je wat? Ik heb hem nog nooit gelukkiger gezien, Mia, dan sinds hij met jou is. Jullie twee zijn duidelijk voor elkaar gemaakt.'

Ik had dat ook geloofd, ooit. Ik knipperde de prikkende tranen die onverwachts opkwamen terug. Het was zo frustrerend. Ik stond altijd beschamend dicht op het punt om in tranen uit te barsten en dat was al maanden zo. Je zou bijna denken dat mijn lichaam en emoties zich gedroegen alsof ik nog steeds zwanger was. Ik boog mijn hoofd en wreef over mijn voorhoofd in een poging ergens anders aan te denken, zodat ik mezelf tegenover haar niet voor schut zette.

'Ik wil hem niet kwijt…' De bevende woorden ontglipten me onverwachts. Ik werd boos op mezelf zodra ze mijn mond hadden verlaten. Ergens had ik het gevoel dat ik het verdiende hem te verliezen.

'Daar hoef je je geen zorgen over te maken en ik denk dat hij van slag zou zijn als hij ontdekte dat je dat wel deed. Ik denk dat hij liever heeft dat jij je concentreert op beter worden.'

Dat had hij al zo'n beetje gezegd, keer op keer.

'Sterker nog, daar kun je je verjaardagscadeau voor hem van maken, want zijn verjaardag is over een paar weken.'

Ik glimlachte. 'Ik doe mijn best. En aangezien ik geen idee heb wat ik hem zou kunnen geven, is dat nog niet zo'n verkeerd idee.'

Ze leunde naar voren en gaf me een stevige knuffel. 'Daar zouden we allemaal dolblij mee zijn. Niet alleen hij.'

Er was niets dat ik hen allemaal liever wilde geven dan dat. Maar kanker was kanker. Ik had er net zomin controle over of ik ervan zou genezen als van ieder andere ziekte, zoals diabetes of polio of zelfs de griep. Het overkwam je. Shit overkwam je. En hoewel de gevoelens van minderwaardigheid om mijn vele tekortkomingen neigden me naar beneden te trekken, begon ik me langzaam te realiseren dat dit me niet was overkomen omdat ik onwaardig was of het niet had verdiend gezond te zijn.

De schuldgevoelens over andere dingen drukten nog pontificaal op mijn schouders, maar het schuldgevoel hierover begon te vervagen en dat maakte alles enigszins lichter. Daar was ik dankbaar voor.

HOOFDSTUK VIERENTWINTIG
ADAM

IK BRACHT ONGEVEER EEN HALF UUR MET JORDAN DOOR OM papieren te ondertekenen en de details van ons favoriete project te bespreken toen hij eindelijk stopte, achteroverleunde en in zijn ogen wreef. 'Ik hoorde dat je laatst nogal bent geschrokken. Het lijkt nu weer een stuk beter met haar te gaan.'

'Dat klopt, ze voelt zich beter, bedankt.'

'Hoe zit dat met de danslessen? Probeer je haar gedachten een beetje af te leiden?'

'Ah.' Ik leunde ook achterover en wreef over mijn nek. 'Dat heeft eerlijk gezegd met haar bucketlist te maken.'

Jordan keek verrast. 'Heeft ze een bucketlist gemaakt?'

Mijn kaak verstrakte en ik dwong hem te ontspannen. 'Ja, het ging helemaal niet goed met haar. Ik denk dat ze dacht dat ze het niet zou redden. Ze is de laatste tijd nogal down, dus ik dacht dat dit haar een beetje zou afleiden.'

Hij fronste. 'Wat heeft ze zoal nog meer op haar lijst?'

Ik aarzelde. Sommige dingen van die lijst ging ik hem echt niet aan z'n neus hangen, dus zei ik op nonchalante toon: 'O, ik weet niet … Iets over het noorderlicht en medisch vrijwilligerswerk en de Eiffeltoren.'

'De Eiffeltoren?'

'Ja, je weet wel, die in Frankrijk.'

Hij gaf me een blik. 'In tegenstelling tot al de andere Eiffeltorens die er zijn.'

Ik grijnsde naar hem. Soms vond ik het leuk om Jordan op de kast te jagen. Iemand moest het doen.

'Dus, is ze daar nog nooit geweest? In Frankrijk?'

'Nee. Daar waren we nog niet aan toe gekomen.'

'Ja, dat snap ik. Misschien binnenkort dan?'

'Als ze beter is, absoluut.'

'Maar als je wacht tot dan, kun je er misschien niet zo je voordeel mee doen. Je zei dat ze de laatste tijd tamelijk down is. Wat als je haar in een privéjet zou meenemen?'

Ik aarzelde. Ik wist dat hij zijn epische trip naar Parijs had gepland. Hij was er al sinds de herfst mee bezig. 'Wat, ga je ons een lift geven op je vlucht met dat gecharterde toestel?' merkte ik op. Het was een beetje beledigend. Ik kon me die extravagantie veel makkelijker veroorloven dan hij.

'Nee,' zei hij terwijl hij met zijn duim over zijn sik wreef. 'Nee, ik denk dat jullie die hele trip moeten maken.'

Ik schoot in de lach. 'Goeie. Daar had je me bijna te pakken.'

'Ik meen het serieus, Adam. Doe het. Neem haar mee. Alle plannen zijn gemaakt. Het is een geweldige trip.'

'Ik ga jouw reis niet maken.'

'Alles is gepland. Ik heb het penthouse in het George V Hotel, de Four Seasons, vlak bij de Champs-Élysées. Zelfs met al jouw geld kun je zo'n reservering nooit op de korte termijn voor elkaar krijgen. Maak die verdomde trip. Het zal haar goed doen.'

Ik wreef over mijn kaak en bestudeerde hem. Hij nam me niet in de maling en ik was sprakeloos. Vooral omdat Jordan nooit achter mijn relatie met Emilia had gestaan. Of misschien vond hij haar gewoon niet aardig. Ik had nooit precies begrepen wat het was. Maar dit grootmoedige aanbod was niet minder dan shocking.

'Je raakt al maanden niet uitgepraat over deze reis,' merkte ik op. 'Ik ga hem niet van je afnemen.'

'Ik geef hem niet aan jou, idioot. Ik geef hem aan haar.'

'Nou, dat verbaast me een beetje, moet ik toegeven. Ik kreeg altijd de indruk dat je haar niet leuk vond.'

Hij trok een schouder op. 'Ik heb nooit iets tegen haar persoonlijk gehad. Ik was geen fan van haar toen jullie al die bullshit met haar doormaakten, maar ... dit alles heeft ze met kracht en gratie opgepakt en daar heb ik bewondering voor.'

Ik klemde mijn kaken op elkaar, want hij wist nog niet de helft van wat ze had doorstaan. 'Het is heel gul van je, maar ...'

'Godsamme, Adam. Stop met discussiëren en neem haar mee. Het zal haar goed doen. Dan kan ze weer iets van haar lijst afstrepen.'

'Twee dingen zelfs. Ze wil de *Venus van Milo* ook zien. Die staat in Parijs.'

'Mooi. Verras haar dan. De reis is over twee weken. Denk je dat ze er klaar voor zal zijn?'

Ik knipperde met mijn ogen. 'Ik zal haar dokter bellen en het vragen.'

Daarna leek Jordan extreem tevreden met zichzelf. Dus liet ik hem zijn goede daad doen. We brachten bijna een uur door met het bespreken van zijn reisprogramma en ik maakte mentale aantekeningen om wat aanpassingen te maken aan onze behoeften. Ik maakte ook een aantekening om het binnenkort goed te maken tegenover hem.

Maar voor nu liet ik hem de held van de dag zijn. Hij leek ervan te genieten.

Ik merkte zijn verborgen glimlach op toen hij haar omhelsde voordat hij vertrok. Maar dat was lang niet zo amusant als Emilia's geschokte uitdrukking toen hij dat deed.

***

Een paar avonden later zaten we bij mij thuis rustig met mijn oom Peter en Mia's moeder, Kim, te dineren. Ze hadden gebeld en wilden ons mee uit eten nemen, maar Emilia had geweigerd. Ze had beweerd het eten van mijn chef lekkerder te vinden dan het eten in welk restaurant dan ook. Gezien haar dieetvoorschriften kon ik haar geen ongelijk geven, maar ik vermoedde dat het ook iets te maken had met haar onzekerheid over eruitzien als 'iets wat herkauwd en uitgespuugd is'. Haar woorden, die ze weigerde terug te nemen, zelfs niet als ik haar een van mijn strenge blikken gaf.

Aangezien ik dacht dat het goed zou zijn om meer tijd met haar moeder door te brengen, nodigde ik hen in plaats daarvan bij ons uit. Tegenwoordig aten we zuivelvrij, glutenvrij, probiotisch en organisch. Het klonk erger dan het daadwerkelijk was. Maar ik miste wel de kaas.

Gelukkig was mijn chef ongekend briljant en zag ze de beperkingen als een uitdaging die ze vastberaden was te overkomen. Dus, ondanks alles, waren de maaltijden goed. Niet mijn eerste keus, maar als Emilia alles wat ze moest doormaken kon doorstaan met een minimum aan klachten, kon ik dat vreemde eten voor haar wel aan. Ik zorgde er gewoon voor dat ik alles wat ik lekker vond kon eten als ik op kantoor was.

Afgaande op hun vreemde gedrag, had ik moeten weten dat er iets gaande was met Peter en Kim. Peter, die altijd rustig is, was zelfs nog rustiger en Kims interacties met haar dochter waren overdreven en een beetje raar.

Dus het was geen verrassing dat Emilia's moeder tijdens het dessert en de koffie zich tot haar dochter wendde en haar hand over de tafel heen vastpakte. 'Dus, eh … er is iets wat we je wilden vertellen. Ehm …' Haar blik flitste mijn kant op. 'Het is misschien wel een beetje ongemakkelijk voor jullie twee.'

Emilia en ik wisselden een blik en toen richtte ze zich verwachtingsvol tot haar moeder.

'Peter en ik hebben besloten te gaan trouwen.'

Emilia sprong direct op uit haar stoel en gaf haar een dikke knuffel en een kus. 'Mam, ik ben zo blij voor je!'

Nou … ik was blij dat dat voor een van ons gold. Voor mij voelde dit meer dan bizar en ik kon mijn vinger er niet goed op leggen waarom. Ik keek naar Emilia's dolblije reactie. Blijkbaar was ze niet van haar stuk gebracht door het nieuws. Misschien lag het aan mij …

Want hierdoor zou Emilia de stiefzus van Liam en Britt worden, mijn neef en nicht.

Emilia omhelsde nu oom Peter, haar toekomstige stiefvader. Die gedachte was zo bizar. Ik stond op, omhelsde Kim en feliciteerde haar. Ik hoopte dat ik erin slaagde mijn reactie op het nieuws te verbergen. Het had eraan zitten komen, neem ik aan. Ik had erop voorbereid moeten zijn. Ze waren nu al zeven of acht maanden aan het daten en konden het erg goed met elkaar vinden. En gezien het verleden van hen allebei verdienden ze wel wat geluk.

'Wanneer is de bruiloft?' vroeg Emilia.

'We doen niets bijzonders. Gewoon iets voor de familie en goede vrienden, zoals Heath. Ik zou heel graag iets op het strand doen. Maar we hebben nog geen datum geprikt, omdat ...' Haar stem stierf weg toen die trilde van emotie.

Peter pakte haar hand. 'We wachten tot Mia's scan negatief terugkomt. Daarna kijken we wel hoe we het gaan doen.'

Kim liet langzaam haar adem ontsnappen en glimlachte naar haar dochter. Emilia omhelsde haar nog een keer en verzekerde haar moeder ervan dat dat snel het geval zou zijn. God, ik hoopte het.

Niet lang daarna liepen we met ze mee naar de deur, waar we hen nogmaals omhelsden en feliciteerden. Ik was jaloers op hun ongecompliceerde geluk, al was het niet dat ze het niet verdienden. Peters vrouw had hem verlaten toen zijn kinderen nog klein waren en hij had hen – en later mij erbij – alleen moeten opvoeden. Kim had op jonge leeftijd een gebroken hart opgelopen door een waardeloze vreemdganger en had nooit iemand gevonden om haar leven mee te delen tot nu. Ik wenste ze echt alle geluk en ik wist zeker dat ik over dat ongemakkelijke gevoel heen zou komen, hopelijk snel.

Nadat de deur in het slot was gevallen en zij over het eiland terug naar hun auto liepen, draaide ik me om naar Emilia, die me met een doortrapte lach op haar gezicht aankeek. Ik ademde diep in en glimlachte terug.

Langzaam kwam ze dichterbij en ze sloeg haar armen om mijn nek. Om dat altijd gespannen moment van 'gaan we wel of niet kussen?' te vermijden, kuste ik haar voorhoofd en ze zuchtte.

Ik vertrouwde mezelf niet genoeg om haar weer op de mond te kussen. Niet na de laatste keer, toen ik bijna werd meegezogen in het vergeten dat we het nog steeds rustig aan deden.

'Dus, eh, kan ik je iets vragen?'

'Ja, tuurlijk, vraag maar raak,' antwoordde ik.

'Vind jij dit niet een beetje ... ranzig?' sprak ze uit en trok een gezicht.

Ik slaakte een zucht van opluchting. 'Absoluut.'

Ze huiverde. 'Dus, zijn jij en ik dan neef en nicht of zo?'

Ik schudde mijn hoofd. 'Laten we het er niet over hebben.'

'Het is ... Ik moest gewoon direct uit die stoel opspringen om haar te omhelzen en mezelf niet de kans geven om erover na te denken, maar de hele tijd dat ik hen feliciteerde, riep mijn brein "Nee! Ieuw!"'

We schoten in de lach en besloten tv te kijken. Ze zat naast me op de stoel, tegen me aan gekropen, haar hoofd op mijn schouder. Ze rook zo heerlijk dat ik een beetje high werd van de geur, van haar huid. Ik liet mijn hand op haar middel rusten en dwong hem daar te blijven liggen. Gelukkig was ik zo uitgeput dat ik mezelf er niet al te vaak aan hoefde te herinneren mijn handen thuis te houden.

Hoofdstuk
Vijfentwintig
Mia

Twee weken later, de avond voor Adams zevenentwintigste verjaardag regelde hij een auto met chauffeur voor ons eerste romantische avondje uit sinds maanden. Ik had graag op de avond van zijn verjaardag met hem willen zijn, maar hij gaf aan een evenement te hebben waar hij niet onderuit kon en waardoor hij de komende week de stad uit zou zijn. Verdere details gaf hij me niet. Om eerlijk te zijn was ik zenuwachtig om zonder hem te moeten zijn.

Vreemd genoeg reden we naar Los Angeles voor het diner. We gingen daar zelden heen. De meeste inwoners van Orange County gedroegen zich alsof ze een afkeer hadden van Los Angeles, wat, dat geef ik toe, een beetje raar was. Maar iedereen beweerde het beste van Zuid-Californië in z'n achtertuin te hebben, dus Los Angeles werd een noodzakelijk kwaad, alleen voor dingen als openbaar vervoer of grote shows of de musea die het in het zuiden net niet waren.

Ik trok een klassiek zwart jurkje aan, met een bijpassend Charleston-hoedje, dankzij de uitstekende smaak van Sonia de shopper. Adam had gewaarschuwd me nadien mee uit dansen te nemen – vermoedelijk de tango – dus ik had bijna, *bijna* een pruik opgezet. Ik had er twee – een met fel paars haar, tot Adams ongenoegen – maar had ze nog nooit langer dan vijf minuten in huis gedragen, voordat ik ze gefrustreerd weer van mijn hoofd had getrokken. Het voelde nep om er een te dragen en ik wist dat dat raar was, maar toch voelde het zo.

De jurk was kort, waardoor mijn inmiddels te dunne benen volop in beeld waren, en had een hoge halslijn, tegenwoordig een vereiste bij mijn kleding. Ik liet nooit enig decolleté zien of iets wat ook maar enige aandacht op mijn borst vestigde. Ik kon me alleen nog maar als een oma kleden. Mijn lichaam was niet langer iets om mee te pronken, om trots op te zijn. Het was een geheime schande, om te verbergen onder lagen kleding.

Adam zag er net zo knap als altijd uit in zijn donkerblauwe maatpak met bijpassende stropdas op een crèmekleurig overhemd. Ik zag hem graag in donkere kleding. Het paste bij hem, met zijn glanzende zwarte haren en zijn donkere ogen. Het droeg bij aan zijn mysterieuze aantrekkingskracht. Voorheen voelde ik me altijd mooi naast hem, alsof we elkaar aanvulden. Mensen keken om als we voorbijkwamen en ik wist dat we een ongebruikelijk knap stel waren. Maar nu voelde ik me gammel, ongelijkwaardig. Als een wip die aan de ene kant veel te zwaar was, zodat ik me niet kon verroeren. Hij was waanzinnig knap en ik was een vervaagde, onbelangrijke, te dunne en ziek uitziende parasiet aan zijn zijde. We zagen er niet langer uit alsof we bij elkaar hoorden. Vermoedelijk omdat we dat reëel gezien ook niet deden.

Ik probeerde al die gedachten naar de achtergrond te drukken toen we samen het Beverly Hills-restaurant binnenliepen. Zoals gewoonlijk trok Adam behoorlijk wat vrouwelijke aandacht, wat hij ofwel niet opmerkte, ofwel vanwege mij negeerde. We nuttigden een rustige maaltijd achter in de ruimte en ik was trots dat ik me zo veel beter voelde, dat ik een normale hoeveelheid eten op kon en het binnenhield zonder een spoortje misselijkheid.

Op de een of andere manier wist mijn lichaam dat er geen gif meer zou volgen en het veerde weer op. Te weinig witte bloedlichaampjes of niet, ik begon me, meer dan ooit, weer enigszins normaal te voelen. Met uitzondering van mijn verlepte uiterlijk.

Maar los daarvan voelde ik me goed en Adam zag er belachelijk lekker uit voor zijn avondje uit. Ik ging weer proberen hem te verleiden. Hij kon het niet voor altijd afhouden.

'Gaan we dansen?' vroeg ik toen hij me niet wilde vertellen wat hij voor na het diner had gepland.

'Nope.' Zijn donkere ogen schitterden ondeugend in het zachte licht.

'Is het iets op mijn bucketlist?'

Hij lachte en mijn favoriete kuiltje verscheen vlak onder zijn mond. Soms, als hij dat deed, ontnam het me de adem. 'Misschien wel.'

'Je bent irritant,' zei ik. Geveinsd geërgerd sloeg ik mijn armen over elkaar. 'Het is jouw verjaardag. Ik zou jou moeten verrassen.'

'Ach, weet je ... controlfreaks reageren niet al te best op verrassingen.'

Mijn lach vervaagde en ik vroeg me af of hij refereerde aan de geheimen die ik voor hem had gehad en zijn reactie erop. Er volgde een lange stilte voordat de ober kwam opdagen en Adam hem vertelde dat we geen dessert wensten te bestellen.

Toen richtte hij zich weer tot mij. 'Maak je geen zorgen, dit is iets waar ik ook van ga genieten. Het kan jouw cadeau voor mij zijn.' Hij knipoogde.

Mijn verwachtingen waren hooggespannen toen we terug in de limousine stapten, vooral toen Adam op de knop drukte om de afscheiding tussen de chauffeur en ons omhoog te brengen. Ik had limo-seks nooit specifiek op de inmiddels befaamde bucketlist gezet, maar misschien had hij besloten dat te vervangen voor het blijkbaar ongemakkelijke standje negenenzestig?

Hij boog zich naar me toe en kuste me. Mijn hart sloeg op hol. Het was een lichte, liefdevolle kus. Speels, en er was iets in zijn ogen wat dat gevoel bevestigde. Een vonk, een glinstering. Het was niet zijn gewoonlijke uitdrukking van passie of lust, maar ik deed het ermee. Ik begon er spijt van te krijgen dat ik een slipje onder mijn jurk had aangetrokken, maar ik ging ervan uit dat hij dat makkelijk genoeg zou oplossen met een van zijn befaamde slipjes-verscheurende manoeuvres. Mijn mond werd droog bij de gedachte alleen al.

Toen reikte hij naar de opbergruimte bij de stoel voor hem en trok er een zwarte, zijden lap uit.

'Wat is dat?' vroeg ik.

'Dat zul je wel zien,' antwoordde hij. Met een snelle beweging draaide hij de lap om en trok die over mijn hoofd. Een blinddoek.

O, dus we gingen kinky doen? Ik ging rechtop zitten. 'Nu raak ik opgewonden,' zei ik en reikte naar hem.

Hij drukte een volgende lange, voortslepende kus op mijn mond. En terecht,' fluisterde hij duister en ik huiverde van verwachting.

De gedachte aan zijn handen, zijn mond op me, maakte dat mijn hele lichaam tot leven kwam en gloeide van de hitte. Limoseks. Hmm. Zodra we thuiskwamen, zou ik dit aan mijn bucketlist toevoegen en het dan vrolijk afvinken. De eerste keer dat we samen zouden zijn in meer dan vier maanden. O ja, ik zat er met smart op te wachten.

Voor ik het wist, had hij een koptelefoon op mijn hoofd gezet. Zo'n grote, zware. Zo eentje die het geluid van buitenaf wegvaagde. Hij tilde hem aan de ene kant op. 'Ik ga wat muziek opzetten. Niet spieken totdat we er zijn.'

'Waar zijn?'

Hij schoot in de lach. 'Leuk geprobeerd.' En gelijk werd ik getrakteerd op de geluiden van Adams playlist met muziek uit de jaren tachtig. 'Sweet Dreams' van Eurythmics was als eerst te horen.

Ik liet me met een zucht in de bekleding zakken en concentreerde me op de bewegingen van de auto. Adam raakte me niet aan. Tot zover de limo-seks. Stilletjes hoopte ik dat hij iets nog opwindenders van plan was. Ik vestigde mijn hoop op hem en nestelde mij op de achterbank van de limo terwijl die over de lang uitgestrekte Wilshire Boulevard reed.

Een half uur later minderde de auto vaart, draaide en parkeerde. Adams hand sloot zich om de mijne en ik voelde hem overeind komen en uitstappen. Als een wankele, pasgeboren giraffe deed ik hetzelfde en hij trok me ter ondersteuning tegen zich aan. Bijna automatisch ging mijn hand naar mijn blinddoek, maar hij trok hem weg en drukte een kus op mijn voorhoofd. Hij sloeg een stevige arm rond mijn middel en trok me met zich mee. Ik probeerde me op eventuele geluiden te concentreren die aan de aanhoudende beat van de Pet Shop Boys zouden ontsnappen.

We liepen over beton en het was behoorlijk winderig. Mijn rok waaide omhoog voordat Adam zijn jas rond mijn schouders legde. Nadat we een paar honderd meter hadden gelopen, gingen we een trap op. Voorzichtig tilde ik mijn voet op om die op de eerste tree te zetten – met gerimpeld metaal om het antislip te maken – maar ik struikelde bijna. Adam tilde me op en droeg me omhoog. Ik klemde mijn armen rond zijn nek en bovenaan de trap gingen we een gebouw binnen. Toen hij me terug op mijn benen zette, stak ik een hand uit om mijn evenwicht te bewaren en raakte daarbij een beklede wand aan.

Waar de fuck waren we en waarom was het nodig me te blinddoeken en alle geluiden om me heen te dempen? Snel leidde Adam me naar een stoel en kwam naast me zitten. De stoel was ruim en comfortabel, als een bank, en de vloer trilde onder ons. Mijn hersenen doorliepen allerlei mogelijkheden.

Adam stak zijn hand uit om bij mijn nek het volume van de muziek omlaag te draaien. 'Weet je waar we zijn?' vroeg hij.

'Eh ... In een vliegtuig?'

Hij trok de koptelefoon af. 'Goed zo. Doe je blinddoek af.'

Ik gehoorzaamde en keek om me heen. Dit leek in de verste verte niet op de vliegtuigen waar ik ooit eerder in had gezeten. Het was een privéjet en stond op het punt te vertrekken, zeer binnenkort, als het geronk onder mijn voeten een indicatie was. Het deel waar we zaten bestond uit gegroepeerde banken en loungestoelen zodat ze naar elkaar waren gericht. De zitplaatsen waren comfortabel, van leer, gewatteerd, maar ook voorzien van gordels. Waar we ook heen gingen, we reisden in ieder geval in stijl.

'Een privéjet? Ik dacht dat je die uit principe niet gebruikte?'

Hij grijnsde. 'Dit is een uitzondering.'

Mijn mond vertrok. 'Dus je loog niet toen je zei dat je met je verjaardag de stad uit was. Je vergat alleen even te vertellen dat ik ook de stad uit zou zijn. Typisch iets voor jou.' Ik stak mijn tong uit. Het leek zijn plezier alleen maar te vergroten. 'Waar gaan we heen?'

'Denk jij dat ik al die moeite heb gedaan om je geblinddoekt aan boord van dit vliegtuig te krijgen om dat direct te verklappen?'

'Hoelang vliegen we dan?' zei ik en gluurde achter ons. Ik zag een zitkamer en een slaapkamer door de deuropening. Een gedimd licht scheen vanuit de slaapkamer, met een bed dat was opgemaakt en er zo luxueus uitzag als in een prima hotelkamer.

'We vliegen de hele nacht.'

Holy crap. Dan gingen we dus echt ver. Naar de Oostkust of zelfs nog verder. Misschien gingen we de andere kant op, naar Hawaï? Of misschien terug naar St. Lucia, dacht ik plotseling opgewonden. Fantastische dingen waren er in St. Lucia tussen ons gebeurd. Ik kon geen betere plek bedenken om onze relatie nieuw leven in te blazen.

'Ik hoop dat je mijn badpak en zonnebrandcrème hebt ingepakt.' Ik grijnsde.

Zijn lach werd breder. 'Alles wat je nodig hebt is ingepakt, met dank aan Sonia. Hopelijk vind je het leuk wat ze voor je heeft uitgezocht.'

Een stewardess verscheen, serveerde drankjes en vroeg ons de riemen vast te maken, aangezien we al snel zouden vertrekken. Ik nam een slokje van mijn mineraalwater en giechelde terwijl ik een blik op Adam wierp. Misschien geen limo-seks, maar wat dacht je van *Mile High*-seks? Die zou ik net zo graag van mijn bucketlist vinken.

Ik besloot vals te spelen en aan de stewardess te vragen waar we heen gingen. Ze glimlachte en gluurde naar Adam. 'Mij is verteld dat onze bestemming top secret is. Ik kan niets verklappen.'

Met een snuif liet ik me achteroverzakken. 'Oké, dus hoelang vliegen we?'

'Elf uur en tweeënveertig minuten.' Ze draaide zich om en verliet de cabine vlak daarna.

Holy shit. Ik wipte lachend op en neer op mijn stoel. 'We gaan naar St. Lucia, of niet?'

Adam haalde slechts zijn schouders op en keek uit het raam.

'Ik vind het geweldig om terug te gaan.'

Nu keek hij wel naar me. 'Echt? Het eindigde daar niet bepaald goed voor ons.'

Ik was even stil en vroeg me af waarom hij zich op de negatieve dingen focuste in plaats van op alle mooie dingen die daarvoor waren gebeurd. 'Het begon daar heel, heel goed voor ons. Weet je dat niet meer?'

Hij keek in mijn ogen en zijn mond krulde raadselachtig op. 'Dat weet ik nog heel, heel goed. Ieder moment.'

Ik lachte. 'Tijd om terug te gaan en nieuwe herinneringen te maken, hè?' Ik leunde naar hem toe en kuste hem.

Hij beantwoordde de langdurige kus, voordat hij zich terugtrok. Zijn blik gleed over mijn gezicht. 'Je bent beeldschoon.'

'Hmmm. Je bent een leugenaar, maar bedankt.'

Hij legde een hand onder mijn kin en keek me in de ogen zonder te knipperen of zijn blik af te wenden. In die afgemeten, geen-bullshit-toon van hem zei hij: 'Ik lieg *niet*.'

Hoofdstuk
Zesentwintig
Adam

We sliepen samen in het bed en ik wist dat ze meer verwachtte. Het was moeilijker om haar te weerstaan dan ooit tevoren. Voor het eerst sinds maanden zag ze er gezond uit. Ze was nog steeds mager en zag bleek, maar er was weer leven in haar. Voorheen, als ik het gevoel had dat ik iets wilde, en vooral wanneer zij avances maakte, had ik mezelf voorgehouden dat ze gewoon snakte naar genegenheid. Ik had geprobeerd haar daar op andere manieren van te voorzien. En ik loog niet toen ik had gezegd dat ik de hele tijd uitgeput was. Dat was ik echt.

Ik had mezelf expres uitgeput.

Maar vanavond, nu, was het anders. Het was alsof we onze zorgen van ons afwierpen met iedere kilometer die we tussen ons en thuis aflegden. Alsof onze problemen locatiegebonden waren, terwijl ik verdomd goed wist dat dat niet het geval was.

Ik sliep in mijn ondergoed en zij droeg een sexy zwart slipje dat ze onder haar zwarte jurk had gedragen. Ze had zich meteen tegen me aan genesteld en geprobeerd me tot een kus te verleiden, maar ik had me staande gehouden. Ik was trots op mezelf dat ik niet was gezwicht. Ze was kwetsbaar en ik ging er geen misbruik van maken. Ze was er gewoon nog niet klaar voor, wat voor signalen ze ook mocht uitzenden. *Wij* waren er nog niet klaar voor.

Misschien binnenkort, maar nu nog niet.

We landden laat in de middag, lokale tijd, op vliegveld Charles de Gaulle. Ze had nog steeds geen idee waar in Europa we ons bevonden. Ik hoopte dat geheim te kunnen houden tot we ergens op de achtergrond de Eiffeltoren in zicht kregen. Of misschien als we bij het hotel arriveerden.

Het weer was koud en nat toen we van het vliegtuig naar de wachtende auto liepen. Ze draaide haar hoofd in het rond in een poging overal heen te kijken. Maar het meeste van wat er te zien viel, verborg ik met de paraplu die me vlak voor de landing was overhandigd. We kwamen bij de auto aan voordat ze genoeg had gezien om een idee te krijgen van waar ze was. En van wat ik kon zien, konden we net zo goed in een of andere onbeduidende stad in Amerika zijn.

Het spel was afgelopen zodra onze chauffeur een telefoongesprek in het Frans voerde. Het koude weer was de eerste aanwijzing dat we niet in de Caraïben waren. Maar het Frans was de tweede aanwijzing. Met ogen zo groot als schoteltjes keek ze me aan. 'Het is niet waar.'

Ik trok mijn voorhoofd op om zonder een woord te zeggen een vraag te stellen.

'Je hebt ons niet naar Parijs gevlogen ...'

Ik gaf geen antwoord. Ik wilde heel graag lachen, maar hield mijn gezicht in de plooi. Ze was compleet in shock. 'Er zijn andere plekken ter wereld waar ze Frans spreken, hoor.'

'Ik heb de bucketlist gezien die ik volgens jouw zeggen heb gedicteerd. Je hebt ons naar fucking Parijs gevlogen! Holy shit.'

Eindelijk liet ik mijn lach doorbreken. Haar reactie was grappig. Ik hield ervan dit soort dingen te doen en dankzij Jordan kon ik dat.

We waren ver genoeg de stad in gereden om de toren in beeld te krijgen, dus ik wees achter haar en ze draaide zich met een ruk om. 'Nooit van mijn fucking leven. We zijn *echt* in Parijs!'

'Dat zou zomaar kunnen.'

Ze draaide zich weer naar mij. 'Hoe heb je dit in godsnaam voor elkaar gekregen? Weet mijn dokter dat ik het land uit ben? Hoe zijn we in godsnaam door de douane gekomen zonder dat ik het heb gemerkt?'

Ik wiebelde met mijn wenkbrauwen. 'Ik heb zo mijn manieren. Ik ben een internationale mysterieuze man.'

'Je bent de coolste geek van de planeet.'

'Hm, met vleien krijg je alles voor elkaar.'

Ze grijnsde. 'Daar reken ik op.'

'Ben je moe? Of wil je wat sightseeing doen nadat we hebben ingecheckt?'

'Ehm, volgens mij heb ik een paar items op mijn bucketlist om af te strepen. Hoelang zijn we hier?'

'Dat zul je wel zien.'

'Gaat het de hele reis zo worden? Dat je me nul komma nul informatie geeft?'

'Zit dat je dwars?'

Ze lachte. 'Nee, het is eigenlijk wel leuk. Dan stel ik gewoon geen vragen meer.'

'Hm, zoiets had ik lang geleden moeten bedenken.'

'Niet overdrijven, maat. Ik vraag me af of kale vrouwen een betere behandeling krijgen in Parijs? Misschien kan ik een nieuwe rage starten door voor de Chanel-winkel over de Champs-Élysées te gaan paraderen.'

'Ik denk dat de meest verleidelijke modellen zomaar hun hoofd kaal zouden scheren, maar – nogmaals – ze zouden alsnog niet zo sexy zijn als jij.'

Haar ogen straalden. 'Nou, jij doet niet onder met vleien. Ik hoef zeker niet te zeggen dat je er alles mee voor elkaar krijgt. Wat zeg ik, zo lang als het geleden is hoef je nauwelijks vleierij in te zetten.'

'Oké, dan bewaar ik het voor als het nodig is.'

Ze balde haar vuist en gaf me een speelse stomp tegen mijn arm terwijl de limo tot stilstand kwam op Avenue George V en de chauffeur het portier opende. Dit ging een van de hoogtepunten van onze trip worden.

HOOFDSTUK ZEVENENTWINTIG
MIA

HET HOTEL WAS ADEMBENEMEND EN VANAF HET moment dat we binnenkwamen, kon ik niet stoppen alles om me heen aan te gapen. In de lobby werd zachte pianomuziek gespeeld. Er lag een zwart-witte marmeren vloer en door de hele foyer stonden grote, zwarte stenen vazen artistiek uitgestald, vol met honderden verse, witte bloemen van allerlei soorten. We werden naar onze eigen privélift geleid, ontvingen een speciale keycard en zoefden naar onze kamer. De lift opende direct in het penthouse.

De ruimte was fantastisch en keek uit over de stad. Het balkon liep helemaal rond alle zijdes van het gebouw en verschafte zo een 360 gradenuitzicht over de stad. Aan een kant doemde de Eiffeltoren aan de Seine op en aan de andere kant stond de Arc de Triomphe onverzettelijk midden in een zee van auto's die rond het Place Charles de Gaulle scheurden. Het ontnam me de adem om mijn oog ieder moment dat voorbijging weer op een ander beroemd monument te laten vallen dat ik alleen nog maar op plaatjes had gezien. Dit was onwerkelijk.

'Even over die opmerking dat je met je verjaardag de stad uit zou zijn …'

Hij trok een eigenwijs gezicht. 'Ik loog niet.'

Ik draaide me naar hem toe. 'Wat koop ik voor de man die alles al heeft?' vroeg ik en ging naast hem staan om mijn armen rond zijn gespannen middel te slaan.

Hij gaf me weer een van zijn frustrerende voorhoofdkusjes. 'Je hebt me mijn cadeau al gegeven. Iedere dag word je gezonder en sterker. Meer heb ik niet te wensen.'

Ik dacht meer in de lijn van mijn naakte lichaam gewikkeld in een grote, rode strik. Dat zou een cadeau zijn waar ik achter kon staan, als ik een manier kon bedenken om de bovenste helft te bedekken. Aan de andere kant, misschien had Kat wel gelijk. Misschien zou een glimp van een tiet het enige zijn wat ervoor nodig was.

Want verdorie, als ik eerder al niet onder deze man had willen liggen, dan wilde ik dat nu al helemaal.

'Dus, krijg ik onze plannen voor vanavond te horen?'

'Hm. Eerst kleden we ons om voor het diner. Dan rijdt de chauffeur ons erheen. Daarna … zullen we wel zien.'

'En waar is het diner?'

Hij grijnsde weer. 'Het zou zomaar kunnen dat we ons diner nuttigen en daarmee gelijk een van de punten op je bucketlist kunnen afstrepen.'

Mijn ogen werden groot. 'Gaan we boven op de Eiffeltoren eten?'

'We dineren bij Le Jules Verne op de Eiffeltoren, aan een tafel op het westen, zodat we de zonsondergang kunnen zien.'

'Dan kan ik me maar beter gaan klaarmaken!'

De majordomus had mijn tas uitgepakt en mijn spullen opgeruimd terwijl wij door de suite, die groter was dan de meeste kleine huizen, waren gelopen en op het balkon hadden gestaan.

Ik had geen idee wat er door Sonia voor me was ingepakt. Wie weet wat voor avondkleding ze voor me had uitgezocht?

Ik trok de kast die mij was toebedeeld open en hapte naar adem. In de kast hing, samen met andere kleren, een sexy zwarte jurk, een rode en een crèmekleurige. Ze waren totaal anders dan de jurken die hij me in Amsterdam had gegeven, maar toch vergelijkbaar met de jurken van die eerste nacht die we samen hadden doorgebracht.

Terwijl ik ze allebei uit de kast pakte en ze bekeek, voelde ik warempel tranen in mijn ogen branden. Adam was in de douche en ik maakte gebruik van de gelegenheid om ze alle drie te passen. Ze waren beeldschoon en ik had geen idee of het Sonia was geweest die ze had uitgekozen of Adam. Allemaal waren ze van voren echter lager uitgesneden dan ik had gewild. Ze waren niet obsceen, maar meer zoals de halslijnen die ik vroeger droeg. De rode was oogverblindend, onthulde behoorlijk wat been onder een zwierige rok en had een laag uitgesneden rug. Toen ik de douche uit hoorde gaan, stopte ik ze snel terug in de kast, nog steeds niet wetende wat ik moest doen.

Het was veel te toevallig om te negeren en ik besloot, terwijl ik me douchte en mijn make-up aanbracht, dat Adam achter de jurken had gezeten, dat kon niet anders. Dus nam ik me voor een van de drie te dragen. Als hij wilde dat ik ze droeg, deed ik dat.

Misschien dat hij me dan zou aanraken.

God, wat wilde ik dat hij me aanraakte.

Dus gedurende de voorbereidingsperiode werden de zaadjes van Project Verleiding gepland. Want ik wist gewoon dat als we over deze hobbel heen konden komen – als hij zou kunnen stoppen me als ziek en breekbaar en hulpeloos te zien – we misschien gelijken konden zijn en we allebei weer in deze relatie zouden zitten.

Ik spendeerde extra tijd aan mijn make-up aangezien ik geen haar had om te stylen. Hoewel ik tot mijn vreugde opmerkte dat mijn wenkbrauwen weer begonnen terug te groeien, tekende ik ze zorgvuldig in, zoals ik dankzij de video's had geleerd. Ook plakte ik nepwimpers op. Over het geheel gezien slaagde mijn make-up-inspanningen erin de ziekige uitstraling die ik had gehad te verbergen.

Ik vond een paar prachtige sjaals en omslagdoeken tussen de accessoires, dus experimenteerde ik een beetje. Met een grote knoop van achteren bond ik een mooie kanten sjaal om mijn hoofd. Hij viel over mijn schouder, als lange haarlokken.

De oogverblindende rode jurk die ik had gekozen, maakte dat ik er exotisch en een beetje glamoureus uitzag. Wat betreft juwelen koos ik voor grote oorbellen, een gouden armband en mijn kompas. Het kompas droeg ik altijd, maar dan ook altijd.

Ik voelde me als een nieuw persoon, alsof ik niet langer verlept en nauwelijks zichtbaar was. Alsof er daadwerkelijk hoop was dat ik mijn eigen uiterlijk weer zou terugkrijgen, of grotendeels dan toch. Alsof mijn lichaam niet permanent in een vroegtijdige menopauze was beland en ik niet de stofwisseling en de huid van een vrouw had die twintig jaar ouder was dan ik.

Maar dat waren dingen om later op te hopen. Als ik iets van dit alles had geleerd, was het om in het heden te leven … in het nu. Genieten van wat ik had als ik het had.

En vanavond had ik de meest knappe, geweldige man aan mijn zijde. Hij hielp me de limo in, hield deuren voor me open, hield mijn hand vast. Hij verslond me met zijn ogen en complimenteerde me met mijn jurk nadat hij een lange, trage blik over mijn figuur had laten gaan.

Adam droeg een zwart pak, zwarte stropdas en een wit overhemd. Om eerlijk te zijn deed het er niet toe wat hij droeg. Hij zag er altijd geweldig uit.

Ik flirtte schaamteloos met hem en zorgde ervoor dat mijn jurk over mijn dijbenen omhoogschoof in de auto. Hij keek. Met een onderdrukte grijns zag ik het gebeuren. Project Verleiding was nog maar net begonnen. Ik had geen idee hoe het verder zou gaan, maar hé, hij was een gezonde kerel. Hij had al bijna vijf maanden geen seks gehad. Zo moeilijk kon het toch niet zijn?

'Restaurant Le Jules Verne is geweldig. Je zult er weg van zijn. En je zult tijdens deze ene maaltijd meer eten dan in alle dagen van de afgelopen maand bij elkaar.'

Ik snoof. Langzaam maar zeker kwam mijn eetlust terug, maar het was nog steeds niet wat het was geweest, bij lange na niet zelfs.

'Er zijn zes gangen en bij iedere gang serveren ze een andere wijn.'

'Ik kan nog geen wijn drinken. De dokter zei nog ongeveer een maand te wachten. Maar jij mag de mijne hebben.'

Hij hielp me de auto uit en dat bracht me op een idee. Adam was geen drinker. Ik had hem nog maar één keer dronken gezien. Hij dronk zelden iets sterkers dan bier of wijn ... maar als hij *genoeg* wijn op had, zou dat misschien Project Verleiding ten goede komen.

Adam leidde ons langs de mensen die in de rij stonden voor de grote liften die hen de toren op brachten. Ik keek recht omhoog en hapte verrukt naar adem.

We stonden onder de Eiffeltoren! Het was een massief bouwwerk, gemaakt van staal, maar toch leek het een verfijnde, sierlijke dame. Het was prachtig. Maar ook sterk en onveranderlijk. We baanden ons een weg naar een privélift, exclusief voor restaurantgasten, en nadat Adam de bediende onze reservering had laten zien, werden we naar binnen geleid.

Ik greep zijn hand beet en kneep erin. 'We zijn op de Eiffeltoren! Holy crap!'

Hij lachte. 'Yep. En jij bent adembenemend. Mijn *lady in red*.' Hij bukte en kuste me op mijn wang.

Verdorie, ik werd gek van die kusjes op mijn wang en voorhoofd. Ik aanschouwde zijn knappe profiel terwijl we omhooggingen naar het eerste platform van de toren. Mijn hart kneep samen in mijn borst, zoals het altijd deed als ik simpelweg naar hem keek, in zijn aanwezigheid was.

Dit soort momenten, alleen met hem, namen me volledig in beslag. Mijn gedachten en mijn gevoelens werden onverbiddelijk naar hem toegetrokken als een zonnebloem naar de zon. In het begin maakte dat me bang en vroeg ik me af of ik geobsedeerd was of mezelf begon te verliezen. Inmiddels verwachtte ik het. Het was geruststellend. Deze gevoelens waren een bevestiging dat ik nog steeds leefde. De kanker en het dubieuze geneesmiddel hebben dan mijn lichaam opgevreten, maar nooit mijn hart. Dat was nog steeds van Adam.

Mijn keel kneep samen toen hij zijn hoofd draaide en mijn blik opving. Zijn donkere ogen vonden de mijne en hij lachte die verpletterende, knappe lach naar me en ik was verloren, had de grootste moeite om adem te kunnen halen.

Shit, ik was zelfs nog meer van het padje dan die stomme, kleine Adam-groupie-stagiaires bij Draco.

Maar dat was ook wel logisch, als ik er goed over nadacht. Ze waren allemaal verblind door de buitenkant; rijk, knap, zeker van zichzelf, lichamelijk fit. Hij was het perfecte totaalpakket waar ze allemaal hoteldebotel van raakten.

Wat bracht mijn hart in verroering wanneer we samen waren? Het was wat zij niet zagen, wat zij niet eens wisten dat bestond. De Adam aan de binnenkant, die de buitenkant, hoe geweldig die ook was, overtrof en in zijn zeer donkere schaduw zette. De man aan de binnenkant overvleugelde alles om hem heen. Hij was niet perfect. Maar op elke manier die ertoe deed, was hij perfect voor mij.

HOOFDSTUK

ACHTENTWINTIG

ADAM

Ik genoot hier intens van. Ze was net een klein meisje op kerstochtend, met grote ogen vol verwondering. En het voelde zo goed dat ze er zo gezond en – eindelijk – gelukkig uitzag. We namen plaats voor ons diner en ze maakte er een respectabele eetvoorstelling van.

Ieder hapje dat haar lichaam inging, hield ik nauwkeurig bij en ik moedigde haar aan meer te eten dan ze waarschijnlijk uit zichzelf zou hebben gedaan. Ze was zo mager, uiteraard. Maar nu, drie weken na haar laatste chemobehandeling, begon ze in ieder geval weer wat kleur terug te krijgen, om nog maar niet te spreken van enige terugkerende haargroei. Het was me ook opgevallen dat haar wenkbrauw langzaam weer begonnen terug te komen.

Ze lachte, vaak. En als ze zo vaak lachte, kon ik niet anders dan met haar meelachen.

'Klopt het trouwens dat je Kat haar droombaan als playtester geeft?'

'Als ze alle screenings van personeelszaken doorstaat heeft ze de baan.'

Emilia's hand landde op de mijne en onze vingers vlochten ineen. 'Dankjewel. Het was fijn haar in de buurt te hebben.'

Ik glimlachte. 'Het was fijn om iedereen in de buurt te hebben.'

Haar lach werd breder. 'Het was fijn om *jou* in de buurt te hebben. Je bent geweldig.'

Ik verstrakte mijn vingers rond de hare. 'Ik doe gewoon wat ik moet doen.'

Haar goudbruine ogen leken de mijne te zoeken. 'O ...' Ze slikte.

'Dat kwam er misschien niet helemaal goed uit ...'

Ze schudde haar hoofd. 'Nee, het is al goed.'

Ik fronste. 'Ik bedoelde dat ik deed wat ik moest doen ... omdat ik me niet kan voorstellen dat ik het niet voor je zou doen.'

Ze ademde diep in en met haar hoofd een tikkeltje scheef gekanteld, keek ze me aan. 'Weet je, ik geloof niet in eerdere levens, maar als ik dat wel deed, moet ik in dat laatste wel iets verdomd geweldigs hebben gedaan om jou te verdienen.'

'Misschien hebben we allebei iets geweldigs gedaan.'

We deelden een lange blik en de tijd leek te vertragen. Er komen momenten voorbij die onze herinneringen vormen, die betekenisvoller zijn dan de reeks momenten ervoor of erna. Jaren later, in je hoofd, worden ze opgeroepen door een terloopse opmerking, een flits van een kleur, een geur, een textuur, een smaak, een emotie. Maar het komt slechts zelden voor dat je het belang van die herinnering beseft op het moment dat hij ontstaat. Het is het equivalent van ons geheugen van een presentje of souvenir.

In de secondes die wegtikten waarin we niets zeiden en elkaar in de ogen keken, pure emoties zagen, maar weigerden weg te kijken, wist ik het. Dit was een van die betekenisvolle momenten, een van de momenten die ik de jaren die zouden volgen zou koesteren.

Eindelijk wendde ze haar blik af, een lach danste om haar lippen. 'Je hebt je wijn van deze gang nog niet op. Je hoort hem op te drinken en mij te vertellen hoe hij is.'

Dit was mijn derde glas. Ik sloeg hem achterover en begon me een beetje rozig te voelen. Emilia bestuurde me nauwlettend en schoof toen haar glas naar me toe. 'Hier heb je nog meer. Zonde om het weg te gooien.'

Ik wierp haar een vragende blik toe en negeerde het glas. De ober haalde de glazen en borden weg ter voorbereiding van onze volgende gang. En daarbij kwam, uiteraard, een volgend glas wijn. Aangezien dit een vleesgerecht was, was de wijn rood. Ik hield van een goed glas rode wijn.

'Hoe is-ie?' vroeg Emilia, die een opvallende interesse in de wijn toonde.

'Lekker,' antwoordde ik behoedzaam.

'Sorry,' reageerde ze, plotseling onzeker. 'Ik heb al heel lang geen rode wijn meer gedronken. Niet voordat ...' Ze onderbrak zichzelf en schudde haar hoofd.

Een donker gevoel daalde over me neer. Er was een voor en er was een na. En dat stond als een onoverbrugbare vallei tussen ons verleden en onze toekomst in. Alles in me voelde zwaar bij dat besef. Soms vroeg ik me af of we deze kloof konden overbruggen.

Met een deprimerende zucht dronk ik de rest van de rode wijn in een teug op en verwelkomde de warmte die door me heen trok.

Na het diner gingen we naar de bovenste verdieping en wurmden we ons tussen alle anderen op het hoge platform. Ik had Emilia gewaarschuwd dat zelfs op de warmste dagen in de zomer het hierboven winderig en koud kon zijn, dus ze had een jas meegenomen. De monumenten van Parijs lagen om ons heen verspreid, verlicht als juwelen in een zee van zwart fluweel. Deze stad was ongekend mooi. Net als de vrouw naast me.

Ze bekeek alles met grote ogen, een levendige opwinding lichtte haar expressie op. De kanten sjaal rond haar hoofd gaf een elegant accent doordat de losse uiteinden wapperden in de wind. Al gauw merkte ze de verzameling hangslotjes op, die aan het veiligheidshek boven onze hoofden hingen.

'O, wauw! Moet je die zien. Liefdesslotjes. Ik wilde dat we daaraan hadden gedacht.'

Ik lachte en voelde me ineens behoorlijk zelfvoldaan. Ik greep in mijn zak en trok het zware gouden slot dat ik de hele avond bij me had gedragen eruit. 'Gelukkig heb je deze geniale jongen met je meegenomen.'

Haar grijns verbreedde zich. 'Nou, inderdaad!'

Ik overhandigde het slot, compleet met sleutel, en een permanente marker. 'Hier. Schrijf er iets op en ik maak hem zo hoog mogelijk vast.'

Emilia pakte de marker aan en begon te schrijven, draaide het slot om en schreef verder.

'Je bent toch niet een heel manifest aan het opschrijven, of wel?'

Ze schoot in de lach. 'Nee. Nou, misschien wel een soort liefdesmanifest.'

Ze opende het slot, trok de sleutel eruit en gaf het aan me. Ik hield het in het licht en las: *E.K.S. + A.D.* ik draaide het slot om en zag op de achterkant: = *NAT 20.* Ze had de gameterm van *Dungeons & Dragons* gebruikt, wat 'onmiddellijk, automatisch succes' betekende wanneer je twintig gooide met een twintigzijdige dobbelsteen.

Ik schoot in de lach. 'Nou, *dit* is een manifest waar ik het wel mee eens kan zijn.'

Ik sprong op en greep het hek boven mijn hoofd beet, trok mezelf omhoog en terwijl ik aan een arm hing, gebruikte ik mijn andere hand om het slot aan het hek te hangen en te sluiten. Toen liet ik me op het platform zakken, waar Emilia prompt haar armen om me heen sloeg en haar hoofd tegen mijn borstkas legde. 'Dat was super. Dankjewel.' Ze stak het sleuteltje omhoog en zei: 'En deze gaan we z.s.m. in de Seine lozen.'

'Hm. We hebben het item van je bucketlist nog niet afgewerkt.'

'O nee?'

'Volgens mij was het iemand bovenop de Eiffeltoren *kussen.*'

'Ha, ik geloof dat je gelijk hebt. Weet je iemand die me daarmee zou willen helpen?'

Ik liet mijn hoofd zakken, trok haar dichter tegen me aan en liet mijn mond recht op die van haar landen. Ik had er de hele avond op gewacht om haar te kussen.

En als er één kus op de Eiffeltoren thuishoorde, was het deze kus wel. Mijn lippen raakten teder haar mond. Ze kantelde haar hoofd om me tegemoet te komen. Toen sloeg ik mijn armen rond haar smalle middel terwijl zij zich op haar tenen duwde om me dieper de kus in te trekken. Haar mond opende zich voor me en mijn tong gleed naar binnen om haar te verkennen. Ze slaakte het meest verrukkelijke zuchtje, bijna als een zacht gejammer, en mijn lichaam kwam tot leven. Mijn hart bonkte en haar handen schoven naar mijn borst, toen naar mijn nek en bleven vervolgens aan beide kanten van mijn gezicht liggen om me daar te houden, alsof ze bang was dat ik me van haar zou losmaken.

Ik liet haar haar gang met me gaan, met deze kus in ieder geval. Ze was uitgehongerd, wilde meer en meer. Haar tong vond de mijne en ze zuchtte en ademde zwaar. Hoe opgewondener ze raakte, hoe meer het me in vuur en vlam zette ... en hoe meer ik me realiseerde dat zij niet het enige uitgehongerde dier was.

Een paar minuten later maakte ik me langzaam van haar los, al was het duidelijk dat ze nog meer wilde. Haar wangen waren rood, haar ogen stonden helder en toen ze me aankeek, was dat met zo veel liefde en vertrouwen in haar blik. Ik bracht mijn hand omhoog om haar wang aan te raken, het was alsof ik een engel aanraakte. Haar ogen vielen dicht, de veel te lange nepwimpers rustten op haar wangen. Ik werd herinnerd aan die eerste nacht die we samen doorbrachten, op het balkon van onze suite in het hotel in Amsterdam.

Per ongeluk had ik iets gedaan dat haar bang had gemaakt en ze was zo kwetsbaar geweest. Maar nooit breekbaar. Ze was sterk. Als een strijder. Dat was ze altijd geweest. Tot recent. Tot ...

Ik zuchtte.

'Weet je waar het tijd voor is?' vroeg ze.

'Wat?'

Ze trok haar mobiel tevoorschijn. 'Een boven-op-de-Eiffeltoren-selfie!'

Ze kwam naast me staan en stak haar telefoon naar voren, draaide het beeld van de camera om en onze gezichten verschenen in het midden van het scherm.

Haar hand zakte en toen ze op de knop drukte, werden onze gezichten op de foto vlak onder onze neuzen afgesneden. 'Shit… Ik kan hem niet lang genoeg stilhouden. Probeer jij eens.'

Iemand naderde ons. '*Bonsoir*,' groette de vrouw. In allebei haar handen had ze een glas champagne. '*Pourrais-je prendre votre photo?*'

'*Bonsoir*,' reageerde ik met een van de weinige woorden Frans die ik kende. Toen, voor ze verder zou ratelen, gebruikte ik mijn favoriete woord in het Frans. '*Anglais?*'

De jonge vrouw lachte. 'Natuurlijk,' antwoordde ze met een duidelijk accent. 'Zal ik een foto van jullie nemen?'

Ik overhandigde de mobiel en ze gebaarde naar haar volle handen met de champagneglazen. Ze gaf ons allebei een glas, hield de telefoon omhoog en maakte de foto voordat ze ons de telefoon weer teruggaf.

'Jullie vielen me vanaf daar op.' Ze wees naar de champagnebar achter zich, waar ze aan het werk was geweest. 'En jullie zagen er zo gelukkig en verliefd uit dat iedereen om jullie heen naar jullie keek en jullie dat helemaal niet in de gaten hadden.'

Emilia bloosde en grijnsde terwijl ze naar mij keek. Ze reikte naar me en gaf een kneepje in mijn hand.

'Neem de champagne aan. Proost met elkaar met mijn complimenten.'

Emilia gluurde in het smalle glas en ik keek naar haar tot ze haar blik omhoog richtte. 'Boven-op-de-Eiffeltoren-champagne. Ik denk dat dit absoluut een slokje waard is,' zei ze.

Ik hield mijn glas naast dat van haar omhoog. 'Waar toosten we op?'

'Ik ben zo niet poëtisch. Ik denk dat we moeten toosten op al onze morgens.'

'Op ons,' zei ik en tikte mijn glas tegen het hare. 'Geen grotere liefde dan Han en Leia.'

Ze lachte en nam een slokje terwijl ze toekeek hoe ik mijn glas leegdronk. Toen overhandigde ze het hare aan me en zei: 'Drink op.'

Dus met een lach was dat wat ik deed. Ik zou mezelf een lichtgewicht noemen, want ik voelde dat de bubbels naar mijn hoofd stegen, maar ik had bijna vijf glazen wijn op tijdens het diner en dit kwam er nog bovenop.

Tegen de tijd dat we voet op de begane grond zetten – onze limo stond al te wachten om ons naar het hotel te brengen – voelde ik me licht in mijn hoofd, aangenaam soezig en honderd procent gek op de prachtige vrouw naast me.

'Begin je al moe te worden?' vroeg ik. Ik had nog een laatste verrassing voor haar vanavond.

'Nee. Ik heb heel lekker geslapen in het vliegtuig en het is nog maar, wat? Een uur of drie in de middag thuis? Ik voel me prima.'

'Mooi, Want er is nog één ding wat ik wil doen.'

Ze schonk me een zijdelingse blik en een sluwe glimlach. 'O?'

In ons hotel werd gedanst in een van de grote balzalen, compleet met een enorme gepolijste stenen vloer, hoge zuilen, een privéterras en een liveorkest. En, op mijn verzoek, speelden ze een deel van de avond tangomuziek.

Toen we arriveerden, wierp Emilia me een blik toe die het midden hield tussen verrassing en schrik.

'Ik kan dit niet goed genoeg om iets anders te doen dan mezelf publiekelijk compleet voor paal zetten.'

'Als je kaal kunt zijn in het openbaar, dan heb je de ballen voor alles. Trouwens, ik ken de passen. Ik zal je leiden. Vertrouw me maar gewoon, oké?'

'Oké. Ik vertrouw erop dat je me mezelf niet voor schut laat zetten.'

Ik lachte. 'Goed zo. Ontspan je gewoon en laat mij je leiden. *"There are no mistakes in the tango"*,' citeerde ik. *'"When you get all tangled up, you just tango on."'*

Met samengeknepen ogen keek ze me aan. 'Dat komt uit een film, of niet?'

Ik lachte. 'Je kent me veel te goed. Al Pacino, *Scent of a Woman.*'

Ik nam haar bij de hand en leidde haar naar de dansvloer. Er waren een paar andere stellen aan het dansen, maar de meeste mensen gingen zitten zodra de band tangomuziek begon te spelen. De pasjes die ik haar had geleerd waren simpel en met gemak kon ik haar door iets moeilijkers leiden.

We gingen tegenover elkaar staan en ze keek me in mijn ogen. Toen ging haar blik door de ruimte en haalde ze diep adem. Ze was zich erg bewust van zichzelf, ofwel vanwege de dans, ofwel vanwege haar uiterlijk. Als ik het goed deed, zou ze allebei vergeten.

'Leg je linkerhand op mijn schouder. Hoger.'

Ze gehoorzaamde en ik nam haar rechterhand in mijn linker en sloeg mijn rechterarm om haar heen om stevig tegen het midden van haar rug te drukken. 'Ontspan je lichaam. Probeer niet te stijf te zijn.'

Ze grijnsde. 'Ik heb een vreemde déjà vu.'

Ik glimlachte. 'Amsterdam?'

'Yep.'

'Je deed het geweldig toen. Je kunt dit.'

Ze ademde beverig in en knikte. 'Oké.'

De muziek begon weer en ik stapte naar voren, leidde haar om drie passen naar achteren te zetten, alvorens opzij te glijden. Ze verstapte zich even en stapte naar voren, net als ik.

'Sorry!' zei ze verschrikt toen ze op mijn voet stapte.

'Laat mij je leiden, Emilia. Vertrouw je me?'

Ze keek naar me op en knikte. 'Ja.'

'Kijk dan in mijn ogen en stop met kijken naar onze voeten.'

Ze ademde diep in en ontspande zich in mijn armen. De rest van dat eerste nummer keek ze niet meer naar beneden. Toen ze zich eenmaal meer op haar gemak voelde, voegde ik wat moeilijkere passen toe, zoals een draai hier en een buiging daar. De eerste keer dat ik haar achterover liet buigen, gaf ze een klein gilletje en lachte als een gek.

'Mijn sjaal gaat eraf vallen en dan onthul je mijn kale knikker!'

Onze lichamen bewogen samen. De tango was een sexy dans. Net als bij de seksuele daad zelf, bracht het onze lichamen dicht bijeen, samen bewegend, handen die elkaar vasthielden, onze ogen op elkaar gericht, aaneengeklonken. Onze ademhaling versnelde. Onze hartslag ging omhoog.

Ja, ik geef toe dat het me opwond. Met de alcohol, de kus op de toren en nu deze dans zou het moeilijk worden haar te weerstaan.

Maar toen haalde ze grof geschut tevoorschijn. Ik was me er wel degelijk van bewust waar ze de hele avond mee bezig was geweest. Ze had een weldoordachte, zorgvuldig opgestelde campagne ingezet om me te verleiden. En ik had me van de domme gehouden en haar haar gang laten gaan.

'Draai me de volgende keer niet zo snel rond. Mijn jurk zwiert te ver omhoog.'

'Wat, wil je niet dat die ouwe bokken hier je ondergoed zien?'

'Het zou me niet uitmaken als ze mijn ondergoed zagen, als ik dat zou dragen,' zei ze met een schalkse grijns op haar gezicht. 'Gefeliciteerd met je verjaardag.'

Ik struikelde over mijn voeten. 'Draag je geen ondergoed?'

Ze wachtte voor een tel, waarop ik haar achterover liet zakken en haar daar hield tot ze me antwoord gaf. Ze keek naar me op en haakte haar been rond het mijne toen ik haar verder achterover liet buigen. 'Nope. Geen enkele centimeter. Compleet *commando*.'

Fuck me. Die gedachte maakte me onmiddellijk hard.

Ik trok haar omhoog en stond volkomen stil. 'Jij bent een heel ondeugend meisje.'

Haar prachtige, volle lippen vormden een pruilmondje en haar ogen, speels en onschuldig, werden groter toen ze zei: 'Hmmm. Ik zou gestraft moeten worden.'

Ik trok haar dichter tegen me aan, haar vrouwelijke lichaam voelde hemels, zo tegen me aangedrukt. 'Dat moet je zeker,' fluisterde ik.

Ze drukte haar gezicht tegen mijn oor, nam mijn oorlel in haar sexy mond en schraapte er met haar tanden over. Hete lust schoot door me heen. God, ze leek wel een sirene. En vanavond was er weinig sprake van op afstand houden. Mijn bloed stond in vuur en vlam voor haar. Ze moest mijn erectie tegen zich aan hebben gevoeld, want ze schuurde ertegenaan, wat maakte dat ik naar adem hapte.

Voordat we iets ongepasts zouden doen, zoals daar terplekke neuken, recht voor ieders neus, greep ik haar hand beet en trok haar van de dansvloer af. Met een lach die gedempt werd door een verrukte kreet, draafde ze achter me aan terwijl ik doelgericht naar de lift beende die rechtstreeks naar onze suite leidde. Ik wist niet eens zeker of ik de rit met de lift zou halen zonder een of andere obscene daad uit te voeren.

Zodra de deuren dichtschoven, draaide ze zich naar me om en had ik mijn handen op haar rok, waardoor de afwezigheid van een slipje werd bevestigd.

'Zie je? Niets om van me af te scheuren.'

Ik klemde haar tegen de wand van de lift. 'Ik ga deze jurk nu omhoogduwen en je neuken.'

Ze uitte een hijgerige kreun die dwars door me heen sneed. 'Ja, alsjeblieft.'

'Je wilt het,' zei ik en mijn hand streek langs de binnenkant van haar zijdezachte dij.

Haar oogleden zakten dicht. 'Ja, ik wil het.'

'Maar ik zou je niet moeten geven wat je wilt, stoute meid. Ik zou je moeten straffen.'

Toen de lift een 'ping' liet horen en de deuren naar onze suite opengleden, duwde ik haar zachtjes voor me uit en draaide me terug om op de knop te drukken waarmee de lift op slot ging, zodat we niet gestoord zouden worden. Ze wierp een behoedzame blik op me en draaide zich toen van me af, haar gezicht naar de muur.

'Straf me dan.'

HOOFDSTUK

NEGENENTWINTIG

MIA

PROJECT VERLEIDING STOND OP HET PUNT ZICH UIT TE betalen. Met hijgende verwachting wachtte ik af terwijl hij zich achter me bewoog. Hij stopte, stond heel dicht bij me zonder me aan te raken. Ik stond volkomen stil, hield zelfs mijn adem in.

Adam greep mijn polsen beet en trok mijn handen boven mijn hoofd terwijl hij me vooruitduwde. Zijn heupen pinden mijn lijf tegen de koele marmeren muur vast.

'Ik moet je neuken,' zei hij, waarna hij me begon te kussen. Zijn mond gleed over de achterkant van mijn nek, mijn schouders, mijn oren, mijn kaak. Zijn kussen sidderden op mijn huid als ijzige regendruppels op een stomend hete straat. Ik tintelde door zijn aanraking, zijn handen waren rond mijn polsen geklemd. Hij nam de tijd om iedere centimeter van me te proeven en ik kon niets anders voelen en nergens anders aan denken dan aan zijn mond, zijn hete adem op mijn huid. Ik huiverde en zijn greep verstevigde rond mijn polsen, zijn ademhaling haperde waar zijn mond mijn oorlel verslond.

'Adam, alsjeblieft,' jammerde ik.

Hij drukte mijn handen naast mijn hoofd tegen de muur en liet ze los om aan de sluiting van mijn jurk te morrelen. Met twee snelle bewegingen waren het haakje en de rits los.

'Mijn God, je bent prachtig,' zei hij met gespannen stem. Alles in me zoemde door de trillingen van zijn uitgesproken woorden. Ik slikte, nog steeds angstig dat hij me zou zien. Wanneer hij mijn jurk zou uittrekken, zou hij nog altijd die praktische, onaantrekkelijke bh aantreffen die mijn misvorming verborg. Ik zou hem gewoon vragen die niet uit te trekken.

Dan zou ik tegenover Kat kunnen opscheppen dat ik zo goed was, dat ik hem mijn meisjes niet eens had hoeven laten zien om in zijn broek te komen.

Zijn handen gleden in mijn jurk, gleden over mijn ruggengraat van mijn onderrug tot aan mijn nek en toen voelde ik zijn hete, natte mond terwijl zijn handen naar mijn heupen schoven. De sensaties waren fantastisch, overweldigend, en ik wist zeker dat als ik niet tegen de muur gedrukt had gestaan, ik als een ouderwetse dame in een te strak korset in katzwijm was gevallen.

Onder mijn jurk bewogen zijn handen van mijn heupen over mijn buik, tot er een tussen mijn benen belandde. Hij streelde me daar met zijn vinger en drukte zijn mond tegen mijn oor. 'Je bent zo nat voor me.'

Ik liet mijn hoofd op zijn schouder vallen en was nauwelijks in staat om met een hese fluistering te reageren. 'Ja.'

'Volgens mij moet mijn ondeugende meisje komen,' zei hij en streelde me nogmaals. Ik hapte naar adem.

O ja, ze moet echt, echt komen.

'Volgens mij moet de jarige Job ook komen,' kaatste ik terug.

Plotseling waren zijn handen overal, gleden ze over mijn dijen, over mijn buik. Hij bewoog ze zo snel dat het leek alsof hij in een paar minuten probeerde de verloren tijd in te halen. Alsof hij niet wist waar hij me als volgt wilde aanraken. Ik was de zuurstof die hij moest inademen, het water dat hij moest drinken.

Zijn handen schoven naar mijn borsten en omvatte ze over het dikke materiaal van mijn bh. Ik ademde diep in en weerstond de drang om zijn handen weg te duwen. Hij liet ze daar, alsof hij wilde testen wat ik zou doen. Dus tegen mijn instinct in ontspande ik me tegen hem aan. Mijn hart klopte erop los van angst, gemengd met afwachting. Hij streek met zijn duimen over mijn tepels en ze reageerden onmiddellijk. Ik slaakte een gil, het gevoel schoot zo intens door me heen. Te intens. Ik kromde me tegen zijn brede borstkas en zijn hete adem verschroeide mijn nek.

Hij was een vlam en ik papier. Zijn aanraking zette me in de hens en ik voelde me licht, als fel gloeiende papiersnippers die door de wind werden meegevoerd. Ik wilde hem, had het nodig hem in mijn lichaam te accepteren, hem in me te voelen bewegen, dat hij ieder plekje en ieder verborgen hoekje aanraakte, zich in me leegde.

Wij twee moesten één worden. Eén in verlangen, één in bestemming, één in het leven.

Ik duwde me tegen hem aan, bewoog mijn kont tegen zijn erectie. Hij haalde scherp adem. 'Ik zou dat stoute kontje moeten spanken.'

Een duister gevoel klemde zich om mijn keel. Zijn woorden herinnerden me aan de nacht dat we samen waren in Vegas, de laatste nacht dat we seks hadden gehad, meer dan vijf maanden geleden. Toen had hij me gespankt. Maar het was gebeurd vanuit boosheid, frustratie. Ik had het met hem uitgemaakt zonder hem iets uit te leggen. Schuldgevoel klauwde zich aan mijn strot. Hij had me erom gehaat.

Haatte hij me nog steeds? Diep vanbinnen? Voor alles wat hij door mij had moeten doorstaan?

Konden we vannacht gewoon van elkaar genieten en alle bagage opzijschuiven? Kon ik het goedmaken met hem?

Ik was vastberaden het te proberen.

Ik draaide mijn hoofd opzij, zodat hij me kon horen. 'Je kunt alles doen wat je wilt. Ik ben helemaal van jou.'

Zijn stem gromde tegen mijn oor. 'Zeg dat nog eens.'

'Ik ben van jou. Adam. Altijd.'

Zijn greep verstevigde en voordat ik mezelf kon inhouden, gaf ik een gil van schrik. Onmiddellijk trok hij zijn handen bij mij borsten weg.

'Shit, heb ik je pijn gedaan? Sorry!'

Ik uitte een kreun van frustratie. 'Ik mankeer niets. Alles oké.'

Hij stak zijn handen uit en pakte de zijkant van mijn jurk. Mijn hart sloeg op hol. Hij ging hem uittrekken. Ik kon mijn opwinding nauwelijks onder controle houden. Ik sloot mijn ogen en liet mijn hoofd naar achteren vallen, klaar om het te laten gebeuren en te genieten van het gevoel van zijn magische handen op me.

In plaats daarvan ritste hij mijn jurk dicht.

Ehm.

Fuck.

Ik draaide me om en keek hem gefronst aan.

Gedurende een lang, gespannen moment hielden we elkaars blik vast.

'Sorry,' herhaalde hij

'Je hebt me geen pijn gedaan. Je verraste me gewoon. Ik ... Het zal wel door al die onderzoeken en zo komen. Ik voel me heel ... klinisch over mijn borst.'

Hij knikte en haalde zijn hand door zijn haren. 'Ik liet me meeslepen. Het kwam niet eens bij me op.' Hij kneep zijn mond bedachtzaam samen.

Ik kwam dichterbij en sloeg mijn armen rond zijn middel. 'Het is al goed. Ik ben oké. Ik ... ik wil vanavond gewoon heel graag met je samen zijn.'

Aarzelend keek hij me aan. Zijn ogen waren geen spiegels, ze waren kluisdeuren, potdicht en stevig op slot voor me. Hij fronste. 'Dat kunnen we beter niet doen. Je bent niet ...'

Ik wilde stampvoeten van frustratie. 'Het gaat prima met me. De dokter zegt dat het geen probleem is, zolang ik het zelf maar wil. Alles is oké. Adam, ik wil samen zijn met je. Ik wil dat we de liefde bedrijven. Ik weet dat jij het ook wilt.'

Hij blies langzaam zijn adem uit, de rimpels verdwenen niet van zijn voorhoofd. Hij schudde zijn hoofd.

Dus kwam ik in actie. Ik streek over zijn kaaklijn, kantelde teder zijn hoofd zodat ik hem kon kussen. Terwijl ik mijn tong in zijn mond liet glijden, voelde ik zijn ademhaling versnellen en zijn handen kwamen omhoog naar mijn onderrug.

'Ik weet dat je het wilt,' fluisterde ik. 'Alsjeblieft.'

Toen liet ik mijn hand over zijn harde buik naar beneden gaan, en lager. Mijn vingers sloten door zijn broek om hem heen. Ja, hij was nog steeds hard. Zijn brein zei 'nee', maar zijn lijf zei 'ja' en ik hoopte erop dat dat genoeg zou zijn om hem over te halen. Hij hapte naar adem. Ik knoopte zijn broek open en hij legde een hand op de mijne waardoor het leek alsof hij me ging tegenhouden.

Maar ik stopte niet en hij zei geen nee. Langzaam trok ik de rits omlaag terwijl ik zijn hals kuste. 'Laat me ... alsjeblieft?' Ik zakte op mijn knieën voor hem en hij ademde scherp uit toen hij zag wat ik ging doen.

Ik nam hem in mijn mond, opende me voor hem en nam hem diep terwijl ik hem met mijn tong streelde. Hij kreunde, legde een hand op mijn hoofd, toen de andere. Hij bewoog mijn hoofd niet, maar liet zijn handen naar mijn nek en vervolgens mijn schouders gaan. De kanten sjaal gleed van mijn hoofd toen ik op en neer bewoog en mijn hart ging tekeer door zijn verhitte gehijg en gekreun.

'Emilia ...' gromde hij. 'Fuck.'

Ik zette het ritme dat ik opbouwde voort, sloot mijn ogen, concentreerde me op het zuigen en likken aan de juiste plekken. Hij legde zijn hand boven op mijn hoofd en trok zich voorzichtig terug.

Toen boog hij voorover, tilde me op en drukte me tegen zich aan. Mijn benen wikkelden zich rond zijn heupen en slechts het dunne laagje van mijn jurk scheidde ons nog van elkaar terwijl ik zijn hardheid tegen me aan voelde wrijven. Mijn armen sloten zich rond zijn nek en zijn mond landde op de mijne. Hij droeg me naar de slaapkamer. Ik sloot mijn ogen en concentreerde me op de smaak van zijn mond, zijn tong. Ik kon niet genoeg van hem krijgen. Mijn hartslag was onregelmatig en gejaagd en ik kon nauwelijks ademhalen.

Bij de rand van het bed bleef hij staan, verbonden aan elkaar door onze monden en heupen. Ik kon geen tel langer meer wachten om samen te zijn. Zijn handen lagen op mijn billen, weer ferm en vastberaden. Toen liet hij ons op het bed vallen.

Als ik het had zou zien aankomen – en mezelf erop had voorbereid– dat zijn gewicht zo op me viel, dan was het geen probleem geweest. Had ik er niet al maanden naar verlangd om zijn gewicht boven op me te voelen? Maar in plaats daarvan perste het alle lucht uit me en ik moest naar adem happen voor zuurstof.

Adam kroop op zijn zij terwijl ik de zwarte vlekken in mijn gezichtsveld terugdrong, niet in staat te bewegen. 'Shit! Emilia …'

Ik keerde mijn hoofd en opende mijn mond een keer of twee voordat ik weer op adem kwam. Knipperend met mijn ogen kuchte ik. 'Niets aan de hand. Ik ben oké.'

Maar hij zag bleek en het zweet parelde op zijn voorhoofd. 'Ik plette je verdomme. Het spijt me zo.'

Ik stak mijn arm uit om zijn hand te pakken, maar hij lag buiten mijn bereik. 'Het is oké. Alles is in orde.'

Hij reikte naar me en omvatte mijn wang met een trillende hand. 'Fuck. Het spijt me zo. Wat de hel is er mis met me?'

'Kom hier. Kus me,' zei ik in een poging hem af te leiden. Hij zag eruit alsof hij op het punt stond door te draaien.

In plaats daarvan stond hij op van het bed en keek op me neer, zijn ogen groot van bezorgdheid.

We keken lange tijd naar elkaar en ik wist dat ons moment voorbij was. We gingen vanavond niet de liefde bedrijven. Beverig haalde ik adem en knipperde mijn tranen weg terwijl ik overeind ging zitten.

Adam knielde voor me neer en legde zijn handen op mijn taille, alsof hij wilde checken of ik iets had gebroken. Toen zijn blik naar mijn gezicht schoof, zag hij de tranen die over mijn wangen rolden. Ik voelde me een ontzettende mislukkeling.

'Huil alsjeblieft niet,' mompelde hij en kuste me.

'Wat is er mis met ons?' vroeg ik met een piepend stemmetje. 'We zijn gebroken.'

Zijn adem stokte en hij schudde zijn hoofd. 'Nee. Nee, het is gewoon … Ik maak me zorgen om je. Ik wil je niet weer pijn doen.'

'Dat doe je ook niet, Adam. Ik zweer je dat ik oké ben.'

'Als je gezond bent … Als we thuiskomen en de scan hebben gehad …'

Gefrustreerd maakte ik me van hem los en wreef met de rug van mijn hand over mijn wangen. Ik stond op en liep naar de badkamer. Hij volgde me.

'Het komt zeker door hoe ik eruitzie?'

Zijn mond vertrok in een smalle streep. 'Nee, je bent beeldschoon.'

Ik draaide de kraan open en plensde water in mijn gezicht. 'Je kunt eerlijk zijn, hoor. Ik kan het wel aan. Je hoeft niet tegen me te liegen.'

Met de zachte, witte handdoek depte ik mijn gezicht af terwijl hij in de spiegel naar me keek. Toen ik me omdraaide om te gaan, stapte hij voor me en vouwde zijn handen om mijn onderarmen zodat ik niet weg kon stappen. 'Je. Bent. Beeldschoon. Een kaal hoofd verandert daar niets aan.'

Ik zuchtte en keek hem recht in zijn ogen. 'Ik maak me zorgen om ons.'

Hij streelde mijn wang en schonk me een flauwe glimlach. 'Niet nodig. Ik hou meer dan ooit van je, Emilia. Dat meen ik.'

Ik slikte de brok in mijn keel weg. Er was iets wat hij niet zei. Dat wist ik zeker. Maar ik wilde geen ruzie en ik wilde hem niet dwingen te vertellen waar hij nog niet klaar voor was. Misschien was hij gewoon ongerust over mijn gezondheid. God, ik hoopte dat het zoiets simpels was. Want zodra die scan positief nieuws had gebracht, ging ik hem bespringen.

Ik zoog mijn longen vol en liet de lucht weer gaan. 'Ik ben ineens zo moe.'

Hij ontspande zich enigszins. Opgelucht, blijkbaar. 'Ik ook. Ik sta op het punt om te vallen op het dichtstbijzijnde bed.'

Ik fronste. Er waren drie slaapkamers in dit enorme penthouse, alle drie net zo geweldig en luxe. 'Ga alsjeblieft niet zeggen dat we in aparte bedden moeten slapen.'

Hij trok me in een stevige omhelzing tegen zich aan. 'Dat ga ik niet zeggen. Ik wil je vannacht in mijn armen hebben.'

Hij wilde me in zijn armen. *Slapend.* Niets meer.

Project Verleiding was van de baan. Missie mislukt.

HOOFDSTUK

DERTIG

ADAM

IK NAM HAAR IN MIJN ARMEN EN HIELD HAAR STEVIG VAST, zoals ze me soms vroeg te doen. Ik had gemerkt dat dat op de momenten was dat ze zich het meest verloren voelde, onzeker. En ik vervloekte mezelf vanwege het feit dat ik vanavond geen seks met haar had gehad. Het zou haar zelfvertrouwen en lichaamsbeeld goed hebben gedaan.

Ik had haar absoluut gewild. Maar dat moment waarop ik haar pijn had gedaan, had me terug de realiteit in geslingerd, terug naar alle problemen en twijfels en zorgen. Er was zo veel dat eerst aangepakt moest worden. Hoe zat het met anticonceptie? Ik had geen condooms meegenomen, al zou ik er hier makkelijk aan kunnen komen. Ik had gewoon niet zover vooruit gepland, niet gedacht dat het tussen ons zo snel zou gaan. Ik zag haar nog steeds als ziek, zwak, die half bewusteloze vrouw in mijn armen die verklaarde dat ze het verdiende te sterven …

In de stilte luisterde ik naar haar. Ze had al enige tijd die lange, gelijkmatige ademhaling van iemand die sliep. Ik kuste haar en legde mijn wang tegen die van haar. Ik sloot mijn ogen en speelde in mijn hoofd alles nog een keer af. Ik dacht terug aan mijn kolossale fout en hoe het er alleen maar voor had gezorgd dat ik haar nog meer had gekwetst. Alsof in die ene fractie van een seconde al het goede van de avond was uitgewist.

Maar ik kon niet het risico lopen haar weer pijn te doen. Zelfs niet het kleinst mogelijke risico. Zo viel ik in slaap, om haar heen gewikkeld. Alsof ik haar harnas was, haar beschermde. Ik wenste dat het zo simpel was. Maar in werkelijkheid was ik soms haar grootste bedreiging in plaats van haar bescherming.

***

De volgende paar dagen in Parijs waren geweldig. We maakten een lange wandeling door onze straat, Avenue George V, met z'n karakteristieke cafeetjes, exclusieve boetiekjes en te gekke auto's die langs het trottoir staan geparkeerd. Ik doorstond zelfs een kleine shopsessie aan de Champs-Élysées, maar aangezien Emilia niet een hele erge shopper was, hoefde ik niet lang te lijden.

Een dag brachten we grotendeels door in het Louvre, waar ze van dichtbij en hoogstpersoonlijk de *Venus van Milo* kon bestuderen. Ik was al een paar keer eerder in het museum geweest, maar waar ik deze trip het meest van genoot, was haar reactie op het mogen meemaken van de onbetaalbare, beroemde kunstwerken die aan de muren voor haar hingen. Emilia keek naar de doeken, nam de tijd voor het vinden van het juiste perspectief, soms door stapjes achteruit te zetten om ze vanuit een andere hoek te bekijken. En ik nam de tijd om haar te bekijken.

Ze zeggen dat een mens Parijs drie keer in z'n leven zou moeten bezoeken. Een keer als je jong bent, een keer als je het geld hebt om er echt van te genieten en een keer als je verliefd bent. De eerste twee had ik al afgevinkt op mijn lijstje. Deze keer leek de stad helemaal nieuw voor me, doordat ik het door haar ogen zag en door de ogen van de liefde.

Een zoetsappige, sentimentele gedachte die totaal niet bij me paste. Maar als ik in de afgelopen maanden van uiterste beproeving iets had geleerd, was het wel dat geluk en liefde twee kwetsbare dingen waren. En we zouden dankbaar moeten zijn voor wat we hebben als we het hebben.

Zeggen dat ik dankbaar was om haar in mijn leven te hebben was een understatement.

Een middag brachten we door op een bankje in de Tuin van Tuilerieën, met een stokbrood en wat Franse kaas tussen ons in.

'We hebben dus nog twee dagen,' zei ze terwijl ze knabbelde aan het laatste stukje baguette en mompelde dat het jammer was dat hij op was.

'Klopt. We hebben de punten van je bucketlist afgetikt. Nog andere ideeën?'

'Hm. Nee. Niet echt. Ik geniet er gewoon van de sfeer van deze plek op te snuiven. Ik snap wel waarom ze het "de stad van de liefde" noemen. Ik kan nog steeds niet begrijpen hoe je deze trip voor me uit je hoge hoed hebt getoverd. Dat was geweldig.'

'Nou, Jordan heeft geholpen.'

Ze schonk me een verwarde blik. 'Jordan? Serieus?'

'Hij was al een tijdje bezig de trip te plannen. Toen hij hoorde dat je zo ziek was geworden als reactie op die medicijnen, stond hij erop dat ik zijn vliegtuig en hotelreservering overnam.'

Haar wenkbrauwen schoven omhoog. 'Dus we zijn eigenlijk op Jordans trip?'

'Nou, soort van. Ik heb het een en ander aan zijn plannen gesleuteld, maar, ja, min of meer wel.'

Ze keek over het park uit. 'Ik dacht altijd dat hij de pest aan me had.'

'Ik denk dat hij er de pest in had dat ik z'n *wingman* niet meer was.'

'Hij heeft in ieder geval geprobeerd je weer aan boord te krijgen ... toen wij uit elkaar waren ...'

Ik haalde mijn schouders op. 'Ik denk dat hij zich daar rotter over voelt dan ik, als dat al mogelijk is.'

Met een gefronste blik keek ze me aan. 'Waarom voel je je daar rot over? We waren uit elkaar en je ging met iemand anders uit. Je hebt niets verkeerd gedaan.'

Ik verschoof, voelde me plots ongemakkelijk. Ik wilde van onderwerp veranderen en opende mijn mond om precies dat te doen, maar toen realiseerde ik me dat dit iets was waar we het *juist* over moesten hebben. We konden het onderwerp van die donkere periode in onze relatie niet voor altijd vermijden.

'Het voelde verkeerd,' zei ik.

Ze keek naar me en ik bestudeerde de vijvers, waar lachende kinderen speelgoedbootjes in lieten varen. 'We hebben allebei de nodige fouten gemaakt,' was haar zachte reactie.

Ik schraapte mijn moed bijeen en dwong mezelf door te gaan, terwijl ik niets liever wilde dan erover ophouden. 'Ik was boos. Ik ging op die date omdat ik zo pissig op je was. Duidelijk om de verkeerde reden dus.'

'Ik heb ook stomme dingen gedaan omdat ik boos was. Ik had het niet met je moeten uitmaken. Het was gewoon ...' Abrupt haalde ze adem en ik kon merken dat ze emotioneel begon te worden, maar ik hield het niet tegen. Dit moest eruit, al had ik geen idee hoe ik dat wist. Instinct misschien? 'Ik had het gevoel dat je zo veeleisend en star was, dat ik hetzelfde wilde reageren. Ik dacht dat als ik toegaf… Op dat moment leek het zo belangrijk. Nu, als ik erop terugkijk, na alles, was het onbelangrijke bullshit die we hadden kunnen oplossen als we onze kop erbij hadden gehouden en er gewoon over hadden gepraat.'

Ik reikte naar haar hand en sloot hem in de mijne. 'We praten nu.'

'Inderdaad, blijkbaar zijn we toch niet complete idioten als we van onze fouten kunnen leren, toch?'

Ik bracht haar hand naar mijn mond en drukte er een kus op. 'Wat belangrijk is, is dat we ervan kunnen leren, maar het ook achter ons kunnen laten.'

Ze wendde haar blik af en ik zag haar moeizaam slikken. Haar hand klemde zich om de mijne. 'Dus je denk niet dat het te laat is?'

'Zou ik hier zijn als ik dat dacht?'

Ze schudde haar hoofd en sloot haar ogen.

'En jij? Denk jij dat het te laat is?'

'Ik hoop van niet. Ik durf niet langer te vertrouwen op wat ik denk, want mijn beoordelingsvermogen is tot op heden niet echt goed voor me geweest.'

'Hé.' Zachtjes trok ik aan haar hand om haar naar me te laten kijken. 'We hadden een afspraak. Geen verwijten, naar ons zelf of anderszins. We gaan verder en kijken alleen achterom om van onze fouten te leren.'

'Oké.' Ze knikte, een vlaag van een glimlach kwam rond haar lippen. 'En als we thuiskomen …?'

Ik zoog mijn longen vol en hield mijn adem vast. 'Wanneer je je beter voelt en we zeker weten dat je gezond bent, nemen we die hobbel als het zover is.'

Ze keek met diezelfde mysterieuze lach naar me die de *Mona Lisa* waarschijnlijk te schande zou maken. 'Ik kijk er heel, *heel* erg naar uit om die hobbel te nemen.'

Ik grijnsde en er ontsnapte een lach aan mijn lippen. 'Ik ook.'

Daarna stonden we op, verzamelden ons afval en liepen terug naar het hotel, waarbij we iedere stap die we zetten van elkaar genoten.

HOOFDSTUK
EENENDERTIG
MIA

DE AVOND VOORDAT WE NAAR HUIS VLOGEN, VOND IK de moed om een bad te nemen in de enorme badkuip in de badkamer van ons penthouse. Er bevond zich een groot raam voor het bad, van waaruit ik Parijs onder me kon zien. Dus kneep ik een vrachtlading badschuim in het bad en liet het schuim opkomen. Ik deed de deur niet op slot. Ik had een muur van schuim om me heen gebouwd, zodat als Adam binnenkwam, hij mijn lelijke littekens en niet-getatoeëerde plekken niet kon zien. Hij zou slechts een naakte vrouw in zijn badkuip zien zitten. Met een beetje geluk zou hij voorstellen erbij te komen zitten.

Er zat een speciaal mechanisme in het bad, dat het water warm hield, dus ik kon net zo lang weken als ik wilde. Na meer dan een half uur met mijn ogen dicht in het bad te hebben doorgebracht, mijn hoofd tegen het waterdichte kussen gerust, hoorde ik voetstappen in de deuropening.

'Ben je al net zo verrimpeld als een oud dametje?'

'Je moet het geprobeerd hebben voordat je een oordeel velt.'

'Hm. Dat kan ik op vele manieren opvatten.'

'Wanneer heb jij voor het laatst een bad genomen?'

'Geen idee. Ik kan me niet herinneren dat ik ooit nog in bad ben geweest nadat ik een klein jochie was.'

Ik draaide me om en keek hem aan. 'Neem je me in de zeik? Serieus?'

'Ik neem je serieus niet in de zeik.'

'Kleed je uit en stap erin dan.'

'Hmmm. Hoe weet ik dat je dit bad niet als een excuus gebruikt om me naakt te krijgen?'

Ik schoot in de lach. Blijkbaar was ik tegenwoordig behoorlijk doorzichtig. Het was veel te lang geleden dat ik hem naakt had gezien, verdomme. En ik wilde de 'stad van de liefde' niet verlaten zonder een glimp te hebben opgevangen van mijn favoriete sixpack en die gespierde dijen, om nog maar niet te spreken over zijn kont. 'Nou, dat zou zomaar kunnen. Maar totdat je van de ware luxe van het weken in een schuimbad hebt genoten, zul je nooit echt begrijpen hoe lekker het is.'

'Ik heb het reuze naar mijn zin met hier staan kijken hoe jij ervan geniet.'

'Hm, dat klinkt nogal pervers. Daar hou ik wel van.'

'Ik heb inderdaad een pervers trekje.'

'Dat wist ik al. Nou, kom hierheen en maak jezelf dan maar nuttig. Mijn rug moet worden gewassen.'

Hij zette een stap dichterbij en ik gluurde naar beneden, waarbij ik opmerkte dat het schuim grotendeels was ingezakt nu ik al zo lang in bad zat en dus mijn borsten niet meer bedekte.

'Wacht! Draai je om, alsjeblieft.'

Hij bevroor. Ik zag zijn verbaasde blik in de spiegel toen ik mijn hand uitstak en een klein handdoekje pakte om over de bovenste helft van mijn lichaam te leggen. Hij draaide zich om, zijn uitdrukking vlak.

'Oké, ik ben zover,' zei ik en leunde naar voren. Met enige aarzeling kwam hij weer dichterbij. 'Daar ligt zeep, en een washand.'

'Zoals u wenst, dame.'

Ik lachte, geamuseerd door de referentie aan *The Princess Bride*. Ik drukte de handdoek tegen me aan en zei met mijn beste imitatie van een Engels accent: 'Boerenjongen, bevochtig de doek en was mijn rug. Iedere centimeter ervan ... alsjeblieft.'

Hij deed wat ik vroeg na een zacht: 'Zoals u wenst.'

Eerst gebruikte hij de washand en toen lagen zijn handen op mijn rug, ze gleden over mijn ingezeepte huid. Ik ademde langzaam uit, betoverd door het gevoel van zijn handen op me, zelfs al was het maar om me te wassen. Nadat hij mijn schouderbladen had gemasseerd, over mijn ruggengraat naar beneden tot mijn onderrug, in het water, spoelde hij de washand uit en wreef hem weer over mijn rug.

'Boerenjongen, vergeet mijn nek niet.'

'Zoals u wenst,' herhaalde hij, maar in plaats van mijn nek te wassen, kuste hij me daar. Ik kantelde mijn hoofd om hem toegang tot meer te verlenen terwijl een tintelende energie door me heen schoot. Mijn lichaam kwam tot leven en gonsde binnen vijf korte minuten van lust door zijn aanraking. Wanneer zou de tijd zijn aangebroken om die verdomde hobbel te nemen? O, ja, zover waren we nog niet.

'Dus ... wil je dat ik je haren ook was?'

Ik opende mijn ogen. 'Hou je mond.'

'Nee, je hebt piepkleine haartjes hier. Ik zie er een paar. Ik kan ze wassen. Ik denk dat ik wel een of twee druppels shampoo kan missen.'

Ik liet mijn adem tussen mijn lippen door ontsnappen en in plaats van antwoord te geven, spetterde ik hem nat.

'Hé!' Hij sprong achteruit, maar ik schepte meer water op en raakte hem vol op zijn borstkas. Zijn overhemd plakte nu aan de spieren eronder vast. O, jammie, dat had ik een half uur eerder moeten doen.

'Klier.'

'Eikel.' Ik spetterde nog een keer. 'Je bent nu toch al nat. Dan kun je er net zo goed bij komen.' Ik onderstreepte mijn opmerking door een volgende grote plens water.

Hij deinsde achteruit en gleed uit, nog net in staat zijn evenwicht te bewaren om te voorkomen dat hij viel. Hij trok een paar handdoeken van het rek en legde ze op de vloer. Toen hield hij mijn blik met een grimmige uitdrukking gevangen voordat zijn mondhoeken opkrulden. Hij stak zijn armen uit en trok zijn overhemd uit.

O, jawel!

Ik was niet te verlegen om hem te zien strippen. Zijn lichaam was stevig, gespierd en prachtig. Ik zuchtte met net een beetje te veel verlangen toen hij eindelijk zijn spijkerbroek en zijn boxershort uittrok.

'Je vermaakt je zo wel, of niet?' zei hij terwijl hij zijn kleren op een krukje vlak naast hem legde.

'Het uitzicht is geweldig. En dan heb ik het niet over de Eiffeltoren die volledig verlicht door mijn raam te zien is.'

Hij kwam naar het bad en ik stak mijn arm uit om over zijn wasbord te strijken. Ik had die harde, platte buik gemist. Hij stapte over de rand van het bad en ging tegenover me zitten. Ik pakte het badschuim en kneep het in het water tussen ons in. 'Je hebt meer schuim nodig om echt van een badschuimervaring te kunnen genieten.' Ik draaide de kraan open en liet meer warm water in het bad lopen.

Ik moest langs hem heen leunen om erbij te kunnen, maar ik verzekerde me ervan dat ik mijn handdoek stevig tegen me aangeklemd hield. Adams donkere ogen volgden me en ik bleef voor hem langs leunen tot de kuip goed was gevuld en ik de kraan kon dichtdraaien. Voordat ik weer naar achteren kon leunen, greep hij mijn arm beet en trok me naar zicht toe. Mijn mond landde op die van hem.

Ik kreunde toen hij zijn tong in me liet glijden. Ik viel tegen zijn borstkas aan en beantwoordde de kus met zo'n beetje twee keer zo veel passie als hij erin legde, wat nogal wat zei, want zijn kus was allesbehalve kuis. Maar ik was uitgehongerd, smachtte naar hem en ik was niet van plan hem uit deze badkuip te laten stappen zonder hem dat te laten weten.

Zijn armen kwamen omhoog, de ene landde op mijn rug, de andere tegen de handdoek die ik tegen mijn borst geklemd hield. Toen hij uiteindelijk de kus verbrak om op adem te komen, keek hij naar me op en slikte moeizaam. 'Dit is niet makkelijk,' mompelde hij.

Ik schudde mijn hoofd 'Nope. Dat is het zeker niet.'

De hand op mijn borst schoof een stukje opzij, alsof hij hem onder de handdoek wilde laten glijden. Ik trok de doek strakker tegen me aan. Onze ogen vonden elkaar en ik wist dat hij het net zo zeer wilde als ik.

'Ik wil je aanraken. Ik wil je zien.'

Ik aarzelde, verstijfde van de plotselinge angst. Ik kon hem me niet laten zien. Ik was lelijk, verminkt. Het zou hem verafschuwen. Hij zou me nooit meer willen. Ik slikte de angst weg, maar hij verscheen onmiddellijk opnieuw. Uiteindelijk schudde ik zachtjes mijn hoofd.

Uitgestrekte momenten keek hij weg en toen zuchtte hij diep. 'Oké. Ik ga je niet overhalen iets te doen wat je niet wilt. Maar uiteindelijk …'

Ik leunde naar achteren, schiep wat afstand tussen ons. 'Uiteindelijk zal ik een borstreconstructie krijgen.'

Zijn blik schoot terug naar de mijne. 'Dus ik krijg je niet te zien tot daarna?'

Ik gaf geen antwoord. Ik had geen antwoord. Het was niet eerlijk van me. Ik wilde dat hij mijn borsten aanraakte. Maar hij mocht ze niet zien. De angst was te groot.

'Waar ben je bang voor, Emilia?'

Ik haalde beverig adem. 'Je hebt er geen idee van hoe het is om aan jouw zijde in het openbaar te verschijnen. Jij bent perfect. Iedereen kijkt naar je en vraagt zich af wat de hel je met mij moet.'

Hij fronste. 'Je denkt dat als ik je zie, ik je niet wil.'

Ik knikte. 'Ja. Dat is precies wat ik denk.'

'Gisteren in het park zei je dat je niet langer vertrouwt op wat je denkt, omdat je twijfelt aan je beoordelingsvermogen. Dat is terecht, want wat dit betreft zit je er volledig naast. Als ik alleen van je buitenkant hield, dan had je waarschijnlijk gelijk en zou ik hier misschien niet meer zijn. Dan zou ik alleen zien dat je prachtige haar verdwenen is en dat je de hele tijd ziek bent.'

Ik sloeg mijn blik neer, naar de bubbels onder me. Zijn woorden staken me. Ze waren eerlijk, maar ze deden pijn.

'Maar ik hou niet alleen van je haren en je mooie huid, je borsten of je ogen, je lijf. Dat zijn de bonussen en die komen wel weer terug. Ik hou van *jou*, Emilia. Ik hou van je hart, dat zich zorgen maakt om mij, terwijl *jij* degene bent die lijdt. Ik hou van je brein, dat zorgt dat we lange gesprekken kunnen voeren en dat je het *begrijpt*. Je begrijpt *mij*. Ik hou van je ziel, die soms voelt als de mijne, maar dan in jouw lichaam.'

Het deed pijn om te ademen terwijl ik zijn woorden in me opnam, de simpele schoonheid ervan verbijsterde me, kreeg me stil. Voor een moment vertrok mijn mond en toen begon ik ter plekke te snikken. Zijn woorden waren zo oprecht, zo onverwacht. Hij schoof naar voren en trok me in zijn armen. Ik huilde tegen zijn harde, naakte borstkas, met zijn warme huid tegen mijn wang.

Maar die verdomde handdoek hield ik nog steeds net zo strak tegen me aan als daarvoor. Ik was nog niet dapper genoeg. Het was te beangstigend. Zijn armen verstrakten om me heen. Hij zei dat hij van mijn ziel hield, maar hij had geen idee van de duisternis die daar diep vanbinnen schuilde. De vervloekte, afschuwelijke gedachten die ik dagelijks onderdrukte. De zelfafschuw.

Ja, ik leefde. Maar ten koste van wat? Was het het waard geweest? Ik slikte de steek van pijn wederom weg en draaide me toen naar hem toe om zijn nek te kussen, zijn schouder, zijn borst. Ik waste hem met mijn liefde. De kussen waren niet bedoeld om hem te verleiden of op te winden, maar om hem woordeloos te laten zien dat ik ook van hem hield.

'Ik hou van je … Zo, zo veel,' zei ik uiteindelijk. Het was bij lange na niet zo poëtisch of romantisch als wat hij tegen mij had gezegd, maar het was het enige wat ik tussen mijn gejammer en gesnik door wist uit te brengen. Hij hield me tegen zich aangedrukt tot ik stopte met huilen en lange tijd daarna was alleen het geknetter van het schuim en de beweging van het water om ons heen te horen, als een echo door de marmeren badkamer.

Ik drukte mijn betraande wang tegen de vochtige huid van zijn schouder en het voelde kalm, vredig. Toen ik sprak, was dat met een zachte stem. 'Ik ben bang om naar huis te gaan.'

'Waarom?'

'Omdat het hier zo magisch is geweest. Als een fantasie. Hier heb ik je helemaal voor mezelf. Ik hoef je niet te delen. Het is egoïstisch, maar ik heb van iedere minuut genoten.'

'Je hebt me helemaal, de hele tijd.'

Nee, dat was niet waar en dat wist hij. Daar wedijverde ik met het werk, de vrienden, al de perfect uitziende vrouwen om hem heen, collega's, kennissen. Daar had ik de constante angst dat ik hem zou verliezen.

'Jij hebt mij ook,' zei ik. 'De hele tijd. Voor altijd.' Voor zo lang als dat zou zijn.

Hij kuste mijn hals en ademde tegen mijn wang. 'Ik moet je zeggen dat ik ook bang ben,' zei hij plotseling.

Ik slikte. 'Vanwege de scan?'

'Ja.'

'Het is voor mij nogal makkelijk om "voor altijd" te zeggen terwijl dat misschien helemaal niet zo lang zal duren.'

Hij trok zich terug en keek in mijn ogen. 'Niemand weet wanneer "voor altijd" eindigt. Dat geldt niet alleen voor jou. We zullen het nooit weten. Wat "voor altijd" zo waardevol maakt, is iedere dag die we leven ervan genieten om samen te zijn. Iedere dag dat we elkaars leven beter maken.'

Ik sloeg mijn blik neer en hij volgde met zijn duim de tranen op mijn wangen, streek over de contouren van mijn lippen. Ik kuste zijn vingers toen ze over mijn mond gleden.

'Dus je weet dat mijn liefde voor jou niet is gebaseerd op je uiterlijk, net zomin als dat jouw liefde om mijn uiterlijk gaat … toch? Of hou je alleen van me om hoe ik eruitzie?'

Ik glimlachte, wenste bijna dat ik een grapje kon maken, maar ik wilde het moment niet verpesten. 'Hm. Ik hou van de man die ontbijt voor me maakt, zelfs al kan hij geen geroosterde boterham maken zonder hem aan te laten branden.' Hij schoot in de lach en bleef met zijn vingers over mijn mond, mijn kaak strijken. Ik sloot mijn ogen en genoot van het gevoel.

'Ik hou van de man die zijn briefjes aan mij ondertekent met een mislukt hartje. Ik hou van de man die naar muziek luistert waar tegenwoordig alleen nog oude mensen en hippies naar luisteren.' Hij schaterde het uit en ik lachte. 'Ik hou van de man die er voor me was … de hele tijd, zelfs toen ik er niet was.'

Stilte, met alleen het schuim dat om ons heen knisperde.

Een paar minuten later mompelde ik dat ik in een pruim begon te veranderen en behoedzaam stapte ik de badkuip uit. Hij leunde achterover en keek toe hoe ik voor het gemak een dikke badjas om me heen sloeg voordat ik eindelijk de inmiddels drijfnatte handdoek liet vallen. Ik pakte de andere badjas en legde hem dichterbij, zodat hij erbij kon als hij er ook uit kwam.

'Hé, boerinnetje, hoe zit het met mij? Wordt mijn rug niet gewassen?'

Ik schonk hem een ondeugende grijns en boog mijn hoofd. 'Zoals u wenst.'

Maar het was moeilijk, verdomd moeilijk om die ingezeepte washand over zijn gespierde rug te wrijven, over zijn monnikskapspier naar zijn onderrug, via de grote rugspier, tot aan zijn smalle taille. O God, hij was veel te sexy voor zijn eigen bestwil. En hem aanraken had me weer opgewonden gemaakt. Het was niet eerlijk. Ik was gezond genoeg voor een libido die *over the top* was, maar blijkbaar niet gezond genoeg voor hem tot er een scan terugkwam die zei dat ik schoon was. Met een zucht van frustratie stopte ik met de wasbeurt.

'Zo. *I'll be in my bunk*,' zei ik, refererend aan het bekende zinnetje dat duidelijk maakte dat ik mezelf maar eens ging helpen.

Adam lachte. *Firefly* was een van zijn favoriete series.

Ik kwam overeind en ging de slaapkamer in, waar ik in het donker zat en luisterde naar hem in de badkuip. De echte reden dat ik uit bad was gegaan, was dat het te veel pijn deed om mezelf voor hem te blijven verbergen. Ik wist dat hij had gewild dat ik de handdoek zou lozen en mezelf niet langer voor hem bedekte. Ik verborg me inderdaad voor hem, op zo veel verschillende manieren. En ik verborg me ook voor mezelf.

Ik ging op het bed liggen en herleefde die mooie momenten met hem waarin we samen zaten en hij me zei: 'Ik wil je zien. Ik wil je aanraken.' Mijn dagdromende ik was dapperder dan mijn echte ik, dus in mijn fantasie liet ik de handdoek vallen en keek hij naar me. En in plaats van de afkeer waarvoor ik vreesde, zag ik slechts lust in zijn ogen. Heet verlangen. Wanneer Adam opgewonden was, gloeiden zijn donkere ogen ervan. Ze gaven bijna licht, waren prachtig. Als smeulende kolen.

Ik slikte, mijn strot voelde plotseling strak en mijn hart raasde van mijn eigen verlangen. Ik stelde me voor hoe Adams handen over mijn middel omhooggleden, over mijn borsten schoven. Ik herinnerde me hoe het die avond had gevoeld, toen zijn duimen herhaaldelijk over mijn tepels hadden gewreven. Lustgevoelens trokken door me heen en ondanks de ironie van het grapje dat ik mezelf maar eens ging helpen, schoof mijn hand tussen mijn benen doordat de spanning die zich in me opbouwde vanaf het moment dat we waren gearriveerd, op het punt stond tot uitbarsting te komen en ik het niet langer aankon. Hij zou me niet aanraken totdat we zeker wisten dat ik beter was. Maar ik kon niet langer wachten.

Ik kreunde zachtjes. Het was mijn hand, maar ik stelde me voor dat het de zijne was en midden in mijn fantasie voelde ik het bed inzakken. Ik stopte, opende mijn ogen en keek op. Adam zat naast me op het bed en keek naar me. Hij had me dit nog nooit zien doen en in mijn wazige staat realiseerde ik me dat ik me waarschijnlijk beschaamd zou moeten voelen, maar daar was ik simpelweg te opgewonden voor. Het feit dat hij daar zat en naar me keek, wond me zelfs nog meer op.

Hij boog voorover en kuste me, pakte mijn hand en legde hem terug waar hij had gelegen, wreef tegen mijn clitoris. Zijn hand rustte bovenop de mijne en drukte hem naar beneden. Hij begon me te penetreren, zijn tong in mijn mond, zijn vingers in me. Ik schreeuwde het uit, maar het werd gesmoord door zijn mond.

Toen hij zijn mond losmaakte, fluisterde hij dingen waar mijn zenuwuiteinden van over mijn huid dansten. 'Je bent zo sexy, Emilia. Mijn sexy, ondeugende meisje. Ik wil je zien komen. Ik wil je horen.'

Ik hijgde. 'Ik zie voor me hoe jij boven op me ligt. In me zit.'

Hij kreunde en kuste me weer, mijn mond, mijn hals, mijn oren. Hij ging naast me liggen en zijn badjas viel open.

Ik zag de aangespannen spieren van zijn borst, het randje van zijn tattoo dat onder de sneeuwwitte stof vandaan piepte. 'Ik wilde dat je me kon neuken. Adam. Ik wil je zo graag.'

'Ik wil jou ook. Ik wil je genot brengen. Ik wil je een goed gevoel bezorgen. Voel je je goed?'

'Ja, ja. Ik voel me goed.'

Hij verschoof weer, duwde mijn benen uit elkaar en plaatste zichzelf ertussen. Mijn dijen klemden tegen zijn stevige schouders en hij likte me. Ik kermde en greep het hoofdeinde achter me beet terwijl mijn ogen naar achteren rolden. Het voelde … Zo. Verdomd. Goed. Ieder deel van me stond in brand en ik ademde zo snel dat ik buiten adem raakte. Het enige wat ik voelde was dat deel van mijn lichaam waar Adams mond me aanraakte, zijn tong die bij me binnendrong, zijn mond die zoog. Mijn rug kromde en ik kwam zo gewelddadig hard dat mijn heupen van het bed sprongen en tegen zijn hoofd stootten. Hij trok zich terug en duwde me naar beneden, legde toen zijn mond weer op me en weigerde me omhoog te laten komen tot de krachtige stuiptrekkingen voorbij waren en ik lag te jammeren, te smeken om zijn mond weg te halen omdat de sensaties zo intens waren dat ze nu pijn deden.

Mijn lichaam zakte ineen van vermoeidheid, ieder beetje spanning uit me gewrongen alsof ik een vochtige doek was. Ik kon slechts liggen en genieten van de overweldigende nagloed van mijn verpletterende hoogtepunt. Adam kwam overeind en keek naar me. Toen liet hij zijn hand over mijn buik gaan voordat hij naast me kwam liggen. Zo lagen we een poosje, de bovenkanten van onze hoofden tegen elkaar gedrukt, maar geen enkel ander lichaamsdeel waarmee we elkaar aanraakten. Ik stak mijn hand uit en verstrengelde onze vingers.

Toen keek hij naar me en zei het meest geweldige wat hij had kunnen zeggen. 'Laat die klotestem in je hoofd je niet wijsmaken dat je niet sexy bent. *Nooit.* Want je bent zo sexy dat je een gat door me heen brandt. En ik vind het geweldig.'

Hoofdstuk
Tweeëndertig
Adam

TWEE DAGEN NADAT WE THUISKWAMEN GINGEN WE naar het ziekenhuis voor Emilia's scan. De hele dag was ik nauwelijks in staat adem te halen. Ik zat daar maar, in de wachtkamer van het ziekenhuis terwijl zij urenlang weg was, het grootste deel van de tijd opgesloten in een enorm apparaat waarin ze volkomen stil moest liggen. Tenminste, dat hadden ze gezegd dat er zou gebeuren.

Vanaf het moment dat ze die ochtend wakker werd en zich klaarmaakte, was ze ongewoon stil geweest. Vlak voordat ze werd opgeroepen, had ze het kompas dat ik haar had gegeven afgedaan, waarschijnlijk een van de weinige keren dat ze hem niet op haar lichaam droeg. Maar het was niet toegestaan het te dragen tijdens de scan. Ze had hem in mijn hand gedrukt en me laten beloven er goed op te passen.

Ik keek in mijn handpalm en bestudeerde het donkerblauwe oppervlak, het sterrenbeeld dat in diamantjes werd weergegeven. Mijn keel kneep samen van emotie en ik stak het kompas in mijn borstzak.

Ik wierp een blik tegenover me, waar Kim met afgemeten bewegingen door een tijdschrift bladerde zonder het daadwerkelijk te lezen. Mijn oom Peter had een hand op haar been gelegd en keek met een ongeruste blik naar haar. Mijn been stuiterde herhaaldelijk op en neer.

Het zou goed komen met haar. Die zin had ik sinds ik was wakker geworden al duizend keer in mezelf herhaald. Het was mijn mantra vandaag. De scans zouden aantonen dat ze kankervrij was en dan konden we weer ademhalen. Als pure wilskracht van mijn kant het enige was wat ervoor nodig was, zaten we goed. Want al wekenlang had ik iedere vrije gedachte en ieder gevoel gewijd aan deze uitkomst.

Peter keek op en we deelden een blik. Toen schoot ik overeind en liep voor wat wel de twintigste keer leek naar de watertap in de gang. Een tel later stond Peter naast me.

'Gaat het een beetje?' vroeg hij zachtjes.

'Ik doe mijn best,' antwoordde ik.

Hij legde een hand op mijn schouder. 'Je weet dat je bij me terecht kunt als je wilt praten.'

Ik knikte.

'Probeer nu niet het sterke, zwijgzame type te zijn. Ik weet dat dat in je aard ligt. Wat dat betreft lijk je precies op je pa.'

Ik haalde mijn schouders op en nam een slok water. 'Als jij het zegt.'

'Adam, ik weet dat we er allebei niet dol op zijn om over dit soort dingen te praten. Ik weet dat jij en ik een of andere onuitgesproken overeenkomst hebben sinds je onder mijn dak kwam wonen, maar … ik moet je dit gewoon zeggen. Voor mij ben je mijn zoon. Ik hou van je vanaf de dag dat je werd geboren en ik voelde me blij en gezegend om je te mogen opvoeden. Je vader was mijn lievelingsbroer.'

Ik lachte. 'Mijn vader was je enige broer.'

Hij grijnsde. 'Klein detail. Maar hij was niet alleen mijn broer, hij was mijn beste vriend. Het was moeilijk om hem te verliezen, maar om jou hier te hebben, in mijn leven … Het is alsof ik hem daardoor nog steeds heb. En ik wil dat je weet dat ik er voor je ben. Als je ooit wilt praten … waarover dan ook.'

Ik zette het bekertje neer en keek naar hem. Dit was vreemd. Peter sprak zelden op deze manier tegen me. We hadden altijd een goede relatie gehad, maar daar kwam nooit veel gepraat bij kijken. Ik had altijd gevoeld dat Peter me op een dieper niveau begreep dan woorden ooit konden bewerkstelligen. Hij was de vader die ik nooit had gekend. Ik glimlachte. 'Bedankt. Ik hou ook van jou.' Ik klopte hem op zijn schouder.

Tot mijn verbazing trok hij me in een omhelzing. Vreemder en vreemder. Het was zo'n ongemakkelijke mannenomhelzing, waar het nodige geklop op de rug bij kwam kijken. Net toen het me gepast leek om me van hem los te maken, draaide hij zijn hoofd en zei hij zachtjes: 'Het komt goed met haar.'

Mijn ademhaling stokte en ik stapte achteruit. Ik wendde mijn blik af en knikte. Blijkbaar was ik niet de enige die zich in die hoop had vastgebeten.

Een uur later kwam ze, volledig aangekleed, aangelopen. Ze zag er uitgeput uit, met kringen onder haar ogen en ik dacht dat mijn ogen me bedrogen, maar ze zag er ook bleek uit. Onmiddellijk vroeg ze haar kompas terug. Ik haalde het tevoorschijn en deed de ketting over haar hoofd.

Kim en Peter zeiden iets over ergens gaan lunchen, maar Emilia schudde stilletjes haar hoofd en kroop onder mijn arm, waarna ze vroeg haar thuis te brengen.

Dus dat is wat ik deed.

De volgende vierentwintig uren waren een hel. Dit was de tijd die haar artsen nodig hadden om de scans in detail te bekijken en te bepalen of er nog steeds kankercellen in haar zaten en, God verhoede het, of er uitzaaiingen waren.

We spraken weinig. Keken samen veel tv. We doorliepen het hele vierde, en laatste, seizoen van *Farscape*. We zaten met z'n tweeën in dezelfde stoel, mijn armen om haar middel, haar hoofd op mijn schouder.

De volgende dag, toen eindelijk haar telefoon ging, sprongen we allebei op. Het was de dokter. Met een behoorlijk angstige blik nam Emilia op.

'Hallo, dokter Rivera,' zei ze en met uitzondering van een enigszins oppervlakkige ademhaling klonk ze volkomen normaal. Ze stak haar hand uit en klemde hem stevig om de mijne heen. Ik zat naast waar zij stond en keek op naar haar gezicht, in de hoop eruit op te kunnen maken welk nieuws ze kreeg.

'Oké,' zei ze terwijl ze kort een blik op mij wierp en toen wegkeek. 'Moet ik langskomen?'

Weer een lange pauze. Haar gezicht verraadde niets. Ze ademde diep in en haar hand om de mijne kneep harder. Ik had geen idee wat dat betekende.

'Dank u. Ja. Volgende week dan. Ja … dat zal ik meteen doen. Bedankt.'

Onmiddellijk verbrak ze de verbinding en verwachtingsvol staarde ik haar aan.

Haar mondhoeken krulden op. 'Geen teken van ziekte,' zei ze met een beverige stem.

Ik schoot overeind, trok haar in mijn armen en kneep haar bijna fijn. Alle lucht verliet met een duizelingwekkende opluchting mijn longen. 'O, godzijdank. Godzijdank.' Ik tilde haar van de grond en zwierde met haar in het rond.

Ze lachte en klemde haar armen steviger rond mijn nek. Ik kuste haar wang, haar hals, haar gezicht, haar oor. Waar ik haar maar kon aanraken kuste ik haar. Ze lachte nog harder.

'Je moet me neerzetten,' zei ze uiteindelijk.

'Ik wil je niet neerzetten.'

Ze lachte, draaide haar gezicht naar het mijne en drukte een stevige kus op mijn mond. 'Als je me niet neerzet en ik mijn moeder niet binnen vijf minuten bel, komt ze met een lepel achter je aan om je hart eruit te wroeten.'

'Mmm.' Ik kantelde mijn hoofd opzij alsof ik het risico afwoog tegen de beloning. 'Ik denk dat ik je wel voor een paar minuutjes los kan laten.'

'Ik denk dat we allebei een hoop telefoontjes te plegen hebben.' Ze liep naar haar nachtkastje, pakte een vel papier en scheurde het in de lengte door de helft. 'Jij neemt deze helft van de lijst en ik de andere. Laten we dit maar snel afhandelen, anders zitten we hier tot halverwege de nacht.'

Ik trok mijn mobiel tevoorschijn en hoe gek het ook mocht lijken, we zaten op haar bed, zij aan zij, en ploegden ons in een paar uur door de lijst heen.

Toen we klaar waren, zuchtte ik en liet me achterover op het bed vallen. 'Morgen hebben we die Bay Island-liefdadigheidsrondleiding door het huis, maar daarna moeten we echt iets speciaals gaan doen om het te vieren.'

Ze leek ineen te zakken bij het noemen van het evenement. Ik rolde op mijn zij en steunde met mijn hoofd op mijn hand om haar aan te kijken. 'Ik hoop dat je het niet erg vindt. Ik heb wat kaartjes gekocht voor onze vrienden, zodat er mensen zijn die je kent. Jenna, Alex, Kat, mijn neef en nicht…'

'We hoeven jouw liefdadigheidsding niet te verpesten met mijn nerdbende.'

Ik schoot in de lach. 'Ik dacht dat je je meer op je gemak zou voelen als zij er ook waren.'

Ze tuitte haar lippen. 'Eigenlijk was ik van plan mijn snor te drukken, als je het niet erg vindt.'

Ik zei niets en ze bestudeerde mijn gezicht.

'Dat zit je dwars, of niet?'

'Ik zou graag willen dat je kwam, om aan mijn zijde te staan.'

Ze aarzelde en keek lange tijd naar beneden. Toen rechtte ze haar schouders. 'Oké, dan doe ik het voor jou. Het spijt me, dat was niet eens bij me opgekomen.'

Ik wilde echt dat ze kwam. Maar meer voor haar dan voor mij. Ze zou eraan gewend moeten raken weer in het openbaar gezien te worden. In Parijs was het makkelijker voor haar, waar iedereen een vreemdeling was. Maar kennissen van het werk en vrienden waren, blijkbaar, een veel moeilijker publiek voor haar.

Ik belde Sonia en vroeg haar langs te komen, een nieuwe lading kleren voor ons mee te nemen en een visagist te regelen voor morgen. Hoe beter Emilia zich voelde over haar uiterlijk, hoe makkelijker het voor haar zou zijn.

HOOFDSTUK

DRIEËNDERTIG

MIA

IK DEED DIT VOOR ADAM. HIJ WILDE DAT IK ERBIJ WAS. DE
volgende ochtend moest ik mezelf daar verschillende keren
aan herinneren terwijl ik op het punt stond te gaan
hyperventileren en me achterover op het bed te laten vallen. De
angst was zo sterk dat het dreigde me de adem te ontnemen.

In kleine groepjes met mijn vrienden omgaan was een ding.
Zelfs in het openbaar als de mensen op afstand waren, zoals in
Parijs, vond ik prima. Maar hier, in zijn huis, was het anders.

Er zouden mensen komen waarmee ik bij Draco had
samengewerkt en een aantal van Adams rijke en belangrijke
vrienden. Ik had besloten ervan af te zien toen de visagist klaar
was met mijn gezicht. Ze had mijn wenkbrauwen een realistische
look gegeven en prachtige nepwimpers aangebracht, ondanks
dat mijn eigen wimpers bijna weer helemaal terug waren
gegroeid. Maar niets maakte dat kleine beetje dons haar op mijn
schedel goed. We probeerden drie of vier verschillende pruiken
uit, maar geen ervan stond goed. Ik nam uiteindelijk genoegen

met een die een korte bob had in een kleur die leek op mijn eigen kleur.

Ik droeg een kleurrijke jurk die aan mijn eisen voldeed, want hij had een hoge, ronde halslijn. Er viel, eerlijk gezegd, weinig te klagen over hoe ik eruitzag. Ja, ik zag er anders uit, maar veel beter dan ik maanden had gedaan.

Ik klemde mijn handen om mijn knieën en wiegde heen en weer. Ik wilde niet gaan en met geen mogelijkheid zou ik mezelf ertoe kunnen zetten. Zelfs niet met de aanwezigheid van mijn vrienden, die allemaal waren uitgenodigd. Ik zou me tot het allerlaatste moment heel laf in huis verbergen, in de hoop dat ze uiteindelijk naar binnen zouden komen en een poosje bij mij bleven om samen naar de hotemetoten te kijken, die het goede doel steunden en rondhingen in de tuinen en aan boord van het jacht of bij Adam liepen te slijmen.

Er zouden drankjes en hapjes op het gazon worden geserveerd en daarna zou het gezelschap doorgaan naar een vlakbij gelegen, exclusief restaurant voor een diner. Feestgangers kregen een tour door tuinen en huizen van Bay Island, waaronder de benedenverdieping van Adams huis en zijn jacht. Als ik me verstopte in mijn kamer en de deur op slot deed, had ik niets om me zorgen over te maken.

Behalve dat ik Adam teleurstel.

Hij was ergens in het huis, zich aan het klaarmaken en totaal onwetend over de inwendige strijd die ik voerde. Ik was doodsbang en ik wilde geen medelijdende blikken krijgen of nog erger, de 'waarom is *hij* met *haar*?'-vragen. Iedere keer dat ik eraan dacht, kneep mijn strot zich verder dicht.

Toen hij me kwam halen, verroerde ik geen vin.

'Het spijt me,' zei ik en rukte de pruik af. 'Ik kan het niet.'

Hij ging op het bed zitten en keek naar me. Hij zag er oogverblindend uit in de donkere spijkerbroek, het witte overhemd en het zwarte colbert. Zijn knappe verschijning ontnam me de adem. Hoe kon ik naast hem staan?

Voorheen kon ik dat, vol vertrouwen. Maar nu niet meer. De mensen zouden denken dat ik zijn moeder was, of zijn oma.

'Het spijt me,' herhaalde ik toen hij daar in stilte naar me zat te kijken.

'Ik wilde net zeggen dat je er prachtig uitziet. Het zou een eer zijn om je naast me te hebben staan.'

Ik wreef met mijn hand over mijn donzige schedel. 'Het spijt me. Ik kan gewoon niet ... Ik ...'

'En al je vrienden? Heath, Kat en Jenna ... Ik heb zelfs Liam overgehaald om langs te komen door te zeggen dat je hem graag weer een keer zou zien.'

'Ik *wil* hem ook graag zien. Misschien kunnen ze hierheen komen en wat tijd met me doorbrengen?'

Adam klemde zijn kaken op elkaar en legde zijn handen op zijn knieën, maar leek niet boos. 'Op een bepaald moment zul je toch de sprong moeten wagen, terug het land van de levenden in.'

Ik keek weg. 'Dat weet ik. Dat gaat makkelijker als ik weer haar heb en wat meer lichaamsgewicht.'

Hij zuchtte en stond op. 'Oké. Het is overbodig te zeggen dat ik je heel graag bij me had gehad daar beneden, maar ik ga je niet iets laten doen wat je niet wilt.'

Ik sloeg mijn blik neer, mijn gezicht rood van schaamte. 'Het spijt me.'

Hij bukte en kuste me boven op mijn hoofd. 'Hoeft niet. Maar mocht je je straks beter voelen, kom je dan alsjeblieft naar beneden?'

'Oké.'

Hij aaide me over mijn wang, glimlachte en was weg. Het voelde alsof mijn hart hem de deur uit volgde, want het deed plotseling pijn. Ik wist dat ik hem teleurstelde, maar ik was hier gewoon nog niet klaar voor.

Terwijl de mensen begonnen te arriveren en door de huizen trokken, had ik een eersterangs, 180 graden breed uitzicht vanuit mijn raam. Ik had ze zo ingesteld dat ik naar buiten kon kijken zonder dat zij in staat waren naar binnen te kijken. Handige ramen! Ik ging in mijn vensterbank zitten en zag de gezichten van de mensen van de liefdadigheidstour. Ik kende er meer niet dan wel. Adam begroette iedereen persoonlijk, schudde hun handen, droeg ze over aan de partyplanners, de catering of de tourgidsen.

In totaal namen er een paar honderd mensen deel. Jordan verscheen met aan beide armen een beeldschone vrouw. De een was een donkerharige schoonheid met een mokkakleurige huid en de ander een voluptueuze roodharige in een strakke jurk. Twee? Serieus? Typisch Jordan.

Kat arriveerde met Heath en Connor, allemaal netjes gekleed. Ik raakte opgewonden, hoopte dat ze naar binnen zouden komen om mij op te zoeken. In plaats daarvan verzamelden ze zich bij de open bar en bestelden drankjes. *Sjezus.* Leuk om te weten dat ik minder belangrijk was dan een gratis cocktail.

Ik trok mijn mobiel tevoorschijn en appte Heath, maar hij keek geen een keer op zijn telefoon. Hij zat met Kat onder de luifel, net op de grens van waar ik hem kon zien en al snel sloten Jenna, Alex en uiteindelijk Adams neef William bij hen aan.

Het duurde niet lang voor ik werd geplaagd door eenzaamheid, hierboven in mijn uppie. Maar wat de hel had ik dan verwacht? Ik had ervoor gekozen mezelf buiten te sluiten. Ik leek wel een klein meisje, pruilend, zichzelf afzonderend. Ik wilde deel van het feest zijn, maar was niet bereid te doen wat daarvoor nodig was.

Ik zat met mijn gezicht tegen het raam gedrukt toen er plotseling op mijn deur werd geklopt. Ik sprong op, hopend dat het Kat was. Toen ik naar beneden keek zag ik haar opvallende donkerrode haren naast Heath en wist ik dat zij het niet was. Wie dan? Waren mam en Peter binnengekomen zonder dat ik het had gemerkt?

Ik stond op en opende de deur. Bijna viel ik achterover van schrik. Jordan stond daar, alleen, met in allebei zijn handen een drankje. Hij stak er een mijn kant op terwijl hij een slokje van het andere nam.

'Het is mineraalwater,' zei hij. 'Heb je dorst?'

Ik stak mijn arm uit en nam het koude glas aan met een trillende hand. 'Ja. Bedankt.'

'Mag ik binnenkomen?'

'Heb je het niet al druk genoeg om je harem tevreden te houden?' reageerde ik met een grijns.

Hij schoot in de lach. 'Ah, je zag me met twee vrouwen arriveren. Leuk. Ik hoop dat iedereen dat denkt.'

Ik stapte naar achteren en liet hem mijn kamer binnen terwijl ik een slokje van het ijskoude water nam dat hij voor me had meegenomen en probeerde niet te laten merken hoezeer ik in de war was hem hier te zien. 'Zeg, eh, ik wilde je nog bedanken voor de reis …'

Hij stak zijn hand op. 'Geen woord daarover, oké? Adam heeft alles betaald. Hij heeft alleen de reserveringen overgenomen. Voor mij was het waarschijnlijk toch een beetje te vergezocht. Hij heeft me een gunst verleend.'

Ik knikte. 'Oké, ik zal er niets meer over zeggen. Behalve dankjewel en dat het heel erg lief van je was.'

Hij wierp me een wanhopige blik toe en ging toen naar het raam om over het gazon uit te kijken. 'Nou, je hebt in ieder geval een mooi uitzicht vanaf hier.'

'Ja, ik speel verstoppertje. Hoe wist je dat je me hier kon vinden?'

Hij keek me vanuit zijn ooghoek aan. 'Adam. Hoe anders?'

Ik trok mijn wenkbrauwen op. 'Heeft hij je naar boven gestuurd?'

Jordan schoot in de lach. 'Jezus, nee. Hij weet wel beter dan dat. Ik kwam hierheen omdat … Nou, ik voel me schuldig.'

'Waarover?'

Hij wuifde me naar het raam en wees naar het gazon. Mijn blik volgde zijn hand en ik zag Adam met de roodharige in de strakke jurk praten, een van de twee vrouwen die met Jordan was gearriveerd. Ze was oogverblindend mooi, stond vrij dicht bij hem en keek adorerend naar hem op.

Een benauwd en diepgeworteld iets klauwde rond mijn strot. *Flikker op, kreng.* De gedachte liet me zo schrikken dat ik bijna in de lach schoot. 'Waarom flirt jouw date met Adam?'

'Hm. Ze is niet echt mijn date. Ik heb af en toe een date gehad met die andere, haar huisgenoot. Deze kocht de kaartjes voor het benefiet maanden geleden. Toen … nou … laten we zeggen in de korte periode dat Adam vrijgezel was.'

Ik slikte een enorme brok in mijn keel weg. 'Dat is de vrouw waarmee hij uit is geweest, is het niet?'

Jordan schoof heen en weer. 'Eh, ja. Ik denk dat Adam zich niet eens realiseerde dat ze vandaag zou komen.'

Mijn hele lijf spande zich aan. Natuurlijk, het was een ding om te leven met het idee dat hij met iemand anders uit was geweest nadat ik het in mijn emotionele *freak out* met hem had uitgemaakt. Het was echt niet verkeerd van hem om met haar uit te gaan. Maar om haar hier te zien, terwijl ze er *zo* uitzag, flirtend met hem alsof hij nog steeds vrijgezel was? Nee. Gewoon nee. Dat ging niet gebeuren.

'Dus, eh, sorry daarvoor. Ik wilde het gewoon even uitleggen. En je moet niet boos op hem worden.'

Ik vouwde mijn armen voor mijn borst over elkaar, draaide mijn rug naar het gebeuren buiten en liet me op de vensterbank zakken. Heen en weer wiegend dacht ik na. Jordan zette een stap achterwaarts en keek naar me.

'Gaat het wel met je?'

'Niet echt,' zei ik tussen samengeknepen lippen door.

'Weet je zeker dat je niet mee naar beneden wilt?'

Mijn kaak klapte dicht. 'Niet terwijl ik er als een circusnummer uitzie.'

'Carisa is een aardig meisje en behoorlijk knap, maar ik zou me er maar niet druk om maken.'

'O? Waarom niet?'

'Omdat hij nooit ook maar enigszins geïnteresseerd in haar was. Ik weet zeker dat hij nu zelfs nog minder geïnteresseerd is, als dat al mogelijk is.'

Langzaam ademde ik in en uit. Het was zo bizar om dit gesprek met Jordan te voeren. De enige reden die ik kon bedenken, was dat hij medelijden met me had. Dat irriteerde me eerlijk gezegd.

'Dus, kwam je naar boven omdat je medelijden met me had?'

Jordan keek me aan, zijn bruine ogen vol met … iets. Geen medelijden. Als ik niet beter wist, zou ik denken bewondering. Waar de hel kon hij bewondering voor hebben?

'Nee. Ik zei het al. Ik voel me schuldig. Dat jij hier in je eentje zit. Dat ik haar zelfs maar heb meegebracht. Ik dacht dat je het misschien zou zien en wilde je laten weten dat het niets te betekenen heeft.'

Ik draaide me om en keek weer naar buiten. Ze stonden er nog steeds. Zij stond nog steeds centimeters bij hem vandaan, vlak tegen zijn arm. Blijkbaar hadden ze *iets* om over te praten.

'Heb maar medelijden met Adam. Zijn vriendin is een lafaard.'

'Hmm.' Hij nam een grote slok van zijn bier en keek toen weer uit het raam. 'Ik heb in maanden niets lafs aan jou gezien. Eerder het tegenovergestelde, moet ik zeggen.' Ik bleef stil en Jordan draaide zich naar me toe. 'Trouwens … je kunt haar echt wel hebben. Ik zou er grof geld voor neerleggen om dat te zien gebeuren.'

Ik schaterde het uit. 'Jij bent echt een eikel.'

'Ja, maar wel een hele schattige eikel.'

Ik knikte instemmend.

'Nou, Marta zal zich wel afvragen waar ik ben gebleven. Ik wilde gewoon zeker weten dat je in orde was.'

Met mijn vingertoppen wreef ik over mijn slapen, mijn blik op mijn mooie jurk gericht.

'En stop met denken dat je een lafaard bent. Ik weet zeker dat iedereen het begrijpt.'

Ik keek op en voelde warempel een steek van boosheid bij die woorden. Jordans blik haakte in de mijne en zijn mondhoek krulde op. Het was bijna alsof hij *wist* dat dat me ook pissig zou maken. Ik klemde mijn kaken opeen en keek hem met samengeknepen ogen aan, waarop zijn lach alleen maar breder werd.

'Zie je later, Mia.' En zonder op een reactie te wachten, draaide hij zich om en verliet de kamer.

Ach, rot toch op, dacht ik. Ik stond op en begon te ijsberen, toen stopte ik en keek weer door het raam naar beneden. Die vrouw – Carisa blijkbaar – stond inmiddels zelfs *nog* dichter bij Adam en er waren nu ook een paar anderen bij komen staan. Maar Adam sprak nog steeds met haar en negeerde praktisch alle overige gasten.

Gefrustreerd blies ik mijn adem uit, ik liep naar de kast en trok er een paar dozen en wat hangers met sjaals uit. Ik gooide alles op het bed en begon erdoorheen te rommelen. Ik was al helemaal opgedoft in deze prachtige bloemetjesjurk – perfect voor een tuinfeest – en ik had mijn make-up professioneel laten doen. Ik moest alleen iets zien te bedenken voor die kale kop.

Een pruik? Het zou de makkelijkste oplossing zijn, maar de gedachte dat het daaronder zou gaan zweten maakte me misselijk. Een hoed? In een opwelling had ik een grote, slappe hoed gekocht die, naar mijn idee, modieus was. Maar het paste gewoon niet bij me.

Uiteindelijk griste ik een sjaal tevoorschijn die paste bij de kleuren van mijn jurk, ging naar de spiegel en wikkelde hem om mijn hoofd op een van de manieren die Sonia me had laten zien.

Het was wat zij een 'haarknot' noemde, die werd gebruikt door orthodox-joodse vrouwen om hun hoofd vanwege religieuze redenen te bedekken. Het zag er stijlvol uit als het op de juiste manier werd gedaan en ik had genoeg geoefend. Het zag er bijna net zo goed uit als die zwarte kanten sjaal die ik op die eerste magische avond in Parijs had gedragen.

Ik bestudeerde mezelf in de lange spiegel van de badkamer. Oké, ik zag er niet *vreselijk* uit. Maar ik zag er wel degelijk uit als een kale vrouw die haar kaalheid onder een sjaal verborg. Ik balde mijn vuisten naast mijn zij en staarde naar mijn spiegelbeeld. 'Je kunt dit,' zei ik. Het voelde belachelijk om dat hardop te zeggen, maar het gaf me toch een beetje moed. Ik stak mijn voeten in mijn schoenen en ging de trap af om me zo snel mogelijk in het openbaar te vertonen, voordat ik me zou bedenken. Des te eerder ik gezien werd, des te eerder zou die hele ongemakkelijkheid over zijn.

Er waren een paar mensen binnen die door de ruimtes slenterden, maar niemand die ik herkende. Dus ik glipte door de achterdeur naar de strandkant van het huis, waar Adam de laatste keer dat ik keek – *nog steeds* – met die roodharige had gestaan.

Mijn eerste obstakel bleek een lastige te zijn. Een groepje van de gevreesde stagiaires van Draco. Oké, het waren er slechts twee. De twee van wie de vaders rijk genoeg waren om de prijzige kaartjes voor dit liefdadigheidsevenement aan te schaffen. Ze reden in een BMW naar het werk, droegen designerkleding en waren alleen hier om hun stage af te ronden vanwege hun cv. Cari en April waren twee van mijn grootste rivalen bij de afdeling marketing, waar ik maandenlang had gewerkt voordat ik ontslag had genomen op die vreselijke dag van de zwangerschapstest in Adams kantoor.

Toen ik met ze werkte, hadden ze geen idee dat ik een relatie had met 'de baas'. Ze hadden lekker openlijk geroddeld en over Adam lopen kwijlen tijdens ieder vrij moment dat ze konden vinden. Ze hadden die schaal waarop ze aangaven hoe goed hij er op die dag uitzag, gebaseerd op wat hij droeg. Meestal was het een negen of een tien of zelfs een tien plus.

Gatver. Ik haatte hen.

En op dit moment stonden ze op het terras naar Adam te staren, die *nog steeds* met die rooie stond te kletsen, hun hoofden dicht bij elkaar. Ik bleef staan, een grote plant in een pot tussen ons in, en probeerde mijn moed bijeen te rapen om langs hen te lopen.

Nu ik zo dichtbij stond, kon ik niet voorkomen dat ik hoorde wat ze zeiden. Surprise, surprise, ze stonden te roddelen over Adam.

'O God,' zei Cari. 'Als hij nog een keer met die broeierige, donkere ogen hierheen kijkt, denk ik dat ik spontaan klaarkom.'

'Hij is *zo* sexy,' stemde April in. 'Die griet waarmee hij staat te praten is bikinimodel voor *Sports Illustrated*.'

'Nou, aangezien zijn vriendin er inmiddels uitziet als een wandelend lijk, kan ik het hem niet kwalijk nemen. Maar, shit, ik moet een manier zien te vinden om onder die man te komen liggen. Nu ik zijn huis heb gezien, denk ik dat ik doodga als ik niet in zijn broek weet te komen.'

'Hij is om je vingers bij af te likken, maar ook behoorlijk loyaal. Ze zijn nog steeds bij elkaar.'

'*Loyaal*,' snoof Cari. 'Voor nu. Een hond is loyaal. Een jonge, lekkere vent als hij? Hij zal een vrouw willen die kan zuigen als een ...'

'Misschien houdt hij haar daarom in de buurt. Ik bedoel, misschien is ze wel *heel* goed in bed.'

Oké, ik mocht eerst doodsbang zijn geweest, maar nu was ik verdomme ronduit pissig. Na een diepe hap lucht en met mijn gebalde vuisten aan mijn zij, kwam ik vanachter de plant vandaan.

'Hoi Cari, hoi April.'

Met een ruk draaiden ze zich om. Bij allebei popten hun ogen uit hun kassen en hun monden vielen tegelijkertijd open. Cari zwiepte haar enorme blonde manen over haar schouders en gluurde naar April. 'Hoi Mia! Je bent er. We vroegen ons al af waar je was.'

April had nog het fatsoen om daar slechts te staan en er diep geschokt uit te zien.

'Uh-huh,' reageerde ik en deed net alsof ik mijn nagels inspecteerde, die er redelijk uitzagen als je in ogenschouw nam dat ze al heel lang niet meer groeiden, maar ik had recent een dure manicure gehad.

Ik draaide me in Adams richting. 'Tien plus vandaag, zou ik zo zeggen. Uiteraard denk ik dat iedere dag.' Toen schonk ik ze een vuile grijns toe. 'Maar misschien komt dat doordat ik iedere dag het geluk heb om hem naakt te zien.'

Ze wisselden een paar oncomfortabele blikken en Cari stond op het punt iets te zeggen toen ik haar weer in de rede viel.

'O, en over wat jullie net aan het bespreken waren … Ik doe meer dan alleen een kerel z'n pik afzuigen, meiden. Ik breng z'n hoofd op hol.' Mijn blik gleed keurend over hen heen. 'Neem me niet kwalijk, het wandelend lijk houdt ervan om het brein van de levenden op te peuzelen, maar daar lijkt hier niet veel van aanwezig te zijn, dus … toedeloe.' Ik grijnsde naar ze en salueerde ze spottend. Aprils gezicht werd knalrood.

Met iedere stap die ik bij hen vandaan zette, voelde ik me immens trots op mezelf, maar tevens voelde ik me onzekerder met iedere stap die ik richting Adam zette. Wederom was hij alleen met het rondborstige bikinimodel. Ze had nu haar hand op zijn arm gelegd en hij deed er niets tegen. Dus net als met die twee idiote stagiaires duwde ik mezelf door mijn onzekerheid, aangedreven door mijn boosheid.

Ik kwam naast Adam staan, tegenover Mevrouw Strakke Jurk en stootte zijn arm aan. 'Hoi,' zei ik zachtjes.

Zijn hoofd schoot mijn kant op, zijn ogen werden groot en zijn rechte, witte tanden straalden door de enorme lach op zijn knappe gezicht. Hij trok me in een omhelzing en kuste me op mijn wang. Ik maakte gebruik van de kans om over zijn schouder een blik op Jordans modelvriendin te werpen. Ze bekeek me met een gelijksoortige nieuwsgierigheid. Adam fluisterde in mijn oor: 'Ik ben zo blij dat je er bent.'

Ik draaide mijn hoofd en kuste hem op z'n wang en Adam ging rechtop staan, van plan om ons aan elkaar voor te stellen. 'Dit is Carisa. We hadden het net over je. Carisa, dit is Mia.'

Haar mond krulde in een halve lach. Ze zag eruit als een van die mensen die met een bronzen medaille om haar nek op het podium bij de Olympische Spelen stond en probeerde er elegant uit te zien door haar teleurstelling te maskeren, wat niet bepaald lukte. 'Hoi Mia, leuk je te ontmoeten.'

'Ook leuk om jou te ontmoeten,' loog ik. 'Dus je kwam met Jordan mee?'

'Ja, ja, dat klopt. Hij datet mijn huisgenoot al een poosje.' Zij en Adam wisselden een blik en toen keek ze weg met een blik die mijn bloed liet koken. Ik nestelde me dichter tegen Adam aan en hij verstevigde zijn greep om me heen.

Ik besloot dat het beste was om het te negeren, want een scène trappen zou alles alleen maar erger maken. Ik wendde me tot Adam. 'Hoe gaat het tot dusver?'

'Goed. Beter nu.' Hij lachte.

Ik grijnsde naar hem terug. 'Nou, dan ben ik blij dat ik naar beneden ben gekomen.'

Carisa verontschuldigde zichzelf een paar minuten later met als excuus dat ze dorst had. Ik slaakte een zucht van opluchting. Adam keek toe hoe ik haar aftocht aanschouwde. 'Ik neem aan dat Jordan je het heeft verteld,' zei hij op effen toon.

Ik haalde mijn schouders op. 'Blijkbaar had ik wat motivatie nodig om naar beneden te komen.'

Hij glimlachte. 'Dat was heel dapper van je.'

'Ik begon het zat te worden een lafaard te zijn.'

Hij kuste me op mijn slaap. 'Zo ken ik mijn meisje weer.'

Ik draaide me naar hem toe en greep de revers van zijn blazer in mijn beide handen. 'Ik zat te denken … Je weet dat het meer dan vierentwintig uur geleden is dat ik schoon ben verklaard. Denk je dat we vanavond … die hobbel kunnen nemen?

Meteen begreep hij waar ik op doelde. Met dat heerlijke kuiltje dat soms aan de zijkant van zijn mond verscheen als hij lachte en een gloed in zijn ogen staarde hij over het gazon uit en zei: 'Ik denk dat dat – zeer enthousiast – geregeld kan worden.'

Ik greep zijn hand beet en gaf er een kneepje in. 'Mooi.'

'Wil je iets eten of drinken?'

'Ik wilde die kant even op lopen en hoi zeggen tegen onze vrienden. Ze zaten aan een tafel, de laatste keer dat ik keek.'

'Volgens mij hangen ze op het jacht rond. Ik zag ze die kant op lopen vlak voor jij kwam.'

Ik keek naar de boot. Er waren mensen op het dek. 'O, echt? Misschien dat ik daar dan even ga kijken.'

'Ze zullen heel blij zijn je te zien. De tourorganisator wilde me kort spreken, maar ik kom over een paar minuutjes die kant op.'

Ik gaf hem een lange kus op zijn mond en hij trok me strak tegen zich aan. Ik zuchtte. Het voelde goed. En een beetje publiek vertoon van affectie kon geen kwaad wanneer er hongerige stagiaires of een bikinimodel in de coulissen stonden te wachten, klaar om hem te bespringen. Als ik een hond was, zou ik over mijn boom pissen om mijn territorium af te bakenen.

Met dat absoluut niet aantrekkelijke beeld in mijn hoofd keerde ik me met een lach rond mijn lippen van hem af. Het voelde bevrijdend om me dwars door de angst heen een weg te hebben gevochten om mezelf te laten zien met dit uiterlijk. De manier waarop Adam naar me keek, me vasthield, me kuste te midden van de menigte op zijn huisfeest, gaf me het gevoel de mooiste, meest begeerde vrouw van het universum te zijn. En met die triomf in mijn zak slenterde ik grijnzend naar de aanlegsteiger waar Adams jacht lag aangemeerd.

Het was lang geleden dat we ermee op uit waren gegaan, omdat we bang waren geweest dat mijn misselijkheid op de oceaan nog erger zou worden. Maar ik keek ernaar uit om weer een tocht te maken. Misschien konden we zelfs wel een langere trip maken, naar Cabo of Hawaï. De gedachte daaraan liet mijn bloed stromen van vreugde. Weken alleen met Adam op een boot. Daar zou ik iedere dag van de week voor tekenen.

Ik vond mijn groepje vrienden verzameld om een bordspel aan een tafel in de lounge. Ze zaten midden in een verhitte discussie over de regels toen ik naar binnen glipte. 'Ik ben hier om uw bestelling op te nemen.'

Iedereen keek op en Heath sprong overeind. 'Jaaa! Kijk nou eens wie eindelijk heeft besloten op te komen dagen!'

Alex sprong aan de andere kant van me op. 'Ze kwam gewoon stijlvol te laat, Heath. En kijk eens hoe stijlvol ze *is*.'

Jenna en William leken nauwelijks op te merken dat ik was gearriveerd. Ze leken verwikkeld in een of ander meningsverschil over de regels.

'Ik zie niet in wat het probleem is. Zelfbedachte regels kunnen heel leuk zijn,' zei Jenna.

'Zelfbedachte regels staan niet in de spelregels. Monopoly is uitgebreid getest en op zo'n manier ontwikkeld dat het spelers een optimale spelervaring bezorgd.'

'Ja, daarom heten het ook "zelfbedachte regels". En die kunnen heel leuk zijn! Je zou echt eens …'

'Zelfbedachte regels verstoren de balans van het spel en verlengen het, vooral de regel die jij voorstelt, over het geld onder *vrij parkeren*.'

Jenna lachte wrang. 'Nou, William, ik kan niet geloven dat jij niet geïnteresseerd bent in het verlengen van je plezier.'

Kat schaterde het uit.

Connor stond op, omhelsde me en gaf me een kus op mijn wang. 'Hoe gaat het met je, Mia, liefje?'

'Liefje?' schamperde Heath en wierp hem een scherpe blik toe. 'Waarom noem je mij nooit zo?'

Hij haalde zijn schouders op. 'Zij is knapper dan jij.'

Ik giechelde. 'Dat mag ik wel hopen, ja, zelfs zonder mijn haar.'

'Groeit het al terug?' vroeg Alex, die onder mijn sjaal probeerde te spieken.

'Hé! Het heeft me lang genoeg gekost dat ding goed te krijgen.'

'Ik zat net iedereen te vertellen dat ik *frenologia* beheers, frenologie. Mijn oma kwam uit Argentinië. Zij leerde me hoe ik de bobbels op de schedel kan lezen.'

'Wat de hel?' reageerde ik. 'Niemand gaat mijn bobbels lezen.'

'Behalve Adam,' snoof Kat.

Ik stak mijn tong naar haar uit.

'Nee, serieus, Mia. Ik kan je hele toekomst voorspellen door naar je hoofd te kijken.'

'Waarom gebruik je niet gewoon een glazen bol?'

'Is er tegenwoordig een groot verschil tussen jouw hoofd en een glazen bol?' merkte Heath op. Ik gaf hem een elleboogstoot in zijn maag en hij veinsde dubbel te klappen.

'Kom op, Mia. Laat me het proberen. We hebben je allemaal kaal gezien en aangezien je haar weer aangroeit, krijgen we die kans misschien nooit meer.'

Ik liet me in een stoel tussen Jenna en Kat zakken en keek over de tafel naar William, die methodisch alle spelonderdelen aan het inpakken was en iedereen om hem heen negeerde. 'Hé, William. Alles goed?'

Hij trok een schouder op.

Jenna leunde naar me toe. 'Blijkbaar heb ik hem boos gemaakt.'

'Niet gemeen doen, Jenna.'

'Ze is niet gemeen,' reageerde William zonder op te kijken.

Ik krabde door mijn sjaal heen op mijn hoofd.

'Doe hem gewoon af en laat me je bobbels lezen.'

Ik zuchtte. 'Sjezus, Alex.'

'Kom op. Ik kan je toekomst voorspellen.'

'Ze weet haar toekomst al,' zei Heath. 'Haar haren groeien terug. Ze gaat geneeskunde studeren. Over vier jaar zal ze dokter Mia Strong zijn.'

'Niet dokter Mia Drake?' vroeg Alex.

Ik fronste. 'Eh, jongens, jullie hoeven niet over me te praten alsof ik er niet bij ben.'

'Hmm. Wat dacht je van dokter Strong-Drake?' ging Heath onverstoorbaar door.

Alex en Kat lachten. 'Dat klinkt belachelijk.'

'Jullie zijn een stel idioten,' zei ik. 'Misschien gebruik ik gewoon alleen mijn voornaam, zoals Beyoncé of Adèle. Zo geweldig ben ik dan.'

'Dokter Mia,' zei Alex, 'laat me je bobbels lezen.'

'Beloof je dat je stopt met zeuren als ik die sjaal afdoe?'

Ze knikte verwoed. 'Ja. Ja. Ik beloof dat ik me niet als een zeikwijf zal gedragen.'

'Te laat.' merkte Heath op.

Alex stak haar middelvinger naar hem op. Jenna zette grote ogen op. '*Holy crap*, ik zou de latina *niet* irriteren. Daar krijg je spijt van, Heath.'

Heath trok een nonchalant gezicht en iedereen ging weer zitten. Na een lange, moedeloze zucht trok ik mijn sjaal van mijn hoofd en liet Alex kijken.

'Ooo, wat schattig, er groeien kleine donshaartjes. Het zijn net van die kuikendonsveertjes.'

'Lees die bobbels nou maar gewoon, in godsnaam.'

'Oké, oké. Ik moet je hoofd wel aanraken, is dat goed?'

'Je gaat je gang maar. Voorspel mijn toekomst nou maar gewoon.'

'Hmm.' Haar vingers gleden over mijn schedel en het kietelde een beetje. Ik giechelde toen ze aan beide kanten een duim naast mijn slaap plaatste en vervolgens haar vingers uitspreidde in mijn nek. Toen streelde ze me, alsof ze een hond aaide. Heath begon zachtjes te grinniken en Kat maande hem tot stilte.

'Dit deel van je hoofd, bij de kruin, zegt iets over je academische successen en carrièresuccessen. Die van jou komt sterk omhoog, wat zegt dat je een zeer lange en voorspoedige carrière zult hebben. Je zult erg toegewijd zijn aan je beroep.'

'Wauw, dat klinkt als pure wetenschap,' spotte Heath en nu was ik degene die hem tot stilte maande, want ik wilde Alex niet kwetsen.

'En dit deel, het breedste deel van de voorkant van je schedel, tussen je slapen, gaat over je liefdesleven. Je zult een langdurige relatie hebben met de liefde van je leven. Hmm. Eén huwelijk.'

'Dat weten we allemaal al,' zei Kat. 'Begrepen, zij en Adam blijven eeuwig bij elkaar. Vertel ons nu maar eens iets nuttigs. Bijvoorbeeld hoeveel kinderen ze krijgen of zo.'

Mijn strot kneep samen bij Kats woorden. 'Dat is niet …'

'O! Dat zit hier, onder aan de schedel.' Ze liet haar vinger langs de bovenkant van mijn nek gaan, aan de rand van mijn hersenpan. 'Hmm. Twee? Nope … één. Maar één baby.'

Ik rukte mijn hoofd bij haar vandaan. Een onverwachte emotie sloeg plotseling tegen mijn borst en maakte het lastig om te ademen.

'Oké, klaar,' zei ik met een bevende stem.

'Maar ik heb nog niet …'

'Ze is klaar, Alex,' zei Heath terwijl hij me met een ongeruste blik aankeek.

'Ik … eh … ik moet naar de wc,' zei ik en kwam struikelend overeind. Ik draaide me om naar de deur en zag Adam daar staan, tegen de deurpost geleund. Hij keek me strak aan met zijn donkere, serieuze ogen.

Tranen prikten in mijn ogen en ik slikte verwoed. 'Neem me niet kwalijk,' fluisterde ik terwijl ik me langs hem heen wurmde. In plaats van naar het dichtstbijzijnde toilet te gaan, sprintte ik de trap op en vloog een van de slaapcabines in terwijl de tranen plotseling in mijn ogen stonden. Ik sloot de deur en liet me op het bed zakken.

Maar één baby. Ik boog voorover en drukte mijn handpalmen tegen mijn ogen. Ik ging niet huilen. Ik kon niet huilen. Ik moest me hier overheen zetten. Maar hoe kon ik dat als ik had gezworen mezelf dit nooit te vergeven? Een lang onderdrukt verdriet klemde zich aan me vast. Verdriet dat ik zo diep had weggestopt, verstopt als kleine wolkjes stof en stukjes vuil die zo ver onder het meubilair lagen dat ze nooit werden opgeruimd, nooit het daglicht zagen. Maar het was er, zelfhaat, zelfveroordeling. Ik had dit anders kunnen doen. Ik had …

Nu had ik geen idee of ik ooit moeder zou worden. Ooit een kind zou vasthouden. Maar Alex, met haar uit de hoge hoed getoverde toekomst, leek die twijfels te bevestigen. Dat mijn kans – *onze* kans – was gekomen en gegaan.

Een tel later ging de deur open en ik wist wie het was, dus ik nam niet de moeite om op te kijken. Adam ging naast me op het bed zitten en sloeg een arm om mijn schouders.

Hij sprak niet, trok me slechts tegen zich aan. Ik ging niet janken. Ik ging het niet doen. Ik kon het niet. Ik zou het mezelf niet toestaan. Ik zou het onderdrukken, weigeren het eruit te laten komen. Ik kon sterk zijn. Ik kon hem dit niet laten zien.

Ik ging negeren dat ik mezelf op dat moment volkomen verafschuwde, en dat waarschijnlijk altijd zou blijven doen.

HOOFDSTUK VIERENDERTIG

ADAM

'WIL JE PRATEN?' FLUISTERDE IK.

Ze schudde haar hoofd. Ze beefde in mijn armen, maar huilde niet. Dat was in ieder geval een goed teken. Toch?

'Strakker,' fluisterde ze.

Ik liet mijn armen om haar middel naar beneden zakken en verstevigde mijn greep rond haar torso.

'Praat tegen me,' drong ik zachtjes aan.

Ze schudde haar hoofd. 'Het komt wel goed met me. Ze overviel me gewoon.'

'Emilia ...'

'Ik ben oké,' onderbrak ze me. 'Zie je?' Ze maakte zich los uit mijn armen en haalde haar handen over haar ogen, waardoor ze onbedoeld haar mascara uitsmeerde. Ze leunde achterover en keek in mijn ogen. Ze huilde niet. Maar de pijn was er, diep en verborgen achter de neplach die rond haar mond hing.

Ik wreef met mijn hand over haar rug. 'Heb je er over nagedacht om … hier met iemand over te praten? Zoals je oncoloog opperde?'

Ze verstijfde en staarde naar de grond terwijl ik de kleur uit haar gezicht zag trekken. 'Nee.'

Ik slikte, plotseling bang doordat ik geen flauw benul had over hoe ik dit moest aanpakken. 'Maar het zou je kunnen helpen …'

'Denk je dat ik ze niet meer op een rijtje heb?'

Mijn kaak verstrakte en ik ontspande hem terwijl ik diep inademde. 'Ik denk dat je in een hele korte periode heel veel hebt meegemaakt.'

Ze draaide haar gezicht naar me toe. 'Ik kan het wel aan. Ik ben sterk. Ik heb al eerder shit meegemaakt. Ik kom er wel bovenop.'

Iets zwaars en donkers drukte op mijn borst. Ik wilde dat ik net zo optimistisch kon zijn. Maar ik had geen antwoord voor haar. Ik kon haar niet dwingen hulp te zoeken. Ik hoopte van harte dat ze gelijk had en er bovenop zou komen. Zij herinnerde het zich niet, maar ik wel; die ferme verklaring dat ze het verdiende te sterven door wat ze had gedaan.

Iedere keer dat ik terugdacht aan dat moment, sloopte het me, maakte het me machteloos. Ik bestudeerde haar nauwlettend.

Ze depte haar ogen weer. 'Ik heb gewoon wat tijd nodig.'

'Oké.' Ik slikte. Het was duidelijk te merken dat ze emotioneel in de knoop zat en ik had geen enkel benul van hoe ik haar kon helpen. Dit voorspelde niet veel goeds. Lichamelijk gezien was ze weer gezond, maar al die tijd dat we ons hadden geconcentreerd op het genezen van de kanker, hadden we toen gaandeweg een aantal andere belangrijke componenten genegeerd?

'Het komt wel goed. Het komt goed met ons,' zei ze op een toon waardoor het leek alsof ze zowel mij als zichzelf probeerde te overtuigen.

Ik streelde haar koude wang. Diep vanbinnen voelde het verkeerd dit weer aan de kant te schuiven, zoals we maanden en maanden achtereen hadden gedaan.

Dit was verkeerd.

'Mia, praat in ieder geval met mij. Vertel me wat je voelt.'

Ze schudde haar hoofd weer. 'Het gaat prima met me. Ik beloof het … Het was gewoon even iets waarop ik niet was voorbereid. Volgende keer …' Haar stem stierf weg, alsof ze zich realiseerde hoe belachelijk haar woorden klonken.

'Er gaat een volgende keer komen en daarna nog een keer. Dit gaat niet weg door het simpelweg te negeren.'

Ze knikte, maar vermeed mijn blik. 'Je hebt gelijk. Dat moeten we ook niet doen. Maar laten we het gewoon een beetje … tijd geven?' Abrupt stond ze op en ze ging naar de badkamer in de cabine. Ze was een paar minuten bezig om de door haar onderdrukte tranen uitgelopen mascara af te vegen. Dat was precies wat ze deed, haar pijn onderdrukken, het begraven onder een moedige uitdrukking.

Ik was er honderd procent van overtuigd dat dit tegen ons zou werken. En ik had geen fucking idee over hoe ermee om te gaan. En of er zelfs wel een manier *was* om ermee om te gaan.

Toen ze de badkamer uitkwam, zag ze een beetje bleker dan normaal, maar verder was er niets aan haar te merken en gedroeg ze zich alsof er niets was gebeurd. Dat stelde me *niet* gerust.

'Ik baal ervan dat ik mijn sjaal heb achtergelaten.'

Ik trok hem uit mijn zak. 'Ik heb hem voor je meegenomen.'

Ze grijnsde een grijns die haar ogen niet bereikte en boog voorover om me op mijn wang te kussen. 'Nu weet ik waarom ik jou hou, geniaal wonderkind.'

Ze knoopte de sjaal weer om haar hoofd en bleef de rest van het feest aan mijn zij. Na afloop van het evenement stonden we met de andere huiseigenaren aan het einde van de voetgangersbrug afscheid te nemen van alle bezoekers, die nu naar het liefdadigheidsdiner gingen. Het werd al donker toen we samen naar het huis terugliepen. Ze hield mijn hand vast, haar vingers stevig in de mijne verstrengeld.

Ik herinnerde me dat ze had laten doorschemeren vanavond samen te willen zijn en ze wierp een blik op haar gebogen hoofd terwijl ze terugliep in het schemerige licht. Ik voelde me moe, zoals gebruikelijk, maar als ik haar zou afwimpelen, zou ze onzeker worden en het als een persoonlijke afwijzing opvatten.

Misschien dat het gebeuren met haar vrienden haar van gedachten had doen veranderen? Ze leek stiller dan normaal sinds dat was gebeurd.

We kwamen boven en er ontstond een ongemakkelijk moment toen we aarzelden bij de deur van haar kamer. Ze draaide zich naar de deur, keek ernaar en keek toen weer terug naar mij. Ze slikte. 'Hoeveel langer gaan we dit doen, denk je?'

'Wat doen?' vroeg ik.

'De aparte slaapkamers.'

Ik haalde mijn hand over mijn kaak. 'Wil je dat ik vanavond bij jou kom slapen?'

Ze draaide zich naar me om en sloeg haar armen rond mijn middel. 'Ik wil meer doen dan slapen.'

Bijna verzon ik een smoesje. Ik maakte me nog steeds zo veel zorgen om haar, maar toen kuste ze me in mijn nek en het voelde zo verdomd goed. En in godsnaam, het was vijf maanden geleden dat we seks hadden gehad. Mijn uitgehongerde lichaam reageerde direct. Ik zou waarschijnlijk halfdood moeten zijn om niet op haar te reageren.

Ze zette een pas naar achteren en zei: 'Kom je over tien minuten hierheen? Ik wil even iets anders aantrekken.'

'Kom me maar in mijn kamer opzoeken,' reageerde ik. 'Ik ga een douche nemen.'

Ze glimlachte. 'Oké.'

Mijn hersenen draaiden op volle toeren terwijl ik aan het douchen was. Natuurlijk, mijn brein dwaalde voornamelijk af naar de blijde gedachten dat ik na een hele lange tijd droogstaan seks zou hebben, maar een klein deel dat nog steeds rationeel kon denken, was ongerust. Was ze er klaar voor? Ze had keer op keer volgehouden dat ze dat was. Lichamelijk, misschien. Maar emotioneel ook?

En ze voelde nog steeds zo breekbaar in mijn armen, de gedachte om boven op haar te liggen maakte me doodsbang, alsof ik haar zo in tweeën zou kunnen breken. Ik zocht wanhopig een manier om dit op te lossen, want ik wist dat als ik die douche uitkwam, ze daar zou zijn. Ik moest snel nadenken.

Met mijn handdoek rond mijn heupen kwam ik de badkamer uit. De verlichting in de slaapkamer was gedimd, door haar, want de lampen hadden normaal gebrand toen ik de badkamer in was gegaan. Ze lag op het bed, overdwars met haar ellebogen op het matras, haar hoofd rustend op haar handen, naar me te kijken.

Ze had een blauw nachtgewaad van zijde aan, met een rand van kant. Het bedekte haar vanboven volledig, maar eindigde vlak onder haar heup, waardoor iedere overheerlijke centimeter van haar lange, slanke benen werd onthuld. Ze droeg een bijpassende baret op haar hoofd om haar kaalheid te verbergen, niet dat dat nodig was. Meestal nam ze niet de moeite haar hoofd te bedekken wanneer we slechts met z'n tweeën thuis waren, maar als zij zich er sexyer door voelde, dan was het wat mij betreft prima.

'Hé, knapperd,' zei ze en haar blik schoof met openlijke bewondering over mijn borstkas. 'Kom je hier vaak?'

Ik bleef voor haar staan en lachte. Die lange, zijdezachte benen, vanaf de knie gebogen en haar voeten omhoog, die prachtige lach en die lustvolle blik in haar ogen terwijl ze naar me keek waren genoeg om me op te winden. Jezus, een stevige bries zou me tegenwoordig nog opwinden.

'Hé, schoonheid, ik ga vaak komen, met jou.'

Ze trok haar neus op en lachte. 'Dat was erruuug.'

Ik ging naast haar op het bed zitten en liet mijn hand over de zijden stof op haar rug gaan. 'Ik weet het.'

Ze draaide haar hoofd en begon me op mijn borstkas te kussen. Mijn hartslag schoot omhoog. Ik sloot mijn ogen. Haar aanraking zette me in brand en het voelde zo verdomd goed. Ze kwam overeind zitten, haar gezicht op gelijke hoogte met het mijne. 'Ik heb dit zelf uitgezocht. Je lievelingskleur.'

Onze blikken haakten ineen. 'Ja, ik zag het. Heel, heel mooi.'

Ze leunde naar voren en kuste me. Ik reikte naar haar, hield haar mond tegen de mijne. Al snel duwde mijn pijnlijk kloppende stijve tegen de handdoek. Mijn lijf was het er volledig mee eens om vanavond seks te hebben, maar terwijl ik haar tegen me aan hield, kon ik het niet helpen dat ik me toch zorgen maakte over hoe dit ging uitpakken. Ik was bang haar weer pijn te doen, zoals in Parijs, waar ik door mijn wanhoop haar te willen hebben niet had beseft dat ik haar veel te hard vasthield, of erger, door haar te pletten.

In de douche had ik een oplossing voor vanavond bedacht, maar ik wist niet wat ze van het idee zou vinden. Ik maakte me van haar los en ze keek naar me op, een verwachtingsvolle lach rond haar weelderige mond.

'Ik zat te denken het vanavond misschien een beetje anders te proberen,' begon ik.

Ze trok haar dunne wenkbrauwen op. 'O? Onze eerste keer seks in bijna een half jaar en jij wilt het iets anders doen?'

Ik moest dit voorzichtig aanpakken, zodat ze niet onzeker zou worden. 'Die avond in Parijs deed ik je totaal onbedoeld pijn ...'

Ze legde een hand op mijn wang. 'Je moet echt stoppen je daar zorgen om te maken.'

'Ik ga niet stoppen me daar zorgen om te maken. Je bent lichter dan je was. Ik ben gewoon ... Ik wil niet te ruw met je doen. Ik denk dat het beste is – en misschien zelfs wel leuk – als jij bovenop gaat.'

Ze lachte. 'Dat klinkt geweldig, maar het is niet alsof dat iets nieuws voor ons is.'

'Nou, wat er nieuw is, is dat ik zat te denken dat je me kunt vastbinden.'

Ze viel stil. 'Wat zei je?'

'Je kunt mijn handen aan het hoofdeind vastbinden.'

Haar mond viel open. 'Waarom wil je dat ik dat doe?'

'Denk je niet dat het leuk zou zijn?'

'Ik zeg niet dat ik denk dat het niet leuk is, maar ...'

'Nou, als ik vastgebonden ben, kan ik niet … overenthousiast raken.'

Ze ademde diep in en zuchtte. 'Ben je echt *zo* bang dat je me pijn doet?'

'Ja.'

Ze knipperde met haar ogen. 'Oké, dan bind ik je vast. Om eerlijk te zijn is dat meer dan een beetje hot. En dan kun jij dat gauw ook eens bij mij doen.'

'Dat is meer dan *heel erg* hot,' zei ik met een verlangende blik. Ze stond op van het bed en haar benen waren zo sexy in dat korte nachthemdje. Ik zag al voor me hoe ze om me heen waren geslagen terwijl ze me bereed. Shit, deze stijve begon echt pijn te doen.

Ze keerde zich weer naar mij. 'Heb je handboeien of zo?'

Ik trok een gek gezicht. 'Nee. Gebruik maar een van mijn stropdassen. In de kast.'

'Je wilt dat ik je met een stropdas van vijfhonderd dollar aan het bed vastbindt?'

'Dat is slechts een kleine opoffering.'

Ze lachte en trok een schouder op voordat ze de kast in verdween en met drie stropdassen in haar handen terugkwam. Ik trok mijn wenkbrauwen naar haar op. 'Hoe overenthousiast denk je dat ik ga zijn?'

'Misschien ben je wel zo'n seksuele hulk, word je groen, breek je los van je kettingen en kom je achter me aan.'

'Ik heb zo maar het gevoel dat jij niet heel erg ver zou rennen.'

'Nope, waarschijnlijk niet.'

Ze knoopte een lus aan het smalle eind van een van de stropdassen en vroeg om mijn pols, die ik haar aanbood. Ze haalde hem door de lus en trok toen mijn arm naar het hoofdeind. 'Eh, bind ik je polsen bijeen of bind ik ze vast apart van elkaar?'

'Maakt me niet uit.'

'Weet je, het uitvogelen van het logistieke deel van dit alles zou de sfeer waarschijnlijk behoorlijk moeten verpesten, maar ik raak er alleen maar meer opgewonden van.' Ze haalde het andere eind van de stropdas door het hoofdeind, boven mijn hoofd. Ik ging liggen en ze knoopte hem vast, zodat mijn arm boven mijn hoofd uitstrekte. Ze pakte een andere stropdas en deed iets vergelijkbaars met mijn andere arm. Tegen de tijd dat ze daar mee klaar was, zag ze er verhit uit en ademde ze snel en zelf was ik ook meer dan een beetje opgewonden.

Ze liet haar handen langs mijn armen gaan. 'Ik hou van je armen. Soms raak ik opgewonden als je helemaal bent aangekleed maar je je mouwen hebt opgerold. Je onderarmen zijn zo sexy.'

Ik lachte. 'Mijn onderarmen? Serieus?'

Waarderend streek haar hand er nogmaals over, alsof ze een kunstwerk of vakmanschap bewonderde. 'Ik hou van je lichaam. En je armen zijn fantastisch. Sterke onderarmen, je biceps ... stevig, krachtig, maar niet te groot.'

'Je hebt hier al behoorlijk vaak over nagedacht, of niet?' zei ik, mijn ogen halfgesloten terwijl ik extreem genoot van het gevoel van haar handen op me.

'O, zeker. Dat doe ik zeker. Heel vaak.'

Ze boog over me heen om te checken hoe strak de knopen zaten die mijn handen boven mijn hoofd hielden en haar borst schampte mijn wang. Instinctief en uit pure lust draaide ik mijn hoofd. Ik nam haar tepel in mijn mond en zoog eraan door het dunne zijde van haar hemdje. Ze hapte naar adem en bevroor. Ik liet haar niet los en zij trok zich niet terug. Met mijn tong bewoog ik over haar tepel en zoog hem verder in mijn mond. Hij veranderde in een stijf knopje.

Hijgend hing ze boven me tot ze zich terugtrok en schrijlings op me ging zitten. Toen boog ze voorover om me eerst op mijn mond te kussen, toen in mijn hals en op mijn borstkas. Ze liet haar handen over iedere centimeter van mijn borstkas en buik gaan. 'Je bent zo ongelooflijk sexy. Ik word er pisnijdig van als vrouwen naar je kijken, maar hoe zouden ze dat in godsnaam niet kunnen doen?'

Ik lachte. 'Je zorgt er nog voor dat het me naar de kop stijgt.'

Ze snoof en haar hand gleed over de handdoek, die nog steeds rond mijn middel was geknoopt. 'Volgens mij heb ik daar al voor gezorgd,' zei ze terwijl ze me liefkoosde. Ik sloot mijn ogen en alsof ze mijn gedachten kon lezen, liet ze haar hand onder de handdoek glijden. Ze pakte me beet en streelde me met haar vingers. Elektrisch genot knetterde langs mijn ruggengraat.

Ik wilde dit zo graag dat ik nauwelijks in staat was te ademen. Ik opende mijn ogen en keek naar haar op. 'Kus me,' zei ik.

HOOFDSTUK VIJFENDERTIG

MIA

I K MAAKTE DE HANDDOEK ROND ZIJN MIDDEL LOS, TOEN verkende ik hem overal met mijn handen, voordat ik zijn zijdezachte lengte weer in mijn hand nam. Ik streelde hem stevig, genoot van het geluid van zijn hese gehijg. Zijn blik werd indringender. 'Kus me, Emilia,' gebood hij me nogmaals.

Laat het maar aan Adam over om te proberen de boel over te nemen, zelfs als hij was vastgebonden en ik boven op hem zat. Ik besloot hem nog wat langer met mijn handen te kwellen, voordat ik eindelijk vooroverleunde. Hij tilde zijn hoofd op en ving grommend mijn mond met de zijne. Zijn tong dook ferm in mijn mond, bewoog zich er met snelle bewegingen in en uit, alsof hij me zo liet zien dat hij op andere manieren in me wilde komen. Mijn lichaam gonsde in reactie, volledig opgewonden en klaar voor hem.

En aangezien hij onder me lag en compleet aan mijn genade was overgeleverd – en er overduidelijk klaar voor was – was er niets anders dan het heden. Ik schoof over hem omlaag, zodat onze heupen op gelijke hoogte met elkaar waren en ik over hem heen kon schuren.

Hij verstijfde en trok zijn mond van me los. 'Stop!' schreeuwde hij bijna.

Ik schrok er zo van dat ik naar achteren deinsde en hem aanstaarde. Zijn ogen waren groot. 'Doe ik je pijn?'

'Nee,' bracht hij uit voordat hij diep inademde en de lucht gespannen liet ontsnappen. 'We hebben een condoom nodig.'

'O … ja. Shit. Ja, inderdaad.' Die hadden we nog nooit eerder gebruikt, maar om voor de hand liggende redenen was daar nu geen sprake meer van. Voor de rest van mijn leven mocht ik geen enkel anticonceptiemiddel met hormonen gebruiken.

Hij keek naar me, geërgerd en een beetje boos.

'Het spijt me, het kwam niet eens bij me op. Dat was dom. Ik heb er geen gekocht.'

Zijn mond vertrok in een dunne streep. 'Onder de wastafel in de badkamer.'

Ik wilde niet weten waarom hij condooms in huis had. Ik had de doos eerder al eens gezien, toen ik hier woonde, en had aangenomen dat ze nog van zijn zwierende vrijgezellendagen waren. Hij had me verteld dat hij al ver voordat wij iets kregen niet met een vrouw was samen geweest, maar soms kreeg de onzekerheid over de periode dat we uit elkaar waren me in z'n greep. Adam had nog nooit tegen me gelogen en ik vertrouwde hem. Maar vaak was het eenvoudig om mijn eigen onzekerheid twijfels in mijn oor te laten fluisteren.

Moedeloos zakte ik een beetje in elkaar, kroop toen van het bed af en ging naar het kastje waar hij op doelde. Ik zag de doos. Het was zo'n megaverpakking met honderd of meer van die dingen erin. En hij was halfleeg. Shit.

Niet aan denken, Mia. Niet denken aan al de vrouwen waar hij mee is geweest, aan hoe veel mooier en gezonder en meer ervaren zij waren.

Adam was al meer dan een jaar niet met een andere vrouw geweest. Waarom zou ik me daar nog druk om maken? De gedachte stak alsnog, maar ik dwong mezelf een brug te bouwen en het achter me te laten. Ik duwde mijn hand in de doos, greep een handvol en ging terug. Ik bedacht dat ik er nog nooit een had gebruikt – nooit had geleerd hoe ik hem moest gebruiken – en zijn handen waren vastgebonden.

Ik gooide de handvol op het nachtkastje en pakte er een uit. Toen ik naar beneden gluurde, zag ik dat hij nog steeds stijf was. Ik boog voorover en kuste zijn mond. Enthousiast beantwoordde hij de kus. Ik drukte nog wat kusjes op zijn borst en leunde achterover terwijl ik aan het folie trok. 'Op hoop van zegen ...' mompelde ik en hij hield me nauwlettend in de gaten.

Ik trok het condoom eruit en legde het folie terug op het nachtkastje. 'Wacht ...' zei hij. 'Welke datum staat erop? Die doos is minstens twee jaar oud. Zijn ze nog goed?'

'Hebben condooms een houdbaarheidsdatum?' vroeg ik, maar hij reageerde slechts met een blik, dus keek ik op de verpakking. De datum die erop stond was ergens volgend jaar. 'Yep, we zitten goed.'

'Laat zien.'

Verbaasd stak ik het folie naar hem uit, zodat hij het kon zien. Blijkbaar vertrouwde hij er niet op dat ik de datum kon lezen? Ik wil best toegeven dat ik soms dingen vergat en stomme dingen deed met mijn chemobrein, maar *zo* ver was ik niet van het padje.

'Oké,' mompelde hij uiteindelijk. Hij keek niet blij. Fronsend keek ik hem aan. De blik in zijn ogen kon niet anders worden beschreven dan intens, met een randje angst. Waar kon hij in godsnaam bang voor zijn?

Ik pakte het condoom en plaatste het tegen de top van zijn erectie, in de hoop dat het ding makkelijk zou afrollen, want dit nu te moeten doen maakte me weer opgewonden en ik wilde echt dat het er eens van zou komen.

Adam hield iedere beweging die ik maakte als een havik in de gaten, alleen niet met een uitdrukking van opwinding, maar alsof hij bang was dat ik een fout zou maken.

Ik was me bewust van mijn eerste fout toen het rubber niet zo makkelijk afrolde als ik dacht dat zou moeten. Ik liet mijn andere hand het overnemen. Heel veel stellen hielden er niet van om die dingen te gebruiken. Het zorgde er in ieder geval voor dat de stemming en de spontaniteit van het samenzijn om zeep werden geholpen. Ik zuchtte en begon gefrustreerd te raken.

'Je hebt hem op z'n kop,' merkte Adam op. 'Draai hem om.'

Ik deed wat hij zei en toen rolde het makkelijk af. Ik trok het condoom naar beneden, helemaal tot aan de basis van zijn erectie. Toen liet ik mijn hand over zijn lengte op en neer gaan, maar hij maakte zijn blik geen moment los van wat ik aan het doen was. 'Voorzichtig, je wilt niet dat het scheurt.'

'Gaan die krengen zo makkelijk kapot? Wat hebben ze dan eigenlijk voor nut?' Ik kwam overeind om mijn been weer over hem heen te slaan, maar hij schoof zijn heupen opzij. 'Wacht...'

'Wat nu weer?'

'Ik wil niet de kans lopen dat deze scheurt. Doe er nog een overheen.'

Ik wachtte even. Daar had ik nog nooit eerder van gehoord. Aan de andere kant, ik had alleen nog maar seks met Adam gehad, dus wat wist ik er in hemelsnaam van? Blijkbaar was hij behoorlijk ervaren, zelfs met de meer kinky dingen. Mijn nutteloze jaloezie vlamde weer op en het begon me nijdig te maken.

'Werkt dat wel?' vroeg ik terwijl ik naar een ander condoom reikte en het uit de verpakking trok.

'Als er een scheurt, hebben we het andere nog. De kans dat ze allebei scheuren is veel kleiner.'

'Maar … schuren ze niet juist over elkaar heen waardoor er meer frictie ontstaat?'

Hij begon aan de stropdassen waarmee zijn polsen vastzaten te trekken. 'Maak me los. Laat mij het doen.' Hij gaf nog een ruk, verwoed om los te komen.

'Wacht even … rustig. Laat me ze losmaken.'

Maar hij rukte er weer aan, nu bijna in paniek.

'Wacht, Adam. Laat me ze losmaken. Hou je armen stil.'

Hij slikte zichtbaar terwijl hij me aankeek en dat was voor het eerst dat ik me realiseerde dat er meer speelde dan het beetje angst dan ik eerder in zijn ogen had gelezen. Hij was ronduit doodsbang.

Ik maakte hem los en hij ging overeind zitten. Afgaande op de striemen rond zijn polsen had hij verdomd hard getrokken om los te komen. Ik nam wat afstand, plotseling te bezorgd om hem om me nog te interesseren voor waar we nu waarschijnlijk niet mee verder zouden gaan.

Snel verwijderde hij het condoom en sloeg de handdoek weer om zich heen. Tranen balden zich samen in mijn keel. 'Het spijt me … Ik heb het verkloot, of niet?' zei ik met een klein stemmetje.

Langzaam schudde hij zijn hoofd. 'Nee.' Hij leunde naar voren en legde zijn hoofd in zijn handen en lange, stille, met spanning gevulde minuten staarde ik hem aan.

'Wat de hel gebeurde hier nu net?' vroeg ik met samengeknepen keel.

Hij gaf geen antwoord, haalde slechts een hand door zijn donkere haren terwijl hij zich volledig focuste op een of andere plek op het dekbed voor hem.

Hij was echt bang geweest, in paniek, iets had hem de stuipen op het lijf gejaagd. In gedachten liep ik alles nog een keer na. Zijn reactie toen hij had gedacht dat ik verder zou gaan zonder condoom. Het aandringen om naar de datum te kijken om te zien of ze nog goed waren. Toen de suggestie om de bescherming te verdubbelen. Ik hapte naar adem, lang en pijnlijk.

Toen ik sprak, trilde mijn stem. 'Je bent bang dat ik weer zwanger word.'

Abrupt stond hij op van het bed en hij liep zijn kast in. Toen hij terugkwam had hij een pyjamabroek en T-shirt aan. Ik had me niet verroerd. En toen we elkaar in de ogen keken, wist ik dat ik de spijker op z'n kop had geslagen. Hij ontkende het niet.

Mijn adem ontsnapte aan mijn longen en ik wist niet zeker of ik in staat zou zijn weer in te ademen.

HOOFDSTUK
ZESENDERTIG
ADAM

IK ZAG HAAR GEZICHT BETREKKEN, ALS EEN STORM DIE plotseling overtrok. Haar ogen stonden vol tranen en ze knipperde. Maar ik had geen woorden. En zelfs al had ik ze, wat kon ik zeggen? Ze had helemaal gelijk. Ik was fucking doodsbang om haar aan te raken. De gedachte dat ik haar weer zwanger zou maken, joeg me niet alleen de stuipen op het lijf, het maakte me ook misselijk.

Uiteindelijk wendde ik mijn blik af. Ik kon niet toekijken hoe haar hart brak, wetende dat ik de oorzaak was, al was het onbewust.

De stilte in de kamer was oorverdovend, als een ver geruis dat zoemde in mijn oren. Ik keek weer naar haar. Haar ogen waren vochtig, gericht op iets tussen ons in. Ik klemde mijn kaken op elkaar. Er was niets wat ik nu kon zeggen wat haar kon troosten. En een deel van me wilde dat ook niet. Dit was de harde werkelijkheid van wat zij eerder had geprobeerd te vermijden, toen ze keer op keer had volgehouden dat het prima met haar ging, dat ze er zelf wel overheen zou komen.

Het was maar beter dat het er nu uitkwam. Maar ik had werkelijk geen idee hoe we dit ooit konden oplossen.

Plotseling verstijfde ze, alsof ze het beu was om te wachten tot ik iets zou zeggen. Ze beet op haar lip en stond op. 'Ik zal in mijn kamer gaan slapen,' zei ze met een beverig, zacht stemmetje.

Ik keek haar na en verroerde geen spier.

Zodra ze in haar slaapkamer verdween, haalde ik een hand door mijn haar en begon te ijsberen. Mijn hersenen doorliepen alles wat er net was gebeurd, iedere gedachte die door mijn hoofd was gegaan. Het moment dat er iets bij me was geknapt, was toen ik had gedacht dat ze van plan was seks te hebben zonder ook maar stil te staan bij het gebrek aan anticonceptie.

Tegenwoordig ontschoot haar vaak iets. Dan vergat ze iets of ze deed zonder het te beseffen iets wat ze net had gedaan. Het was een bijwerking van de medicijnen die ze had gekregen. Ik had dit – het feit dat ze op het punt had gestaan seks te hebben zonder condoom – hier met gemak aan kunnen wijten.

Maar het was roekeloos geweest, gevaarlijk. Het had haar dood kunnen veroorzaken.

Ik had haar dood kunnen veroorzaken. Of de kanker terug kunnen brengen. Alleen maar door seks met haar te hebben. Door haar gewoon weer zwanger te maken.

Ik begroef mijn gezicht in mijn handen en een gevoel van hulpeloosheid verstikte me. Toen hoorde ik haar door de gang naar de trap lopen. Ik kon haar laten gaan of we konden dit uitpraten. Ik kon haar ervan overtuigen dat ze met iemand moest praten.

En wie weet, ik misschien ook wel.

Want *godsamme*. Het gewicht van onze bagage begon me eindelijk te vloeren en ik zag geen andere mogelijkheid dan blijven liggen en erdoor bedolven worden.

Ik liep naar de trap en volgde haar kalm op een afstand van een halve traphoogte. Ze had haar zijde nachthemdje omgewisseld voor een yogabroek en een T-shirt. Ze draaide haar hoofd een stukje opzij, waaruit ik opmaakte dat ze in de gaten had dat ik achter haar liep, maar ze verhoogde haar tempo niet om me te ontlopen. Ze ging naar de zijdeur, opende hem en liet hem zo staan zodat ik haar kon volgen.

Terwijl ik de vloedlijn naderde, zag ik haar al in het zand gaan zitten, haar knieën tegen zich aantrekken en haar gezicht ertegen begraven. Toen ik dichterbij kwam, kon ik haar zachte, lichte gehuil horen. Elke snik sneed dwars door me heen. Ik stond centimeters van de plek verwijderd waar, een paar maanden geleden, ik haar zo teder had gekust ... waar ze zich had afgevraagd of we nog een toekomst samen hadden. Ik had haar toen het zwijgen opgelegd, zo gefocust op één ding: dat ze zou overleven.

Misschien had dat moment ons *onze* overleving als stel gekost. Ik slikte, mijn keel voelde plotseling opgezet. Ik had geen idee wat ik tegen haar kon zeggen. Dus liet ik haar huilen tot ze gekalmeerd was. Langzaam liet ik me op kleine afstand van haar in het zand zakken.

Eindelijk, na een eindeloze tijd van huilen, werd ze stil en veegde met haar wangen over haar yogabroek. Moedeloos tilde ze haar hoofd op en met een snuif en een hik zei ze zacht: 'Ik kan maar beter gaan. Ik moet jou verder met je leven laten gaan.'

Dat strakke gevoel in mijn keel dreigde me te wurgen. Want ik begon te denken dat dat wellicht de enige oplossing was.

HOOFDSTUK

ZEVENENDERTIG

MIA

TE MIDDEN VAN EEN ZWARE SPANNING DIE TUSSEN ONS IN thing, wachtte ik tot hij zou reageren. Met iedere seconde die voorbijging werd het steeds waarschijnlijker dat hij met me eens was, dat ik maar beter kon gaan. Dat dit de enige optie voor ons was. En dat maakte me nog het meest van alles bang.

Eindelijk had ik de huilbui gehad waar ik sinds die middag al naar hunkerde, sinds Alex' voorspelling dat Adam en ik maar één kind, en meer niet, zouden krijgen. Want ik wist – en hij wist dat ook – dat we dat geheime, schaamtevolle verlies al hadden geleden. Het enige wat ik voelde was deze leegte, alsof mijn borstkas was opengereten, opgezwollen ogen en een bonkend hoofd. Ik ademde weer in, van die pijnlijke, oppervlakkige ademteugen. *Ik moet jou verder met je leven laten gaan.*

Bevend haalde hij adem. 'Wat geeft jou in godsnaam het idee dat ik dat zou kunnen zonder jou?'

Midden in een hik, hapte ik naar adem. 'Ik begin te denken dat we misschien wel zo kapot zijn dat we niet meer gerepareerd kunnen worden.'

Hij schoof naast me. 'Soms denk ik dat er geen betere communicatie tussen ons is geweest dan nu. We praten overal over. We hebben geen geheimen. Behalve dat ene.'

'Ik hou niets geheim voor jou,' zei ik.

'Dat doe je wel. Misschien ook voor jezelf.'

Ik draaide mijn gezicht zijn kant op en keek naar hem. Hij keek over het water, zijn hand bewoog afwezig door het zand heen en weer. 'Ik heb niets te verbergen.'

Hij verstijfde en draaide met een ruk zijn hoofd naar me toe. 'Echt niet? Geen zelfhaat? Alle schuld die je op je hebt genomen. Het schuldgevoel dat je zo diep vanbinnen hebt begraven dat het bijna je leven in gevaar bracht ...'

Beledigd stond ik op en ik keek op hem neer. 'Je bent aan het projecteren, Adam. Met mij gaat het prima.'

Hij bewoog zich niet, richtte zijn blik weer op het water terwijl ik in het zwakke licht op hem neer keek. Ik sloeg mijn armen over elkaar. De koele zeebries streelde mijn kale schedel en maakte dat ik er spijt van had dat ik geen trui had aangetrokken. Stevig klemde ik mijn handen om mijn bovenarmen en ik begon mijn geduld te verliezen.

'Je was praktisch catatonisch, *dagenlang*. Je sprak niet ... je draaide je gezicht naar de muur, at nauwelijks iets ...'

'Kun je me dat kwalijk nemen? Het was een rottijd ...'

'Daar ben ik het mee eens. Maar je liet niemand toe om je te helpen. Je verergerde opzettelijk je eigen lijden. Je weigerde de pijnstillers. Waarom deed je dat?'

De lucht werd uit me geslagen alsof ik net in mijn buik was gestompt. Plotseling stond ik te beven. Ik liet me weer naast hem in het zand zakken. Ik had geen antwoord voor hem dat hij niet al wist. Ik had erop gestaan iedere kramp, iedere steek, elk beetje pijn te voelen. Het was mijn manier geweest om het potentiële leven dat ik beëindigde te erkennen.

Maar Adam was niet van plan me ermee weg te laten komen. Na meerdere minuten van stilte draaide hij zich naar me toe en pinde me vast met die zwarte ogen van hem. 'Waarom, Emilia? Vertel het me.'

'Blijkbaar weet je al waarom.'

'Weet jij het?'

Ik leunde bij hem vandaan. 'Dat was maanden geleden en ik ging door een hel.'

Hij keek weg. 'Dat gingen we allebei, maar dat wordt even over het hoofd gezien.'

Ik stak mijn hand uit en raakte zijn stevige arm aan, waar hij op leunde. Mijn vingers sloten er omheen. 'Ik wil niet dat je denkt dat ik niet erken dat dit ook jouw verlies is.'

'En hoe zit het met de schuld?'

Mijn kaak zakte en mijn mond viel open. Zijn ogen werden hard, beschuldigend. 'Ik … Het spijt me dat ik zwanger werd. Het was mijn schuld …'

'Fout.'

Ik ademde in, een bankschroef leek om mijn borst te klemmen. Die pijn was weer terug en werd erger. 'Ik neem het jou niet kwalijk, je wist niet dat ik met de pil was gestopt. Ik had het je niet verteld. Het is wel degelijk mijn schuld. Alles is mijn schuld.'

'Als je toch bezig bent, waarom geef je jezelf er niet meteen de schuld van dat je kanker kreeg? Je gaat jezelf straffen. Net als het weigeren van de pijnstillers, ga je dit gif en dit duistere in je houden en weigeren dat iemand je ooit zal helpen, want je laat *nooit* toe dat iemand je helpt. Je gaat jezelf verbergen voor iedereen, voor mij. Zoals de littekens op je borst.'

De tranen sprongen in mijn ogen en ik schudde mijn hoofd. 'Dat is niet eerlijk.'

'Dat ben jij ook niet. Er zijn twee mensen voor nodig om een kind te verwekken, Emilia. *Ik* was daar ook. *Ik* heb je in die situatie gebracht. En ik weet alles van het schuldgevoel en de zelfhaat die je voelt, want ik voel dat ook.'

Ik legde mijn hoofd in mijn handen, mijn ellebogen rustend op mijn knieën. Adam maakte geen aanstalten me te troosten en ik wist niet of hij boos, gefrustreerd of gewoon bang was.

'Het spijt me...'

'Nee. Stop daarmee. Dat wil ik niet van je horen. Dat is het leven. Het leven is soms shit. Jij hebt de beslissing genomen die je leven redde en nu martel je jezelf daarvoor. Je hebt een gevangenis voor jezelf gebouwd en ik ben bang dat je nooit iemand zal binnenlaten om je te bevrijden.'

Ik schudde mijn hoofd, ontkende zijn woorden.

'Wel waar! Je zei het zelf zo'n beetje, die nacht dat je naar het ziekenhuis moest ...' Hij onderbrak zichzelf, alsof hij iets had gezegd waar hij direct spijt van had. Met een ruk draaide hij zijn hoofd terug en hij keek weer over het water uit.

'Wat heb ik gezegd?'

Hij sloot zijn ogen, kneep ze stijf dicht en ademde toen beverig in. Hij zag eruit alsof hij ieder moment kon instorten.

'Alsjeblieft ... vertel het me.'

Zijn kaak verstrakte en hij keek me niet aan. 'Je zei dat … dat je niet dood wilde, maar dat dat waarschijnlijk wel ging gebeuren. Dat …' hij rechtte zijn rug, was gespannen, alsof hij met alles wat hij in zich had vocht tegen zijn eigen verdriet. 'Dat je verdiende te sterven vanwege wat je had gedaan …' Zijn stem stierf weg, opgeslokt door emoties. Hij bracht zijn hand omhoog en veegde ermee over zijn ogen en ik leunde perplex achterover.

Had ik dat gezegd? Ik staarde hem aan, compleet overweldigd door wat hij op dat moment had moeten doorstaan. Ik dacht aan de gevoelens die hij moest hebben gevoeld, de gedachten die door zijn hoofd moesten zijn geschoten toen ik het had gezegd. Hij had gevreesd voor mijn leven, me gedragen, nauwelijks bij bewustzijn, naar de ambulance, de hele nacht wakend aan mijn zijde in het ziekenhuis, terwijl die woorden steeds maar weer werden herhaald in zijn hoofd.

'Adam, dat had ik niet moeten zeggen. Het spij…'

'Hou op!' schreeuwde hij praktisch in mijn gezicht en ik schrok dusdanig dat ik terugdeinsde. Zijn vuist ramde in het zand. 'Verdomme, Emilia, als je nog één keer zegt dat het je spijt …'

Ik stak mijn hand op. 'Ik ben bang … Wat dacht je daarvan? Ik ben bang voor wat dit met ons heeft gedaan. Ik ben bang dat we niet weten hoe we hieruit moeten komen.'

'Ik ben bang om je aan te raken.'

Zijn woorden bleven in de lucht hangen, die zwaarder werd door de spanning. Mijn mond opende om te reageren, maar er kwam niets uit.

Hij schudde zijn hoofd en ging uiteindelijk verder. 'Ik kan dat niet nog een keer meemaken. Ik kan *jou* dat niet nog een keer zien meemaken. Iedere keer als ik je aanraak … Iedere keer dat ik je wil, ben ik doodsbang dat ik weer een baby in je stop en dat het allemaal nog een keer gebeurt.'

'Dat hoeft niet weer te gebeuren. We zullen voorzichtig zijn ...'

'We hebben hulp nodig. *Jij* hebt hulp nodig. Professionele hulp.'

Ik ging op mijn hurken zitten. 'Ik ben niet ...'

'Je zei dat je het niet verdiende te leven. Je hebt hulp nodig die ik je niet kan geven.'

'Gaat dat enig verschil maken?' vroeg ik met een klein stemmetje. 'Zal dat zelfs maar een begin maken aan alle bagage die we met ons mee zeulen te elimineren?'

Hij keek weg en haalde zijn schouders op. En dat ophalen van zijn schouders raakte me meer dan al zijn woorden net hadden gedaan. Mijn maag zonk. Het voelde alsof ik stikte. Adam had de hoop opgegeven. Hij geloofde er niet langer in dat wij dit zouden redden.

Dit besef kwam harder aan dan wat dan ook, want vanaf het begin had hij steeds geloofd in ons. Lang voordat ik zelfs maar had gedacht dat het mogelijk was, had hij erin geloofd. Hij had deze relatie nagejaagd omdat hij had geweten dat we bij elkaar pasten. Hij had geweten wat hij wilde. Hij was altijd zo zeker van ons geweest.

Maar, blijkbaar, nu niet meer.

'Je hebt geen hoop meer,' merkte ik zachtjes op.

'Ik weet het niet. Misschien. Ik voel me nu gewoon leeg. We zijn ook maar mensen. Op een gegeven moment is de limiet van wat je aankunt bereikt. En wij hebben ons portie meer dan gehad.'

'Je zei dat het leven niet eerlijk is. Dat we niet alles kunnen krijgen wat we hebben willen. Maar betekent dat dan dat we *niets* krijgen? Dat we dat allemaal hebben moeten doorstaan om vervolgens niet samen gelukkig te mogen zijn?'

Hij trok wederom zijn schouders op en schudde zijn hoofd.

Ik voelde de drang om weer te huilen. Ik voelde me verloren, afgesneden. Mijn hand zocht het kompas rond mijn nek en mijn vuist sloot zich eromheen. We waren onze weg kwijt. We dreven doelloos in het rond.

Ik keek naar hem en hij verroerde zich niet. Het water sloeg tegen de kust. Ik hoorde het gezang van de kikkers uit het moeras. Mensen zaten op hun terrassen aan de andere kant van Back Bay te praten. Maar tussen ons ... doodse stilte.

Een gat. Leegte.

'Adam, ik geloof nog steeds in ons,' fluisterde ik. Het was pijnlijk om dat er zo uit te gooien zonder enig idee te hebben van hoe hij zou reageren, maar de stilte tussen ons had meer pijn gedaan.

Na een lange stilte zei hij: 'Ik wilde dat ik hetzelfde kon zeggen. Meer dan wat dan ook zou ik dat willen.'

Verdriet sneed door me heen, maar ik huilde niet. Dat stadium was ik ver voorbij. Ik begaf me in een verlaten niemandsland waar geen tranen meer mogelijk waren. Het was er droog, leeg en eenzaam, in dit niemandsland. Het was een plek die ik zelf had geschapen en ik had geen idee hoe ik mijn weg kon terugvinden. Ik streek over het kompas.

'Ik zou zo graag willen dat ik de woorden kon vinden om je te vertellen hoe ik me voel ... over jou, over dit,' zei ik.

'Maar dat kun je niet. En dat is het probleem. Want ik kan die woorden ook niet vinden.'

Tijd en ruimte leken tussen ons verscheurd en versnipperd te worden. Vernietigd. Een onmogelijke barrière. Mijn keel werd dichtgesnoerd. 'Wat doen we dan nu?'

Hij draaide zich naar me toe en keek me aan. 'Ik weet het niet. Ik moet erover nadenken. Jij moet erover nadenken. Ik ben moe en het is laat en we hebben slaap nodig.'

Ik wist verdomd goed dat ik niet zou slapen. Ik zou de hele nacht wakker zijn, piekerend, de laatste paar uur keer op keer herbelevend, de laatste maanden waarschijnlijk zelfs, of ik dat nu wilde of niet.

Waarom deed liefde zo'n pijn?

Zonder nog een woord te zeggen stond ik op en keek toe hoe ook hij overeind kwam en het zand van zijn broek veegde.

Langzaam, samen maar apart, liepen we terug naar het huis. Hij maakte plaats om me eerst naar binnen te laten gaan en ik keek op in zijn ogen. Geen spiegels. Geen luiken. Het waren poelen van een zwarte leegte, verdrietig, lijdend.

Dat had ik hem aangedaan. Ik vocht voor mijn volgende ademteug, liep naar binnen, de trap op en zonder te stoppen mijn kamer in. We zeiden geen woord meer tegen elkaar. Zelfs geen welterusten.

Ik sloot mijn deur en deed de lichten uit. In de duisternis, met mijn rug tegen de muur, liet ik me op de grond zakken en zat daar urenlang, tot lang nadat ik nog enig gevoel in mijn benen en kont had. Ik zat en staarde. En dacht na.

En voelde. En had verdriet.

En voelde toen niets meer.

HOOFDSTUK

ACHTENDERTIG

ADAM

D E HELE NACHT WAS IK WAKKER. IK PROBEERDE NIETS eens te slapen. Een deel bracht ik ijsberend in mijn kantoor door en een ander deel met mijn laptop in bed, ondanks Emilia's pogingen om me van die gewoonte af te houden. Op een gegeven moment zat ik te typen wat ik precies tegen haar wilde zeggen. Ondanks de emotioneel pijnlijke confrontatie op het strand de vorige avond waren er genoeg logische feiten en redenen om te bepalen hoe we verder moesten. Ik piekerde erover. Allebei begroeven we onszelf onder bergen van verdriet en schuldgevoelens en hielden we onszelf voor dat het vanzelf over zou gaan.

Daar waren we allebei goed in.

Ik wilde niet dat mijn woorden via een onpersoonlijke mail afgeleverd zouden worden, dus in plaats daarvan stampte ik de hoofdpunten van wat ik wilde overbrengen in mijn hoofd en stopte ermee. Om zes uur 's ochtends. Ik trok mijn korte broek en hardloopschoenen aan en ging naar beneden voor een work-out in de fitnessruimte.

Ik had al tien kilometer op de loopband gerend en haalde net wat te drinken voordat ik terug zou gaan om met de gewichten in de weer te gaan, toen Emilia naar beneden kwam voor het ontbijt. Ze was al aangekleed, in een spijkerbroek en T-shirt, en had een bandana rond haar hoofd. Ze zag er bleek uit, afgemat, en had donkere kringen onder haar ogen.

Blijkbaar had ze net zo slecht geslapen als ik.

Ik was mijn waterfles aan het bijvullen toen ze bij de koelkast naast me kwam staan. Ik ademde diep in en zei: 'Goedemorgen.'

Een flauw lachje zwierf rond haar lippen voordat het weer verdween. 'Hoi.'

'Ik zou gevraagd hebben hoe je je voelt, maar ... ik denk dat ik dat al wel weet.'

Nu keek ze me in de ogen. 'Ja. Beter om het niet te vragen.'

Ik draaide de dop terug op mijn waterfles en keerde me bij haar vandaan toen ze haar hand uitstak om me tegen te houden. 'Kunnen we nu praten? Alsjeblieft?'

Ik verstijfde en draaide me naar haar terug, terwijl mijn binnenste verkrampte. Ik had dit niet nu willen doen. Ik had nog even willen wachten, misschien tot aan de lunch, of vanmiddag. Want ik wist precies wat ik tegen haar wilde zeggen, maar ik was nog niet klaar voor hoe ze het zou oppakken. Ik had nog een paar uur extra nodig om de moed bijeen te rapen om haar hart te breken.

Ondanks dat zei ik: 'Tuurlijk.'

Ik liep naar de keukentafel en ging zitten en zij nam plaats op een stoel tegenover me. Mijn waterfles zette ik aan de kant.

'Dat was een behoorlijke beerput die we gisteren hebben opengetrokken,' begon ze.

Ik liet me tegen de rugleuning van de stoel zakken en keek haar behoedzaam aan. 'Ja.'

Ze staarde naar haar handen, ineengevouwen op de tafel voor haar. 'En ik ben de hele nacht wakker geweest om te proberen het te bevatten. Ik denk dat wij met z'n tweeën heel wat hersencapaciteit hebben, dus ik weet dat we een manier kunnen vinden om hierdoorheen te komen.'

Ik benijdde haar om die hoop. Want ik voelde die niet. Ik bestudeerde haar verfijnde, vrouwelijke trekken, de manier waarop ze friemelde aan het houtwerk op de tafel en met haar vinger over de nerf streek, de manier waarop haar knie op en neer stuiterde.

De liefde. Die pure, sterke, onmiskenbare emoties. Het was er, zoals altijd, maar getemperd, gedempt. Overstemd door een huilende oceaan van pijn.

Voordat ik haar nog verder liet wandelen over dat pad van hoop wist ik dat ik dit er snel uit moest gooien, spreekwoordelijk in één ruk de pleister eraf moest trekken. Ik slikte. 'Emilia ...'

Haar blik schoot naar de mijne en ik zag de angst. Ze wist het en probeerde het onvermijdelijke te voorkomen.

Ze begon te beven op haar stoel. 'Zeg het alsjeblieft niet,' murmelde ze.

Ik zei het toch, kon het nauwelijks mijn strot uit krijgen, maar ik zei het. 'We moeten een tijdje los van elkaar zijn.'

Ze ademde scherp in en dat geluid dat achter uit haar keel kwam, klonk als een snik. Ze deinsde achteruit alsof ik haar had geslagen. Ze ademde nog een keer diep in, alsof het haar laatste ademteug zou kunnen zijn, en schudde haar hoofd. Haar hand balde zich op de tafel tot een vuist en haar gezicht werd rood.

'Dit mag je niet doen, Adam. Je mag het niet opgeven.'

'Ik geef het niet op ...'

'Bullshit!' riep ze uit en stond zo snel op dat de stoel onder haar over de tegels schoof. 'Dit is bullshit ...' Haar vuist ramde op de tafel. 'Na wat ik voor jou heb gedaan ...' Haar stem werd opgeslokt door een verstikte snik.

Ik zat daar simpelweg, in een poging te vechten tegen de emoties die opborrelden. Ik klemde op mijn beurt mijn vuist langs mijn zij en dwong mezelf te kalmeren toen ik de drang voelde om op te staan en ook te gaan schreeuwen.

'Ga zitten,' zei ik rustig.

Ze vouwde haar armen voor haar borst over elkaar en bleef staan. Onze ogen vonden elkaar en het verraad dat ik daar zag ... het zoog alle vechtlust uit me. Ik scheurde mijn blik los, leunde naar voren en legde mijn hoofd in mijn hand.

'Hoorde je wat je net zei?' vroeg ik, mijn stem trillend van emotie. 'Na wat je hebt gedaan ... Je denkt dat je het voor mij deed, voor je moeder, voor je vrienden. Want ergens diep vanbinnen kun je niet geloven dat je het waard bent jezelf voor je eigen bestwil op de eerste plek te zetten.'

Emilia draaide zich om, haar rug naar me toegekeerd, en reikte naar de stoel. Maar in plaats van hem terug naar de tafel te trekken zodat ze erop kon gaan zitten, duwde ze hem omver. Hij kletterde tegen de stenen tegels en ze duwde haar hoofd in haar handen.

'Dit is fucking klote!' zei ze en toen, met een trap die haar meer schade zou hebben berokkend dan de stoel als ze hem beter had geraakt, haalde ze nog een keer uit. 'Dus nu blijf ik leven. Hoera!' Met een spottend gebaar, alsof ze juichte, gooide ze haar armen omhoog, maar haar ogen en wangen waren doordrenkt van de tranen. 'Maar jou heb ik niet. En een baby heb ik ook niet.'

'Emilia …'

'Nee, je begrijpt het niet.'

Ik slikte. 'Je hebt gelijk. Ik begrijp het niet.' Ze draaide zich om en vond mijn blik. Minuten strekten zich tussen ons uit en voelden als een eeuwigheid doordat ik niet in staat was te ademen. 'Je hebt hulp nodig. En je bent niet in staat om hulp te vragen. Dus deze situatie is onmogelijk.'

'Hoe zit het met *jou?*' siste ze. 'Zit alles daar zo perfect op een rijtje?' Ze wees naar mijn hoofd.

'Nee, daar is het ook een behoorlijk verklote zooi.'

Toen begon ze pas echt te huilen, dusdanig dat ze niet eens overeind kon blijven staan. Ze klapte dubbel, alsof ze fysiek pijn had en leek naar adem te snakken. Ik was bang dat ze haar evenwicht zou verliezen en om zou vallen, dus ik schoot uit mijn stoel, ging naar haar toe en trok haar in mijn armen.

'Ademen,' droeg ik haar op.

Maar ze hapte zo snel naar lucht, haar gezicht tegen haar gesloten vuisten, dat ik dacht dat ze buiten westen zou raken. Instinctief verstrakte ik mijn greep om haar en vreemd genoeg kalmeerde ze vrijwel direct. Haar ademhaling volgde op een gelijkmatiger ritme en haar gesnik nam af tot, minuten later, er nog slechts een zware ademhaling over was, afgewisseld met een zacht gejammer. Mijn shirt was doordrenkt van de tranen.

Uiteindelijk sprak ze, haar gezicht tegen mijn schouder gedrukt. 'Ik kan niet geloven dat het zo eindigt. Is dit hoe het leven een zieke, wrede grap uithaalt?'

'Het is niet het einde, Mia,' zei ik.

'Wat is het dan wel?'

'Ik weet het niet. Het is gewoon … tijd. Tijd die we moeten pakken om onze shit bijeen te rapen.'

'Waarom kunnen we dat niet samen doen?'

'Omdat we momenteel allebei behoorlijk overhoopliggen. Ik denk dat we eerst aan onszelf moeten werken.'

Weer een stilte en toen verstijfde ze in mijn armen en maakte ze zich zachtjes los. Ik liet mijn armen langs mijn lichaam vallen en ze zette een pas achteruit. Ze trok de bandana van haar hoofd en veegde haar gezicht ermee af, waarbij ze mijn blik vermeed.

Ze schraapte haar keel en toen ze weer sprak, klonk haar stem kalm. 'Hoelang?'

Ik zoog mijn longen vol. 'Ik denk dat je naar Anza moet gaan. Wat tijd met je moeder doorbrengen voor haar bruiloft. Misschien met je oude therapeut praten.'

'En jij blijft hier en werkt? Hoe gaat dat dingen oplossen?'

'Dat heb ik allemaal nog niet uitgedacht, maar ik heb wat ideeën.'

Ik ontmoette haar blik en wenste dat ik dat niet had gedaan. Haar ogen stonden geteisterd, gekweld. Ik wilde dit hele plan overboord gooien. Ik kwetste haar. Te veel.

'En dan?' vroeg ze.

'In juni is de bruiloft. Dan zien we elkaar weer.'

'Dat duurt twee maanden,' bracht ze uit. 'Denk jij oprecht dat wij het best met elkaar over onze problemen kunnen communiceren door … elkaar niet te zien?'

'Emilia, we hebben in korte tijd heel veel ellende meegemaakt. We moeten proberen daarvan te genezen.'

Ze schudde haar hoofd. 'Ik hoop in godsnaam dat je weet wat je doet, Adam, want ik denk dat dit een heel slecht idee is.' Ze duwde haar hand tegen haar hoofd en sloot haar ogen, alsof ze zo probeerde opkomende tranen te onderdrukken.

De mijne lagen ook op de loer. Maar ik moest haar een dapper gezicht tonen – al voelde ik me absoluut *niet* zo – vol vertrouwen dat dit een goed idee was.

Ik schraapte mijn keel. 'Ik denk dat het goed zal zijn, voor ons allebei. Eerder, toen je ruimte nodig had, kon ik je niet laten gaan. Ik bleef de boel maar forceren en daardoor maakte ik het erger voor ons. Blijkbaar heb ik daarvan geleerd.'

Ze trok een pijnlijk gezicht, maar zei niets, tot ze uiteindelijk haar bandana in haar zak stopte en haar rug rechtte. 'Dan ga ik maar inpakken. Ik moet mijn auto terugvragen aan Kat.'

'Ik heb liever dat je daar vandaag niet heen rijdt, in deze staat.'

Ze keerde zich naar me toe, haar ogen helder, maar vol verdriet. 'Het zal een stuk makkelijker voor me zijn om daarheen te rijden dan om onder deze omstandigheden hier nog een nacht te blijven.'

Ik fronste en haalde mijn hand over de stoppels op mijn kaak. 'Oké. Neem dan in ieder geval de Tesla. Ik wil je in een veilige auto laten rijden. Ik gebruik toch alleen de Porsche.'

Ze draaide zich om en liep op onvaste benen weg. Ik keek haar na en streek over mijn gezicht. Ik wilde haar hier, in mijn leven, aan mijn zij, maar we waren allebei zo gewond dat ik geen idee had hoe we samen konden zijn tot we waren genezen. Tot we hadden uitgevogeld hoe we erin stonden, waar onze harten lagen.

Met iedere vezel in mijn hart hield ik van haar.

Maar soms was liefde niet genoeg.

HOOFDSTUK NEGENENDERTIG

MIA

De cirkel was rond. Elf maanden geleden had ik dezelfde rit gemaakt met een beschadigd hart en emoties die als tropische stormen in me woedden. En hier was ik dan weer, terug op het punt waarop ik me toen bevond en met dezelfde rit. Alsof mijn leven een of andere zieke, zich eindeloos herhalende loop was.

Alleen deze keer had ik mijn hart achtergelaten. Die was gewond geraakt in de strijd, kapot en voor dood achtergelaten. Iedere minuut van die twee uur durende rit vocht ik tegen mijn tranen, tot ik zo'n kwartier verwijderd was van de oprit naar de ranch, toen braken ze alsnog door. Toen ik door het vertrouwde straatbeeld van het dorp reed – de buurtsuper op de hoek, het rustieke café waar ik soms had rondgehangen, de kleine school, de huizen van een paar van mijn oude vrienden – viel er een soort rust over me. Ik had geen idee wat het betekende. Ik hoopte alleen maar dat het oké was. Dat ik überhaupt enige hoop in me had was al een wonder.

Mam begroette me met een ongeruste blik en trok me in een strakke omhelzing. Toen ik haar had gebeld en vertelde dat ik voor een poosje naar huis zou komen, had ik haar geen details gegeven. Ik weet echter wel zeker dat ze de nodige conclusies had getrokken.

'Ik ben blij dat je er bent, liefje.'

Ik wilde dat ik hetzelfde kon zeggen. Ik had geen idee wat ik hier zou bereiken de komende acht weken. Terug naar Anza gaan was een stap achteruit, had ik ooit tegen Heath gezegd. Maar soms had iemand gewoon zijn moeder nodig, hoe oud je ook was. En godzijdank was ze er.

'Mam,' zei ik terwijl ik me losmaakte en in haar ogen keek. Ik weet zeker dat ze aan mijn opgezwollen ogen zag dat ik had gehuild, veel had gehuild. 'Ik wil dat je weet dat ik echt heel blij ben voor jou en Peter. En … wat er ook tussen Adam en mij gebeurt, zal daar niets aan veranderen.'

Ze knikte. Nadat ze de tas van mijn schouder had gepakt, liep ze in de richting van de familievleugel van ons bed and breakfast-huis. 'Je hoeft er niets over tegen me te vertellen, maar wat mij betreft ben je hier om je lijf en je hart te laten helen.' Ze draaide zich naar me om en glimlachte terwijl ze een hand op mijn hoofd legde. 'Je haar groeit terug! Het is donkerder dan het was.'

Ik legde een onzekere hand op het donshaar op mijn hoofd.

'Het zal redelijk teruggegroeid zijn tegen de tijd dat de bruiloft is.'

'Ja? Groeit het zo snel?'

Ze grijnsde. 'Ja, het is in no-time terug. Dik en glanzend. En de rest van je lichaam zal ook herstellen. Let maar op. Mijn missie is om jou vet te mesten.'

'Ik weet niet zeker of ik wel zo'n zin heb om te eten, ook al ben ik niet meer misselijk.'

'Nou, je zult wel moeten. We moeten weer wat spek op die botten kweken. Ik maak iedere dag een lievelingsmaaltijd voor je klaar. Ik heb net al een hele lading verse baklava gebakken. We gaan je lichaam en je hart genezen. Oké?'

Ik knikte.

Mam liet me alleen en onmiddellijk ging ik naar mijn bureau, rommelde door mijn lades en vond een oud, leeg notitieboekje dat ik had bewaard voor het moment dat ik iets had wat belangrijk genoeg was om erin te schrijven, want het was gewoon zo mooi. Er stonden illustraties op de voorkant van het middeleeuwse *Book of Kells* met een Keltisch vlechtwerk en een goud reliëf. Ik liet mijn hand over de omslag glijden en sloeg het boekje open om naar de roomwitte bladzijdes te kijken.

Zonder echt te beseffen wat ik deed, pakte ik een pen en begon te schrijven. De eerste paar zinnen bevatten wellicht meer dan een beetje boosheid. Er waren wellicht vlekken, veroorzaakt door de tranen die over de bladzijdes uitgesmeerd werden. Maar ik begon me beter te voelen doordat ik een plek voor mezelf had om het er allemaal uit te gooien.

Ik schreef er iedere dag in.

En ik ging naar dokter Marbrow, mijn therapeut. Ik was vastbesloten dit te doen. Ik was vastbesloten ervoor te zorgen dat als ik Adam weer zou zien, ik gezond genoeg van lichaam en geest was om hem recht in de ogen te kijken en hem te zeggen hoezeer ik hem wilde, hoezeer ik hem nodig had in mijn leven. Ik kon alleen maar hopen dat hij hetzelfde zou voelen.

Dus met het doel om mijn moed aan te wakkeren, zag ik mijn demonen onder ogen.

***

Na een paar weken in Anza kwamen Heath en Kat deze kant op om een lang weekend met me door te brengen. Volgens mij maakte Heath zich echt zorgen om me, want hij bleef me maar van die ongeruste blikken toewerpen tijdens het avondeten – huisgemaakte gyros en verse caesersalade uit mams tuin. Van alle lekkere dingen die mijn moeder maakte, was dit zijn lievelingsgerecht, maar hij had er nauwelijks aandacht voor.

Na het eten maakte ik de paarden klaar om hen mee te nemen voor een rit bij zonsondergang toen hij alleen de schuur in kwam.

'Waar is Kat?' vroeg ik terwijl ik het stof van Snowballs vacht veegde.

'Ze komt er zo aan. Ik wilde even alleen met je praten.'

'Oké … Hé, wil je op Whiskey of op Tate rijden vanavond?'

Hij trok een gezicht. 'Tate is een klier. Hij wierp me herhaaldelijk af toen we op de middelbare school zaten. Geef me Whiskey maar. Verdorie, ik heb al in geen jaren gereden.'

Ik lachte. 'Dat weet ik.'

'Hoe gaat het *echt* met je, Mia?'

Ik knipperde met mijn ogen. 'Ik dacht dat ik er beter uitzag … maar blijkbaar niet.'

'Je hebt er geen idee van hoe graag ik Drake op dit moment in elkaar wil beuken.'

Ik schoot in de lach. 'Ah, hij is weer Drake voor je, hè?'

'Ik kan niet geloven dat hij het heeft uitgemaakt terwijl jij fucking kanker hebt.'

'Ik *heb* geen fukcing kanker meer en hij heeft het niet uitgemaakt.'

Heath keek nors.

'Nee. Hou op, oké? Adam is ook jouw vriend. Ik wil niet dat je een kant kiest. Er valt geen kant te kiezen.'

Heath sloeg zijn armen over elkaar en leunde met zijn schouder tegen de schuur. 'Jullie zijn niet uit elkaar?'

'Je bent nieuwsgierig,' reageerde ik.

'Ik ben kwaad. Als jullie twee het niet redden dan is er voor de rest van ons geen hoop.'

Ik liet de zachte borstel in de plastic tas vallen en pakte Snowballs zadel en kussen uit de zadelkamer. Heath stond erop om de spullen voor me te dragen, ook al kon ik dat prima zelf. Hij legde ze op Snowballs rug en ik herschikte het kussen en bukte toen om de singel te pakken om hem vast te snoeren.

'Ik denk dat ik Kat maar op mijn mannetje Snowball zet.'

'Mia …'

'Heath, jij zou beter dan wie dan ook moeten weten waar we hier mee te maken hebben. Wat we doormaken. De verliezen die we hebben geleden. Ik kan niet met een toverstaf zwaaien en het allemaal laten verdwijnen. We hebben heel wat shit om te verwerken.'

'Waarom ben je dan niet daar en ga je samen met hem in therapie? Een goede relatietherapeut …'

'Dat is niet Adams stijl. Hij zal zijn eigen manier vinden om met deze zooi om te gaan. En ik vind mijn manier om met die van mij om te gaan.'

'Dat is het probleem. Jullie gaan er niet samen mee om.'

'Hmm. Misschien is het nog niet de juiste tijd om dat samen te doen. Misschien moeten we eerst gezonde individuen zijn voordat we een gezond stel kunnen zijn.' Ik sprak de woorden uit en deze keer geloofde ik ze, hoewel ik ze had betwijfeld toen Adam ze tegen me had gezegd.

Hij bleef stil, dus ik ging naar de stal waar Whiskey zijn hoofd naar buiten stak en me verwachtingsvol aankeek. Onder zijn lok krabbelde ik hem op zijn hoofd. 'Wie is er een lieve jongen?' Ik liet een halter over zijn hoofd glijden en leidde hem de stal uit. 'Je gaat een brave jongen voor Heath zijn, of niet dan?'

'Inderdaad, anders geeft Heath je een trap onder je kont. Vraag maar aan je maatje Tate,' merkte Heath op. Hij richtte zich weer tot mij. 'Dit was zijn idee, of niet? Dat jullie uit elkaar gingen, om terug hierheen te komen.'

Zonder te reageren boog ik voorover om de hoevenkrabber op te rapen en Whiskeys hoeven schoon te krabben.

'Dat dacht ik al.'

Ik ging rechtop staan en liet mijn adem ontsnappen. 'Ik ga hem niet veroordelen om hoe hij hiermee omgaat. Hij heeft tijd alleen nodig. Dat ga ik hem geven. Ik zou een hypocriet zijn als ik hem veroordeelde, terwijl ik het de laatste keer tussen ons ook niet bepaald goed heb aangepakt.'

Heath keek weg. 'Wees niet zo hard voor jezelf. Je bent ook maar een mens.' Hij zuchtte. 'Dit hele relatiegedoe is zo moeilijk. Soms vraag ik mezelf af of het het allemaal wel waard is.'

Ik pakte de roskam om de stoffige vacht van Whiskey een snelle beurt te geven. 'Alles oké tussen jou en Connor?'

'Beter dan tussen jou en Adam,' antwoordde hij.

'Dat zegt niet veel.'

'Kan ik dan in ieder geval met hem gaan praten?'

Mijn hand bevroor. Heath was een van de zeldzaam weinige mensen die wist wat Adam en ik allemaal hadden moeten meemaken. Misschien hielp het hem om een luisterend oor te hebben, *als* Heaths oor inderdaad luisterend zou zijn.

'Hij zal denken dat ik je heb gestuurd om met hem te praten.'

'Je zei net zelf dat hij ook mijn vriend is. En met wie anders gaat hij praten over de ... over alles.'

Ik slikte en concentreerde me op het stof dat ik omhoog kamde uit Whiskeys vacht. 'Je kunt het gewoon zeggen, hoor. Je hoeft mijn gevoelens niet te sparen.'

'Dit herinnert me veel te veel aan die shit die je op de middelbare school is overkomen en die gedachte maakt me *letterlijk* ziek.'

Mijn kammende beweging viel halverwege stil, maar ik keek niet naar Heath.

Ik wist precies waar hij op doelde; de avond dat Zack, mijn vriendje op de middelbare, dronken was geworden en me had aangerand.

'Je gaf jezelf ook de schuld van die shit, of was je dat vergeten?'

Ik gooide de borstel in de zak en beide paarden gooiden geschrokken hun hoofden omhoog. Ik kalmeerde ze door geruststellend tegen ze te praten en hun halzen te aaien.

Heath kwam naast me staan en pakte de arm die ik gebruikte om Whiskey te aaien. 'Je moet niet boos op me worden, Mia, maar ik ga er niet omheen lullen. Wat jou is overkomen – kanker krijgen, zwanger worden, de baby verliezen – was net zomin jouw schuld als die ongein op de middelbare school. Het *overkwam* je. Straf jezelf daar niet voor.'

De tranen drongen zich aan en ik knipperde met mijn ogen terwijl ik me langzaam van hem losmaakte. Verwoed schraapte ik mijn keel, knipperde weer en keek weg.

'Geeft *hij* je de schuld? Is dat waar dit over gaat?'

Ik wuifde hem weg. 'Ruim je bokshandschoenen maar op, Sugar Ray. Hij geeft me niet de schuld. Hij zegt dat hij niet kan omgaan met hoe ik mezelf de schuld geef.'

Heath vouwde zijn gespierde armen over elkaar. 'Nou, daar zijn we het dan over eens. Ik kan daar ook niet mee omgaan. Ik zie het de hele tijd in je ogen. Ik zag wat die onschuldige opmerking van Alex met je deed.'

Ik trok me in mezelf terug en duwde mijn voorhoofd in mijn handen. De tranen stonden weer op het punt los te barsten, dus ik draaide me om en keerde me van hem af, maar hij greep me beet en trok me dicht tegen zich aan om me te omhelzen. 'Shht. Het spijt me. Ik wilde je niet overstuur maken.'

Zijn armen waren troostend, maar het waren niet de armen die ik om me heen wilde.

***

'Dus om je woorden even te herhalen, jij denkt dat als je hem je littekens laat zien dat hij daardoor niet meer van je zal houden?' vroeg dokter Marbrow vooroverleunend.

Ik schoof over de elegante bank in haar kantoor en het leer kraakte onder mijn gewiebel. 'Het klinkt belachelijk als het uit uw mond komt, maar hier lijkt het heel logisch,' zei ik en wees naar mijn hoofd.

Ze liet haar hoofd een stukje opzij zakken en er verscheen een glimlachje rond haar lippen. 'Die stem daarbinnen kon wel eens het meest onlogische ding zijn dat je ooit zult horen, maar voor jou zal het altijd logisch klinken. Dat ligt in de aard van de mens. We geven die stem een hoop macht. Dus soms is de oplossing om die stem te veranderen, te veranderen wat het tegen ons zegt.'

Ik beefde inwendig. 'Dat wil ik niet. Ik bedoel … die stem zorgt ervoor dat ik me rot voel, maar ik wil hem niet laten gaan.'

'Natuurlijk niet.' Ze leunde achterover en sloeg haar benen over elkaar. 'Hoe zou je anders jezelf kunnen martelen, als die stem weg was?'

Plotseling kreeg ik het benauwd. Ik friemelde met mijn handen in mijn schoot en staarde ernaar. De achterkant van mijn benen zweette en, aangezien ik een korte broek droeg, plakten mijn benen aan de bank. Daar had ik geen antwoord op. Ik *had* mezelf gemarteld. Want alles in me geloofde dat ik dat verdiende. Dokter Marbrow noteerde iets op haar schrijfblok en keek me toen aan, tot ze vaststelde dat ik haar geen antwoord ging geven.

Ze stopte een lange, blonde haarlok achter haar oor en zei op zachte toon: 'Zullen de littekens op je borst er echt voor zorgen dat hij vertrekt?'

Langzaam schudde ik mijn hoofd.

'Maar je bent wel bang dat je hem zult kwijtraken.'

Als dat al niet was gebeurd. Ik sloot mijn ogen en knikte.

'Waardoor zal hij je verlaten, denk je?'

Ik inhaleerde scherp in door mijn neus en liet de lucht bevend gaan. 'Het gaat om waar de littekens voor staan …' Mijn stem vervaagde en ik schraapte mijn keel terwijl ik een hand over mijn hart plaatste. 'De littekens vanbinnen. Die waar ik me vanbinnen zo lelijk door voel.'

Ze knikte. 'Dat is de definitie van liefde, weet je. Dat die persoon bij je is en aan je zijde blijft ondanks alle lelijkheid … en dat jij hetzelfde doet. *Hij* is ook niet perfect, zoals je heel goed zult weten.'

Ik schudde mijn hoofd. 'Ik heb hem vreselijke dingen aangedaan.'

'Zoals …?' Ze trok haar voorhoofd op.

Mijn ademhaling stokte. 'Ik ging bij hem weg. Ik was boos. Ik … ik wist niet hoe ik moest omgaan met zijn gedrag. Dus vertelde ik hem niet over de kanker … Ik dacht dat ik hem beschermde, maar eigenlijk was het zo gewoon makkelijker. Makkelijker voor mij om in mezelf gekeerd te blijven, om van niemand afhankelijk te hoeven zijn.'

'Maar je kunt niet ziek zijn zonder afhankelijk te zijn van degenen die het dichtst bij je staan. Je moest hulp accepteren.'

Ik wreef over mijn slapen. 'Het gekste is dat ik mezelf moest dwingen, zelfs toen ik op mijn ziekst was. Ik heb een heleboel mensen om me heen die van me houden, die me *willen* helpen, en toch weiger ik ze dat te laten doen. En daarom …'

'Je hebt een aantal slechte beslissingen genomen. Dat geldt ook voor hem.'

Ik legde mijn gezicht in mijn handen. 'Maar het is allemaal mijn schuld.'

'Je weet wat je nu aan het doen bent, of niet? Je staat mensen zelfs niet toe om hun deel van de verantwoordelijkheid op zich te nemen. Het is behoorlijk narcistisch als je erover nadenkt, om ervan uit te gaan dat alles wat je is overkomen, veroorzaakt is door alleen jouw daden. Maar ook dat ligt in de aard van de mens. Want door ergens de schuld van op ons te nemen, maken we onszelf wijs dat we enige controle hebben op de chaotische gebeurtenissen in ons leven waar we geen controle over hebben.'

'Ik heb geen controle gehad ...' Mijn woorden werden afgesneden door een snik.

'Geen wonder dat Heath je reactie hierop vergeleek met wat je op de middelbare school is overkomen. Dat was net zo goed een voorval waar je geen controle had over wat er met je lichaam gebeurde. Nu dit, de kanker, de chemo, de zwangerschap, de abortus ...'

De adem werd me ontnomen en verdwaasd zakte ik tegen de leuning. 'Ik had wel een keus. Ik heb hem afgebroken.'

'Maar was het echt een keus? Je deed wat je *moest* doen om te overleven.'

Ik beefde. 'Ik denk niet dat onze relatie tegen zoiets bestand is.' Er volgde een lange stilte waarin ze slechts naar me keek, duidelijk in de verwachting dat ik verder zou gaan. Ik haalde diep adem. 'Ik begrijp niet hoe hij nog van me kan houden,' zei ik met een klein stemmetje.

'Hij houdt van je omdat hij het je niet kwalijk neemt.'

'Hij zei dat hij bang is om me aan te raken.'

Ze knikte. 'Klinkt alsof hij ook aanspraak maakte op zijn deel van het schuldspelletje. En het is jouw taak om hem te helpen dat te begrijpen, als je eenmaal over je eigen schuldgevoel heen bent.'

Door een zwak, met tranen doordrenkte glimlach keek ik haar aan. 'Kan ik je in mijn zak stoppen en een poosje bij me houden?'

Ze lachte. 'Wat jij kunt doen is hem op een dag meenemen om me te ontmoeten. Als hij dat wil.'

***

Dagen later, in de wei, had ik een eigen soort openbaring toen ik naar Rusty en haar drie maanden oude veulen, Silver, keek. Ik bestudeerde hen samen. Heen en weer stappend, zij aan zij. Soms huppelde hij voor haar uit, hoofd omhoog en trots op zijn onafhankelijkheid, maar altijd een blik achterom werpend op zijn moeder. Rusty liet hem nooit te ver weg gaan en berispte hem soms met een kleine hap of een tik met haar staart.

Mijn keel trok samen terwijl ik naar ze keek en ik liet mezelf voelen wat ik mezelf maandenlang niet had toegestaan te voelen: de rouw, het verlies, wat had kunnen zijn. De tranen kwamen en ik hield ze niet tegen. Deze keer niet. Ik kon die gevoelens niet langer onderdrukken.

Iedere dag schreef ik in mijn dagboek. Iedere gedachte, iedere emotie gooide ik eruit. Vaker wel dan niet schreef ik zelfs meer dan een keer per dag, dan ging ik weer terug als er een verdwaalde gedachte door mijn hoofd trok. Het voelde bevrijdend om alles wat ik in me had opgekropt eruit te laten.

Ook skypete ik met mijn vrienden. Jenna en Alex hielden me op de hoogte van wat er gaande was aan de Zuidkust. Heath belde om de paar dagen om te vragen hoe het met me ging en ik kreeg de kans een keer te videobellen met Kat.

'We zijn laatst met z'n allen pizza gaan eten ...'

'Echt? Was het gezellig?'

'Hmm. Nou, het was een grote groep. De meesten van ons hadden het naar hun zin. Jenna en William vlogen elkaar weer in de haren over een of andere duistere game waar ik nog nooit van had gehoord. Die twee moeten gewoon een keer met elkaar van bil gaan, dan is het tenminste eens klaar. En Heath en Adam zijn een uur met z'n tweeën gaan lopen.'

Ik verstijfde bij het noemen van Adam en ze merkte het. 'O, ja, sorry dat ik dat vergat te vertellen. Heath en ik hebben hem onder druk gezet om met ons mee te gaan. We moesten hem uit zijn kantoor halen en hem dwingen met het dreigement dat we anders gamegeheimen wereldkundig zouden maken.'

'Dat hebben jullie niet echt gedaan! Hebben jullie hem gechanteerd met de geheime quest?'

Haar lach werd ronduit duivels. 'Ik weet hoe ik kan krijgen wat ik wil. Hij gaf niet toe, dus begon ik te dreigen.'

Ik was even stil, keek weg van het scherm en friemelde wat aan enkele spulletjes op mijn bureau. 'Hoe gaat het met hem?'

Ze wist dat ik niet op Heath doelde.

Ze knikte. 'Het gaat goed met hem. Hij is zijn eigen grimmige, intense zelf.'

Ik lachte. 'Zo is hij niet altijd.'

Ze trok een gek gezicht. 'Fallen is al intens zolang als ik hem ken. Ik wist alleen niet waarom, tot nu. Maar nu ik zijn ware zelf ken, begrijp ik het. Hij is gewoon zo'n type kerel.' Ze wierp me een ondeugende blik toe. 'Het is maar goed dat hij zo'n knapperd is, dat maakt het nog een beetje goed.'

Ik rolde met mijn ogen en lachte, voordat ik snel van onderwerp veranderde. Ze mopperde over mijn gebrek aan speeltijd en ik wilde niet zeggen dat de gedachte om het spel te spelen op het moment een beetje te pijnlijk was. Vanwege alles wat er speelde – of niet speelde – tussen Adam en mij en het toenemende conflict dat ik voelde over het bloggen over de geheime quest, voelde ik me verscheurd over Dragon Epoch. Ik miste het, maar ik wist ook dat ik er even een pauze van nodig had.

Iedere dag liep ik naar mijn speciale plek op de berg van de vallei, vlak bij mijn moeders huis. Dan kwam ik vlak voor de zonsondergang aan, als de vroege zomeravonden oranje en diep, dieppaars werden gekleurd. Waar de hitte van de door de zon opgewarmde rotsen door mijn kleren drong, waar de droge geur van witte woestijnsalie en het geluid van tjirpende krekels mijn zintuigen aanvielen.

Dat moment gebruikte ik om mijn ogen te sluiten, om na te denken, om te ademen op de manier die dokter Marbrow me had geleerd. Ik concentreerde me op kleuren en licht en probeerde stil te staan bij alles wat ik had om dankbaar voor te zijn. Ik had al heel wat hartzeer meegemaakt in mijn korte drieëntwintigjarige leven, maar de dingen die ik had gedaan, de plaatsen waar ik was geweest, de mensen die ik had gekend. De liefde die ik had gevoeld … Dat alles was de pijn waard geweest. En iedere dag begon ik me dat een beetje meer te realiseren.

Op een van mijn laatste dagen in Anza was ik 's avonds buiten en genoot ik van de duisternis en het natuurschoon van de koepel aan sterren boven mijn hoofd. Er was nauwelijks nachtverlichting hierboven en geen lichtvervuiling, in tegenstelling tot rond de grote steden aan de kust.

Zoals elke andere avond dwaalde ook nu mijn blik naar het sterrenbeeld Draco terwijl mijn vingers over het altijd aanwezige kompas aan mijn ketting gingen. *Het is er altijd*, had hij gezegd, *welk tijdstip van de dag dan ook en ongeacht het seizoen.*

Inmiddels was ik bekend met de hoofdpunten in deze lange, slangvormige constellatie van sterren. Mijn ogen volgden de vorm ervan in de lucht. *Het ware noorden.* Wat was dat? Hoe kon ik de richting vinden? Ik dacht aan de beeldjes die William voor me had gemaakt, met name aan de gids, die als een kompas was om me de weg te wijzen in moeilijke tijden.

Als dit geen moeilijke tijden waren, wist ik het ook niet meer. Ik staarde lang en intens naar die sterren, precies tussen de Grote en de Kleine Beer. En na een lange tijd van niets anders dan de geluiden van de avond in mijn oren, verscheen er een streep van vuur uit het niets en vond zijn weg rechtstreeks naar Draco.

Een wens doen bij een vallende ster. Op die inmiddels dubieuze bucketlist stond geschreven dat ik een wens wilde doen bij een vallende ster. Toen ik hier opgroeide had ik er heel veel gezien, maar nog nooit had ik een wens gehad die ik zo graag wilde dat ik hem bij een meteoriet wilde wensen.

Maar vanavond deed ik dat. Ik sloot mijn ogen en zag voor me hoe ik mijn armen om Adam heen sloeg en hij zijn armen om mij heen. Ik wenste ons gelukkig. Ik wenste dat we sterk genoeg waren om ons een weg te vechten door onze eigen zooi van emoties en twijfelachtige gedachten, zodat we weer samen konden zijn. Iedere slag van mijn hart dreunde door mijn borst en het deed pijn. Ik slikte en in plaats van mijn tranen te onderdrukken, liet ik ze over mijn wangen rollen. Er was hier niemand om me terecht te wijzen, niemand die ik terecht kon wijzen. Er was geen reden de tranen te bedwingen.

Het voelde goed ze te laten gaan. Maar het waren niet alleen tranen van verdriet of verlies, tranen van eenzaamheid. Het waren ook tranen van dankbaarheid. In stilte bedankte ik het universum voor alles waar ik dankbaar voor kon zijn: mijn gezondheid, mijn toekomst, het feit dat ik ware liefde had gekend. Het deed er niet toe wat de toekomst brengen zou, want die korte momenten van liefde die ik had mogen ervaren, hadden me geleerd dat het leven het, met tegenslag en al, waard was. En dat voor mij geluk een keuze was.

Die avond, mijn gezicht nat, mijn ogen dik, mijn hart vol, maakte ik die keuze.

****

Ik hield mijn blog aan, maar mijn hart lag er niet meer. Ik had al aan mezelf toegegeven dat ik er niet mee door zou kunnen gaan. Als Adam en ik samen zouden zijn, zou de blog uiteindelijk tussen ons in komen te staan. Ofwel zou ik de quest oplossen en me verplicht voelen om de hints aan de lezers door te spelen, ofwel Draco Multimedia zou een verandering in het spel aanbrengen waar ik me aan zou ergeren en dan zou ik erover willen klagen. Of – mijn maag draaide zich om bij het onder ogen moeten zien van die mogelijkheid – Adam en ik zouden uit elkaar zijn, waardoor het veel te pijnlijk zou zijn om Dragon Epoch nog langer te spelen.

Hoe het ook zij, de mogelijkheid om over een paar maanden met geneeskunde te beginnen, maakte me duidelijk dat ik andere prioriteiten in mijn leven zou hebben. Dus bracht ik mijn dagen door met het opstellen van lange e-mails. Een naar de decaan van het college van de medische faculteit van de Johns Hopkins Universiteit, een aantal naar andere universiteiten, een aantal naar mijn belangrijkste lezers en contacten in de blogwereld en een naar het bedrijf dat een bod op mijn blog had gedaan.

Want ik had een plan.

Ongeveer een week voor de bruiloft reden we naar Orange County om mams jurk voor een laatste keer te passen. De bruiloft ging geen groots gebeuren zijn. De bruid en bruidegom hadden alleen familie uitgenodigd en ze hadden ervoor gekozen om op een van hun favoriete plekken, het strand bij Crystal Cove State Park, in het huwelijksbootje te stappen.

Maar terwijl we daar waren, had ik wat andere klusjes te klaren. Ik leende de auto van mijn moeder nadat ik haar bij Peter had afgezet en zei dat ik over een paar uur terug zou zijn. Mam nam aan dat ik niet het risico wilde nemen om Adam daar tegen het lijf te lopen. Ik bedacht dat ik dat prima als excuus kon gebruiken. Maar ik had andere zaken te regelen.

Er was nog een week over en terwijl mijn moeders zenuwen groeiden, borrelde er bij mij vanbinnen ook van alles. Ik kon niet wachten om Adam weer te zien. Het was meer dan twee maanden geleden. Ik vroeg me af hoe zijn reis was geweest. Had hij interessante zelfontdekkingen gedaan? Was hij tot de ontdekking gekomen dat hij niet zonder me kon of dacht hij dat we het best uiteen konden gaan nu onze zielen nog intact waren?

Ik had geen idee.

En het wachten begon me gek te maken.

Twee volle dagen voor de bruiloft had ik mijn tassen al ingepakt. Het gelukkige paar en hun kinderen en hechte vrienden zouden de avond voor de bruiloft bijeenkomen voor een diner. Vier uur daarvoor liep ik zenuwachtig heen en weer, maakte een keuze en keurde vervolgens niet minder dan vijf outfits af. Ik kon niet langer dan vijf minuten stil zitten, tot mijn altijd geduldige moeder me de kamer uitstuurde om een stukje te gaan wandelen.

Want over slechts een paar minuten zou ik Adam weer zien. En ergens in de komende vierentwintig uur zou ik weten of er hoop was voor ons om samen verder te gaan, of dat die hoop voor altijd was vergaan.

HOOFDSTUK
VEERTIG
ADAM

IEDERE NACHT DAT ZE WEG WAS DROOMDE IK OVER HAAR. Nadat ze in de Tesla was gestapt en ik haar had zien wegrijden, waren mijn gedachten nooit ver bij haar vandaan geweest. Een paar uur daarna had ze me geappt dat ze bij haar moeders huis was gearriveerd en dat was het. Radiostilte.

Het was beter zo. Dit zouden mijn veertig dagen van beproeving in de woestijn zijn. Een lange periode zonder haar, waarin ik ging uitzoeken wat de hel er in mijn eigen kop omging. Sinds die vreselijke paar dagen toen ik had ontdekt dat ze zwanger was en kanker had, had ik nauwelijks de tijd gehad om over iets anders na te denken dan die ene primaire noodzaak: haar herstel.

Uiteraard maakte ik lang werkdagen. Het was altijd mijn voornaamste copingmechanisme geweest. Ik bracht mijn avonden in eenzaamheid door, voornamelijk met hardlopen over het strand van Newport. Of door simpelweg lange tijd op het strand te zitten en te kijken hoe het onophoudelijke getij zijn gang ging, te luisteren naar het gedonder van de golven dat keer op keer klonk, een ritme zo oeroud en aards, tot het opging in het ritme van mijn hart. Mijn brein stond geen moment stil, probeerde altijd manieren te bedenken om problemen die opdoken te omzeilen. Ik was, van nature, een probleemoplosser. Dus om mezelf lange tijd gewoonweg te verliezen in het ritme van de golven op de kust zonder aan andere dingen te denken, was als meditatie voor me. Vaak kon een rustige geest nu eenmaal dingen zien en horen die de drukke geest niet zag of hoorde.

Ook sliep ik meer dan ik in maanden had gedaan. Ik moest herstellen van maanden en weken van pure uitputting. In de periode dat zij het nodig had dat ik er voor haar was, had ik het mezelf niet toegestaan te rusten. Nu ze weg was, was ook die druk weg. En met de slaap en de rust kwam vernieuwing.

Lichamelijk voor mezelf zorgen was de sleutel tot het herstel van mijn mentale gezondheid. En uiteindelijk bevond ik me in de situatie waarin ik hulp bij anderen kon zoeken, op een van de meest onlogische plekken.

Op een avond, ongeveer een maand nadat Emilia was vertrokken, was ik na kantooruren nog aan het werk. Er klopte iemand op de deur van mijn kantoor en aangezien mijn secretaresse al naar huis was, riep ik dat hij of zij binnen kon komen.

De deur ging open en Kats roodharige hoofd piepte naar binnen. 'Nou, hallo dan, baas!'

Met een grijns leunde ik achterover. 'Kijk eens aan, als dat mijn nieuwste playtester niet is.'

Ze slenterde naar binnen en duwde haar vuist in de lucht. 'Beste baan ooit, trouwens. Je bent mijn nieuwe favoriete persoon.'

'Blij dat je het leuk vindt,' zei ik terwijl ik met mijn hand over mijn pijnlijke nek wreef.

'Ja. Oké, ik weet dat je niet doet aan socializen met je werknemers en zo, maar we gaan vanavond pizza eten en ik kom je kidnappen om ook mee te gaan.'

'Dat zou leuk zijn, maar ik heb een vracht shit te doen.'

Haar wenkbrauwen gingen omhoog en ze vouwde haar armen voor haar borst over elkaar terwijl ze zich in de stoel tegenover me liet zakken. 'Luister eens, gast, ik ben van de pretpolitie en jij staat op het punt gearresteerd te worden vanwege een serieus gebrek aan pret in je leven op dit moment.'

Ik grinnikte, maar zei geen woord.

Met samengeknepen ogen keek ze me aan. 'Ik heb zelfs wat spierkracht meegenomen, mocht je zo dom zijn deze kans om te rehabiliteren te weigeren.' Ze bracht twee vingers naar haar lippen en produceerde een luid, scherp fluitje. Heath kwam de deur door.

'Nou, het had zo leuk kunnen zijn,' kermde ik.

'Dus kom je rustig met ons mee of moeten we geweld gebruiken?' zei Heath terwijl hij zijn knokkels kraakte.

'Hmm. Jullie maken het aanbod voor wat "pret" wel *heel* aanlokkelijk,' zei ik sarcastisch.

'Ik heb daarbuiten een heel leger klaarstaan, inclusief je neef, dus je kunt maar beter rustig met ons meegaan.'

'Inderdaad, geef me geen reden om je weer in elkaar te beuken,' merkte Heath op.

'Weer? Dat impliceert dat er een eerste keer was.' Misschien doelde hij op die goedkope kans die hij had gekregen toen hij net zo door shock overweldigd was over Emilia's conditie als dat ik was geweest. We deelden een lange blik. 'Misschien zie je die natte dromen weer voor de realiteit aan?'

In plaats van boos te kijken, grijnsde Heath. 'Pizza en gamen, gast. Herleef je puberteit.'

'Sommigen van ons zijn er nog niet eens uit,' grapte Kat en ze schoot overeind uit haar stoel. 'Kom op, pak je sleutels, we gaan. Ik wil voor in in jouw auto, *baas*.'

Met een zucht van overgave stond ik op, stopte mijn spullen in mijn laptoptas en ging met ze mee.

De pizza was vreselijk, maar het gezelschap geweldig. We werden vergezeld door Connor, Alex, Jenna en mijn neef Liam. Soms gingen er een paar met hun handen vol muntjes vandoor om te gamen en kwamen ze vervolgens weer terug voor meer bier en smerige pizza. Ik had me voorgenomen een uurtje te blijven en dan een smoes te verzinnen om naar huis te kunnen gaan. Want hoe leuk ze ook waren om mee op te trekken, hun aanwezigheid benadrukte de afwezigheid van *haar* des te meer. En die afwezigheid was als een enorm, pijnlijk gat op dit moment.

Ik dronk mijn eerste en enige glas bier leeg en stond op het punt overeind te komen toen ik een hand op mijn schouder voelde landen. Ik keek om. Heath grijnsde naar me. 'Mag ik nog wat muntjes, pap?'

Ik trok een wenkbrauw naar hem op. 'Je krijgt pas volgende week weer zakgeld.' Ik stond op. 'Ik denk dat ik maar eens ga.'

'Ik loop even met je mee,' zei Heath en dook naast me op zonder me de kans te geven ertegenin te gaan. Oké, het was duidelijk dat hij wilde praten. Ik wist dat hij vorig weekend naar Anza was gereden om Emilia te bezoeken. Ik was vastberaden niet naar haar te informeren, hoe graag ik het ook wilde.

Ik zei de rest van de groep gedag. Ze leken allemaal teleurgesteld te zijn dat ik al zo snel vertrok, maar toen ze zich eenmaal realiseerden dat Heath met me de deur uitliep, zei niemand nog veel, alsof ze allemaal wisten dat we dingen te bespreken hadden. Hoe ik er ook tegenop mocht zien om met hem te praten, ik zag geen mogelijkheid het te vermijden.

Het was rustig op het parkeerterrein van het winkelcentrum waar de pizzatent zich bevond. Aangezien het tien uur 's avonds op een doordeweekse avond in het enigszins slaperige stadje Orange was, was het vredig. Ik klikte mijn auto van het slot en draaide me om. Tegen het portier leunend keek ik naar Heath. 'Dat was een vreselijke pizza,' zei ik, mijn manier om de vreemde spanning tussen ons te breken.

'De games zijn goed. Weet jij nog een tent die nog steeds een werkende versie van *Tempest*, *Galaga* en *Asteroids* heeft?'

Ik trok een schouder op en staarde naar de straat, waar zo af en toe een auto voorbijreed. 'Binnen een dag zou ik die allemaal thuis in mijn gamekamer geïnstalleerd kunnen hebben.'

'Of je zou er gewoon zelf een kunnen programmeren.'

'Ik heb een eigen game om aan te werken.'

'Hoe gaat het, trouwens?'

'Met de game? Geweldig. We zijn ons aan het voorbereiden om een preview van de nieuwe uitbreiding te onthullen op de E3 volgende week. En dan is er nog de Comic-Con in juli.'

'Mooi.' Hij knikte en keek naar zijn voeten, die ongemakkelijk heen en weer schoven. 'En … en persoonlijk? Alles goed met je?'

Ik was stil, er niet zeker van wat ik met Heath wilde delen. We waren al lange tijd bevriend, maar de laatste tijd hing er een spanning tussen ons in, voornamelijk vanwege de manier waarop ik de dingen in mijn relatie met Emilia had aangepakt terwijl zij als een zus voor hem was.

'Ik overleef het wel,' zei ik.

Heath knikte. 'Er is iets wat ik tegen je wilde zeggen … en ik weet dat het tussen ons niet lekker loopt sinds Mia ziek werd …'

Ik sloeg mijn armen over elkaar, nog steeds tegen mijn auto geleund, en knikte. 'Juist,' zei ik op neutrale toon.

'Adam, ik heb shit gezegd waar ik nu echt spijt van heb. Ik gaf je de schuld van wat er gebeurde en dat had ik niet moeten doen.'

Ik trok een schouder op. 'Dat was niet onterecht.'

Zijn ogen versmalden tot spleetjes. 'Jawel. Jawel, dat was onterecht. Ik wil dat je begrijpt waar ik toen met mijn kop zat. Ze …' Hij aarzelde en ademde diep in. 'Ze stond op instorten. Jullie waren net uit elkaar en toen ontdekte ze het van de kanker en ze liet me zweren dat ik het geheim zou houden. Ik neem het mezelf nog iedere dag kwalijk dat ik een geheim heb bewaard waarvan ik het recht niet had om het te bewaren.'

Mijn kaak verstrakte en toen ontspande ik hem voldoende om te kunnen praten. 'Je was loyaal. Je deed wat ze van je vroeg.'

Hij schudde zijn hoofd. 'Ze dacht niet na. Ik had er niet mee moeten instemmen. Maar dat deed ik wel en dat neem ik mezelf kwalijk.'

'We hebben allemaal de neiging onszelf de schuld te geven van dingen waar dat niet terecht van is.'

Hij bestudeerde me en wreef met de rug van zijn hand over zijn mondhoek. 'Ja … dus, daarover gesproken. Ik wil maar zeggen, die dag dat ik je een beuk verkocht en de weken erna toen ik niet bepaald aardig tegen je was … dat was onterecht. Ik was onbeschrijflijk gestrest en werd gek van ongerustheid om haar. En jij was een makkelijk doelwit om dat allemaal op af te reageren.'

'Nou, zoals ik al eerder heb gezegd, bedankt dat je er voor haar was toen ze iemand nodig had.' Ik verschoof en probeerde me door dit zeer ongemakkelijke gesprek heen te worstelen.

Hij keek weg en toen, op het moment dat ik me omdraaide en het leek alsof ik mijn portier zou openen om dit achter ons te laten, legde hij zijn hand op mijn schouder. 'Adam, geef het niet op met haar.'

Mijn schouders zakten. 'Het is geen kwestie van het opgeven met haar.'

'Man, ik weet wat je denkt. Ik weet dat je niet kunt aanzien wat ze zichzelf aandoet. Ze heeft gewoon tijd nodig om te helen van dit alles. Het is een klotejaar geweest, voor jullie allebei. Maar vanuit haar standpunt gezien heeft ze een afgrijselijke beslissing moeten nemen en we weten allebei dat ze de juiste beslissing heeft genomen. Maar ik denk dat ze dat zelf nog niet beseft.'

Ik schudde mijn hoofd. 'Ze gaat door een hel en dat is een hel die ze niet zelf heeft veroorzaakt. Ik heb haar in die positie gebracht ...'

Heaths hand gleed van mijn schouder en hij knikte. 'Hm, op de een of andere manier wist ik dat dat ten grondslag aan dit alles lag. Dat zij niet de enige was die vastzat in haar eigen irrationaliteit. Gezien de emotionele staat waarin ze de laatste maanden was, had ik dat van haar verwacht. Maar bij jou had ik op een meer logische beredenering gerekend.'

'Wat is er meer logisch dan dat zij een zwangerschap moest beëindigen die ik heb veroorzaakt?'

'*Shit happens.* Je bent niet de eerste kerel die zijn vriendin zwanger maakt. Het is niet alsof jij het hebt bedacht. Godzijdank dat ik dat probleem nooit zal hoeven meemaken. Homokerels hebben al genoeg problemen. Maar in godsnaam, verman jezelf en realiseer je dat dit soort shit gebeurt. Het gebeurde en het kan weer gebeuren. Of misschien ook niet. Je weet het maar nooit in het leven. Maar het is niet dat je gepland had haar dat aan te doen. Net zomin als dat zij had gepland dat het haar zou overkomen.'

Ik zoog een pijnlijke ademteug naar binnen en liet hem weer gaan. Hij had gelijk, natuurlijk, maar ik was er nog niet klaar voor dat toen te geven.

Heath sprak verder. 'Ik heb haar laatst gesproken.'

'Is ze in orde?' vroeg ik tussen opeengeklemde kaken door.

'Ze is hoopvol. Ze is nog steeds heel erg hoopvol over jullie twee. Maar ze maakt zich zorgen om je.'

Ik zuchtte. 'Ik ben niet zo hoopvol. Dat is waarom ze zich zorgen maakt.'

'Nou, dan heb je wat vragen om jezelf te stellen. Je moet erachter zien te komen of je bereid bent om verder te gaan zonder haar. Want dat is waar het dan op neer komt. Je doet ofwel wat er nodig is om haar in je leven te hebben, ofwel je laat het gaan, beslist dat het te moeilijk is en het niet waard is en leeft verder zonder haar.'

'Dat is denken als een programmeur. Behoorlijk zwart-wit gedacht van je ...'

'Adam, je bent een probleemoplosser. Je hebt een probleem. Je moet een manier zien te bedenken om het op te lossen. Zet dat geniale brein van je aan het werk.'

'Dat doe ik. Dat heb ik gedaan.

'Nou, met welke oplossing je ook komt, ik hoop dat het er een is die je gelukkig maakt.'

Gelukkig. Wat was dat? Een ongrijpbare gemoedstoestand? Het lot? Of een beslissing?

Er gingen dagen voorbij en ik piekerde daarover. Ik hield mezelf bezig met wat gekke dingen die niets met het werk te maken hadden. Ik worstelde om een manier te bedenken om met haar te communiceren terwijl er radiostilte heerste tussen ons. Ik had een alert ingesteld die me op de hoogte zou brengen als ze zou inloggen op de game. Dat deed ze niet. Het verbaasde me niet. Ofwel ze vermeed het, ofwel ze werkte hard aan de taak om zichzelf te vinden.

Het was op de terugweg na de laatste dag van de E3-conventie in Los Angeles, in een bumper-aan-bumper-file op de snelweg, dat Jordan me als zijn verplichte toehoorder leek te beschouwen voor het uur, of de uren, dat dit zou duren en hij begon tegen me aan te kletsen.

Hij keek op nadat hij een kwartier op zijn telefoon had zitten klooien. 'Godsamme. We zouden gewoon moeten stoppen en een paar uur ergens gaan zitten tot dit voorbij is. Dit verkeer is ronduit klote.'

'Of we nu urenlang in een bar zitten of ons gewoon door het verkeer heen worstelen maakt geen enkel verschil in hoe snel we thuis zijn.'

'We hadden een auto met chauffeur moeten huren, zodat we in ieder geval nog wat hadden kunnen werken terwijl we in deze ramp zaten. Of zelfs een biertje achterover hadden kunnen slaan.'

Ik haalde mijn schouders op.

Jordan verschoof zijn zonnebril en legde zijn mobiel weg. Het was een warme dag. We hadden allebei onze colberts geloosd en het dak was naar beneden. Een koel briesje waaide vanuit de kust terwijl we met vijf kilometer per uur doorploeterden.

'Ik wilde eens vragen hoe het met Mia gaat. Ik heb haar niet veel gezien.'

'Ze is voor een poosje bij haar moeder.'

Zijn hoofd draaide met een ruk mijn kant op en hij keek naar me. '"Een poosje" klinkt als een lange tijd.'

Ik gaf geen antwoord, keek in mijn spiegel en wisselde van baan.

'Zit het wel goed tussen jullie?'

'Niet echt.'

'Wat de fuck bedoel je met "niet echt" en waarom hoor ik dat nu pas?'

Ik wierp hem een spottende blik toe voordat ik mijn ogen weer op de weg richtte. 'Ik wist niet dat ik jou een "relatiestatus"-update verschuldigd was.'

'Echt wel. Nadat ik mijn trip naar Parijs heb opgegeven voor jou ...'

'Ik dacht dat je dat voor haar deed.'

'Dat klopt. Maar dat betekent verdomme niet dat je je zieke vriendin kunt dumpen. Wat de hel mankeer jij?'

Ik kneep in het stuur tot mijn knokkels er wit van zagen. 'Ik heb haar niet gedumpt en ze is niet meer ziek, dus fucking kalmeer eens even, zeg. Jezus, wat de hel is er met jou gebeurd? Heeft iemand je ballen eraf gehakt of zo?'

Hij stak zijn middelvinger naar me op. 'Doe niet zo lullig, Adam. Wat is er aan de hand? Je moet met iemand praten.'

'Het is ingewikkeld.'

'Dat is het meestal.'

Ik liet langzaam mijn adem ontsnappen en wisselde weer van baan. Niet echt een goed idee. Een of andere eikel toeterde naar me en Jordan gaf nu de chauffeur zijn middelvinger.

'Jezus, je lokt zo nog een gevalletje zinloos geweld uit. Laat zakken dat ding.'

'Dus hoe is het ingewikkelder dan bij andere relaties?'

'We hebben … problemen.'

'Wat voor problemen kun je hebben met Mia?'

'O, dus nu vind je haar ineens aardig, hè?'

Hij haalde zijn schouders op. 'Ik vind haar gewoon een leuke meid.'

'Ze is ook een leuke meid.' Een leuke meid met een hoop problemen.

'Dus hoe zit het? Is er iemand anders of zo? Heb je in het rond geneukt? Zeg me niet dat het met Carisa was, want …'

'Ik ben niet vreemdgegaan.'

'Nou?'

'We nemen wat tijd los van elkaar. We hebben wat shit te verwerken.'

'En je gaat me niet vertellen wat het is?'

'Dat zou ik doen als ik dacht dat je het serieus zou nemen en je er niet als een klootzak over zou gedragen.'

Hij trok zijn zonnebril af en stopte hem in zijn overhemd. 'Zie ik eruit alsof ik van plan was je een trap na te geven?'

Ik slikte. 'Nee.'

'Gooi het eruit. Wat is er gebeurd?'

'Ik vertrouw haar niet.'

'Heeft zij in het rond geneukt?'

'God, nee, niemand heeft in het rond geneukt. Laat het me gewoon even vertellen, oké?'

Hij stak zijn hand op, alsof hij mijn irritatie wilde afweren. 'Oké, oké.'

'We gingen uit elkaar vanwege ... nou, eerlijk gezegd vanwege stomme redenen. Maar toen we uit elkaar waren ontdekte ze over de kanker en vertelde het me niet.'

'Oké.'

'En toen in Vegas ...'

'Ja, ja. Ik weet precies wat er tussen jullie is gebeurd in Las Vegas.'

'Ik heb geen idee hoe jij dat kunt weten en dat is behoorlijk creepy, maar hoe dan ook, wat je niet weet is dat ze zwanger werd.'

Er viel een lange stilte aan de andere kant van de auto. Ik concentreerde me op het verkeer en toen ik eindelijk zijn kant op gluurde, zag hij bleek. Hij reikte naar zijn borstzak, pakte zijn zonnebril en zette hem terug op z'n gezicht.

'Ik denk dat ik wel kan raden wat er is gebeurd, aangezien ze net chemo heeft gehad en duidelijk niet meer zwanger is. Dat is, eh ... behoorlijk heftige shit.'

Ik reageerde niet. De stilte strekte zich een aantal kilometers voor ons uit, wat met dit kloteverkeer bijna een half uur duurde. Uiteindelijk schraapte Jordan zijn keel. 'Je zei dat je haar niet vertrouwt. Dat moet betekenen dat je haar er de schuld van geeft. En als dat ...'

'Ik geef haar niet de schuld. Maar inderdaad, ik vertrouw haar niet. Het is meer ... in het algemeen. Ik vertrouw er niet op dat ze me niet weer zal verpletteren. Dat ze hier genoeg in gelooft om ...'

Hij lachte – *lachte* – naar me. 'Verdomme, Adam, dat is echt iets wat wijven zeggen.'

Ik klemde mijn kaken op elkaar, kneep in het stuur en liet door mijn hoofd gaan wat ik nu net had gezegd.

'Adampje is bang dat hij gekwetst wordt. Arme Adampje.'

'Wil je dat ik je er hier uitzet? Ik denk dat je wel een lift van een seriemoordenaar kunt krijgen of zo,' beet ik hem toe.

'Ik wil me echt niet als een zak gedragen, maar ...'

'Te laat ...'

'Je moet jezelf echt even vermannen, gast. Als je een serieuze relatie aangaat loop je altijd het risico gekwetst te worden. Zo werkt het nu eenmaal.'

'Maar meestal vertrouw je erop dat de ander dat niet zal doen.'

Hij haalde een schouder op. 'Inderdaad. En waardoor denk je dat ze dat wel zal doen? Vanwege de laatste keer? Je bedoelt toen ze gek werd van angst door een diagnose over leven en dood, vlak nadat ze het met haar vriendje had uitgemaakt? Denk je echt dat dat het moment is om te beoordelen hoe iemand zich onder normalere omstandigheden gedraagt?'

Ik slikte en voelde me ineens zelf een zak.

'Luister, en je kunt je twijfels hebben bij de raadgever en afgeven op het advies zoveel je wilt, maar dit is hoe oom Jordan het ziet. Het doet er niet toe wie degene is, als je een verbintenis aangaat zoals in een serieuze relatie, stel je jezelf altijd dusdanig open dat je verpletterd kunt worden. Het is de natuur van het beestje.'

Ik draaide me naar hem toe, maar zei verder niets. Ik zette mijn zonnebril goed. Het verkeer begon op te lossen en we konden tot zo'n dertig kilometer per uur versnellen zonder ook maar een remlicht in het zicht.

'Ze heeft je eerder pijn gedaan, dat begrijp ik. Jij hebt haar ook pijn gedaan, toch?'

Ik knikte.

'Ik ben je financiële man, dus ik ga het je in termen uitleggen die mij bekend zijn. Je moet hiernaar kijken alsof het een kosten-baten-beslissing is. Is het risico dat je loopt om gekwetst te worden het voordeel dat het je oplevert als ze in je leven is waard? Zo ja, dan blijf je bij haar en probeer je het te laten slagen. Zo niet, dan zet je er een punt achter.'

'Ik denk dat dat het is wat ik voor mezelf zal moeten zien uit te zoeken.'

'Inderdaad. Maar voor wat het waard is, vond ik jullie bij elkaar passen, zo erg dat het me irriteerde.'

De rest van onze rit ging op in periodes van stilte of oppervlakkige praatjes en dat was fijn. Jordans woorden waren hard, maar niet onwelkom. Ik voelde me niet te goed om toe te geven dat me soms even flink de waarheid verteld moest worden. En ik was er klaar mee mijn wonden in stilte te likken.

Dus om mijn eenzame momenten – met name in de weekenden – te verdrijven, ging ik op zondag voor het avondeten naar het huis van mijn oom. Uiteraard wisten ze allemaal dat Emilia bij Kim in Anza was, dus niemand vroeg naar haar, zelfs Britts kinderen niet, dus ik kon hun moeder mijn complimenten geven dat ze hen zo goed had geïnstrueerd.

Na het eten zaten we op de bank, aan allebei mijn zijdes een van de jongens, en speelden *Mario Kart* op de spelcomputer. Ze vonden het hilarisch om samen te spannen en mij tegen te werken. Na mijn tweede overwinning – deze keer met de hakken over de sloot – gaven ze het op.

Ik legde een hand op hun hoofden terwijl zij probeerden me te overmeesteren. Ook dat spelletje verloren ze. Ik was gek op die jongens, zelfs als DJ onsuccesvol probeerde zijn vinger in mijn neus te steken. Gezien de staat waarin ik de laatste tijd verkeerde, leunde ik achterover en keek stilletjes toe hoe ze een spelletje schaak speelden. Ik stond mezelf toe om stil te staan bij het feit dat ik, onder andere omstandigheden, op dit moment een aanstaande vader zou zijn geweest.

Nog niet eerder had ik mezelf de ruimte gegeven zelfs maar over die mogelijkheid na te denken. De situatie was zo dreigend geweest. Al mijn gedachten en mijn enige doel waren gericht op Emilia's overleving. En als ze in de buurt was, had ik mezelf nooit toegestaan daarheen te gaan, zelfs niet nadat we wisten dat ze gezond was. Was het eerlijk om nu te betreuren wat ik wellicht nooit zou hebben, nadat ik haar had aangespoord te doen wat ze had gedaan? Toen ik de jongens een knuffel gaf bij het afscheid, kon ik de lichte steek die me aan mijn verlies herinnerde niet negeren. En die datum. De datum die Emilia op die grauwe ochtend in het kantoor van de dokter te horen had gekregen. 18 augustus. De uitgerekende datum.

Ik bleef dralen nadat Britt en de kinderen waren vertrokken. Liam was er ook al vandoor en ik denk dat Peter merkte dat ik wilde praten, want zonder een woord te zeggen liep hij naar de koelkast, pakte er twee biertjes uit, maakte ze open en kwam op een barkruk naast me aan de keukenbar zitten. In een ongemakkelijke stilte dronken we de eerste paar minuten van onze drankjes voordat ik mijn keel schraapte.

'Hoe gaat het met de trouwplannen?'

Hij glimlachte. 'Voor mij fantastisch. Ik hoef niets te doen. Britt regelt de zaken aan deze kant en Kim en Mia pakken de andere zaken bij hen op. Ik hoef alleen maar met een huwelijkscadeau en een ring op te komen dagen.'

'Klinkt niet verkeerd.'

Peter wierp een zijdelingse blik mijn kant op terwijl hij een volgende slok nam. 'Met jou alles goed?'

Ik zette mijn bier neer en leunde met mijn ellebogen op de bar. 'Min of meer.'

'Dus ... ik weet dat het tussen jullie twee op het moment lastig zit. Kim en ik zijn een beetje ongerust.'

Ik wist wat dat betekende. Ze waren *heel erg* ongerust. Op verschillende manieren hing hun geluk als getrouwd stel af van hoe goed Emilia en ik onze relatie konden hanteren. Het kon voor hen behoorlijk lastig worden als wij tweeën niet met elkaar overweg konden, gezien hoe hecht onze families nu waren.

'Dat zijn dan heel wat ongeruste mensen bij elkaar,' zei ik.

'Ik heb me ook zorgen om jou gemaakt. Ik weet dat in dit soort situaties de persoon met de medische problemen de meeste aandacht krijgt, en terecht. Maar soms is het moeilijk om de stille partner te zijn die alles voor de zieke bij elkaar moet zien te houden.'

Ik trok een schouder op. 'Dat vond ik niet erg. Het was een van de zeldzame keren dat ze eindelijk eens hulp van iemand accepteerde.' Ik onderbrak mezelf na die zin en benadrukte hem nog eens door een lange slok van mijn bier te nemen, want ik haatte de giftige toon van mijn stem. Het werd steeds moeilijker om de verbittering te verbergen.

Maar hij had het gehoord. En, als de scherpe man die ik wist dat hij was, zoomde hij erop in alsof ik een getuige in een kruisverhoor bij de rechtbank was. 'Dat is de andere moeilijkheid ... Om moeten gaan met de terechte woede die je al die maanden hebt gevoeld en die een plekje geven. En die boosheid die je voelt kun je niet uiten als de persoon waarop je boos bent zo ziek is.'

Ik schraapte mijn keel. Hij zat dicht door mijn eigen schaamte. Ik keek recht voor me uit en ik opende en sloot mijn hand voor me op de tafel.

Hij legde zijn hand op mijn schouder. Neem het jezelf niet kwalijk dat je je zo voelt. Je bent ook maar een mens. Je gevoelens zijn behoorlijk gekwetst. Je hebt het recht je zo te voelen, of ze nu ziek is of niet.'

'Hoe kan het dat jij en Kim er zo snel uit waren?' vroeg ik uiteindelijk, vooral om de aandacht een beetje van mezelf af te wenden, maar ook omdat ik oprecht nieuwsgierig was.

Hij lachte. 'Snel? Zij is drieënveertig en ik ben bijna tien jaar ouder dan zij. Ik wilde dat ik haar had gevonden toen ik zo oud was als jij. Maar zo werkt het leven niet. Ik ben alleen maar blij dat ik haar nu alsnog heb gevonden.' Hij haalde zijn schouders op. 'En toen ik wist dat zij de ware voor me was, ach, ik was niet van plan nog meer tijd te verspillen door alleen te blijven.'

Ik knikte. Zijn woorden bleven maar door mijn hoofd malen toen ik naar huis reed en ook gedurende de rest van de avond. Die avond weigerde ik mijn kantoor in te gaan en mijn gedachten te verdrijven met werk, nu er iets belangrijks bij me was opgekomen om over na te denken.

In plaats daarvan liep ik, toen ik bovenaan de trap kwam, naar haar kamer. Dat persoonlijke toevluchtsoord dat ik voor haar had gemaakt. Ik ging in haar vensterbank zitten en keek naar de lichtjes op het donkere water. Mijn keel zat dicht, mijn hoofd deed pijn en was zwaar van gedachten. Toen ik rondkeek zag ik een vaak gedragen, blauwe bandana op het nachtkastje liggen. Ik raapte hem op en zonder te weten waarom, bracht ik hem naar mijn gezicht en rook eraan. Rook ik *haar*.

De geur spoelde over me heen en ik sloot mijn ogen, overmand door gevoelens die ik consequent had geprobeerd te blokkeren. Het gevoel van haar slanke lichaam dat zich tegen me aan duwde voor een knuffel, voor geruststelling, haar hoofd dat ze onder mijn kin stak. De manier waarop ik naast haar had gelegen, mijn hand op haar rug om me ervan te verzekeren dat ze nog ademde. De glans in haar prachtige, goudbruine ogen als ze bijzonder gevat of grappig reageerde. Het tuiten van haar volle lippen vlak voordat ik ze kuste. Het geluid van haar hartslag als ik mijn hoofd op haar borst legde. De smaak van haar tranen als ik haar troostte.

Die gevoelens grepen me beet, hielden me gevangen in dit ene moment en belaagden me met iedere herinnering vanaf het moment dat ik had ingelogd in Dragon Epoch en haar eerst online ontmoette als FallenOne, tot de laatste keer dat ik haar had gezien en ze langzaam en verdrietig achter het stuur van mijn auto had plaatsgenomen en was weggereden. Mijn ogen prikten van de niet-vergoten tranen en ik huilde daadwerkelijk, in die verdomde bandana. Ik miste haar. Ik had haar nodig. Maar ik was nog steeds niet zeker van haar.

En ik had geen idee of ik dat ooit zou kunnen zijn.

✳✳✳

De avond voorafgaand aan de bruiloft van Peter en Kim hadden we bij een nabijgelegen restaurant afgesproken om als familie van een rustig diner te genieten. Ik wist dat ik Emilia daar voor het eerst in acht weken zou zien en ik was zowel enthousiast als nerveus voor dat moment. Ik had geen flauw benul van wat ze had doorgemaakt in de periode dat ze weg was geweest. Ik wist alleen hoe moeilijk mijn eigen reis was geweest.

Ik hoopte dat we met elkaar konden gaan zitten om er rustig als volwassenen over te praten. Ik hoopte dat we onze weg hierdoorheen konden vinden op een manier waarmee we allebei de toekomst tegemoet konden zien.

Ik zag Peter op het parkeerterrein. Mijn neef was al naar binnen gegaan, maar Peter, die mij in het oog had gekregen, stopte en bleef achter. Ik liep naar hem toe, mijn cadeau in mijn hand. 'Hé! Hoe gaat het met de gelukkige aanstaande bruidegom?'

Peter lede zijn hand met een klap op mijn schouder. 'Onwijs nerveus.'

'Ah. Wat valt er nerveus te zijn? Je hebt een geweldige vrouw voor jezelf gevonden.'

Hij grinnikte en knikte. 'Zij is het niet waar ik nerveus door ben. Het is moeten voldoen aan haar te verdienen waar ik de kriebels van krijg. Dat is een behoorlijke klus.'

Ik aarzelde, lachte toen en feliciteerde hem, een plotselinge onmiskenbare brok aan emoties in mijn keel. Waarom had deze simpele opmerking over spanning me zo geraakt?

Ik volgde mijn oom naar binnen en keek over zijn schouder naar het feest dat al gedeeltelijk was begonnen aan de tafel in de privékamer die ze hadden afgehuurd. Toen we bij de tafel aankwamen, stond iedereen op. Mijn blik schoof over de groep mensen. Ik zag Britt, Rik en hun kinderen, Heath, Liam, toen een hand mijn arm beetgreep en ik me omdraaide.

'Adam,' zei Kim en ze keek lachend naar me op voordat ze me in een stevige omhelzing trok.

Ik beantwoordde de begroeting. 'Mijn felicitaties aan de lieflijke bruid.'

'Dank je. En … er is hier iemand die je misschien graag zou willen zien?'

Ik glimlachte om de nerveuze rillingen vanbinnen te verbergen toen ik me losmaakte uit de omhelzing. 'Ik denk dat je helemaal gelijk hebt.'

Kim gaf me een bemoedigend lachje. 'Ze is net even naar het toilet. Ze komt zo terug.'

Ik liet een gespannen ademteug ontsnappen en draaide me om zodat ik de ingang kon zien. Daar stond ze, bevroren op haar plek, me aan te staren. Ik stond stil en nam haar in me op.

Ze droeg donkere kleuren, een zwarte spijkerbroek en een donkergrijs T-shirt. Maar niets op haar hoofd omdat dit bedekt was met een dikke laag van haar eigen haar. Het was kort, maar het leek bijna alsof ze het op die manier had geknipt. Haar natuurlijke wenkbrauwen, hoewel dunner, waren terug. En haar huid … die straalde in een gezonde kleur.

Ze zette een aarzelende stap mijn kant op, een verlegen glimlach rond haar mond.

Ik stapte op hetzelfde moment naar haar als dat zij naar mij stapte en we ontmoetten elkaar in het midden. 'Hoi,' zei ze en ze leunde naar voren, alsof ze me ging omhelzen, maar toen ik mijn armen niet bewoog om haar tegemoet te komen, deinsde ze met een vragende blik in haar ogen terug.

'Hoi,' zei ik en wierp een blik in de richting van de tafel en op de acht paar ogen die allemaal op ons waren gefixeerd.

Emilia's blik volgde de mijne en ze schoot in de lach. 'Wauw, het lijkt wel alsof we in een realityshow zitten of zo.'

Nu ze afgeleid was, boog ik naar voren en gaf een kusje op haar wang voordat ik me omdraaide om aan de tafel te gaan zitten. Zonder een woord te zeggen, nam ze tegenover me plaats. Het grootste deel van de maaltijd gingen we op in wat er gebeurde aan tafel, gesprekken over de geloften die zouden volgen, het plagen van de bruid en bruidegom en het ophalen van verschillende herinneringen. Kim vertelde een aantal verhalen over Emilia's kindertijd en ik kwam wat nieuwe dingen over haar te weten. Mijn neef en nicht pakten me terug vanwege wat dingen die ik had verteld door een aantal beschamende wetenswaardigheden over mij te delen.

We lachten. Het was leuk.

Maar Emilia en ik kregen niet de gelegenheid om elkaar te spreken zoals we waarschijnlijk allebei hadden gehoopt. Toen het tijd was om op te staan en te vertrekken, was het tien uur en waren er morgenochtend weer dingen te doen. Emilia moest haar moeder helpen.

Ik stond naast haar voor het restaurant en mensen liepen met een grote boog om ons heen om ons wat privacy te geven.

Enigszins nerveus keek Emilia naar me op. 'Ik hoop dat het oké met je gaat. Maar ik hoop dat het niet te oké was zonder mij.'

'Het gaat oké. Maar niet te oké. En met jou?'

'Soort van oké,' zei ze met een kort knikje. Toen stapte ze naar voren, ging op haar tenen staan, sloeg haar armen rond mijn schouders en kuste me op de wang. 'Ik heb je onwijs gemist,' fluisterde ze voor ze zich van me losmaakte. Toen rommelde ze in haar tas en trok er iets uit wat leek op een cadeau, gewikkeld in vloeipapier. 'Open dit als je vanavond thuis bent, alsjeblieft?'

Ik stak mijn hand in mijn zak en trok eruit wat ik voor haar had meegenomen. 'Heb je je laptop bij je?' Toen ze knikte legde ik de USB-stick in haar hand. 'Gebruik deze als je terug in je kamer bent straks.' Ze keek ernaar, fronste en knikte toen.

Ik boog naar haar toe en kuste haar, deze keer op de mond, maar het was kort, lief. 'Welterusten.'

Emilia stapte naar achteren en begaf zich langzaam naar haar auto, keek nogmaals naar haar hand en toen terug naar mij zodat ze zich verstapte.

Ik ging naar mijn auto en trok onmiddellijk het vloeipapier van het cadeau. Toen ik het omhooghield in het zwakke licht van het parkeerterrein zag ik dat het een dagboek was met een prachtig gouden reliëf op de omslag, waardoor het leek op een geïllustreerd boek uit de middeleeuwen.

Ik sloeg het open, verbijsterd om te zien dat iedere bladzijde gevuld was met haar handschrift. Ze had er iedere dag in geschreven, als in een dagboek, alleen was ze ieder stukje begonnen met *Lieve Adam…*

Ik legde het boek op de passagiersstoel, startte de auto en reed naar huis. Ik had het vage vermoeden dat ik vannacht niet veel zou slapen.

HOOFDSTUK

EENENVEERTIG

MIA

ET HOTEL WAAR WE VOOR DE BRUILOFT VERBLEVEN lag slechts een paar straten bij het strand vandaan en ik deelde een kamer met mijn moeder. Toen we terugkwamen en zij uit de badkamer stapte, klaar om naar bed te gaan, bleef ze staan. Ik was aan het bureau gaan zitten met mijn laptop opengeklapt en mijn koptelefoon aangesloten. Ik stond net op het punt Adams USB-stick erin te stoppen. Mam keek naar me en ik bevroor.

'Ga je vannacht opblijven om te gamen?'

Ik slikte en stak de USB-stick omhoog. 'Heb je daar last van? Ik weet niet wat het is. Adam gaf het aan me en vroeg me hem in te pluggen en er vanavond naar te kijken.'

Haar wenkbrauwen schoten omhoog. 'Ah, oké. En, ehm, hoe was het met hem vanavond?'

Ik sloeg mijn blik neer en haalde mijn schouders op. Het was kil geweest, afstandelijk en ongemakkelijk. Ik ging ervan uit dat iedereen die aanwezig was dat had kunnen merken.

Mam liet zich op het bed zakken en vouwde haar armen voor haar borst over elkaar terwijl ze naar me keek. 'Je hebt tijd nodig. En hij ook.'

Ik knipperde met mijn ogen. 'Dat is waar de afgelopen maanden om draaiden. Ons tijd geven.'

Mam knikte. 'Jullie hebben meer dan je portie verdriet gehad, zowel samen als afzonderlijk.'

Ik pulkte aan de rand van het bureau en vermeed haar blik. Het was een netelige situatie, om dit soort dingen met iemand te bespreken die op het punt stond een nieuw leven te beginnen met de persoon waarvan ze hield. 'Wie zegt er dat het verdriet voorbij is?' vroeg ik.

'Dat weet je nooit, of wel? Het leven is onzeker. Die les heb je dit jaar wel geleerd. Het is nooit het perfecte moment om ervoor te kiezen samen te zijn met degene van wie je houdt. Het is een verbintenis waarbij je zegt er in de goede en de slechte tijden te zijn. Dat je elkaars hand vasthoudt en het samen zult doen.'

Ik knikte. 'Bedankt, mam. En ik wil dat je weet dat ik echt heel blij voor je ben.' Ongeacht hoe ongemakkelijk het voor Adam en mij mocht zijn. Stieffamilie of niet. Ja, het was bizar, maar we waren volwassenen en we zouden wel leren daarmee om te gaan. Hoopte ik dan toch.

Mam ging naar bed en deed het licht uit, en ik zette mijn koptelefoon op en plugde de USB-stick in de goede poort. Het scherm van mijn laptop werd zwart en toen begonnen zich lichten te vormen, bogen en lijnen en spiralen in alle kleuren draaiden en smolten samen om mijn naam te spellen.

En voor ik het wist, was ik automatisch ingelogd in Dragon Epoch. Maar het was heel anders dan wat ik ooit tevoren had gespeeld.

Ik stond aan de rand van een prachtig meer, een door de zon beschenen bergpartij vormde een grillige achtergrond. De graphics waren nieuw en beeldschoon. Dit was een nog niet uitgegeven deel van de game en ik vermoedde dat het bij de nieuwe uitbreiding hoorde die nog niet aan de spelers was onthuld. Toen ik de knoppen gebruikte om mijn personage in beweging te brengen, verschenen er woorden.

De bediening van de game verliep normaal niet op deze manier, dus ik concludeerde dat Adam op de een of andere manier een hack van zijn eigen game had geschreven. Daarbij had hij gebruik gemaakt van de graphics die al waren ontwikkeld en had hij een persoonlijke ervaring voor mij alleen samengesteld, gebruikmakend van fragmenten uit Dragon Epoch. Mijn ogen vlogen over de woorden op het scherm. Ik zoog ze op alsof ze voedsel waren en ik een uitgehongerde vrouw was die snakte naar voedsel.

Op dit moment weet ik geen betere manier om met je te communiceren dan via dit medium van nullen en enen, wat mijn tweede natuur is. In deze omgeving ontmoetten we elkaar, hadden we contact en werden we, zonder het te weten, verliefd op elkaar. En net als deze prachtige plek waar je nu staat, was die liefde nieuw, vers, ongerept. Een onbekend terrein voor ons allebei. We verkenden het terughoudend.

Tot we de weg kwijtraakten ...

De prachtige bergen om me heen begonnen te vervagen, het scherm werd langzaam maar zeker donkerder, tot dit idyllische landschap opgeslokt werd door een donkere, vage mist en ik niets meer zag. Behalve de woorden … die bleven komen, zelfs vanuit de duisternis.

Alles veranderde zodra we fouten begonnen te maken, zodra we uit elkaar gingen, en iedere fout die we maakten, liet het lijken alsof de voorgaande fout in vergelijking niets voorstelde. Ik neem de volle verantwoordelijkheid voor alles wat ik verkeerd heb gedaan. Ik word gekweld door de manier waarop ik het destijds heb verkloot, maar ik deed dat omdat dit de plek is waar je me verliet, Emilia. Compleet en volledig in het duister.

Ik zoog mijn longen vol lucht, bleef lezen en zette me schrap voor nog meer rauwe eerlijkheid. Ik had een duister vermoeden dat dit niet makkelijk zou worden om te lezen.

'Je bevindt je in een doolhof van kronkelende, smalle passages, allemaal dezelfde.'

Ik knipperde mijn ogen toen ik de bekende quote herinnerde uit een van de eerste role-playing games, geschreven en door duizenden gespeeld lang voordat ik zelfs maar was geboren … *Zork*. De iconische quote ging vergezeld met een enorm doolhof van muren, dat zich in alle richtingen voor me uitstrekte, zover als het oog kon zien. Ik herkende de plek van een zone in Dragon

Epoch, een ontzettend frustrerende zone, die uit een constant veranderend doolhof bestond, vol met raadsels en puzzels die opgelost dienden te worden. In die zone waren er geen monsters om tegen te vechten en te verslaan. De vijand was het eigen brein.

De woorden vormden zich weer, rolden over het scherm, iedere zin verscheen als ik een volgende afslag in het onmogelijke doolhof nam. Mijn maag verkrampte van frustratie toen die afslagen leidden naar de onvermijdelijke doodlopende gangen.

Iedere afslag die ik nam, iedere keuze die ik maakte, was de verkeerde. Het enige wat ik wist, was dat ik je terug wilde. Ik moest je terugkrijgen, maar alles wat ik deed, duwde je verder bij me vandaan. Het was net zo desoriënterend als de reis door het onmogelijke doolhof.

Eindelijk besloot ik dat ik moest stoppen met bewegen, want waar ik ook heen ging, het doolhof werd alleen maar verwarrender, sloot me in en maakte me duizelig.

Kun je de weg naar buiten vinden? Wat als de persoon waar je het meest ter wereld van houdt aan het eind van het doolhof staat en jij hebt geen idee welke kant je op moet?

Ja, ik was boos, verbolgen. Zelfs nadat ik alles te weten was gekomen. En omdat jij ziek was, werd die boosheid diep vanbinnen begraven en veranderde in schuldgevoel. Jij was ziek en ik had niet het recht boos op je te worden.

Ik leunde achterover en slikte een snik in. Het stond me niet aan waar dit heen ging. Ik stopte mijn gezicht in mijn handen en las verder door mijn gespreide vingers, alsof ik in mijn eentje in een leeg huis op een donkere avond naar een horrorfilm zat te kijken.

Het doolhof vervaagde en daarvoor in de plaats verscheen er een stoomachtig zicht voor me. Het was moeilijk om door de mist heen te kijken, maar er waren wolken. En de woorden kwamen weer.

Het schuldgevoel veranderde in smoesjes. Ik weet dat jij wilde dat het tussen ons weer werd zoals het was geweest. Ik weet dat jij net zomin wist hoe we dat voor elkaar moesten zien te krijgen als ik. Dus mijn boosheid en verbolgenheid kwamen eruit als smoesjes, smoesjes om je op afstand te houden.

Het zicht van wollige, witte wolken breidde zich uit en de woorden verschenen eroverheen. **Ik ben moe.**

Toen veranderde het in stormachtige wolken, vergezeld met de woorden: **Ik maak me zorgen om haar.**

Vervolgens begon het te gieten van de regen. **We moeten het langzaamaan doen, wachten tot ze gezond is.**

Bliksemschichten schoten door de lucht, keer op keer, en verblindden me. **Ik ben zo boos op haar en ik haat mezelf erom, want ze is ziek.**

Toen klaarde het scherm op en stond ik op een kerkhof. Ik herkende deze plek, het was een *respawn*-punt, een van de eerste van vele kerkhoven in Dragon Epoch, waar je geest heen gaat nadat je omgebracht bent in het spel. En de woorden, de meest afgrijselijke van allemaal: **Wat als ze doodgaat?**

Maar dat waren illusies die ik gebruikte om het echte probleem te verbergen. Het probleem waarvan ik niet eens besefte dat ik het had. Het moeilijkste om te ontdekken en het meest pijnlijke om te verdragen ...

Plotseling was ik terug in het oorspronkelijke, prachtige berglandschap, staande aan de oever van een rivier die langs mijn voeten stroomde. Ik klikte op het scherm om naar de lucht te kunnen kijken. Nieuwe woorden verschenen.

Ik wilde de man zijn die je zou beschermen en troosten. In plaats daarvan was ik de man die je in gevaar had gebracht ...

Ik begroef mijn gezicht in mijn handen, mijn zicht vertroebeld door tranen, mijn keel prikte ervan.

Maar er rolden al weer woorden over het scherm en snel knipperde ik, bang om ze te missen, niet zeker of ik ze nog zou kunnen zien als ik ze nu niet ving.

Ik weet dat je een ander antwoord van me wilde die dag, toen je me vroeg hoe ik me voelde over de baby. Dat kon ik je toen niet geven. Dat kan ik je nog steeds niet geven. Het enige waar ik aan kon denken was het risico voor jou.

Ik voel me wel degelijk schuldig over het gebrek aan emoties, want ik weet dat het iets is wat jij heel graag wilde. En ik kon alleen maar aan jou denken.

Maar als ik eraan denk hoe dicht je was bij het punt om het leven van de baby boven dat van je zelf te verkiezen, verstikt de angst van dat moment me. Want het lag volledig buiten mijn controle en ik was compleet overgeleverd aan jouw genade. Ik haat het, meer dan wat dan ook, om me hulpeloos te voelen, maar op dat moment was ik dat.

Wat zou er zijn gebeurd als je ervoor had gekozen de baby te houden ... en je vervolgens zou zijn dood gegaan? Zou ik iets anders kunnen zijn dan een verbolgen en verbitterde ouder voor dat kind?

Ik weet dat je leed, lichamelijk, emotioneel. Ik weet dat het voor jou een afgrijselijke, traumatische beslissing was.

Maar ik zal nooit anders dan blij kunnen zijn dat je de beslissing hebt genomen die je nam ... en ook daar voel ik me schuldig om.

En dat maakt dat ik mijn bedenkingen en twijfels heb over de toekomst. Want ik vraag me af ... Zullen we ooit in staat zijn geluk te ervaren dat niet wordt bedolven onder verlies en schuldgevoelens en tranen?

Ik klikte op de muis om de game op pauze te zetten. Achterovergeleund staarde ik naar het laatste stukje tekst, niet in staat te ademen. Maakte Adam het voor eens en altijd met me uit? Ik legde mijn hand over mijn mond om mijn gesnik te dempen, maar merkte dat het niet lukte. Mijn moeder rolde zich om in haar bed en zonder op te kijken mompelde ze: 'Alles oké?'

Ik schraapte mijn keel. 'Ja ... sorry. Het gaat prima. Ik ben, ehm, ik ga de rest in de badkamer bekijken. Ik wil je niet wakker houden.'

Maar ze viel al snel weer in slaap en ik probeerde het wilde hikken van mijn buik te beteugelen. Ik pakte mijn laptop en glipte de badkamer in, waar ik me op de vloer liet zakken en, eindelijk, mijn tranen de vrije loop liet.

Ik boog voorover, stak mijn arm uit en greep een enorme prop wc-papier van de houder aan de muur. Toen begroef ik mijn gezicht erin om mijn snikken te dempen, die niet langer bereid waren in mijn buik vast te blijven zitten. Het voelde alsof ik uit elkaar viel. Mijn wereld stortte in.

Ik wist niet hoeveel meer ik nog kon hebben. Na Adams naakte en eerlijke bekentenis van zijn innerlijke misère, zijn schuldgevoelens. Zijn hulpeloosheid. Wat kon ik zeggen of doen wat dat ooit zou kunnen repareren? Ik staarde weer naar de laptop, alsof die een wild dier was dat op het punt stond me te bespringen en te bijten.

Mijn tranen prikten aan de achterkant van mijn ogen. Ik veegde mijn snotterige gezicht af en haalde diep adem. Ik was al zo ver gekomen op zijn wilde rit. Ik kon nu net zo goed kijken waar het me heen leidde, waar het *ons* heen leidde.

... En ik weet dat het voor jou belangrijk is om ooit een kind te hebben. Als dat nog steeds het geval is als de tijd er rijp voor is, dan vinden we wel een manier. Maar ik was eerlijk toen ik zei dat jij voor mij genoeg bent. Toen ik jou vond, vond ik waarnaar ik op zoek was zonder dat ik dat zelfs wist.

Want mijn leven zonder jou ...?

De rivier, de bergen, de bomen, de strakblauwe lucht, het vervaagde allemaal en nu bevond ik me in het midden van een kale, grauwe woestijn. Het landschap stond vol cactussen en het zand reikte tot zover je kon zien. Een eenzame, schrale wind gierde door de bosjes en blies stepperollers voort onder de brandende, meedogenloze zon. Ik kon de golven van hitte praktisch van het zand af voelen stralen.

Het zou leger, meer verlaten zijn dan deze plek.

Ik heb je nodig. Ik heb je altijd nodig gehad. Maar dat betekent niets als je me niet toelaat.

De lucht verliet mijn longen met een kreun en een gesis, alsof ik in mijn maag was gestompt. Ik rilde, maar ik had het niet koud. Mijn mond was droog, maar ik was niet bang.

En ik kon mijn blik niet afwenden. Want de woestijn begon weer te verdwijnen en nu stond ik in een cel, een donkere gevangenis. Puntige, ruige stenen muren rezen aan alle kanten boven me uit, behalve aan de ene kant waar tralies waren. Ik gebruikte de toetsen om rond te draaien, alle kanten op. Pas bij de derde poging merkte ik een klein figuur in de hoek op. Ik herkende haar meteen van het laatste deel van de geheime quest waar we maandenlang aan hadden gewerkt.

Dit was de vermiste Elvish-prinses van Dragon Epoch, degene die het doel van de geheime quest was. Ze was mager, half uitgehongerd, gekleed in vodden, haar gezicht vol verdriet. Vier magische ketens hielden haar op haar plek, aan beide armen en benen één. Ze keek naar me op met smekende ogen vol leed.

De cel verdween en nu was ik in een kamer met twee deuren. Twee keuzes.

Welke zul je kiezen? Als we samen willen zijn, moeten we allebei dezelfde kiezen, dezelfde keuze maken. We moeten besluiten dat, ondanks alles wat er in het verleden tussen ons is voorgevallen, ondanks hoe moeilijk het wordt, onze liefde sterker is dan alle obstakels die onze liefde bijna heeft verpletterd.

Alles werd zwart en er was niets anders dan zo'n ouderwetse groene cursor, die knipperde tegen de zwarte achtergrond met slechts één symbool waar iets moest worden ingevoerd. Een vraagteken.

Ik begon te typen en vroeg me af waar het heen zou gaan. Zou het hem een appje sturen of een ander soort alert geven? Zou het een of ander vreemd effect triggeren in dit gekke, kleine spel waar hij me doorheen had geleid?

Na een diepe ademteug typte ik:

Ik kies ons. Voor altijd.

Mijn computer ging weer naar het startscherm. Ik wachtte, zonder te weten waar mijn boodschap was heen gegaan en of ik een reactie zou krijgen. Ik dacht aan de bijzondere, fantasievolle reis die ik net had ervaren, vooral geraakt door het beeld van de prinses, vastgeketend aan haar boeien, naar me opkijkend met leed in haar schitterende groene ogen. Ze was net als ik ... gevangen door haar eigen toedoen.

Met halfgesloten ogen zat ik te mijmeren toen ze plots open vlogen en ik rechtop ging zitten bij de schok van dat besef. De prinses was net als ik!

'Vier boeien. Vier bondgenoten,' mompelde ik in mezelf en verwoest begon ik op mijn computer te typen. Mijn hart ging als een razende tekeer. Voordat ik naar Anza was vertrokken hadden we wekenlang vastgezeten bij wat ik zeker wist dat de laatste stap van de geheime quest was.

Ik typte de woorden in waarmee ik inlogde in het spel en op het inlogscherm flitsten de stijlvolle introbeelden en -video aan me voorbij. Gejaagd drukte ik op de escape-knop om dat allemaal over te slaan en selecteerde mijn personage op het scherm.

De laatste keer dat ik met mijn vrienden had gegamed, waren we tot vlak voor de gevangeniscel gekomen. We konden de prinses erin zien zitten en ik had me afgevraagd waarom ze aan vier boeien zat vastgeketend terwijl ze al in een cel zat.

Eloisa heeft de wereld van Yondareth betreden.

Mijn karakter was op dezelfde locatie als waar ik voor het laatst had uitgelogd, staand bij de tralies van de cel. In het verleden had onze groep geprobeerd met de hulp van bondgenoten die we hadden verzameld de cel open te breken, maar iedere keer dat we dat hadden gedaan, waren er enorme zwermen trollen de cel ingekomen, die ons binnen een paar tellen hadden uitgeroeid. Na dit talloze keren te hebben geprobeerd, waren we tot de conclusie gekomen dat de manier om de prinses te helpen niet inhield dat we de celdeur moesten openbreken. Maar daarna hadden we compleet vastgezeten. Vervolgens was ik naar Anza vertrokken en had ik de game een tijdje afgezworen.

Ik bewoog Eloisa naar voren om nog een keer met de prinses te praten, zodat ik kon kijken of ik me haar woorden goed herinnerde van de laatste keer dat ik met haar had gesproken. Ze zei altijd hetzelfde en ook alleen maar wanneer ze werd aangesproken.

Ik: Gegroet Prinses Alloreah'ala.

Prinses Alloreah'ala: Ik zit vast in wanhoop.

Vier ketens. Vier bondgenoten. Wanhoop. De bondgenoten moesten de prinses helpen zichzelf te bevrijden. Op de een of andere manier moest ik hen overtuigen dat te doen.

Nadat we hadden ontdekt dat Sergeant GriffonShield wachtte tot we hem om hulp zouden vragen en hij ons had gezegd om bondgenoten te zoeken, hadden we de vier hechtste bondgenoten van de prinses verzameld en ze met ons meegenomen.

Ik benaderde de betrouwbare bediende, Maiden Liliannl'a.

Ik: Gegroet Maiden Liliannl'a.
Maiden Liliannl'a: Wat moet ik doen?
Ik: Gebruik je liefde om de prinses van haar wanhoop te bevrijden.
Maiden Liliannl'a: Ik zal het proberen.

Ik keek toe hoe de dienstmeid haar prinses naderde, een kniebuiging maakte en zei: 'Mijn liefste prinses. Ik hou van je en wil mijn liefde gebruiken om je te bevrijden.'

Ik hield mijn adem in en wachtte of er iets zou gebeuren.

Plotseling lichtte de boei aan haar rechtervoet goudkleurig op en verdween.

Holy. Shit.

Mijn ingehouden adem ontsnapte aan me. Ik juichte bijna van blijdschap, tot ik me realiseerde dat het drie uur 's nachts was en mijn moeder aan de andere kant van de muur lag te slapen.

Opgewonden zoog ik mijn longen vol, kriebelig van opwinding. Ik hoopte maar dat mijn groep me niet zou haten dat ik dit alleen deed, zonder hen, maar ik kon ze maar moeilijk op dit tijdstap wakker maken. Hopelijk zouden ze begrijpen waarom ik dit afgerond moest hebben voordat ik Adam weer zag.

Ik benaderde de andere drie bondgenoten, om de beurt. Eerst de bodyguard, die precies hetzelfde deed als de dienstmeid en haar andere been bevrijdde. Toen de beste vriendin van de prinses. Zij bevrijdde de linkerarm.

De laatste die ik benaderde was de verloren liefde van de prinses, Generaal SylvenWood, de gebroken man uit de allereerste quest in de game. Hij was het non-player-personage waarvan ik vorig jaar had uitgevogeld dat hij de geheime quest triggerde.

Toen ik hem hetzelfde vroeg, zijn liefde gebruiken om de prinses te bevrijden van haar wanhoop, richtte hij zich met droevige ogen tot me.

*Generaal SylvenWood: Helaas, Eloisa, ooit hadden we een geweldige liefde. Maar ik heb een aantal vreselijke fouten gemaakt en zij ook. Onze liefde was niet genoeg om ons te redden van het hartzeer dat het leven op ons levenspad bracht. We gingen uit elkaar en het grote kwaad gebruikte deze scheiding om mijn liefde van me weg te nemen. Sinds ze is vertrokken ben ik een gebroken man, een gevangene van mijn eigen wanhoop.

*Ik: Je liefde zal je bevrijden.

*Generaal SylvenWood laat zijn hoofd hangen en zucht.

*Generaal SylvenWood: Ik zal het proberen.

De generaal ging naar de cel en, in vergelijkbare woorden, sprak hij zijn liefde uit. Maar in plaats van dat de boei oplichtte en direct openbrak, keek de prinses naar hem op en zei:

'SylvenWood, mijn ware liefde. Ik dacht dat je me in de steek had gelaten. Al die jaren ben ik je nooit vergeten. Maar ik dacht dat je mij was vergeten.'

Alsof hij haar smeekte, stak hij zijn handen naar voren. 'Mijn ware liefde. Ik heb iedere dag dat je bij me vandaan was geleden. Ik heb je nooit in de steek gelaten. Ik wist gewoon niet hoe ik je kon helpen. Ik hou met heel mijn hart van je.'

Plotseling verdween de laatste boei en zwakjes stond de prinses op. Met iedere beweging leek ze sterker te worden, krachtiger, tot ze haar weg naar de celdeur had gevonden en, met haar eigen sterke toverkracht de deur openzwaaide.

De bondgenoten verzamelden zich om haar heen. Ze juichten, knuffelden en kusten haar. Maar alsof ze zich op de valreep herinnerde dat ik er was, draaide de prinses zich om en kwam naar me toe.

Prinses Alloreah'ala: Gegroet Eloisa.

Eloisa maakt een kniebuiging.

Prinses Alloreah'ala: Dankjewel dat je mijn bondgenoten bijeen hebt gebracht. Dankjewel dat je mijn ware liefde hebt gevonden. Je zult worden beloond voor je vriendelijkheid. En je zult tot de ontdekking komen dat je eigen ware liefde er ook op wacht om door jou gevonden te worden, Emilia.

Ik hapte naar adem en viel verbijsterd achterover tegen de badkamerdeur. Had hij dit allemaal voor mij geschreven?

HOOFDSTUK TWEEËNVEERTIG
ADAM

H ET WAS BIJNA MIDDERNACHT TOEN IK ME TEGEN HET kussen op mijn bed liet vallen en Emilia's dagboek opensloeg om te lezen wat ze had geschreven. Om eerlijk te zijn was ik zowel benieuwd als een beetje bang voor wat ik te zien zou krijgen. En ik vroeg me ook af of zij, op exact dit moment, de berichten die ik voor haar had achtergelaten aan het lezen was …

Lieve Adam,

Vanavond ben ik woedend op je. Ik zal niet liegen. Ik schrijf dit met een hand die trilt van woede en tranen van boosheid in mijn ogen. Want vandaag heb je me weggestuurd. Jij gaf het op. En laat me je vertellen dat dat ervoor zorgt dat ik op dit moment pisnijdig op je ben. Was dit jouw manier om me terug te pakken voor wat ik jou vorig jaar heb aangedaan? Want ik ben door mijn eigen toedoen al door een hel gegaan en jij hoefde echt geen nieuwe voor me te creëren …

Gespannen leunde ik naar voren. Dit zag er niet goed uit. Ik bladerde snel een paar bladzijdes verder, in de hoop dat dit hele ding niet vol stond met dezelfde soort pijn en boosheid. Ik wist niet hoe ik mezelf ertoe zou kunnen zetten om dat te lezen. Met meer dan een beetje angst bladerde ik terug naar de eerste pagina en dwong mezelf om ieder woord dat ze had geschreven te lezen. Was dit niet wat ik had gewild, wat we allebei hadden gewild? Open, eerlijke communicatie?

Ik pakte mijn leesbril van het nachtkastje omdat ik een hoofdpijn voelde opkomen en ik had mezelf aangeleerd dat verdomde ding te gebruiken in de hoop dat het de hoofdpijnen zou voorkomen. Ik had echter het gevoel dat de echte pijn die het lezen van deze bladzijdes zou teweegbrengen niet in mijn hoofd zou zijn.

Hoe kan ik me niet schuldig voelen om wat ik heb gedaan? Iedere ademhaling, iedere dag die ik leef, komt voort uit de levensduur die ik heb gestolen van de persoon die ons kind zou zijn geweest. En ik had geen andere keuze dan dat te doen. Mijn keuze is me ontnomen.

Ik sloot mijn ogen en wreef met mijn duim en wijsvinger over mijn oogleden. Met een beverige ademhaling dwong ik mezelf verder te lezen.

... Vanavond toen ik me uitkleedde om naar bed te gaan, nam ik de tijd om mijn littekens en de markeerplekken op mijn lichaam te bekijken. Ik bestudeerde ze alsof ik er voor de eerste keer naar keek, door jouw ogen. Ze laten me walgen, maar niet vanwege een ijdele reden. Niet alleen door de permanente tekenen van imperfectie, maar vanwege wat ze vertegenwoordigen. Het is niet alleen het litteken op

mijn huid, maar ook een herinnering aan de manier waarop ik ons heb beschadigd. En net als met die op mijn lijf, maakt het me duidelijk dat die wond nooit zal verdwijnen. Ik heb dit gedaan. Ons gebroken ...

... Een deel van me is bang, nee, schrap dat, het grootste deel van me is bang dat op een dag, als het voor jou belangrijk wordt, wanneer je je realiseert dat ik niet in staat zal zijn je een kind te geven, ik je zal kwijtraken.

Lieve Adam,

Je hebt me ooit eens gezegd de last op jouw schouders te leggen. Maar het is nooit in me opgekomen dat je dat inderdaad allemaal op je hebt genomen, en meer. Door dat te doen is het een onmogelijk zware last geworden. Hoe kan een stel, zelfs met alle liefde van de wereld, zoiets overleven? We zijn gebroken, dat is zo, en niet alles wat kapot is kan worden gemaakt ...

Lieve Adam,

Vandaag had ik een lang gesprek met Heath in de wei. Hij wilde weten wat er aan de hand was tussen jou en mij. En eigenlijk, aangezien ik hem ondanks zijn luide protest hierin heb meegesleurd, had ik het gevoel dat ik hem een verklaring schuldig was. Dus daar stond ik, in een poging het aan hem uit te leggen. Mijn mond ging open en dicht als een vis op het droge. We hebben dingen verkeerd gedaan. We hebben fouten gemaakt. Grote fouten. Ik. En jij. Wij allebei. En nu lig ik hier in bed, me af te vragen of we hier ooit uit kunnen komen. Wil jij dat?

... En toen begon ik te denken over die verdomde bucketlist en die nacht dat ik je dwong hem op te schrijven terwijl jij gek werd van

bezorgdheid om mij. Maar je deed het, je schreef alles op wat ik je vroeg op te schrijven. Ik herinner me daar helemaal niets van, maar ik blijf maar denken hoe oneerlijk dat was ...

... En nu ik hier zo zit, een nieuwe lijst op te stellen, overweldigt het verlangen om het allemaal met jou te doen me het meest. Want als het niet samen met jou is, is het de moeite allemaal niet waard. Wat denk jij? Iets aan toe te voegen?

- *Mijn nieuwe bucketlist:*
- *Iets vinden om om te lachen, iedere dag*
- *Denken aan alle dingen waar ik dankbaar voor ben, iedere dag*
- *Denken aan alle mensen waar ik van hou*
- *Denken aan alle mensen die van mij houden*
- *Diep in mijn hart weten dat ik dit niet alleen kan*

Lieve Adam,

Vanavond mis ik je zo ontzettend dat ik je bijna had gebeld, al was het maar om naar je voicemail te luisteren. God, het is zo erg dat het pijn doet. Ik moet gewoon je stem horen. Ik wil gewoon je armen om me heen voelen. Zo strak. Strakke, strakke knuffels.

... Toen ik je voor het eerst ontmoette, vond ik je ontiegelijk intimiderend. Ik wist niet wat ik van je moest vinden, maar toch fascineerde je me. Je zag dingen. Je wist dingen. Je merkte dingen op en je was ermee begaan. En ik kon maar niet stoppen met aan je denken, wilde meer weten. Alles was zo opwindend en nieuw op dat moment. De roes van een verse, nieuwe liefde. Het was net een drug waaraan ik verslaafd was.

Maar dat is niets in vergelijking met wat ik nu voel. Ik denk nog steeds aan je. Iedere dag. Ik vraag me af wat je doet. Ik vraag me af of je aan jouw kant van het bed alle dekens er weer hebt afgetrapt en koud wakker wordt. Ik vraag me af of je zo door je werk in beslag wordt genomen dat je je avondeten weer vergeet. Ik maak me zorgen dat je hoofdpijnen weer terugkomen of dat je weer met je gezicht op je laptop in slaap valt. Iedere avond kijk ik omhoog naar de maan, en de sterren. En dan vraag ik me af of jij ook naar ze kijkt.

Lieve Adam,

In minder dan twee dagen zal ik je weer in de ogen kijken en ik schrijf dit met een trillende hand, want ik vraag me af wat ik daar zal zien. Zullen die prachtige donkere ogen ramen zijn, of spiegels, of deuren die voor mij strak op slot zitten?

Ik ben bang. Vanavond keek ik naar de lucht en ik zag een vallende ster over het sterrenbeeld van Draco schieten. Dat is een teken, toch? Een goed teken? Ik heb een wens gedaan, maar ik kan je natuurlijk niet vertellen wat ik heb gewenst. Maar die wens is mijn hoop. Al mijn hoop bijeengepakt in dat kleine moment van een brandende meteoriet. Het deed me denken aan deze quote:

'De luchten zijn beschilderd met ongenummerde fonkelingen, Ze zijn helemaal van vuur en stralen allemaal'

-Julius Caesar, Act 3, Scene 1

(Niet al te erg onder de indruk zijn. Dat moest ik googelen ...)

Die fonkelingen zijn zoals mijn hoop nu. Ongenummerd. Helemaal van vuur. En ik bid dat jij ook nog hoop hebt.

Ik las urenlang, niet in staat het weg te leggen, en toen ik klaar was, bladerde ik terug door de bladzijdes, terug naar de schets die ze had gemaakt van de vallende ster door het sterrenbeeld van Draco. Terug door collages, artikelen die uitgeprint en opgeplakt waren, haar lijst met quotes van onze favoriete films en tv-series. Terug naar haar nieuwe bucketlist.

En toen terug naar de laatste paar regels van het laatste stuk, geschreven slechts een paar uur voordat ze het dagboek had ingepakt en aan me had overhandigd.

... En dus heb ik mezelf vergeven voor wat ik ooit dacht dat onvergeeflijk was, maar ik geef mezelf toestemming om soms verdrietig te zijn om dat verlies.

Ik sloot mijn ogen en sliep. En voor het eerst droomde ik niet over haar. Of herinnerde ik me dat tenminste niet. Ze was niet langer een geest, een spook van schuld dat mijn geweten teisterde. Ze was van vlees en bloed en echt. En ze was mijn toekomst.

's Ochtends, toen ik wakker werd en mijn telefoon checkte, zag ik een sms-bericht voor me klaarstaan. Een speciaal alert dat ik vanuit de game had ingesteld. Vijf simpele woorden en ik wist van wie ze waren.

Ik kies ons. Voor altijd.

***

Vlak voor zonsondergang bij de vredige rotsen die uitkeken over de getijdenpoelen bij het historische Crystal Cove Beach trouwde mijn oom Peter met Emilia's moeder Kim. Ze hielden elkaars hand vast en spraken informele geloften uit naar elkaar, maar de ceremonie duurde slechts enkele minuten. We feliciteerden ze snel en stuurden ze toen weg om hun eerste avond als getrouwd stel samen door te brengen.

Gedurende de hele ceremonie kon ik me echter nauwelijks concentreren op mijn ooms gelukkige omstandigheden doordat ik mijn ogen niet kon afhouden van de beeldschone vrouw die aan de zijde van de bruid stond. De wind woelde door haar korte, donkere haren. Haar huid glansde, stralend in het gouden zonlicht. Ze leek niet te kunnen stoppen met glimlachen en in die met kant afgezette witte zomerjurk zag ze eruit als een engel.

Maar ze was niet louter een engel. Bruisend, vol leven en kracht door alles wat ze had overwonnen. Ze was een godin.

Ik was ervan overtuigd dat ze net zomin op de bruiloft was gefocust als ik, want ze hield het kleine boeketje van de bruid vast, rook er vaak aan en wierp als een verlegen schoolmeisje achter in de klas heimelijke blikken mijn kant op.

Ik weet zeker dat ze net zo dolblij was met haar moeders geluk als ik met dat van Peter, maar het was moeilijk ons op hen te concentreren nu we nog geen enkele kans hadden gehad om te praten. Met z'n tweeën. Alleen. En er vielen zoveel belangrijke dingen te zeggen.

HOOFDSTUK

DRIEËNVEERTIG

MIA

NA DE EENVOUDIGE CEREMONIE BLEEF IK OP DE ROTSEN achter. De familieleden hadden op het strand tijd met elkaar doorgebracht en nu volgden ze het gelukkige paar naar het parkeerterrein. Maar aangezien ik mijn moeder al geknuffeld, gekust en gefeliciteerd had, bleef ik achter en bukte. Ik keek in de getijdenpoelen naar de anemonen en de heremietkreeften, genietend van een rustig momentje voor mezelf en hoopte erop dat Adam terug zou komen om met me te praten.

Daar had ik niet op hoeven hopen, want al snel kwam ik tot de ontdekking dat hij nooit meer dan een paar meter bij me vandaan was geweest. Hij stond vlakbij, zijn handen in zijn zakken, en keek uit over de oceaan terwijl hij als een bewaker in de buurt bleef. Ik keek naar hem op en kneep mijn ogen samen tegen de ondergaande zon. 'Hoi.'

Hij scheurde zijn blik los en keek glimlachend naar me. 'Hoi, nichtje.'

Ik trok een gezicht. 'Waag het niet me *ooit* nog zo te noemen. Dat is walgelijk.'

Hij grinnikte en zette een paar passen mijn kant op tot hij naast me stond.

Ik kwam overeind en klom op de rotsengroep naast ons. 'Iemand zei dat ze daar een school walvissen had zien zwemmen. Ik heb steeds gekeken, maar niets gezien.'

Hij stapte naast me op de rotsen, zijn blik scannend over de oceaan. We waren stil en hoewel ik nog steeds keek naar die walvissen, was iedere centimeter van mijn lichaam zich ervan bewust hoe dichtbij hij was. Slechts centimeters, maar het voelde als kilometers. Alsof iedere cel in mijn lijf schreeuwde naar iedere cel in het zijne. Mijn keel zat dicht en ik dwong mezelf te slikken.

'Daar!' riep ik uit en gooide wild mijn hand die kant op om aan te geven waar ik het spuiten uit een blaasgat had gezien, maar daardoor verloor ik mijn evenwicht. Hij reikte naar me om mijn schouders beet te grijpen, zodat ik niet zou vallen. Zijn handen voelden als zware gewichten op me. Ze aardden me, zetten me onder stroom.

Ik had zijn aanraking al zo, zo lang niet gevoeld en nu lagen zijn warme handen op mijn blote schouders. Ik beefde lichtjes van opwinding, met onderdrukte energie. De afgelopen nacht had ik zeer weinig geslapen doordat ik me door de puzzels van de game had gewerkt en de quest die hij voor me had geschreven had opgelost. Het was alsof ik door een veranderend doolhof was gereisd en zijn onbewaakte hart in het midden had gevonden.

Ondanks dat dit alles door mijn hoofd ging, hield ik mijn ogen gericht op de plek waar ik het gespuit had gezien en vlak daarna volgde er weer iets. Maar daarnaar keek hij niet toen ik ernaar wees. In plaats daarvan hield hij zijn ogen op mij gericht. Ik kon het gewicht van zijn blik voelen, net zo zwaar als zijn handen. En nu bewogen zijn duimen over mijn huid. Mijn mond werd droog en ik was nauwelijks in staat de huivering in mijn keel te bedwingen.

Zijn hoofd zakte en zijn mond dwaalde langs de overgang van mijn nek naar mijn schouder. Hitte schoot door me heen en ik kreunde een beetje, reageerde direct. Hij trok zijn mond niet weg, vergezelde die heerlijke aanraking simpelweg met zijn tong, liet hem langs de achterkant van mijn nek en schouder gaan terwijl zijn handen hun greep op mijn schouders enigszins verstevigden. Mijn ogen viel dicht en mijn linkerhand bewoog naar zijn haren, vlocht mijn vingers erdoorheen om zijn hoofd tegen me aan te drukken. Ik wilde dat hij zich nooit meer van me losmaakte.

Mijn huid tintelde, gevoelig, dusdanig dat alles bijna pijnlijk was. Iedere keer dat zijn lippen over mijn huid bewogen, moest ik mezelf bedwingen niet op te springen. Ik draaide mijn hoofd en hij maakte zijn mond los. Lange tijd staarden we elkaar aan. Zijn handen gleden van mijn schouders naar mijn middel en verstevigden daar hun greep door zijn armen om me heen te wikkelen. Ik liet me met een zucht tegen hem aan zakken en zijn mond landde op de mijne.

Ik opende mijn mond voor hem, maar wachtte niet tot zijn tong naar binnen gleed. Nee, ik duwde de mijne naar voren en verkende hem. Hij hapte naar adem, waarschijnlijk verrast door mijn brutaliteit. Ik draaide om in zijn armen, duwde mijn borst tegen hem aan en klemde mijn handen achter in zijn nek ineen. De kus verdiepte en ik werd meegevoerd, zwenkte alsof alles ronddraaide, alsof wij de as waren van een eigen wereld die alleen om ons draaide.

Ze zeggen dat liefde de wereld laat ronddraaien en die kleine wereld die wij hadden gevormd, draaide om ons en ons middelpunt heen, rond die as ... *liefde.* Mijn hart drukte tegen het zijne. De wereld verduisterde toen de zon achter de horizon zakte, maar allebei leken we ons er niet van bewust. De oceaan beukte zijn eindeloze ritme, maar dat was niets in vergelijking met onze harten die tegen elkaar aan klopten.

Toen hij zijn mond losmaakte, duurde de dromerige realiteit die we om ons heen hadden gevormd voort. Hij drukte zijn voorhoofd tegen het mijne en we staarden elkaar in de ogen. Mijn handen lagen op zijn wangen, mijn duimen streelden zijn verfijnde kaak. Hij was zelfs nog mooier in het violette licht van de schemering dan dat hij bij daglicht was, als dat mogelijk was.

'Emilia,' fluisterde hij en zijn ogen vielen dicht. Toen trok hij me dichter tegen zich aan. 'Ik heb je gemist.'

Hem missen leek te zwak uitgedrukt om duidelijk te maken wat ik de afgelopen twee maanden had gedaan. Bestaan zonder hem had me het gevoel gegeven dat er iets ontbrak, dat ik incompleet was, een heel stuk van me was verdwenen.

'Ik heb jou ook gemist, zoals een geïoniseerd atoom zijn laatste elektron mist,' zei ik met een lach rond mijn lippen.

'Wat ben je toch een nerd,' lachte hij en kuste me op mijn neus. 'Maar dat is het meest romantische dat iemand ooit tegen me heeft gezegd.'

Twee atomen, die een covalente binding deelden, samensmolten, een molecuul vormden ... iets beters dan ieder van de delen afzonderlijk. En ik kon niet anders dan denken dat dat was hoe wij waren. Los van elkaar waren we speciaal, unieke mensen. Samen vormden we iets zeldzaams en waardevols en groters dan ons afzonderlijke zelf.

'Het zou kunnen dat ik vanmorgen vroeg bij de receptie navraag heb gedaan naar een van de cottages voor vannacht … als je het leuk zou vinden om de nacht hier op het strand door te brengen,' zei hij.

Ik trok mijn hoofd terug en keek achterom naar de rij huisjes die langs de kust stonden. Het waren historische monumenten, die cottages, ze stonden er al sinds de crisis van de jaren dertig. Ze werden bevolkt door strandbewoners, tot de staat de huisjes tien jaar geleden terugvorderde, ze opknapte en verhuurde aan het publiek.

Ik knikte enthousiast. De nacht doorbrengen in een van die schattige cottages, samen met Adam? Ja, alsjeblieft.

'Ligt je tas in je auto?'

'Ja, ik zou vanavond teruggaan naar het hotel als … als jij niet wilde dat ik bij je zou blijven slapen.'

Hij fronste even en keek me aan alsof ik gek was geworden, stak toen zijn hand in zijn zak en haalde er een sleutel aan een grote sleutelhanger uit. 'Ik heb de witte aan het eind gehuurd.' Hij wees. 'Geef me de sleutels van de auto, dan pak ik je spullen.'

We wisselden van sleutel en hij kuste me nogmaals voordat hij de heuvel opliep naar het parkeerterrein.

HOOFDSTUK

VIERENVEERTIG

ADAM

Zodra ik eenmaal van het zand af was, jogde ik zo snel ik kon die heuvel op. Het parkeerterrein was een behoorlijk eindje verderop, maar ik hoopte dat het Emilia wat tijd gaf om zich een beetje op haar gemak te voelen in de cottage terwijl ik haar spullen pakte. Ik bevond me nog steeds in een tamelijke roes doordat ik haar op het strand in mijn armen had gehad en haar lichaam tegen me aan had voelen vlijen.

Ze voelde stabieler nu … sterker. Meer als haar oude ik, maar met essentiële veranderingen die haar alleen nog maar mooier maakten, volwassener, geweldiger. Of misschien was ze altijd al zo geweest en had de tijd die ik bij haar vandaan was geweest ervoor gezorgd dat ik die dingen des te meer waardeerde.

Toen ik op het parkeerterrein kwam, zag ik dat een aantal bruiloftsgasten daar nog rondhing. De bruid en bruidegom waren vertrokken, maar Heath stond bij zijn auto. Hij leunde ertegenaan en was in gesprek met Connor. Toen hij me zag, ging hij onmiddellijk rechtop staan en wierp een blik achter me.

Hij had staan wachten om te zien of Emilia in orde was.

'Hé man,' zei ik toen ik dichterbij kwam.

'Is ze oké? Waar is ze?'

Ik lachte. 'Ze is oké. Ze gaat met mij mee naar huis.'

Heath grijnsde. 'Mooi. Goed om te horen.'

Ik sloeg hem op zijn schouder. 'Ik weet dat we een stel lastpakken voor je zijn geweest de afgelopen paar maanden, maar bedankt dat je zo'n geweldige vriend bent.'

Enigszins verbluft keek Heath me aan. 'Geen probleem, man.'

'Hier. Ik wil je iets geven.' Ik greep in mijn zak en stak mijn hand uit om de sleutels in de zijne te drukken.

Hij opende zijn hand en begreep het eerst niet. Het waren de reservesleutels van de Porsche. 'Eh, gast, ben je stoned of zo?' zei hij met een lach en keek toen op. Zodra hij mijn blik zag, wist hij dat ik bloedserieus was. 'Serieus?' Zijn mond zakte open.

'Ja. Breng hem bij mijn monteur langs als er iets aan moet gebeuren. Ik zal het betalen. Maar je kunt maar beter goed voor haar zorgen, want anders verkoop ik je een trap onder je reet.'

Hij stak zijn hand naar me uit. 'Adam, dit kan ik niet aannemen. Die auto is je meest waardevolle bezit.'

Ik schudde mijn hoofd. 'Ik hou van die auto, ik ga niet liegen. Maar jij hebt goed voor haar gezorgd toen ik het niet kon en ik hou heel wat meer van haar dan van die auto. Dankjewel.'

Heath was even stil en de verwarde frons veranderde langzaam in een maffe grijns. 'Nou, *jij* kunt maar beter goed voor *haar* zorgen. Anders verkoop ik jou een trap onder je reet.'

Ik schoot in de lach. 'Daar twijfel ik niet aan.'

Nadat ik naar Connor had gezwaaid, liep ik naar de Tesla die Emilia de afgelopen maanden had gebruikt en maakte hem open om haar spullen eruit te pakken. Toen liep ik terug de heuvel af.

HOOFDSTUK
VIJFENVEERTIG
MIA

IK SJOKTE OVER HET ZAND EN LIET MEZELF BINNEN IN DE cottage. Het was niet zo'n luxe accommodatie als we in Parijs hadden gehad, maar de uitstraling die het had ging niet aan me voorbij – net als de toplocatie. Ik nam even de tijd om mijn omgeving te verkennen. Boven was er een slaapkamer met een tweepersoonsbed en een loft. De keuken had een magnetron en een koelkast en een grote, oude houtkachel die niet langer functioneerde en blijkbaar voor de sfeer was opgesteld. Op de vloeren lagen simpele houten planken. En de aankleding was in strandthema, compleet met een schilderij van glimmende stukjes glas van het strand.

Toen Adam terugkwam van zijn wandeling naar het parkeerterrein, mijn tas aan zijn gespierde arm hangend, lag ik op het bed door het fotoboek te bladeren dat op de salontafel had gelegen. Het vertelde de complete geschiedenis van het Crystal Cove-gebied vanaf de prehistorie tot het heden. 'Wist je dat ze rond 1920 een van deze huisjes gebruikten voor een Japanse taalschool?'

Hij dumpte mijn tas op het smalle bankje aan het voeteneind en keek me lachend aan. 'Echt? Interessant.' Maar ik zag dat wat hem interesseerde niet de informatie was die ik hem gaf, maar wat hij voor zich op het bed zag liggen. Ik schonk hem een alwetende glimlach. Zijn ogen hadden die onmiskenbare blik, smeulend. Ik knipperde overdreven met mijn wimpers.

Ik klopte op de cover van het boek. 'Ik kan je nog meer voorlezen, als je wilt.'

Hij lachte, waardoor dat kuiltje aan de zijkant van zijn mond weer verscheen. Hij was zo knap dat het me de adem benam. Hij bracht zijn hand omhoog en trok zijn stropdas los zonder zijn blik van me los te maken. Ik had mijn schoenen al uit getrapt en sloot nu het boek, waarna ik het op de vloer naast het bed legde. Ik veerde terug en klopte naast me op het dekbed terwijl hij de manchetten van zijn overhemd losmaakte.

'Zoals u wenst,' zei hij lachend en liep om het bed heen om naast me te komen liggen. We reikten tegelijk naar elkaar en door onze haast om elkaar weer te kussen, klapten onze neuzen tegen elkaar aan. Lachend leunden we allebei naar achteren.

Ik wreef over mijn neus. 'Au. Het is maar een vleeswond,' haalde ik de quote van een van onze favoriete films aan, *Monty Python and the Holy Grail*.

'Ze heeft me in een salamander veranderd,' zei hij met zijn best mogelijke imitatie van John Cleese, de acteur van diezelfde film.

'Een salamander?' speelde ik het spelletje mee.

Hij glimlachte. 'Ik ben beter geworden.'

Ik schoot in de lach. 'Kom hier, jij lekkere, sexy geek-god.'

Hij kuste me en trok zich terug. 'Hmm. Yep, je bent echt een heks. En je hebt me compleet betoverd. Met paddenvloek en al.'

'Ben je in een pad veranderd toen ik weg was?'

'Ik voelde me zo ellendig als een pad zonder jou.'

Ik staarde hem even aan en begon toen zo hard te lachen dat ik knorde. 'Dat is zo ontzettend niet-sexy.'

'In tegenstelling tot die knor. Die is uitermate sexy.'

Ik stak mijn tong naar hem uit en hij sloeg zijn armen rond mijn middel en trok me tegen zich aan. Ik plaatste mijn hand op zijn borstkas en spreidde mijn vingers over de stevige spier. 'Over uitermate sexy gesproken …' zei ik en mijn hand schoot omhoog en maakte snel de bovenste knoopjes open. 'Oeps, je overhemd viel open.'

Hij leunde naar voren en ving mijn lippen met de zijne, zijn mond sloot dwingender om de mijne, hongeriger dan daarvoor. Mijn hartslag schoot alle kanten op, op momenten razendsnel en dan ineens weer struikelend.

'Oeps,' mompelde hij tussen dringende kussen in, 'mijn mond viel op de jouwe.'

'Wauw, wat zijn we klungelig,' hijgde ik tegen zijn lippen.

Hij ging door met me kussen, duwde mijn hoofd dieper het kussen in. Zijn hand omvatte mijn kaak voordat zijn vinger een spoor terug naar mijn oor trok en toen verder langs de zijkant van mijn hals. Hij schoof mijn ketting opzij en het kompas zakte op het bed naast mijn nek. Zijn aanraking was verzengend heet en ijskoud tegelijk. Ik hapte naar adem.

Zijn vinger ging verder, over mijn sleutelbeen, en landde op de bovenste knoop van mijn jurk. Langzaam kwamen onze monden los van elkaar en hij staarde in mijn ogen. Mijn ademhaling haperde toen hij het knoopje door het knoopsgat haalde. Ik was zowel betoverd door zijn aanraking als beangstigd bij het idee dat hij zou zien wat eronder zat. En hij wist dat overduidelijk. Hij nam wat afstand door zich op een elleboog omhoog te duwen, maar stopte niet. Zijn vinger gleed traag over mijn huid naar het tweede knoopje. Voordat ik kon reageren of protesteren, sprong ook die open.

Hij keek echter niet naar wat hij deed. Nee, zijn ogen waren op de mijne gefixeerd. Binnen enkele minuten was de jurk tot aan mijn middel open geknoopt. Adam drukte zijn vinger tegen het kuiltje onder mijn hals en trok hem toen langzaam over mijn borst, over mijn bh, tussen mijn borsten en verder naar mijn buik, tot hij bij mijn navel belandde. Daar cirkelde hij omheen en een vuur ontvlamde in mijn buik, mijn lichaam brandde voor het zijne. Een lange ademhaling ontsnapte sissend tussen mijn tanden door terwijl ik me concentreerde op die ene, simpele aanraking.

Zijn hand kwam weer omhoog, naar mijn schouder. En ondanks de brandende opwinding, klauwde een koude angst naar mijn keel toen hij langzaam het bandje van mijn zomerjurk – *en* mijn bh – van mijn schouder schoof. Mijn ademhaling bevroor en ik legde mijn hand over de zijne om hem tegen te houden voordat de bandjes te ver naar beneden waren geduwd en mijn littekens zouden onthullen.

Hij verstijfde en onze blikken hielden elkaar eindeloze minuten gevangen. Ik wist zeker dat hij de angst kon zien, de onzekerheid in mijn ogen. Ik zag de vastberaden passie in de zijne. Langzaam en zachtjes trok hij zijn hand onder de mijne vandaan, pakte mijn pols beet en haalde mijn hand weg van waar ik hem had tegengehouden. Ik bood geen weerstand toen hij mijn hand naast mijn zij legde, onder mijn heup schoof en hem daar vastpinde, zodat ik niet in de verleiding zou komen hem weer te gebruiken om hem tegen te houden.

Mijn ademhaling was ijzig in mijn strot en zijn hand keerde terug naar waar hij mee bezig was geweest. Zijn andere hand greep, uit voorzorg, mijn vrije hand in zijn greep. Het enige wat ik kon doen was in zijn donkere ogen staren. Mijn ademhaling versnelde toen hij erin slaagde de bandjes over mijn linkerarm te schuiven. Hij trok die kant van mijn bh naar beneden en ik werd volledig aan hem tentoongesteld. Een hete schaamte trok over mijn gezicht, maar Adam had nog niet gekeken. Hij bestudeerde nog steeds mijn gezicht, hield mijn blik vast met zijn donkere ogen. Toen verschoof hij, zodat zijn been het mijne vastpinde en na nog een ruk aan de andere helft van mijn bh was ik naakt vanaf mijn middel omhoog.

Hij liet zijn blik zakken en keek naar me. Een deel van me wilde zich tot een balletje oprollen en doodgaan. Hoewel ik een aantal kilo van het gewicht dat ik tijdens de chemo was kwijtgeraakt was aangekomen, was ik nog steeds te mager. Mijn borsten waren, als een gevolg daarvan, kleiner en de linker was nog steeds vervormd en lelijk. De felrode littekens ontsierden mijn huid, zwarte stippen eroverheen getatoeëerd. Langzaam, alsof hij bang was dat ik overeind zou schieten, ook al hield hij me vast, tilde hij zijn hand op en trok met een vederlichte aanraking zijn vingers over het bobbelige litteken. Ik huiverde onder hem.

Hij suste me, keek weer in mijn ogen, hoewel ik zijn blik ontweek. 'Emilia. Kijk me eens aan.' En dat deed ik. Ik zag oprechtheid en bewondering in zijn ogen. 'Je bent beeldschoon. En deze,' zei hij terwijl hij weer over de littekens streek, nu met meer druk dan daarnet, 'zijn jouw kracht.'

Ik knipperde, mijn ogen prikten. Ik wilde dat hij me weer aanraakte. Dat deed hij. Mijn ademhaling trilde in mijn borstkas.

Hij legde zijn hand om mijn misvormde borst en liet zijn aanraking er steeds steviger overheen gaan tot mijn tepel stijf werd en smeekte om zijn aandacht. Hij liet zijn mond zakken en kuste hem o zo zachtjes.

Hijgend kromde ik mijn rug om hem tegemoet te komen. Hij kuste hem weer, een klein kusje. En weer, een beetje harder. Toen opende hij zijn mond en zijn tong proefde me, zo teder. Hij proefde me nogmaals, zijn tong streek over en rond mijn tepel tot ik in vuur en vlam stond en onder hem lag te kronkelen. Ik kon maar geen genoeg krijgen van het gevoel van zijn mond. Hij zoog en trok, proefde en hapte tot er een kleine snik vanachter uit mijn keel ontsnapte. De eerste keer dat zijn tanden mijn tepel raakten, schoot ik omhoog alsof ik onder stroom stond. Mijn hand, die nog onder me geschoven lag, schoot vrij en kwam omhoog om mijn vingers door zijn dikke haren te vlechten en hem tegen mijn naar aandacht snakkende borst gedrukt te houden.

Hij draaide zijn hoofd en terwijl hij met zijn duim over mijn eens gewonde borst streek, zette hij zijn mond aan het werk voor een gelijksoortige behandeling van mijn gezonde borst. De tijd verstreek, misschien een half uur of meer, ik hield het niet bij, en hij deed niets anders dan mijn borsten verslinden met zijn voorzichtige, gepassioneerde aandacht. Ik was verbijsterd door het besef hoe dicht ik bij een hoogtepunt was, alleen al door wat hij met mijn borsten deed.

Ook hij merkte het. Zijn hand gleed van mijn borst, over mijn buik mijn ondergoed in. Zijn mond haalde nog steeds fantastische dingen met mijn borsten uit toen zijn vingers het opgezwollen bundeltje zenuwen vonden en er in zachte cirkels overheen wreven. Ik sloot mijn ogen en duwde me tegen hem aan, mijn hele zijn ontvlamde door zijn aanraking. Ik was er zo dichtbij ...

Hij haalde zijn hoofd bij mijn borst weg en trok zich los. Met zijn vrije hand haalde hij mijn handen uit zijn haren. 'Raak ze aan,' fluisterde hij en zijn glimmende ogen hielden mijn blik gevangen. Ik aarzelde en hij stopte met het strelen van mijn clitoris. Ik jammerde bijna van ongenoegen. 'Ik wil zien hoe je ze aanraakt. Ik wil dat je weet wat ik al weet, hoe sexy, hoe prachtig je lichaam is.'

Ik beefde onder hem toen ik langzaam mijn vingertoppen op mijn harde tepels legde en lichtjes aan ze trok. Ik schreeuwde het uit toen zijn hand weer over mijn geslacht wreef.

'Je bent zo mooi,' herhaalde hij keer op keer terwijl hij toekeek hoe ik mijn eigen tepels streelde. Ik kneep mijn ogen stevig dicht terwijl hij me naar het randje bracht, het tempo vertraagde en weer stopte. Ik schreeuwde het bijna uit van frustratie.

'Open je ogen.'

Ik gehoorzaamde.

Onze ogen haakten ineen en de zijne waren geen spiegels, of deuren, maar doorgangen, die me diep naar binnen leidden. Ik hijgde en hij kuste mijn lippen terwijl zijn hand weer over mijn geslacht cirkelde. Ik kneep in mijn tepels en kromde mijn rug toen alles in me samentrok.

Hij keek hoe hij me opzweepte en over het randje bracht. Ik schreeuwde zijn naam en hij hijgde tegen mijn mond, zijn lippen trokken zacht aan de mijne. Het was lang geleden dat ik een orgasme had gehad dat zo fijn was, zo intens. Mijn ogen draaiden mijn hoofd in en ik bleef samentrekken van genot, bleef kermend zijn naam uitstoten. Zijn handen verstrakten om me heen en het voelde alsof de golven van extase voor altijd zouden doorgaan.

Toen ik weer neerdaalde, mijn lichaam brandend en trillend van de intensiteit van mijn climax, stopte hij niet. 'Ik ga je nog een keer laten komen,' zei hij vastberaden, zijn mond nu tegen mijn hals gedrukt.

Ik trok mezelf echter bij hem vandaan en probeerde mijn benen tegen elkaar te duwen. 'Ik wil je in me voelen als ik weer kom.'

Ik dacht dat hij me zou tegenspreken, maar dat deed hij niet. Hij trok zijn hand uit mijn ondergoed en ontdeed me snel van mijn jurk, bh en slipje. Ik voelde me niet langer onzeker terwijl ik naakt was in zijn aanwezigheid en keek ernaar uit hem ook naakt te zien. Ik knoopte de rest van zijn overhemd open en trok het shirt eronder uit terwijl hij zijn broek openritste. Al gauw stond hij in zijn boxershort. Voordat hij hem uittrok, greep hij in de zak van zijn weggegooide pantalon en haalde er een in folie verpakt condoom uit.

Hij schoof zijn onderbroek langs zijn benen naar beneden en rolde me op mijn rug. Aan de gespannen houding van zijn knappe verschijning kon ik merken dat hij niet langer zomaar wat aan het dollen was.

Ik slikte toen hij langzaam mijn benen spreidde en zich ertussen nestelde voordat hij zichzelf omhoogduwde om met een hand het condoom om te rollen. Ik steunde op mijn ellebogen en keek naar hem, al had hij er slechts enkele tellen voor nodig. Hij was behoorlijk ervaren, zo leek het.

Ik hoopte dat hij zich niet zou bedenken, zoals de andere keren. Zouden we weer stoppen? Zou diezelfde angst terugkomen?

Ik hield mijn adem in, alsof ademen op de een of andere manier de betovering van het moment zou verbreken. Mijn ogen ontmoetten zijn woeste blik en hij kwam weer tegen me aan liggen. Zachtjes duwde hij me van mijn ellebogen af, zodat ik plat onder hem lag. Zijn lichaam hing over het mijne, verschroeide me met zijn hitte. Zijn erectie drukte tegen me aan en hij kuste me weer, zijn tong en lippen en tanden claimden mijn mond, bezaten iedere centimeter ervan. Er was nauwelijks ruimte om te ademen of hij streek al met zijn stijve tegen me aan en duwde zich naar binnen.

Hij stootte indringender met zijn heupen, tot onze bekkens strak tegen elkaar duwden. Ik kreunde bij het vertrouwde, heerlijke gevoel van hij die me opvulde. Ik ademde diep in en hij trok zijn mond van de mijne om in mijn ogen te kunnen kijken, zijn ademhaling zwoegend, zijn ogen dronken van verlangen. 'Ik was bijna vergeten hoe fucking goed je voelt,' mompelde hij schor. Terwijl hij zijn vochtige voorhoofd tegen het mijne liet rusten, kantelde hij zijn heupen en gleed uit me voordat hij zich weer naar binnen duwde. Ik kreunde.

'Ik ben nooit vergeten hoe fucking goed *jij* voelt,' murmelde ik. 'Maandenlang heb ik je iedere dag in me willen voelen.'

Hij hijgde, maar onderbrak het ritme geen moment. Ik vroeg me, heel even, af of seks met een condoom voor hem minder fijn was als daarvoor, maar mijn hoofd bleef daar niet lang bij hangen, want het was meer dan duidelijk dat hij genoot. Al gauw drukte hij zich op zijn handen omhoog, zijn armen gestrekt en mijn lange benen over zijn schouders. Zijn ogen waren half geloken, op weg naar zijn hoogtepunt terwijl hij zich onverbiddelijk in me boorde en zich dan weer met een fel, kort ritme uit me trok.

Hij stopte, trok me omhoog tegen zich aan en leunde naar achteren, zodat we allebei rechtop zaten. Hij plaatste mijn dijen over die van hem en we keken elkaar aan. Hij kwam weer bij me naar binnen en kuste mijn gezicht, mijn voorhoofd, mijn slapen, mijn wangen, mij overal. Toen lag zijn mond op mijn mond, zijn tong schoof in en uit me met hetzelfde, onophoudelijke ritme als waarop onze lichamen tegen elkaar aan bewogen.

Gedurende die momenten werd Adam mijn hele bestaan. Adams geur, Adams zweet dat zich vermengde met het mijne, Adams hete adem op mijn huid, Adams lichaam dat tegen me aan bewoog, Adams handen die me vastgrepen, Adams tong in mijn mond. Adams erectie die in me stootte, me claimde. *Ja.* Ik was voor altijd de zijne.

Zijn ademhaling werd woester, zijn handen fixeerden mijn heupen, hij trok mijn bekken over het zijne, sneller en sneller tot ik wederom kwam, mijn wereld spatte uit elkaar, mijn hele lichaam schokte. Ik gooide mijn hoofd achterover, schreeuwde van genot, maar hij stopte niet, trok me keer op keer over zich heen. Met een laatste stoot verstijfde hij tegen me aan en hield mij op m'n plek. Ik voelde zijn orgasme door me heen trekken alsof ik nogmaals kwam. Hij trilde en drukte zijn voorhoofd tegen me aan. Hij hield zijn ademhaling in en de tijd stond stil, één lichaam, één ziel.

Met een zucht liet hij zich achterover op het matras vallen en staarde me aan met een verzadigde blik.

Op dat moment, onze lichamen nog verenigd, spreidden mijn handen zich uit over zijn goedgevormde, vochtige borstkas. Ik voelde me krachtig, vrouwelijk, sexy. De meest begeerde vrouw ter wereld. Daar had Adam voor gezorgd. En snel kwamen de tranen omhoog en stroomden over hun gewoonlijke, zorgvuldig opgebouwde barrières heen, via mijn oogleden over mijn wangen.

Hij fronste, zijn donkere wenkbrauwen trokken samen. Hij bewoog zijn hand omhoog en streek met zijn duim over het spoor van mijn tranen. 'Wat is er mis, lieve Mia?'

Ik schudde mijn hoofd, niet in staat te spreken. Ik boog voorover en kuste zijn kaak, zijn nek en legde mijn wang tegen zijn schouder. 'Er is niets mis. Ik ben gewoon gelukkig. Zo, zo gelukkig.'

Zijn armen sloten strak om me heen en zo bleven we liggen, zonder iets te zeggen, gewoon genietend van elkaar, onze naakte lichamen tegen elkaar aangedrukt.

Ik wilde dat we de rest van onze levens gewoonweg zo konden doorbrengen. Nooit iets anders voelen behalve deze beschermende liefdesbubbel om ons heen om het verdriet en de pijn van het leven op afstand te houden.

'Dit voelt zo goed. Ik zou wel een week zo kunnen blijven liggen,' murmelde hij, zijn woorden een weerspiegeling van mijn gedachten.

'Ik zou je dekentje kunnen zijn,' merkte ik op.

'Dat klinkt perfect. Ik zou soms ook dat van jou kunnen zijn.'

'Mmm. Denk je dat er mensen zijn die ons eten zouden komen brengen als we ze belden en dat vroegen?'

Hij streek met zijn vingers over mijn vochtige rug, langs mijn ruggengraat en draaide zijn hoofd om zijn neus in mijn haar te duwen, waarna hij snoof. 'Je bent een geweldige, betoverende vrouw, Emilia Strong.'

'Jij bent een adembenemende, fantastische man, Adam Drake. En je houdt me 's nachts wakker, ofwel met waanzinnige seks, ofwel met die verdomde game van je.'

'Wat?' zei hij en klonk verbaasd.

'Nadat ik je programma op de USB-stick had afgespeeld, wist ik ineens hoe ik de quest moest oplossen.'

Zijn hand op mijn rug verstilde. 'Heb je hem opgelost?'

Ik keek naar hem op en hij lachte. 'Ja, de prinses zat vast in haar eigen wanhoop en haar bondgenoten moesten hun liefde gebruiken zodat ze zichzelf kon bevrijden. En toen gaf de prinses me wat advies. Ze zei me dat ik mijn ware liefde moest gaan zoeken, omdat hij op me wachtte.'

Adam verstrengelde zijn vingers in de mijne. 'Nou, dan had de prinses gelijk, of niet soms? Je ware liefde wacht al zijn hele leven op je. En hij is heel blij dat je er eindelijk bent.'

Mijn stemming betrok even en ik kantelde mijn hoofd om hem aan te kunnen kijken. 'Adam … komt het goed met ons? Ik bedoel, het is maanden geleden en we konden nog niet echt met elkaar praten en ik weet dat we veel over onszelf hebben geleerd, maar … hoe zit het met ons als stel?'

Zijn hand verstrakte rond de mijne. 'Nou, we hebben de afgelopen maanden veel geleerd, maar ik denk dat het belangrijkste wat *ik* heb geleerd, is dat dit werk in uitvoering is, dat we eraan blijven werken en we de boel niet laten oplopen en laten broeien. Dat we niet bang moeten zijn erover te praten.'

'En we geven niet op, zelfs niet als het onmogelijk lijkt.'

Hij slaakte een lange zucht. 'Nou, dit voelde in ieder geval niet al te lang geleden onmogelijk. En ik weet dat het niet makkelijk zal zijn. Maar het is het absoluut meer dan waard.'

We kleedden ons aan en nuttigden een laat diner in het restaurant van de strandtent, die in de inham stond, vlak naast de huisjes en verlicht door kleine, witte lichtjes. We waren net twee tortelduifjes zoals we elkaars hand op de tafel vasthielden terwijl we praatten over alledaagse dingen. Adam bracht me op de hoogte van wat er in de tijd dat ik in Anza was bij onze gezamenlijke vrienden speelde. Hij was het meest aan het woord. Ik luisterde, knikte en hield mijn spannende geheimpje nog een paar minuten langer voor mezelf.

Na de koffie gaf ik aan dat ik graag een wandeling over het strand zou maken, in het maanlicht. Ik had verwacht dat ik meer overredingskracht nodig zou hebben, maar hij reageerde enthousiast. Nadat we hadden betaald, liepen we naar waar de golven tegen de kust braken, waar het zand harder was nu het tij laag was. Een bijna volle, zilveren maan hing aan de hemel en wierp een bijna buitenaardse gloed over het zand en het water.

Toen we bij de getijdenpoelen belandden – niet ver van de plek waar onze familieleden eerder vandaag met elkaar waren getrouwd – wendde hij zich tot me. 'Er valt nog veel met elkaar te bespreken, weet je. Ik wilde de sfeer niet verpesten door het ter sprake te brengen, maar ...'

Ik bleef staan en knikte. 'Ik weet het. Daar ben ik het mee eens.' Hij trok me in een stevige omhelzing en ik kuste zijn wang. 'Maar eerst wil ik je iets vragen.'

'Natuurlijk. Ga je gang,' zei hij.

'Nou, het heeft te maken met *respawns.*'

'Huh?'

Ik schraapte mijn keel. 'Een herkansing. Mijn herkansing.'

Hij begreep het duidelijk nog steeds niet. 'Ehm ...'

Ik verzamelde mijn moed, slikte mijn angst weg en nam zijn beide handen in de mijne voordat ik voor hem op het zand neerknielde.

Hij lachte even, begreep het niet en toen stierf zijn lach weg, op het moment dat ik opkeek in zijn ogen en, terwijl ik in zijn handen kneep, vroeg: 'Adam Drake ... ik hou meer van je dan wat dan ook. Laat me aan je zijde staan tot het eind, wanneer dat ook mag zijn. Wil je me tot je vrouw maken?'

Hij verstijfde, zijn gezichtsuitdrukking betrok. Ik hield mijn adem in. Ik had geen idee van wat er in zijn hoofd omging. En volgens mij was dat precies waar deze vraag om ging. Ik rilde, een kille angst trok door me heen, zo ontzettend bang dat zijn antwoord 'nee' zou zijn.

Hoofdstuk
zesenveertig
Adam

EMILIA HAD IETS IN MIJN HAND GEDRUKT. IK SCHEURDE mijn blik van haar los om hem te openen en keek in mijn handpalm. In het zwakke maanlicht blonk het als een kleine ster en, zonder er goed naar te hebben gekeken, wist ik precies wat het was. Afgelopen herfst had ik geprobeerd zo'n soort ring om haar vinger te schuiven.

Mijn kaak verstrakte. 'Ga staan, Emilia.'

Ze zei niets, maar haar ogen vluchtten bij de mijne vandaan en haar uitdrukking betrok. Ik trok aan haar amen en met een frons kwam ze langzaam overeind. Ze rechtte haar rug. We stonden recht voor elkaar en ik staarde in haar prachtige bruine ogen. Ze beet op haar lip, ervan overtuigd dat ik haar had afgewezen.

'Waarom doe je dit? Waarom denk je nu aan een huwelijk?'

Haar wenkbrauwen schoven naar elkaar. 'Omdat ik weet wat ik wil en ik niet wil wachten, en als ik iets heb geleerd het afgelopen jaar is het dat ik mijn eigen geluk niet wil opschorten.'

Ik knikte, opgelucht dat ze dit niet deed uit een of ander plichtsgevoel om vorig jaar goed te maken. Ik nam de ring uit mijn handpalm, nam haar linkerhand in de mijne en liet me toen op mijn knie vallen. Ze hapte naar adem en ik moest haar hand goed vasthouden, want anders zou ze hem van schrik hebben weggetrokken.

'Nee, hou je hand stil,' zei ik. Ik ging naar de juiste vinger, schoof de ring erom en duwde hem over haar vingerkootje. Hij paste perfect. Het was, inderdaad, precies dezelfde ring die ik voor haar had gekocht. Ze had me verteld dat ze hem had verkocht, maar hier was hij, naar me stralend vanaf de vierde vinger aan haar linkerhand.

'Emilia Kimberly Strong, wil je me de eer doen me toe te staan je echtgenoot te worden?'

Ze stond volkomen stil en ik realiseerde me dat ik te bang was geweest om haar in het gezicht te kijken toen ik het vroeg. En, God, zou het niet extra beschamend zijn om dit twee keer te doen en beide keren dezelfde stilte als reactie te krijgen?

Ik richtte mijn ogen naar die van haar op en zag dat ze huilde. Glinsterende tranen rolden over haar wangen. Ze liet zich voor me op het zand zakken, waardoor we op ooghoogte met elkaar waren. Ik veegde haar tranen af met mijn hand en ze keek me lachend aan. 'Ik ben nog nooit ergens zo zeker van geweest, echt nooit. Ik hou van je. Het afgelopen jaar heb ik geleerd dat het leven echt heel hard kan zijn. Het kan zo'n vracht shit over iemand heen gooien. Het kan je compleet in de zeik zetten. En ik heb geprobeerd sterk te zijn, maar wat ik bovenal heb geleerd, is dat ik het niet alleen kan. En ik kan het met niemand anders doen dan met jou ... alsjeblieft.'

Ik lachte slechts naar haar. 'Ik vroeg jou, gekkie. Maar ik neem aan dat dit "ja" betekent?'

Ze schoot in de lach en drukte haar voorhoofd tegen het mijne. 'Ja. Dit is een dikke, vette ja.'

Ik trok haar in mijn armen en kuste haar terwijl ze dicht tegen me aan was gedrukt. Haar hart bonkte tegen mijn borst en haar armen sloten zich rond mijn nek. Een golf liefde spoelde door me heen en hoewel zij dit in gang had gezet, was ik er absoluut zeker van dat zij mijn toekomst was. Ik wilde deze fantastische, sterke, prachtige vrouw voor de rest van mijn leven aan mijn zij.

Toen onze lippen elkaar loslieten, nam ik haar linkerhand weer in de mijne en draaide hem om zodat ik naar de ring kon kijken. 'Ik dacht dat je hem had verkocht om je medische kosten te betalen.'

Ze knikte. 'Ik had hem verpand. Gelukkig lag hij vorige week nog steeds in de winkel en kon ik hem terugkopen.'

Met opgetrokken wenkbrauwen keek ik haar aan. 'Dit is waarschijnlijk een ongepaste vraag, maar ...'

Ze rechtte haar rug. 'Ik heb mijn blog verkocht. Zo ben ik aan het geld gekomen.'

Ik fronste, niet in staat de juiste woorden te vinden. Het stoorde me meer dat ze haar blog had verkocht dan dat ze in eerste instantie die ring had verkocht.

Ze legde haar hand tegen mijn wang. 'Wees alsjeblieft niet boos. Het is iets wat ik moest doen. Ik heb veel van mezelf in die blog gestopt en *Girl Geek* zal altijd een deel van me blijven, maar er zou een punt komen waarop ik niet meer in staat zou zijn door te gaan met een hoop van de onderwerpen. Als jij en ik samen zijn, zou dat betekenen dat er een aantal serieuze belangenconflicten zouden ontstaan over waar ik over schrijf. Ik zou sowieso de invalshoek van waaruit ik schrijf moeten veranderen, dus ... ik zag het verkopen van de blog als een manier om die laatste, ultieme stap naar volwassenheid te zetten en mijn oude leven achter me te laten.'

'Dat zou ik nooit van je hebben gevraagd.'

Ze knikte. 'Dat weet ik. Dat vroeg ik van mezelf. Het is iets wat ik moest doen. Daarnaast, met mijn studie geneeskunde zou ik niet meer zoveel tijd hebben als daarvoor.'

Dat was de andere grote vraag die tussen ons in hing, dus ik was blij dat ze het ter sprake bracht. 'Dus je hebt een beslissing genomen over geneeskunde?' Opluchting schoot door me heen. 'Ik ben zo blij dat je dat gaat doen. Mijn makelaar heeft een aantal prachtige huizen in Maryland ...'

Ik onderbrak mezelf toen ze haar hoofd schudde. 'Ik heb Hopkins vriendelijk bedankt voor de toelating.'

Ik maakte me van haar los en leunde zittend op mijn knieën achterover. '*Wat?*'

'Ik ga niet naar Maryland.'

'Maar ...'

'Ik blijf hier. Ik ga naar UC Irvine.'

Mijn mond viel open. Met een bezorgde blik keek ze me aan.

'Adam, gaat het wel? Je maakt me ongerust.'

Ik schudde mijn hoofd. 'Ik begrijp het niet. UCI stond niet eens in je top vijf.'

Ze kwam naast me in het zand zitten. 'Dat klopt. Dat stond het ook niet. Tot ik daar iedere week heen ging voor mijn chemo. Tot ik de medewerkers ontmoette en een aantal van de docerende artsen en zo onder de indruk was van hoe ze met hun patiënten omgingen. Hoe ze zich richtten op ons comfort, onze emotionele gezondheid en ons op ons gemak stelden. Om eerlijk te zijn weet ik niet eens meer zeker of ik me wel in oncologie wil specialiseren. Ik weet niet of ik nog steeds de moed heb daarvoor.

Maar als dat wel zo is, wil ik door die artsen worden onderwezen.'

Ik keek haar aan, nog steeds niet helemaal in staat het te bevatten. 'Weet je het zeker?'

Ze lachte en knikte. 'Ik heb er goed over nagedacht. Ik had daar in de woestijn veel tijd om na te denken.'

Ik schudde mijn hoofd. 'Weet je het *absoluut* zeker? Want ik wil niet dat je er spijt van krijgt.'

Ze keek naar de lucht en haar vingers omsloten het kompas rond haar nek. 'Het zit zo … Dit afgelopen jaar is, eh, een uitdaging geweest en ik ben stom geweest door te proberen me er in m'n eentje doorheen te ploeteren, want zo deed ik het mijn hele leven lang al. Voor mij was dat makkelijker dan mijn hart te laten breken door op andere mensen te vertrouwen die het vervolgens laten afweten. Het was een idiote manier van denken. Jij en ik hadden iets speciaals, maar ik zat nog heel erg vast in die oude mindset.'

Ze maakte haar blik los van de lucht en vond mijn blik. Ik leunde achterover op mijn armen en keek haar aan.

'Dus die harde les heb ik geleerd. Op elk moment kan je leven veranderen, zowel ten goede als ten slechte. En wanneer dat gebeurt, heb je je bondgenoten nodig. Mijn mensen zijn hier. Mijn moeder, mijn vrienden … en jij. Zelfs als ik samen met jou daarheen zou verhuizen, zou ik al die anderen niet meer hebben. En ik heb iedereen nodig.' Ze leunde naar voren en legde haar koude hand op mijn wang. 'Sommigen meer dan anderen, uiteraard. Maar ik heb Alex en Jenna en Kat en William en Britt nodig. Mam en Peter en Connor. En, natuurlijk, Heath.'

'Hmmm.' Ik schudde mijn hoofd. 'Ik was al bang dat je die grote, lelijke kerel zou noemen.'

Ze lachte en leunde toen verder naar voren om haar handen rond mijn nek te haken. 'Ik heb jullie allemaal nodig. En ik wil niet voor zo'n lange tijd weg. Ziek zijn, dat allemaal moeten doorstaan, is ons allemaal overkomen. Het heeft me veel geleerd. Het heeft me geleerd wat echt belangrijk is. Dus het is beter dat die plek op JHU naar iemand gaat die het echt, echt wil. Ik wil nog steeds dokter worden en wat mij betreft ga ik dat leren van een paar briljante artsen op Irvine.'

Ik trok haar op mijn schoot en ze werkte bereidwillige mee waarna ze haar armen om mijn nek sloeg en haar hoofd op mijn schouder legde. 'Adam ...'

'Ja?'

'Ik wil ... Ik wil gewoon zeggen dat ondanks dat we geen idee hebben wat de toekomst ons zal brengen en of we zelfs deze obstakels al achter de rug hebben, maar wat er ook gebeurt, goed of slecht, ik ben zo ontzettend gelukkig dat ik die dagen en nachten met jou mag doorbrengen.'

Ik sloot mijn ogen, draaide mijn hoofd haar kant op en kuste haar gezicht. Haar lippen vonden de mijne en we deelden een gepassioneerde kus, een met genoeg vuur erin om de vlammen aan te wakkeren voor meer. Ik beval mijn libido zich de fuck te gedragen, want ik was niet van plan haar vannacht uit te putten. Ze was nog steeds herstellende, waarschijnlijk nog steeds verzwakt en we moesten het voor haar bestwil rustig aan doen.

Voordat ik er erg in had, had ze me echter boven op zich in het zand getrokken en bewoog onder mijn overhemd om mijn borstkas aan te raken. 'Dus, over die oude bucketlist ...' begon ze.

'Seks in het openbaar?' reageerde ik met een geveinsd geschrokken stem.

'Het strand is openbaar. En kijk, ik heb er zelf ook een paar meegebracht.' Ze trok een condoom tevoorschijn, in een verpakking die ik niet herkende. Ik keek er met samengeknepen ogen naar in het zwakke licht.

'Je kunt het niet lezen, maar geloof me, ik heb wat research gedaan naar de testen die deze dingen hebben moeten doorstaan en dit merk had veruit het beste resultaat op scheuren.'

Ik schoot in de lach. Toen stond ik op en toen ze probeerde me weer naar beneden te trekken, schepte ik haar in mijn armen. 'Kom, ik ga lief en langzaam de liefde bedrijven met mijn verloofde, in de privacy van mijn eigen cottage, dank je zeer. Waar we niet het risico lopen dat er zand bij om de hoek komt kijken.'

Ze lachte de hele weg terug naar de voordeur. Verwachtingsvol keek ze me aan en de nacht die volgde, overtrof al onze verwachtingen.

Brenna Aubrey è un'autrice bestseller di USA TODAY di romanzi contemporanei centrati sulla cultura geek.

Ha sempre cercato conforto in un buon libro e nelle storie lunghe e convolute che intesse nella sua testa. Brenna è una ragazza di città con un grande amore per la natura nel cuore. Quindi, appena può, cerca i grandi spazi verdi e aperti. È anche una mamma, un'insegnante e una geek, una francofila, un'indomita dipendente dai videogiochi, nonché un'accumulatrice compulsiva di libri.

Attualmente risiede sulla costa occidentale degli Stati Uniti con suo marito, due bambini e due adorabili golden retriever.

Ulteriori informazioni sul sito www.BrennaAubrey.nl.

www.ingramcontent.com/pod-product-compliance
Lightning Source LLC
Chambersburg PA
CBHW061855310726
48972CB00004B/1032